ELVEA
Bücher & eBooks

AF399281

www.elveaverlag.de
Kontakt: elvea@outlook.de

Erstausgabe Gesamtwerk
© R. Piper GmbH & Co. KG, München
1988

Überarbeitete Neuausgabe in 2 Bänden
© Harald Braem und Elvea Verlag 2020

Autor: Harald Braem

Covergestaltung/Grafik: ELVEA

Projektleitung
BOOKUNIT
www.bookunit.de

ISBN: 978-3-946751-90-8

Harald Braem

Gilgamesch

Band 1
Der Löwe von Uruk

Roman

Der Autor

 Harald Braem, geboren 1944 in Berlin, war Professor für Kommunikation und Design an der Fachhochschule Wiesbaden und lebt heute in Nierstein am Rhein und auf der Kanareninsel La Palma. Jüngste Veröffentlichung: ›Die abenteuerlichen Reisen des Juan G.‹ im Elvea Verlag 2020.
Weitere Informationen: **www.haraldbraem.de**

Der alles schaute bis zum Erdenrande,

Jed' Ding erkannte und vor allem wusste,

Verschleiertes enthüllte gleichermaßen,

Der reich an aller Weisheit und Erfahrung,

Geheimes sah, Verborgenes entdeckte,

Verkündete, was vor der Flut geschah,

Der ferne Wege ging bis zur Erschöpfung,

All seine Müh' auf einen Stein gemeißelt –

Er baute des umwallten Uruk Mauer

Rings um Eanna, den geweihten Tempel.

Vorspruch zur assyrischen Version des Gilgamesch-Epos,
in einer Übersetzung von Hartmut Schmökel

Weißt du nicht, dass die Bäume der Reichtum eines Landes sind?
Alter babylonischer Sinnspruch

Je mehr der Glanz der Dinge blendet, desto blinder wird das innere Auge des Menschen.
Ausspruch Enkidus nach einer freien Übersetzung der 3. Tafel des Gilgamesch-Epos

Das Land, das weite, zerbrach wie ein Topf. Einen Tag lang wehte der Südsturm, eilte dreinzublasen, die Berge ins Wasser zu tauchen, wie ein Kampf zu überkommen die Menschheit. Nicht sieht einer den anderen, nicht sind die Menschen erkennbar im Himmel.
Vor dieser Sintflut erschraken die Götter ...
Aus der 11. Tafel des Gilgamesch-Epos, aus dem Akkadischen übersetzt von Albert Schott

Erstes Buch

Die Große Mauer

Drei Fußstunden nördlich von Uruk erst hielt er atemlos inne. Obgleich Vormittag war, brannte die Sonne schon herab. Schweiß stand auf seiner Stirn, rann in dünnen Strähnen aus seinem Haar, es ging kein Wind, es zu trocknen. Er war gelaufen, die ganze Strecke über gelaufen, als gelte es, einen Wettkampf zu gewinnen. Vielleicht war es auch ein Wettkampf, ein äußerst einsamer Wettkampf: Gilgamesch allein gegen die Welt. Jedenfalls hatte er sich keinen Moment lang umgewandt, um zu überprüfen, ob ihm jemand folgte. Das holte er jetzt nach. Er sah die Wüste ausgebreitet wie ein endloses Meer aus gelben, sanft sich kräuselnden Wellenhügeln.

Der Sand hatte seine Spur verschluckt und fast auch die Erinnerung an Uruk, die große, die stolze Stadt mit ihren Dächern und Türmen, der er entflohen war. Es gab nur den Sand und die Sonne und dann noch jenes undefinierbare Geräusch, das wie die Stimme eines riesigen, unbekannten Instruments aus den Weiten der Wüste kam, das immer da war, leise und kaum vernehmbar, dicht an der Hörgrenze, so dicht, dass man es für einen Laut des eigenen Körpers halten konnte – das war der Atem der Sonne, Schamachs Gesang, der ewig vernehmbare.

Und dann gab es noch etwas, das unbestreitbar da war: Gilgameschs Schatten, ein schmaler, dunkler Streifen, der beständig schräg vor ihm hergelaufen war, der anfangs größer gewesen war und nun, da der Stand der Sonne sich dem Zenit genähert hatte, deutlich kürzer wurde. Vielleicht war dies sein Gegner bei dem Lauf gewesen.

Er war mit seinem eigenen Schatten um die Wette gelaufen, und nun hatte er ihn beinahe eingeholt.

Gilgamesch sog tief die Luft ein. Sie schmeckte warm, zu warm, fast nach Tod, aber dennoch irgendwie verheißungsvoll. Er sah die gelbbraune Düne vor sich, einem aufragenden Hügel gleich, und maß die Distanz. Er kniff die Augen zusammen, um die wabernden Lichtreflexe über dem Sand zu bannen. Aber sie ließen sich nicht auflösen, es war völlig unmöglich. Dies war Schamachs andere Erscheinungsform: der Tanz, zu dem sein Gesang über der Welt Gestalt annahm.

Wie von einer Bogensehne geschnellt lief Gilgamesch los und erreichte gleichzeitig mit seinem Schatten den Scheitel des Hügels.

Von hier aus konnte man weit ins Land hineinsehen, obgleich das unbefriedigend war, denn es gab nach der Senke nur neue, größere Hügel und nirgends, nirgends das geringste Anzeichen von Grün.

Gilgamesch war enttäuscht. Das sollte das Paradies sein, von dem in Uruk die Rede war, dieser endlose Sand? Oder lag der große Garten, der um vieles wunderbarer als die fruchtbaren Ufer des Euphrat sein sollte, noch weiter entfernt? Noch jenseits der gelbbraunen Dünen und Senken, die sich bis zum Rand des Horizonts auszudehnen schienen? War alles, was die Mutter Ninsum und die weisen Frauen über den Paradiesgarten berichtet hatten, bloß ein frommes Märchen und seine Suche, sein heimlicher Lauf durch die Wüste lediglich der naive Wunschtraum eines vierzehnjährigen Knaben? Nein, die weisen Frauen mochten vielleicht Gründe dafür haben, etwas von der Wahrheit abzuweichen und dem Volk im Tempel durch Sinnbilder neue Hoffnung zu geben. Ninsum, die große Mutter, würde niemals so handeln. Sie war eine ernste, einfache Frau, die die Gabe besaß, mit ihren Augen ebenso nach innen wie nach außen zu blicken. Wenn sie etwas nicht wusste, blieb sie lieber stumm. Es gab Leute, die behaupteten, gerade dieses Schweigen sei es gewesen, das ihnen zur rechten Zeit Antwort gegeben hätte. Aber auch Ninsum hatte vom Garten Eden gesprochen. Nicht so viel und so blumenreich ausgeschmückt wie die anderen dies üblicherweise taten, aber das Wenige, was sie davon zu erzählen wusste, hatte ausgereicht, Gilgamesch neugierig zu machen. Er wollte, er musste ihn finden, diesen wunderbaren Garten, der fruchtbarer als die Ufer des Euphrat sein sollte.

Wieder ließ er seinen Blick über das weite Land streichen. Er reckte seine schmächtige Gestalt, um sie größer zu machen, legte die Hand schirmend über die Augen. Er sah Rillen und Schatten im endlosen Gelb, gelegentlich auch einzelne blassbraune Flecken, vertrocknetes Dorngesträuch und andere Pflanzen, deren fahle Reste in der Sonne verdorrten. Aber diese winzigen Stellen fielen kaum auf; zu groß, zu gewaltig war das Gelb der Wüste, ein erschreckendes, unfassbares Gelb.

Und dann sah er etwas, das seinen Herzschlag für einen kurzen Moment aussetzen ließ – einen einzelnen grünen Punkt, der, wenn er ihn genauer fixierte, rechts und links zu einer Linie auslief. Ein grüner Streifen, der vielleicht tiefer war, als es von hier aus den Anschein hatte. Das Paradies? Natürlich das Paradies – was sonst? Eine fieberhafte Unrast ergriff ihn. Er prägte sich die Stelle genau ein. Dann rannte er los, lief mit langen Sprüngen den Hügel hinab, spürte nicht mehr das glühende Brennen des heißen Sandes unter seinen nackten Sohlen, lief leichtfüßig ins Tal, und der kurze Schatten war jetzt seitlich und sehr dicht neben ihm.

Eine gute Stunde oder noch Ewigkeiten mehr lief Gilgamesch, ohne die Hänge und Täler zu zählen, die zwischen ihm und dem grünen Streifen lagen. Er wusste nur: Er kam näher, war schon vom letzten Kamm aus greifbar nahe gewesen. Und, ohne Einzelheiten zu erkennen, dachte er, dass es eine Oase sei. Eine so große Oase weitab vom Verlauf bekannter Karawanenwege? Gilgamesch lief, er lief, und sein Herz klopfte im Takt der Musik, die Schamach über die Wüste blies, sein Atem war beinahe dem der Sonne gleich geworden. Er lief und achtete nicht mehr darauf, wie er seine Beine bewegte, sein Körper flog jenem grünen Ort entgegen, der dort irgendwo hinter Sanddünen verborgen lag und ihn lockte.

Er erklomm einen Hügel und prallte beinahe zurück vor dem Anblick, der sich ihm unversehens bot: Eine Insel im Meer des Verderbens lag vor ihm, eine stattliche Oase mit runder Wasserstelle, von Dattelpalmen und saftigem grünem Buschwerk umrandet, ein Platz, so schön, wie ihn nur die Märchenerzähler zu erfinden vermögen. Weiße Stelzvögel standen im Wasser, zwischen den Wedeln der Palmen schwirrte ein Schwarm zwitschernder Vögel, und am Ufer des Wassers ästen schlanke Gazellen. Es war so schön, und doch durchzuckte ihn der schreckliche Zweifel: So klein war der Garten Eden, den alle zu kennen glaubten und priesen, so klein?

Warum nicht, sprach er sich selbst Bestätigung zu. Warum sollte das Paradies nicht so klein sein? Wäre es größer, so würden es wohl kaum alle suchen und die wenigsten finden. Das Paradies war eben klein, ein winziger Platz in der Wüste. Aber es kam auf die Schönheit und Pracht und keineswegs auf die Größe an. Und doch – wenn es nur eine beliebige Wasserstelle wie so viele andere war?

Sein Lauf verlangsamte sich. Er war so lange gerannt, dass er sich nun kurz vor dem Ziel Zeit lassen konnte. Das letzte Stück schritt er gemächlich voran. Die Gazellen hoben nur kurz ihre Köpfe, um zu wittern, und ästen danach ruhig weiter. Auch das war ein Zeichen dafür, dass er am richtigen Ort angelangt war. Die Tiere zeigten keinerlei Scheu, sie schienen nie erfahren zu haben, was ein Jäger ist.

Aber Gilgamesch war kein Jäger. Er war ein schmaler, halb erwachsener Junge, der mit einem Mal spürte, wie sehr ihn der stundenlange Lauf angestrengt hatte. Eine grenzenlose Müdigkeit überfiel ihn. Er schleppte sich zum Wasser, ließ sich wie ein Tier auf die Knie fallen, reckte den Hals vor und trank. Das kühle Wasser erfrischte ihn, er tauchte Hände, Arme und Gesicht ein, ließ köstliches Nass über sein Haar rieseln.

Nachdem er noch ein paar Feigen gepflückt und verspeist hatte, zog er sich unter den wohltuenden Schatten einer mächtigen Palme zurück. Er lehnte sich mit dem Rücken an ihren Stamm und schlief kurz darauf ein.

Dort träumte er einen sonderbaren Traum.

Nach und nach füllte sich der schattenspendende Saum der Oase mit allerlei Wildgetier. Antilopen und Hirsche, Onager und Gazellen ästen friedlich am Rande des Wasserlochs, Enten, Flughühner, Wachteln und Reiher tummelten sich einträchtig im Schilf. Da fuhr mit einem Mal der Sonnengott Schamach mit seinem goldenen Wagen vom Himmel herab, lautlos, von einem glühenden, gleißenden Lichtregen umgeben, der ihn umhüllte wie ein strahlender Mantel. So mächtig war seine Erscheinung, so prachtvoll seine Gewandung, dass der ihn begleitende Gibil, der Gott des Feuers, daneben eintönig wirkte in seiner Wolke aus Flammen. Beide ließen sich zwischen den Feigenbäumen nieder und betrachteten mit sichtlichem Wohlgefallen das Treiben rings umher. Da löste sich aus dem Schilf ein uralter Marabu und schritt auf sie zu. Während er ging, fielen die Federn von seinem Körper ab, verschwanden Schnabel und Flügel, und als er zu Schamach und Gibil trat, war seine ganze Gestalt so vollends verwandelt, dass er aussah wie ein Mensch. Gilgamesch wusste sofort: Das konnte nur Marduk sein, der König der Könige, der alte Vater der Götter, der sich stets gern verkleidet in die Welt der Erscheinungen mischt. Nun tauchte auch Nannar, der Mondgott, auf, der oft am helllichten Tag und noch öfter des Nachts mit seiner kalten Silberschale am Himmel wacht.

Als Zeichen seiner lebensspendenden Macht trug er einen blauen Mantel aus tausend und abertausend glitzernden Wasserperlen und als Abbild der Wandelbarkeit, nach dem die Menschen den Lauf der Zeiten bestimmen konnten, die gehörnte Sichelkrone auf dem Haupt.

Auch Bel, der waffenklirrende Kriegsgott, und Ischtar, die Herrin des Venusgestirns, der Liebe und Fruchtbarkeit, traten herbei, sowie Ninurta, der Wächter des Hundssterns Sirius, die Muttergöttin Mach, die ährengekrönte Göttin des Getreides, Nisaba, schließlich der in Felle und Federn gehüllte Tiergott Sumukan und viele andere Götter, die Gilgamesch nicht mit Namen kannte. Sie alle setzten sich im lockeren Kreis um Marduk, den Vater, und taten sich an den reifen Früchten der Bäume gütlich.

Und jetzt wurde Schamachs Stimme zur Musik, die das Schilfgras wie Harfenklang erzittern und die Luft ringsum erbeben ließ, eine Musik, in die sich das Zwitschern der Vögel und die quakenden Rufe der Frösche harmonisch mischten. Diese Harmonie drang in Gilgameschs Bewusstsein, durchtränkte seine Seele und machte ihn leicht wie eine Feder, die im Gaukelspiel eines leichten Windes dahintrieb.

Sie vermittelte ihm das Gefühl, auf einem fliegenden Teppich zu schweben, hoch über dem Land, weitab jeglicher Erdenschwere.

Klangen so nicht die Berichte der Märchenerzähler, war so nicht das sagenhafte Entrücktsein, von dem sie berichteten?

Plötzlich durchbrach ein anderer Ton diesen Wohlklang, schwoll an zum Gebrüll: Ein tiefes, grollendes Röhren wie brechendes Holz oder Baumstämme, die im Sturm aneinander rieben. Das Leben in der Oase erstarrte und lauschte ängstlich jenem neuen, unerhörten Geräusch. Dann stob es davon, jagende Hufe und Leiber im Sprung. Aus dem Gebüsch aber trat ein riesiger roter Mähnenlöwe hervor, hob majestätisch den Kopf, blickte kurz in die Runde, bevor er sich bedächtig am Wasser herabließ, um zu trinken.

Auch Gilgamesch, den das Erscheinen der himmlischen Schar wenig geängstigt hatte, erschrak, denn er hatte von solchen Löwen Schlimmes gehört. Sie galten als gefährlich und unberechenbar, weitaus bedrohlicher als Geister und Dämonen. Gebannt starrte er auf die Erscheinung, doch der Löwe schien davon nichts zu bemerken.

Endlich hob er wieder den Kopf und Gilgamesch erschrak noch heftiger als das erste Mal, denn der Löwe blickte genau in seine Richtung. Gilgamesch wollte sich unsichtbar machen, er presste den Rücken an den Stamm der Palme, überlegte fieberhaft, ob es nicht irgendwo eine Fluchtmöglichkeit gab. Zu spät, der Löwe hatte ihn wahrgenommen. Er kam näher. Gilgamesch starrte ihn an und war wie gelähmt. Er konnte kein Glied rühren, sein Herz wurde zu Stein.

Jetzt war der Löwe heran und stand riesenhaft vor ihm, ein rotzottiges Ungeheuer, das mit seiner Gestalt den Himmel verdunkelte. Gilgamesch spürte seinen hechelnden Atem, roch den beißenden Moschus der Wildnis und konnte den Blick nicht abwenden. Er sah dem schrecklichen Untier ins Gesicht, er blickte ihm in die Augen und erkannte darin das Abbild der Angst, die tief in ihm gesessen hatte. Erschrocken, angeekelt und doch auf unerklärliche Weise fasziniert blieb er regungslos sitzen und ergab sich diesem Gefühl.

Da passierte etwas ganz und gar Sonderbares: Gelächter zuckte aus dem Antlitz des Tieres, huschte, tanzte um sein schreckliches, reißzahnbewehrtes Maul, Lachen glitzerte in seinen Augen, Lachen, das ansteckte und übersprang. Auch Gilgamesch konnte nicht anders als lachen. Halb aus Spaß und völlig unbedacht streckte er die Hand aus, um in die Mähne des Tieres zu fahren. Da presste der Löwe ein Schnurren aus sich heraus und stieß mit dem Kopf vor, wie es Katzen tun, wenn sie gestreichelt werden wollen. Und nicht nur das – als Gilgameschs Finger durchs zottige Fell strichen, rieb er die Stirn an ihm und stupste die Schnauze vor, bis seine Nase die Wange des Jungen berührte. Gilgamesch spürte den Kuss des Löwen auf seiner Haut und versank im selben Moment in einen tiefen Schlaf.

Als er erwachte, hatte die Nacht ihren schwarzen
Mantel über das Himmelsgewölbe gezogen. Schamachs
Sonnenwagen war zur Rast in der unteren Welt verschwunden, von wo aus er gen Morgen wieder strahlend
hinter dem östlichen Gebirge aufsteigen würde. Dafür
glänzte Nannars halb gefüllte Silberschale am Himmel
und der Hundsstern Sirius, und rings um sie herum
blinkten und blitzten Millionen von Sternen. Geheimnisvolle Figurationen bildeten sie, deutbare Zeichen einer
Flammenschrift aus dem großen Buch des Schicksals, das
die Weisen zu lesen imstande waren. Es war nie der gleiche Himmel, jede Nacht lag der Mantel auf andere, besondere Weise, der Menschen Lebenswege bestimmend.
Welches ist mein Schicksal, was haben die Götter mit
meinem Leben wohl vor? dachte Gilgamesch.

Er hatte sich erhoben und die Glieder gestreckt. Nun
stand er da, den Kopf in den Nacken gelegt und sein
Gesicht den Sternen zugewandt. Wie viele Rätsel barg
dieses Meer, wie viele Fragen, wie viele Antworten lagen
in ihm versteckt …
Gilgamesch fröstelte. So heiß auch die Tage waren,
nachts kühlte die Wüste spürbar aus. Sumer war ein
Land, in dem es galt, die erfrischende Kühle der Nacht
mittels besonderer Lehmziegel zu fangen und für die
Hitze des Tags zu bewahren. So war es jedenfalls in den
Häusern. Hier draußen aber war es kalt, einfach nur kalt.
Er musste sich Bewegung verschaffen. Halb hüpfend,
halb tänzelnd näherte er sich der Wasserstelle. Als er

vor ihr stand, bemerkte er, dass sich der ganze Sternenhimmel in ihrer glatten, unbewegten Oberfläche spiegelte. Und nicht nur das, wie von Zauberhand hingetuscht auch die Wedel der Palmen, die Äste der Feigenbäume und die Blütenblätter der Blumen am Ufer des Wassers. Er beugte sich vor, um genauer zu sehen, und fand in der silbrig glänzenden Schwärze sein eigenes Gesicht auf sich zugleiten. »Gilgamesch …«, sagte er staunend. Und »Gilgamesch …«, flüsterte das Spiegelbild zurück. Er sah zwar das Gesicht eines vierzehnjährigen Jungen, aber er erkannte noch etwas mehr darin: In seinen Augen glitzerte das Lachen des roten Löwen. Nun, den Garten Eden, das wirkliche Paradies hatte er wohl nicht gefunden. Aber möglicherweise etwas, das für ihn noch viel wichtiger war. Eine ganze Weile hockte er so am Wasser, fasziniert und halb träumend noch. Dann zog er sich wieder unter die Palme zurück, rollte sich zusammen, um sich, so gut es ging, warmzuhalten.

Er lauschte auf das Rascheln der trockenen Blätter im Wind, ihr Flattern und prasselndes Klatschen, wenn sie gegeneinanderschlugen.

Sanft glitt sein Bewusstsein dahin, er schlief ein …

Wenn man, aus der nördlichen Wüste kommend, sich dem fruchtbaren Ufer des Euphrat näherte, fielen sofort die zerklüfteten Hügel ins Auge, zu deren Füßen die Schilfhütten und Lehmziegelbauten von Uruk lagen. Riesig war Uruk, die Stadt, die ihresgleichen im Weltenkreis suchte, gewaltig war der Plan, nach dem sie gebaut war.

Uruk, der Markt, Uruk, der große Platz – das waren eigentlich falsche Namen für ein Gebiet solcher Ausmaße, aber es gab keine Bezeichnung, die ihr gerecht werden konnte: In unzähligen Hürden fanden hier Herden aus der Umgebung Platz, falls wieder einmal räuberische Stämme aus der Wüste die umliegenden Dörfer bedrohten. Viele tausend Menschen fanden zwischen Uruks Hängen und Hügeln Schutz vor Feinden, während andere wehrhaft und trutzig ihre Häuser aneinanderbauten aus luftgetrockneten Ziegeln und die Stadt immer noch wuchs – Uruk, die Hauptstadt des Reiches Sumer, die von den Göttern mit mildem Klima Begünstigte.

Was man aber zuerst aus der Ebene sah, wenn man sich näherte, war der Eanna, der heilige Tempelberg. Die weißen Mauern der Tempel des Anu und der Ischtar ragten da wuchtig auf, und noch höher als sie schraubte sich der Turm der Zikkurat wie eine steinerne Spirale in den Himmel hinein. Hier stiegen die Priester die Himmelstreppen hinauf, um mit den Göttern zu sprechen, während im Tempel der Ischtar zu gleicher Zeit ganz andere Rituale zelebriert wurden, so geheim, dass kein Sterblicher darüber zu sprechen wagte.

Dies alles sah Gilgamesch, sah das weiße Glitzern des Eanna, das braune, bröckelige Erdreich der Hügel und das Tanzen der flimmernden Luft über der weiten Ebene rings um die Berge, in der sich die Häuser und Schilfhütten duckten und zusammenklumpten. Dazwischen lagen die Gärten und Felder, wie Flicken in einem großen, gemusterten Teppich. Oft genug hatte er vom Tempelbezirk aus auf die Stadt hinabgeblickt, jetzt aber, von außen, gelang es ihm, das Ganze zu überschauen. Er zog mit den

Augen eine beinahe kreisförmige Linie um den heiligen Berg, weit genug, um alle Hügel und Hänge, Dörfer und Felder mit einzuschließen.

Diese Stadt würde wachsen, das fühlte er sicher in diesem Moment. Wachsen und an Bedeutung gewinnen und ihren Ruf weithin in alle Lande tragen.

Gilgamesch riss sich gewaltsam aus seinen Träumereien los. Er lief über die Ebene auf die Felder zu, erreichte erbärmliche Hütten, die aus Reisig und getrocknetem Dung errichtet waren. Hier hausten die armen Hirten und Fallensteller. Wenig später tauchten fester gefügte Schilfhütten auf, in denen Bauern und einfache Feldarbeiter wohnten. Hunde sprangen ihm kläffend entgegen und folgten ein Stück weit, bis sie das Interesse verloren und zu den Hütten zurückkehrten.

Er sah Handwerker vor ihren Häusern sitzen, hörte das emsige Klappern von Werkzeugen, helles Hämmern und Klopfen, und den Klang ihrer Lieder, die sich damit mischten. Er sah Rauch aufsteigen, dort, wo in runden Erdöfen Ton zu Ziegeln gebrannt wurde, und er roch all die vertrauten Gerüche, die zu Uruk, seiner Heimat, gehörten. Jetzt, da er lange die Weiten der Wüste durchstreift hatte, freute er sich, wieder zu Hause zu sein. Weit war sein Ausflug gewesen, weit auch der Weg selbst durch die Stadt. Gegen Mittag erst erreichte er den Hügel, auf dessen Rücken die Tempelanlagen des Eanna lagen.

Als er die ausgetretenen Stufen zum mittleren Tor hinaufklomm, stellte sich ihm jemand auf halber Höhe in den Weg. Es war Erenda. Ausgerechnet Erenda. Er mochte ihn nicht, diesen breitschultrigen, stiernackigen Kerl, dessen Stimme immer so klang, als übe er Volksreden auf dem Markt. Nur ein Jahr älter als Gilgamesch war Erenda und schon Aufseher der jungen Diener im Tempel des Anu. Wie bei vielen in Uruk war sein tiefschwarzes Haar kurz geschoren und kräuselte sich wie ein Helm dicht am Schädel. Beginnender Bartwuchs kündigte an, dass er in der Entwicklung weiter vorangeschritten war als die übrigen Jungen im Tempel, und er verstand es, diesen körperlichen Vorsprung nach Kräften zu nutzen. Was Gilgamesch am meisten an Erenda störte, war sein leicht schielender Blick, der ihm etwas Verschlagenes verlieh. Mit Erenda war nicht zu spaßen, man musste sich vorsehen mit dem, was man zu ihm sagte.

Gilgamesch hatte flüchtig gegrüßt und gehofft, vorbeischlüpfen zu können, doch der andere hielt ihn am Arm gepackt.

»Wo kommst du her? Drei Tage und Nächte warst du nirgends zu finden.«

Gilgamesch machte eine vage Andeutung mit der Hand.

»Unten in den Feldern bei den Mädchen?«, fragte Erenda lauernd.

Gilgamesch schüttelte den Kopf. »Nein, weiter draußen war ich, in der Wüste.«

»Wer, der nicht muss, begibt sich schon freiwillig in die Wüste«, sagte Erenda, »und dann noch zu Fuß?«

»Die große Mutter hat es mir aufgetragen«, log Gilgamesch frech, »aber sie hat auch gesagt, dass ich mit niemandem darüber reden soll, selbst nicht mit dir.«

»So, ein Sonderauftrag von Ninsum«, wiederholte Erenda argwöhnisch.

Aber er lockerte keineswegs seinen festen Griff am Arm. Es war ihm anzusehen, dass er Gilgameschs Worten wenig Glauben schenkte. Allerdings … wenn es tatsächlich Ninsums Befehl gewesen war … Es stand ihm nicht zu, an den Worten der weisen Mutter zu zweifeln. Aber so leicht sollte ihm der Kleine diesmal nicht entkommen.

»Weißt du eigentlich, was ich deinetwegen für Mühe hatte? Die Öllampen füllen, die Schafe zur Orakelbefragung hinauf zum Eanna treiben …« Er dachte nach, was er noch alles in Gilgameschs Abwesenheit getan hatte. Alles niedrige Arbeiten, die ihm, Erenda, dem Aufseher, nicht anstanden. »Das Öl im Vorratsraum hast du aufgebraucht, ich musste eigens hinab in die Stadt, um neues zu besorgen. Alles unnütze Wege …«

Gilgamesch blieb stumm, er wartete ab, dass der andere sich wieder von selbst beruhigen würde. Ergeben hielt er den Kopf gesenkt.

Aber Erenda machte gar keine Anstalten, von ihm abzulassen. Es hatte den Anschein, als sei er froh, endlich jemanden gefunden zu haben, bei dem er sich nach Herzenslust beklagen konnte.

»Das Orakel …«, fing er wieder an, »… so viel Schafe, soviel Leber, und das alles nur, um sich nach dem Wohlbefinden unseres Königs zu erkundigen.«

»Dumuzi ist ein großer Herr«, sagte Gilgamesch vorsichtig, »was bedeutet schon das Leben eines Schafes gegen das Leben eines so großen Königs?«

»Pah«, stieß Erenda heftig hervor und gab Gilgamesch so unvermittelt einen Stoß, dass dieser beinahe aus dem Gleichgewicht geraten und die steile Treppe hinabgefallen wäre, »ein großer Herr, ja, aber ein noch größerer Dummkopf, mit dessen Weisheit sich getrost die Klugheit eines Schafbocks messen kann. Ich bedauere jedes Tier, das seinetwegen sein Leben hingeben muss.«

Gilgamesch blickte überrascht auf. Das waren harte Worte, ungewöhnlich harte Worte für einen Jungen wie Erenda. Dachte man so im Tempel über den König?

Sprach man es offen aus? Was war während seiner Abwesenheit geschehen? Oder trieb der Aufseher nur ein undurchsichtiges Spiel mit ihm, waren das Fangfragen, um zu prüfen, wie er, Gilgamesch, der besondere Schützling Ninsums, darauf reagierte?

»Trotz allem ist Dumuzi unser Herr, der allmächtige König, und nur die Götter wissen im Buch des Schicksals zu lesen. Dumuzi ist König von Uruk, wie es vor ihm Lugalbanda war: Auch er war ein großer König, einer, dessen Ruhm in die Geschichte eingegangen ist, den Freunde und Feinde gleichermaßen ob seines Mutes und seiner Tapferkeit rühmen, heute wie sicher auch in Zeiten, die noch fern vor uns liegen ...«

Er wusste, dass er mit diesen Worten die richtige Seite bei Erenda ansprach. Gleich ihm und einigen anderen war er von der weisen Mutter Ninsum als Kind angenommen worden und besaß so den Vorzug, im Egalmach, dem Großpalast des Eanna, zu wohnen. Ninsum aber war die Witwe von Lugalbanda, dem früheren König, dessen Ruhm seinen Tod überdauert hatte. Genaugenommen waren sie also alle Adoptivsöhne des großen, legendären Königs, während Dumuzi nur ein Emporkömmling, ein mehr schlechter als rechter Nachfolger Lugalbandas war.

Er lag mit dieser Einschätzung richtig. »Setz dich hin, hier neben mich auf die Stufe, Kleiner«, befahl Erenda. Er war zwar nur ein knappes Sonnenjahr älter als Gilgamesch, aber er fühlte sich allen Jungen im Tempel überlegen, denen noch nicht der erste Flaum auf der Oberlippe spross. Manchmal musste er einfach Nachhilfeunterricht geben, damit die Kleinen, die Kinder, nicht vergaßen, dass ihr Leben im Eanna kein Spiel, sondern Dienst war. Und zwar gleichermaßen Dienst an den Göttern wie an der Geschichte, die sich wie ein endloses

Perlenband aus dem Dunkel der Vorzeit in die Gegenwart flocht. Erenda deutete mit der ausgestreckten Hand in die Ebene hinein.

»Wer hat das alles gebaut und errichtet?«, fragte er.

Die Menschen, das Volk von Uruk, wollte Gilgamesch sagen, doch er schluckte die Worte hinunter. Es war ihm klar, was Erenda hören wollte. Darum antwortete er: »Die frühen Herrscher mit Hilfe gnädiger Götter.«

»Richtig«, sagte Erenda und legte bedächtig den Finger an die Nase, was er immer tat, wenn er dozieren und sich den Anschein großer Gelehrsamkeit verleihen wollte. »Die Väter, Großväter und Ahnen, deren Namen geheiligt sind, sie alle haben daran gebaut. Und unter ihnen hat Lugalbanda, gepriesen sei er, den größten Anteil gehabt. Unter seiner Regentschaft kam Frieden auf, ein Frieden, der aus Stärke entsprang, weil er es verstand, die Stämme zu einen und Uruk zum Zentrum des Reiches zu machen. Die Fürsten der fernen Städte Ur, Eridu und Nippur brachten ihm Geschenke und neigten das Haupt vor seinem Thron. Er war es, der die Räuber der Wüste verjagte und die Flüsse sicher und schiffbar machte. Er hat den großen Palast wunderbar aus Stein gehauen und als Zeichen seiner Stärke sichtbar auf dem Eanna errichtet. In seiner Regierungszeit wurde Uruk das, was es heute ist: der Nabel der Welt, der den Göttern wohlgefällige Mittelpunkt der Erde. Schau, wie herrlich sie uns zu Füßen liegt, diese Stadt, wohl über eine Fußstunde breit und ebenso lang und angefüllt von Leben und Glück, wie es prächtiger nirgendwo stattfinden kann. Nirgends sonst gibt es so viele feste Häuser aus Lehmziegeln, nirgends sonst so viele Hütten aus Schilf.

Wenn du die Augen schließt und die Ohren öffnest, hörst du, wie diese Stadt von morgens bis abends geschäftig lärmt. Zehntausend mal zehntausend Stimmen – das ist Uruk. Im Orakel, das Anus Priester aufgezeichnet haben, heißt es: Es mag viele Plätze auf der Erde geben, doch keinen, der besser geeignet wäre, eine Stadt zu tragen, als diesen. Mit Uruk ist untrennbar auch der Name von Lugalbanda, seinem größten König, verbunden ...«

Erenda schwieg einen Moment lang und ließ das Gesagte auf seinen Zuhörer wirken. Dann setzte er fort: »Kommen wir nun zu Dumuzi. Was ist er gegen Lugalbanda? Ein schwächlicher Greis, der bereits welkt, bevor er zu bedeutenden Taten gelangt ist, einer, der versprach, alles besser zu machen, und zaghaft am Anbeginn zaudert. Weißt du noch seine Worte, als er nach der Salbung vom Eanna stieg, um sich einen neuen Palast zu bauen, einen, der seinesgleichen suchen würde im Weltkreis? Und was ist daraus geworden?

Eine erbärmliche Behausung, durch deren Ritzen im Sommer der Sand und im Winter der Wind vom Gebirge fährt. Weder ist er im Egalmach noch in seiner eigenen Wohnung zu Hause. Nicht einmal auf die Felder geht er, um die Frucht zu prüfen. Er bereist nicht die Lande, um Uruk zu rühmen und den Ruf unserer mächtigen Stadt unter den Völkern zu verbreiten, er empfängt keine Boten aus Ur, Eridu und Nippur, kaum, dass er Steuern von den anderen Fürsten einzieht. Er preist weder Anu im Tempel noch Ischtar, höchstens zu den offiziellen Feierlichkeiten, und auch dann kommt es allen vor, als tue er nur widerwillig seine Pflicht. Weißt du, Gilgamesch, was die Priester und Priesterinnen oben im Eanna und unten in der Stadt sich hinter vorgehaltener Hand erzählen? Er besäße nicht mehr den Glauben, den seine Ahnen so bedeutend und vollkommen machten, er sei von nagendem Zweifel geschüttelt, so dass es nur noch eine Frage der

Zeit sei, wann Marduk die schützende Hand von seiner Stirn ziehen würde ...«

Gilgamesch erschauderte. Er dachte an den verzauberten Marabu in seinem Traum, der aus dem Wasser der Oase gestiegen war und den Göttern seine wahre Gestalt enthüllt hatte. Es war schlimm, was Erenda da sagte. Wenn das wahrhaftig stimmte, wenn die Leute wirklich so dachten und vielleicht sogar schon offen aussprachen, dann waren in der Tat die Tage und Nächte Dumuzis gezählt.

Vielleicht aber übertrieb Erenda nur. Trotz seines albernen Gehabes als Aufseher war er natürlich ein Träumer, ein Träumer wie alle Kinder, die das Glück damit begünstigt hatte, bei Lugalbandas Witwe im Egalmach zu wohnen und nicht unten in der Stadt, wo das Leben wesentlich härter war. Lag es nicht nahe, dass sich Erenda als echter Nachkomme des großen Königs fühlte, obgleich er nicht dessen leiblicher Sohn war, sondern lediglich, wie alle anderen Diener, in der beschützenden Obhut von Ninsum, der weisen Mutter, lebte? Der Umkreis von Ninsum war ein behüteter Raum, einer, in dem nur das Wirken und die Beschäftigung mit dem verborgenen Willen der Götter zählte und nicht die Not, sich um das tägliche Brot zu sorgen. In einem solchen Freiraum, hoch über den wirklichen Belangen der Stadt und ihrer Bewohner, wachsen Rebellen heran. Erenda war ein Rebell. Streng in den Regeln des Gottesdienstes und noch strenger in der Beurteilung anderer Menschen.

Erenda hatte eine ganze Zeitlang in die Ebene hineingestarrt, ohne weiter zu reden. Er wirkte außerordentlich ernst, wie er dasaß im strahlenden Glanz der Mittagssonne, die sein Haar blauschwarz glänzen und seine dunklen Augen wie kreisrunde Kohlenstücke glühen ließ.

Als er seinen Blick wieder auf Gilgamesch richtete und ihn mit schwer deutbarem Silberblick musterte, war seinem Gesicht nicht zu entnehmen, was wirklich in ihm vorging.

»Gilgamesch«, sagte er, »ich weiß nicht, welcher Skorpion mich gebissen hat, dass ich ausgerechnet dir das alles erzähle … Du bist so anders: Du siehst nicht aus wie einer von uns, du redest nicht wie einer von uns und manchmal denke ich, es treibt dich nur in die Wüste hinein, weil du von dort oder anderswo gekommen bist. Es mag sein, was böse Zungen behaupten – dass du der Sohn eines abtrünnigen Priesters bist oder sogar noch schlimmer, nämlich vom Samen eines Dämonen stammst. Ich sage dir nichts Neues, du weißt, dass auch die anderen so denken. Du bist uns fremd und mitunter unheimlich. Und dennoch rede ich mit dir, als würdest du verstehen, was ich meine. Kann einer, der nicht aus Uruk stammt, jemals erfassen, was in mir, in uns allen vorgeht?«

»Ich komme aus Uruk wie du«, entgegnete Gilgamesch trotzig, »Ninsum ist meine Mutter und der Tempel mir Heimat wie dir.«

»Ha, was besagt das schon«, gab Erenda zur Antwort, »du kannst erzählen, was du willst, ohne dass du die Zweifel von mir nehmen könntest. Nein, Gilgamesch, da ist noch etwas anderes im Spiel. Ein Geheimnis umgibt dich. Und ich behaupte, dass ich es irgendwann lösen werde. Doch dann, Gilgamesch, hoffe ich für dich und für uns alle, dass das Schicksal dir gnädig sein möge.«

Gilgamesch erwiderte nichts. Er sah auf die Stadt, die Felder und Wege, Häuser und Hütten hinab. Er sah in die weite Ebene hinein, die sich irgendwo in der Unendlichkeit der Wüste verlor. Und er dachte an seinen Traum, seinen beschwerlichen Weg zurück und daran, was er in der Oase erlebt hatte, und ganz entfernt auch daran, dass er für wenige Augenblicke jedenfalls dem Paradies nahe gewesen war, auch wenn er es in der Zukunft, in seinem späteren Leben, nie wiederfinden würde.

»Es ist gut, Gilgamesch«, sagte Erenda, »trödle nun nicht mehr länger herum, steh auf und spute dich. Ninsum erwartet dich im Egalmach, geh und mach deine Arbeit.« Nachdenklich sah Erenda aus, so, als wolle er noch etwas sagen. Aber er biss sich auf die Lippen. Zuviel schon hatte er von seinen Gedanken preisgegeben, vielleicht mehr, als dieser kleine, seltsame Kerl vertragen und für sich behalten konnte. Aber nein, er beruhigte sich, Gilgamesch besaß einen viel zu schweigsamen Charakter. Der würde nicht leichtfertig Gespräche ausplaudern. Aller Andersartigkeit zum Trotz fühlte er sich zu dem Jungen hingezogen, mehr noch als zu allen anderen im Tempel.

»Los jetzt, sitz nicht so herum und starr Löcher in die Luft«, sagte er und stieß ihn freundschaftlich in die Seite.

Gilgamesch nickte stumm, er erhob sich und lief leichtfüßig, immer zwei Stufen zugleich nehmend, zum Eanna hinauf. Es war ein schöner Tag, wirklich ein schöner Tag. Nicht einmal das düstere Gespräch mit Erenda konnte daran etwas ändern. Kannte der denn seinen Vater? Schwarzes Kraushaar allein war noch kein Beweis, ein echter Abkömmling Uruks zu sein. Er aber, Gilgamesch, war es, das spürte er genau. Er passierte das Tor, überquerte den großen Platz und lief hinüber zum Egalmach. Er war fröhlich und guter Dinge, er sang sogar vor sich hin. Als er an der Tür zum Großpalast angekommen war, blieb er einen Moment stehen, um sich zu sammeln. Erst dann klopfte er an.

Die weise Ninsum saß auf ihrem gepolsterten Sitz dicht neben dem Fenster. Ein Lächeln lag auf ihrem Gesicht und machte es jung, obgleich sie doch eine alte Frau war. Eine uralte sogar: Viel hatte sie erlebt und erfahren in ihrem Leben, das schon um so vieles länger währte als bei anderen Menschen. Weißhaarig war sie, wie silbrige Spinnfäden floss ihr Haar um ihr Haupt und rahmte ihr Gesicht ein.

Und doch – mit diesem ewig jungen Lächeln hätte man sie für ein Mädchen halten können. Sie saß unbeweglich da, leicht in sich zusammengesunken, als ob sie schliefe. Aber sie schlief nicht. Ihre Augen waren geöffnet und blickten aus dem Fenster in die Ebene. Es war schwer zu ergründen, was sie da sah und ob sie überhaupt etwas beobachtete. Wahrscheinlich sah sie einfach mehr oder zumindest gänzlich anderes als gewöhnliche Sterbliche.

Gilgamesch blieb scheu am Eingang stehen und betrachtete sie. Wie schön sie war, welche Ruhe ihre Gestalt ausstrahlte! Er wartete auf ein Zeichen von ihr, um näherzukommen. Ninsum rührte sich nicht.

Endlich hob sie die Hand und winkte ihm, ohne den Kopf vom Fenster zu wenden. Schüchtern trat Gilgamesch vor.

»Du bist zurück, Sohn«, sagte sie, und ihre Stimme war mehr Feststellung als Frage, »zurück aus der Wüste, wohin es dich trieb?«

»Ja, weise Mutter.«

»Komm näher, Gilgamesch, setz dich hierher ans Fenster, wo das Licht unbeschwert tanzt. Die Sonne hat viel zu erzählen.«

Gehorsam ließ er sich zu ihren Füßen nieder. In gleicher Höhe zu seinem Gesicht ruhten ihre Hände auf dem Schoss, weiße Hände mit langgliedrigen Fingern, von denen einer den Türkisring mit den geheimen Zeichen trug, während ein anderer mit einem schwarzen Stein, umgeben von funkelnden Karneolperlen, geschmückt war. Es war dies der Hochzeitsstein, der, den Lugalbanda einst aus den fernen Bergen bringen ließ und seiner Gemahlin zur Hochzeit schenkte. In ihm brach sich jetzt die Sonne und ließ regenbogene Reflexe um Ninsums Hände entstehen.

»Du hast Schamachs goldenen Wagen gesehen und Nannars silberne Schale?«

»Ja, Mutter«, antwortete Gilgamesch, wobei ihm nicht klar war, ob sie seinen Traum oder die Abbilder oben am Himmel meinte.

»Und du weißt auch um ihre wahre Bedeutung?«

Gilgamesch schwieg. Er fühlte, dass sie ihm etwas Wichtiges mitzuteilen hatte. Und richtig, Ninsum sprach weiter, ohne seine Erwiderung abzuwarten: »Schamach bringt uns das Licht und die Wärme, damit alles wachsen und sich zur Reife verwandeln kann. Sein Erscheinen trennt unser Leben in zwei gleiche Hälften. Den einen Teil nennen wir Tag und füllen ihn mit Treiben an, den anderen, an dem er mit seinem Sonnenwagen unter der Erde weilt, nennen wir Nacht und nutzen ihn zum ruhespendenden Schlaf. So schlafen wir die eine Hälfte unseres Lebens und lassen geschehen, während wir die andere Hälfte selbst gestalten, damit alles so werde, wie es geschehen soll. So sind die Männer: ja und nein, arbeiten und ausruhen, ausruhen und arbeiten. Die meisten Männer, auch du, sind im Zeichen der Sonne geboren. Während die Sonne immer gleich rund ist, wechselt Nannars Mondschale beständig seine Gestalt.

Von der schmalen Sichel zum Kreis, vom Kreis wieder zur Sichel geht sein Zyklus, den vor allem die Frauen sehr gut verstehen, weil er mit den Säften ihrer Körper zusammenfließt. Darum messen wir auch nach seinem Wandel die Zeit und richten alles so, dass es übereinstimmt mit der Kraft, die er uns sendet. Dies, Gilgamesch, sind zwei völlig verschiedene Arten, das Leben zu leben und zu verstehen: die Weise der Männer und die Weise der Frauen. Darüber hinaus zeigt uns der Himmel noch mehr außer Sonne und Mond. Und auch dies lässt sich auf unterschiedliche Weise betrachten und deuten.«

Gilgamesch schwieg. Er hatte die Augen geschlossen, um sich besser auf ihre Worte konzentrieren zu können. Er trank ihre Stimme. Wie Wind war sie, wie Wind, der durchs Blattwerk streicht.

»Nimm zum Beispiel die Priester im Tempel des Anu«, sprach Ninsum weiter, »Nacht für Nacht beobachten sie den Himmel, alle Gestirne und ihre Stellung zueinander, die sich verändert. Sie verzeichnen alles, sie berechnen das ganze Himmelsgewölbe und glauben, danach Vorhersagen machen zu können, wie etwas sein wird in der darauffolgenden Nacht, im nächsten Jahr, und wie das alles mit dem zu tun hat und Einfluss gewinnt auf das, was auf der Erde mit Leben erfüllt ist. Auch das ist so ein männlicher Weg: Tagsüber halten sie sich vom Treiben der Menschen fern, um ungestört in Zeichen festzuhalten, was sie des Nachts gesehen und vermessen haben. In Wirklichkeit aber träumen sie nur.«

»So hältst du wenig von ihrem Treiben?«, fragte Gilgamesch überrascht.

»So meine ich das nicht«, sagte Ninsum, »Träume sind stets wichtig, und manche sogar von außergewöhnlicher Bedeutung. Ich meine nur, dass sie von selbst kommen und nicht erst durch Berechnungen angeregt werden müssen. Grundsätzlich ist es schon recht, den Lauf der Gestirne zu beobachten und danach Aussagen zu machen, zum Beispiel, um den günstigsten Zeitpunkt für Saat und Ernte zu berechnen. Allerdings gelingt das nicht immer – auch die Priester des Anu haben sich schon geirrt und den Bauern falsche Ratschläge erteilt, die zu Missernten und Hunger führten. Die Anupriester erklären solche Irrtümer dann damit, dass die Götter vergessen haben, sich um die Menschen zu kümmern und erst wieder durch Gebete und Opfer besänftigt werden müssen. Die Priesterinnen der Ischtar beschreiten da einen ganz anderen Weg. Sie richten ihr Augenmerk ausschließlich auf ein einziges Himmelsgestirn – die Venus – und dienen ihr Leben lang der Göttin der Liebe und dem, was ihr untertan ist – alles Sinnliche nämlich, die Gefühle, der Körper, Wohlbefinden und Lust, Freude am Dasein, Sehnsucht, Verschmelzen und Fruchtbarkeit. Aus diesem Grunde feiern sie ihre Dienste an der Göttin auch stets wie ein Fest. Nicht lange mehr, dann wirst du am eigenen Leib erfahren, was ich dir jetzt nur mit Worten vermitteln kann.«

Gilgamesch wollte gern mehr wissen, da ihm bisher der Zugang zum Tempel Ischtars verschlossen gewesen war, doch Ninsum winkte ab.

»Alles zu seiner Zeit, Sohn, kein Baum, der Blüten treibt, bevor nicht der Frühling mit seinem Atem ihn ganz und gar durchdrungen und·vorbereitet hat.«

Ein schwacher Trost für einen, der zu dürsten beginnt und sich dicht vor der Quelle wähnt.

Doch Ninsum fuhr lächelnd fort: »Jeder Mensch, auch du, gelangt eines Tages an eine Stelle, wo sich diese beiden Wege deutlich sichtbar vor ihm auftun, und einen davon muss er sich aussuchen. Welchen Weg würdest du wählen, Sohn?«

Gilgamesch dachte angestrengt nach. In Anus Diensten stand er, soweit er denken konnte. Dieser Weg hatte ihn viel Anstrengung gekostet. Erfahrung ja, Erfahrung hatte er ihm auch gebracht, Neugier und Wissen und erneute Neugier, um noch mehr Wissenswertes zu sammeln. Und doch erschien es ihm wie ein Fass ohne Boden. Man mochte soviel Wissen wie möglich, vielleicht alles Wissen der Welt hineinschütten, ohne es jemals füllen zu können. Oder lag es daran, dass er einfach noch nicht genug gelernt hatte? Den anderen Weg, Ischtars Weg, kannte er noch nicht. Wie sollte er sich dafür entscheiden? Er hatte lediglich gemerkt, dass zwar Männer wie Frauen den Tempel besuchten – Männer vor allem, um sich von der Freizügigkeit der liebreizenden Dirnen verwöhnen zu lassen –, dass die Sache an sich aber wohl mehr eine Angelegenheit der Frauen war: Kein Mann konnte Priester der Ischtar werden, keiner hatte Zugang zum Allerheiligsten, und es gab keinen, der, vor die Wahl zwischen Anu und Ischtar gestellt, sich gegen Anu und ausschließlich für Ischtar entschieden hätte.

»Ich weiß es nicht, Mutter«, gab er kleinlaut zu.

Ninsum lächelte und schwieg. Es war gut, dass sie schwieg, so konnte sich die Verwirrung allmählich wieder legen, die Gilgamesch erfasst hatte.

Endlich sprach sie ihn wieder an, und diesmal wurde er gewahr, dass ihre Augen wohlwollend auf ihm ruhten.

»Natürlich musst du erst den anderen Weg, den Ischtars, kennenlernen, um dich wirklich zwischen beiden entscheiden zu können. Nur …«, hier zögerte sie und setzte ihre Worte mit Bedacht, »… vielleicht gibt es ja mehr als Ja und Nein, als Entweder-Oder, vielleicht gibt es da noch eine dritte Möglichkeit für dich, einen dritten Weg …«

»Und welcher Weg ist das?«, fragte Gilgamesch gespannt. Er spürte instinktiv, dass das Gespräch an einem entscheidenden Punkt angekommen war.

»Dein eigener«, sagte Ninsum und lachte, als sie Gilgameschs verdutztes Gesicht sah. »Der, den dich dein Innerstes führt«, fügte sie ernsthafter hinzu, »und möglicherweise ist das sogar der einzige, den du gehen kannst. Wie du ihn findest? Du darfst dabei auf niemanden hören, außer auf dein Innerstes.«

»Mein Innerstes … was meinst du damit?«

»Etwas, was tief in dir sitzt, Gilgamesch, ein Stück von dem großen Instrument, das die ganze Welt mit Klängen belebt. Achte stets, ob dieses innere Instrument bei dir in Schwingung gerät. Nur das kann Auskunft darüber geben, ob etwas für dein Leben von Wichtigkeit ist.«

»Ich glaube, dass du recht hast mit allem, was du mir sagst, Mutter. Es erscheint mir klar, und doch erfasse ich nicht alles von dem wirklich.«

»Das macht nichts, Gilgamesch. Es ist nicht von Belang, dass du jetzt im Moment alles begreifst. Wichtig ist nur, dass du es aufnimmst und mit dir trägst, damit es dir im entscheidenden Moment wieder einfallen kann.«

Ninsum hatte mit solchem Ernst gesprochen, dass Gilgamesch fühlte, wie unmöglich es war, ihre Worte jemals wieder zu vergessen. Aber eine Frage, die lange in ihm herangewachsen war, drängte sich auf. »Wie soll ich meinen Weg erkennen, wenn ich nie erfahren werde, wo er begann? Über meinen Anfang weiß ich nur das Wenige, was du mir erzählt hast und was die Leute darüber sagen. Stimmt es, Mutter, dass ich von einem Dämon abstamme?«

Jetzt lachte Ninsum schallend.

»Und ein Priester?«, fragte Gilgamesch hastig weiter, »war ein Anupriester mein Vater, einer der abtrünnig wurde und aus Uruk verschwand?«

Ninsum ließ sich Zeit mit der Antwort. »Warum drängt es dich so, das zu wissen?«, sagte sie endlich. »Glaube mir, dass es so sogar besser ist, denn ein jeder, der seinen Vater kennt, versucht, ihm nachzueifern oder ihn zu bekämpfen, um ihn schließlich am Ende zu überwinden. Dir aber bleibt dieser sinnlose Irrweg erspart, du brauchst dich weder nach etwas auszurichten, noch gegen etwas zu kämpfen, du hast die Chance, dich so zu entwickeln, wie es einzig und allein dein Innerstes als richtig erkennt und gutheißt. Diese Möglichkeit hat nicht jeder, Gilgamesch, nimm sie als ein Geschenk und nutze sie gut.«

Gilgamesch war zwar nicht zufrieden mit dieser Antwort, dass die weise Mutter aber so sprach, drückte aus, dass auch sie seine wahre Herkunft nicht kannte oder aber nicht preisgeben wollte. Wenn es aber so war, dann wussten alle anderen noch viel weniger, dann war all das Gerede von Dämon und Priester nicht mehr wert als Fliegengesumm.

Ninsum vollführte eine Bewegung mit der Hand, so als streiche sie durch unsichtbare Schleier, und Gilgamesch verstand sofort, was sie meinte. Er eilte zu einer Wandnische und entnahm ihr die Harfe.

Es war ein kostbares Stück; vollständig aus Edelhölzern gefertigt, die mit gewalztem Blattgold, Elfenbein, gebranntem, gesticheltem und bemaltem Holz verziert waren. Wunderbare Intarsien schmückten die Seiten, das Schönste an der Harfe aber war ihre Stirnseite, an der ein goldener Stierkopf mit rotem Halsband prangte, der einen Bart aus blauen, glitzernden Lapislazuliperlen trug. Unterhalb des Stieres wies der Klangkasten der Harfe eine Folge sorgsam geschnitzter Reliefbilder auf, seltsame mythologische Darstellungen, die Gilgamesch schon immer fasziniert hatten, wenn er zu Füßen Ninsums hockte, dem Klang ihres Spieles lauschte und ihre Hände beobachtete, die geschickt über das Holz an den schwingenden Saiten vorbeistrichen. Heroen gab es da zu sehen, Mischwesen der Vorzeit, halb Fisch, halb Mensch, so wie die Ahnen der sieben Weisen, die einst dem Meer entstiegen sein sollten, um die Menschen in allen Fertigkeiten und Künsten zu unterrichten. Obgleich niemand mehr wusste, wie es sich damals wirklich zugetragen hatte, waren Abbilder von ihnen noch immer beliebt. Es gab sie aus Stein und aus Ton, manche legten sie abergläubisch in kleinen hölzernen Kästen unter die Türschwellen der Häuser oder vergruben sie in einer Ecke des Zimmers, manchmal wurden sie auch in der Nähe des Bettes eines Kranken aufgestellt. Die Inschrift auf dem Rücken der Figuren lautete stets: ›Steige herab, Reichtum des Gebirges! Tritt ein, Überfluss!‹ Auch Gilgamesch besaß so ein Tonfigürchen, aber er hatte es nicht in der Ecke seines Schlafzimmers vergraben, sondern trug es an einer Haarkette als Talisman am Hals.

Außer solchen Darstellungen von Fischmenschen gab es an der Harfe noch andere Figurationen, die merkwürdig anmuteten und zum Träumen anregten: ein aufrecht stehender Skorpion mit menschlichem Oberkörper etwa, der in seinen Händen Siegelrollen trug – das war der

Wächter der aufgehenden Sonne, Schamachs Leibdiener, und hinter ihm im Gefolge der Fabelwesen kam sogleich ein auf den Hinterpfoten laufender Ziegenbock, der zwei besondere Trinkgläser hielt und vor einer Amphore mit Wein stand. Dann gab es noch allerlei absonderliches Getier – ein Wildesel, der auf Kornähren Lyra spielte, Bären, Füchse, Löwen, Stiere und Rinder, die Feldarbeit verrichteten oder in Büchern lasen oder den Göttern Opfer brachten.

Gilgamesch wusste nie, was ihn mehr in eine andere Welt versetzte – Ninsums Spiel oder diese Bilder, die sich zu den Klängen der Harfe zu bewegen schienen, obgleich sie doch nur aus Holz geschnitzt waren.

Plötzlich brach die weise Mutter ihr Spiel ab und fuhr Gilgamesch mit der Hand durchs Haar. »Es war gut, dich allein in die Wüste zu lassen«, sagte sie, »es hat etwas verändert, etwas in deinen Augen hat sich verändert. Ich habe es gleich bemerkt, als du kamst, jetzt weiß ich, was es ist: Du hast den Löwen gesehen.«

Woher wusste sie so genau um die Einzelheiten seines Traums? »Er steht in diesen Nächten an einer ganz besonderen Stelle am Himmel«, fuhr Ninsum fort, »und steigt manchmal herab auf die Erde, um sich unter die irdischen Wesen zu mischen. Hast du Angst verspürt?«

Gilgamesch nickte. Die Erinnerung an den Schreck schnürte seine Kehle zusammen, machte seine Stimmbänder stumm.

»Große Angst?«

Wieder nickte er.

»Aber du hast es überstanden, wie man sieht. Es gibt zwei Arten, Angst zu überwinden, Sohn – entweder durch Mut oder durch Freude. Hast du mit dem Löwen gekämpft und ihn bezwungen?«

»Nein, er hat mich ausgelacht, er hat nur gelacht«, gab Gilgamesch kleinlaut zur Antwort.

»Das ist gut«, sagte Ninsum, »sehr gut ist das. Ich habe noch niemanden getroffen, der einem lachenden Löwen begegnet ist. Er war dir wahrscheinlich wohlgesonnen?«

»Er hat mich geküsst«, schlüpfte es Gilgamesch heraus. Er biss sich auf die Lippen. Das hätte er nun doch nicht preisgeben müssen.

Die weise Mutter sah ihn lange nachdenklich an. Dann sagte sie: »Dies ist in der Tat ein Glück, das nur wenigen Sterblichen zuteil wird. Und es gibt dir einen wichtigen Fingerzeig, aus dem du Lehren ziehen kannst. Denk immer daran, wie man mit Angst umgehen kann, Gilgamesch. Angst ist gut, wenn sie nicht lähmt oder wahnsinnig macht. Mit Mut kann man Angst überwinden, aber herzlos werden dabei, weil Mut jedes andere Gefühl beiseite drängen muss, um grenzenlos zu sein. Nur Freude ist noch mehr als Mut. Sie ist die größte Kraft, die wir kennen, sie schließt Mut mit ein, Mut ist ein Teil der Freude. Wo Freude ist, hat Angst keinen Platz. Bewahre sie dir auf, diese Freude, Gilgamesch, und teile sie mit denen, die dir nah sind. Bewahre dir das Lachen des roten Löwen im Auge.«

Eine Stimme rief von fern zum kurzen Gebet, dem das Abendessen folgen würde. Die alte Ninsum mühte sich, aus ihren Polstern aufzustehen. Gilgamesch sprang sofort hinzu, um ihr behilflich zu sein. Doch die weise Mutter wehrte ab. Mit einem rätselhaften Lächeln im Gesicht war sie auf den Beinen und am Eingang, bevor Gilgamesch richtig zu sich kam. Es war unerklärlich, aus welchen Quellen sie ihre Kraft schöpfte. Zögernd folgte er ihr. Draußen auf dem Rundgang des Palastes bestätigte ein schneller Seitenblick, dass die Nacht herannahte und mit ihr das Sternbild des Löwen. Wie würde es diesmal am Himmel stehen?

»Zwing mich nicht, mit dem da zu gehen«, rief Abebe außer sich vor Erregung, »nicht mit dem da, mit dem Braunkopf!« Er deutete angeekelt mit dem Finger auf Gilgamesch.

»Du kennst die Vorschriften, Abebe«, sagte Erenda streng, »wenn du meinen Anweisungen nicht folgst, muss ich dich bestrafen.«

»Dann bestrafe mich, sperr mich in den Keller zu Ratten und Mäusen. Das ist mir immer noch lieber, als mit dem da gehen zu müssen!«, rief Abebe.

Die Jungen hatten einen Kreis um Erenda und Abebe gebildet. Gilgamesch stand teilnahmslos dabei und blickte zur Seite. Es ging um ihn, natürlich ging es wieder einmal um ihn. Was hatte er ihnen nur getan, dass sie ihn so heftig ablehnten? »Und warum«, fragte Erenda, »warum willst du lieber in den Keller, als mit Gilgamesch die Tontafeln zu den Weisen zu bringen?«

»Weil …«, erwiderte Abebe, »… weil der da Unglück bringt. Sieh nur auf seine braunen Haare: Sie sind kein bisschen gekräuselt wie bei uns! Und dann ist er immer so ruhig, so unheimlich ruhig. Man kann nicht reden mit ihm. Er lacht nie über unsere Späße. In allem tut er so, als sei er bereits erwachsen … dabei ist er kleiner als ich. Ich fürchte mich, wenn ich allein mit ihm bin.«

Erenda betrachtete aufmerksam den aufsässigen Schüler. Dann sagte er: »Du warst selbst dabei, Abebe, wie wir das Los geworfen haben. Das Los fiel auf dich. Wenn du nicht gehst, werde ich dem Oberpriester melden müssen, dass du das Urteil der Götter anzweifelst. Und warum tut er das? wird er fragen. Ich werde antworten: weil er sich vor einem fürchtet, der kleiner ist als er. Kannst du dir denken, was der Oberpriester davon halten wird?«

Abebe schluckte heftig. Aus seinem Gesicht war die Farbe gewichen.

»Ich gehe«, sagte er schnell, »ich gehorche, du kannst dem Oberpriester sagen, dass ich gehorche.«

»Dann ist es gut«, sagte Erenda und wandte sich zum Gehen. Im Tempel wartete Arbeit auf ihn. Es galt, die Berechnungen des Sternenhimmels der vergangenen Nacht zu vergleichen und säuberlich abzuschreiben. Auch die übrigen Jungen mussten sich sputen. Erenda hatte die Aufgaben genannt und jedem einzelnen zugeteilt. Geschäftig stoben sie auseinander. Nur Gilgamesch und Abebe blieben auf dem Platz vor der Zikkurat, der geschraubten Himmelssäule aus Stein, zurück.

Gilgamesch blickte hinauf. Seine Augen folgten der großen Spirale, deren Spitze sich im Himmel verlor. Zu gern hätte er einmal eine Nacht dort oben verbracht und die Sternbilder, besonders das des Löwen, aus der Nähe betrachtet. Aber dafür war er noch zu jung, solche Aufgaben waren allein den Priestern vorbehalten.

Höchstens Aufseher wie Erenda durften hinauf, um die Tabellen der Sterndeuter in Empfang zu nehmen. Er war neidisch auf Erenda.

»Was machen wir jetzt?«, fragte Abebe, ohne ihn anzusehen.

»Das weißt du doch«, antwortete Gilgamesch, »wir nehmen die Tafeln und tragen sie hinunter in die Stadt. Am Fuße des zerklüfteten Tells, dort wo die Ruinen des alten Tempels sind, haben die Weisen ihre Behausungen errichtet. Wir geben die Tafeln ab und warten, ob sie uns etwas auftragen. Dann kehren wir zum Eanna zurück.«

Das Leben war einfach, wenn man es so wie Gilgamesch sah: Aufgaben, Pflichten und Abenteuer. Schwierig waren allein die Menschen, die anderen Kinder. Woher kam nur ihre unerklärliche Scheu und Abneigung vor ihm und seinem Aussehen? Er hatte Abebe nie etwas getan, er war ihm weder besonders zugetan, noch hasste er ihn. Und dennoch hätte es dieser vorgezogen, freiwillig zu den Ratten und Mäusen in den Keller zu gehen, als mit ihm eine so einfache Arbeit zu verrichten. Ach was, Abebe war ein Feigling und Schwätzer. Sicher hätte der sich auch im Keller gefürchtet und die ganze Zeit über irrsinniges Zeug vor sich hin gebrabbelt.

»Komm jetzt«, sagte er barsch und hob eine der Tafeln auf. Sie war erstaunlich schwer, kein einfaches Rollsiegel, sondern eine richtige große Tafel mit Schrift. Es war nicht einfach, vier von ihnen gleichzeitig zu tragen. Er klemmte sich zwei unter den linken Arm, nahm die übrigen zwei unter den rechten und lief los. Hinter sich hörte er Abebe keuchen. Und schon ging wieder sein Gejammer los: »Lauf nicht so schnell, ich komme nicht nach. Wenn ich stolpere und die Tafeln zu Bruch gehen dabei, bist du allein schuld.«

Gilgamesch drehte sich um und sandte einen wütenden Blick in Abebes Richtung. Der schrie auf und machte einen erschrockenen Schritt zurück.

»Ich denke, du bist größer als ich?«, höhnte Gilgamesch. »Dann hast du doch auch längere Beine und müsstest längst vor mir sein. Los also, du Großmaul. Ich trage meine vier Tafeln sicher. Sieh zu, dass du deine nicht vor lauter Dummheit verlierst.« Damit wandte er sich wieder um und lief, ungeachtet des hinter ihm hechelnden und unterdrückte Flüche ausstoßenden Abebe, seinen Weg die Treppen hinab, hinunter in die mit Leben erfüllte Stadt.

Bauern und Kaufleute aus dem ganzen Umkreis waren heute am Saum des Hügels versammelt, um ihre Waren feilzubieten. Da verkaufte einer Gemüse, ein anderer die goldenen Äpfel der Sonne, wieder ein anderer pries hinter seinem Stand Melonen, Feigen und Kürbisse an. Es gab Stände mit gebrannter Keramik, Zierkacheln und allerlei Schmuck für die Damen, verzierte Öllampen, Amphoren und Gläser, Schalen aus Granit und Terrakotta, Elfenbeinsplitter, die zu Amuletten geschnitzt waren, bedruckte Stoffe und Tücher, Schminkpasten und Gewürze. An anderer Stelle hatten Viehhirten Areale abgesteckt, in denen zum Verkauf angepflockt Ziegen und Schafe warteten, Hühner, Tauben, selbst zwei gezähmte Onager. Und daneben das übliche Haushaltsgeschirr: Teller und Schüsseln, Krüge und Vasen, Löffel, Nadeln und Messer aus angeschärftem Gebein.

Normalerweise hätte Gilgamesch gern hier eine Weile zugebracht, sich durch die Menge gezwängt und wohl auch eine Weile den Gauklern, Akrobaten, Taschenspielern zugesehen, den Sängern und Märchenerzählern gelauscht. So aber gab es einen Auftrag, der keinen Aufschub erlaubte. Er achtete nicht auf die Bettler, wich Kranken, zerlumpten Gestalten aus und wäre beinahe mit einer dicken Frau zusammengestoßen, die Wäsche in einem Korb auf ihrem Kopf zum Färbeplatz balancierte. Er schlängelte sich mit seinen Tontafeln unter dem Arm so geschickt durch die Menge, dass der andere bald zurückblieb und irgendwo zwischen Getreidebergen und Tüchern mit frisch gebackenen, dampfenden Broten verschwand.

Erst am Rande des Marktes hielt er inne, setzte die Tafeln ab und wartete auf Abebe. Als der endlich kam, sich schnaufend und stöhnend näherte, die Tafeln in den Sand rutschen ließ und sich erschöpft hinwarf, als habe er soeben die Berge zum Euphrat versetzt, war Gilgamesch bereits ausgeruht und hätte erneut loslaufen können. Aber er wartete, bis Abebe neue Kräfte gesammelt hatte. Solange konnte er das wogende Marktvolk beobachten.

»Was ist, wollen wir ewig hier sitzen und ausruhen?«, fragte Gilgamesch. »Der Tag neigt sich gegen Mittag. Wenn wir heute noch etwas zu essen bekommen wollen, müssen wir uns beeilen.«

Abebe sagte nichts. Statt einer Antwort griff er in seine Gürteltasche und förderte ein Stück Naschwerk zutage, das ihm irgendwo auf dem Marktplatz zugesteckt worden sein musste. Genüsslich begann er zu kauen. Ohne Gilgamesch anzusehen, registrierte er mit sichtlichem Behagen, dass der andere jeden Bissen in seinem Munde zählte. Als er fertig war, leckte er sich die Finger ab: Gilgamesch sagte nichts dazu. Er fragte sich im stillen, ob er wohl anders gehandelt hätte.

Nein, nicht anders, er hätte nichts abgegeben, nicht diesem Kerl, diesem widerlichen Abebe, der es verstand, aus jedem Wort, aus jeder Gebärde eine Provokation zu machen.

»Fertig?«, fragte er noch einmal.

Abebe nickte und grinste hinterhältig.

Sie nahmen erneut die Tontafeln auf und liefen los in Richtung des zerklüfteten Tells. Dort lagen die Reste des uralten Tempels, von dem niemand mehr sagen konnte, wann er erbaut und wann er zerstört worden war. Man konnte die Ruinen eigentlich erst erkennen, wenn man unmittelbar davorstand. Ein paar zerbröckelte, vom Wind verformte Säulenreste, behauene Steinquader, die halb aus dem Sand ragten, hier und da eine seltsame Unregelmäßigkeit im Boden – das war alles, was vom einstigen Tempel erhalten war.

In unmittelbarer Nähe zum Gelände begannen die Begräbnisfelder der Stadt; ein unheimlicher Ort, den man tunlichst, vor allem bei Nacht, zu betreten vermied. Konnte nicht sein, dass hier Lilith, die geflügelte Todesgöttin, aus und ein ging, begleitet von lautlosen Eulen, um verirrte Wanderer mit ihren Krallen zu reißen? An einer Säule des alten Tempels gab es ein Abbild von ihr, das anziehend und schrecklich zugleich war. Da stand die nackte Göttin auf zwei kauernden Löwen, hielt die Flügel abgespreizt und die Hände mit den Lebenssymbolen erhoben, während riesige Eulenvögel rechts und links von ihr wachten. Gleich ihnen waren Liliths Füße hornig und krallenbewehrt und ihr augenloser Blick glich entsetzlich dem der furchtbaren Vögel. Niemand, nicht einmal die Weisen, die ihre eigene Herkunft von den Fischwesen der Vorzeit ableiteten, vermochten zu sagen, welche Bewandtnis es mit der Göttin hatte. Ja, sie sollte die Frau von Adam, dem ersten Menschen, gewesen sein, als die Götter beide aus Ton erschufen und ihnen Leben einhauchten. Es hieß aber auch, dass Lilith mächtiger als Adam gewesen sein soll, Dinge wusste, die dieser nicht verstand, und als sie merkte, dass sie sich zwar verständigen konnten, nie aber über die gleiche Sache sprachen, da habe sie im Zorn den unaussprechlichen Namen genannt und sich in Luft aufgelöst.

Gewiss, auch Ischtars Bildnis am Eingang des Venustempels war nackt, nackt und verführerisch, aber anmutig dabei und in keinster Weise so von schrecklichem Zauber behaftet wie Lilith an der Säule des alten Tempels.

43

Und noch immer ging eine unbeschreibliche Anziehungskraft von ihrem Körper aus.

Sie mussten daran vorbei, und Abebe, der stehengeblieben war, starrte gebannt auf ihre Brüste, die sich wie reife Äpfel aus dem Stein herauswölbten. Sein Blick wurde glasig, stoßweise ging sein Atem, und das konnte keineswegs allein von den vier Tontafeln kommen.

»Komm weg hier«, sagte Gilgamesch, »dies ist ein verfluchter Ort, nicht gut zum Verweilen. Sein Anblick wirkt wie Fieber und verwirrt das Denken.«

Nur zögernd löste sich Abebe vom Bildnis der nackten Göttin. Gilgamesch drängte weiter, und so erreichten sie kurz danach die Höhen am Fuße des Tells. Es waren mehrere Höhlen, verschiedene Eingänge führten nebeneinander in den Berg. Welcher davon war der richtige? Sie wussten es nicht, und so setzten sie sich in den Sand, legten die Tafeln sorgfältig ab und warteten, dass jemand nach draußen kam.

Als sich eine geraume Zeitlang nichts tat, begann Gilgamesch laut zu rufen. Kurz darauf trat ein bärtiger Greis ins Licht des Tages, der trug eine verzierte Haube und ein Gewand, das unterhalb des Gürtels wie ein Fischschwanz wirkte. Dort war der Stoff über und über mit glänzenden Schuppen belegt. Gilgamesch sah aufmerksam hin, ob er auf diesem außergewöhnlichen Fischschwanz lief oder echte Beine besaß. Er war richtig erleichtert, als er bemerkte, dass unter dem Rocksaum nackte Zehen hervorschauten.

Der Greis, dessen Barthaare zu langen Locken gedreht waren, blickte sie prüfend an und erhob danach seine Stimme.

»Bringt ihr die Tafeln vom Eanna, auf die wir warten?«, fragte er.

Gilgamesch und Abebe bestätigten lebhaft wie aus einem Munde.

»Dann nehmt sie und tragt sie in meine Behausung«, sagte der Greis und verschwand wieder in der Höhle. Die beiden Jungen hoben die Tontafeln auf und schleppten sie ins Innere des Hügels. Dort sah es verwirrend und unaufgeräumt aus. Berge von Tontafeln türmten sich an den Wänden, dazwischen lagen Felle und Tierschädel, Utensilien ohne jeden erkennbaren Sinn, Holzkisten und Krüge, und in einer Ecke kauerte zwischen Kissen und Polstern ein weiterer Greis, der noch älter und gebrechlicher schien als der erste. Der schlief und schnarchte mit offenem Mund und offenen Augen.

Als sie sich an das nur unzureichend von flackernden Öllämpchen erhellte Halbdunkel gewöhnt hatten, entdeckten sie weitere Einzelheiten in der Höhle, die außerordentlich befremdlich wirkten.

Da saßen in unzähligen Nischen Eulen und Käuze jeglicher Größe, aber keineswegs aus Lehm geformte Figuren, sondern echte Tiere, die mit weitaufgerissenen Augen den Neuankömmlingen entgegenstarrten.

»Die Totenvögel der Lilith«, flüsterte Abebe und erbleichte vor Schreck. »Keine Totenvögel, sondern Tiere der Weisheit«, sagte der Greis, der sie in die Höhle beordert hatte, »das sind meine Mitarbeiter und Ratgeber. Ihr braucht keine Furcht vor ihnen zu haben.«

Abebe ließ sich durch diese Auskunft keineswegs beruhigen. Ängstlich sah er sich nach dem Eingang um. Gilgamesch aber hatte etwas anderes entdeckt, das seine Neugier entfachte. Dort hing eine auf Tuch gemalte Karte, die das Erdenrund darstellte. Flüsse waren darin vermerkt, Berge und Städte, Meer auch und Länder und Inseln, von denen er niemals zuvor gehört hatte.

»Tritt ruhig näher und schau sie dir an«, brummte der Greis lächelnd, »das ist interessant, nicht wahr? Es ist eine sehr alte Karte, die der Vater meines Großvaters zeichnete, als die Götter ihm die Hand dabei führten. Sie bildet alles ab, was es gibt auf der Welt, auch die Reiche, die so weit entfernt liegen, dass sie niemand im Leben zu Fuß zu erreichen vermag.«

»Aber der Vater deines Großvaters hat sie gesehen?«, fragte Gilgamesch andächtig.

»Nein, auch er nicht«, sagte der Greis, »nur die Götter und ganz wenige Auserwählte wissen um die wirkliche Form der Erde. Das beeindruckt dich, nicht wahr? Ich sehe, wie dich die Zeichnung gefangen nimmt. Würdest du selbst gern einmal die wirkliche Form der Erde sehen, die Weiten des Weltkreises entdecken und vom Aufgang bis zum Untergang der Sonne wandeln?«

»Ja, das möchte ich«, sagte Gilgamesch und seufzte aus tiefstem Herzen, »es muss wunderbar sein, die Erde so zu erleben, wie ihre wirkliche Form ist, all die fernen Länder und Städte ...«

»Du bist noch sehr jung, du hast Zeit dazu, dies Wagnis zu beginnen. Mir ist das leider nicht mehr vergönnt. Mein Weltkreis beginnt hier am Eingang der Höhle und endet dort beim schnarchenden Vater. Und doch bin ich felsenfest davon überzeugt, dass dies der Mittelpunkt der Erde ist, von wo aus sich alles erkennen lässt«, sagte der Greis bedächtig. »Doch genug nun des Geschwätzes. Weder du noch ich sind berechtigt, die Zeit für solche Gedanken zu stehlen, wenn noch andere Aufgaben, die es zu bewältigen gilt, vor uns liegen. Nimm dieses Rollsiegel hier als Zeichen dafür, dass die Tafeln wohlbehalten bei den sieben Weisen angelangt sind, und trag es zum Eanna. Die Priester des Anu werden es wohl zu lesen und zu verwenden wissen.«

Mit diesen Worten reichte er Gilgamesch einen winzigen schwarzen Streifen aus Stein, in den geometrische Figuren und menschenähnliche Halbwesen eingekerbt waren. Diese Wesen trugen allesamt Hörnerkronen und lange, faltenreiche Gewänder. In der Mitte saß Schamach auf seinem Strahlenthron und empfing die Geschenke der niedrigeren Götter. Rechts und links davon aber standen stilisierte Bäume und aufrechtstehende Hirsche, die ebenfalls den Sonnengott anzubeten schienen. Gilgamesch barg das Siegel in seinem Gürtel und verneigte sich demutsvoll vor dem Weisen. Der entließ sie mit einer Handbewegung.

Unterwegs wollte Abebe unbedingt den schwarzen Stein näher betrachten. Gilgamesch gab ihn zögernd aus der Hand und er hatte recht damit. Kaum, dass Abebe das Siegel in den Händen spürte, griff er zu und riss es an sich.

»Nicht du sollst es zum Tempel tragen«, kreischte er, »nicht ein Brauner mit glatten Haaren wie du.«

Gilgamesch zuckte die Achseln. Es war ihm gleichgültig, wie der Kerl sich anstellte. Der begriff sowieso nicht, was es mit dem Siegel auf sich hatte. Er aber hatte genau hingesehen: Einer der Götter trug einen Löwenkopf auf den Schultern. Also war das Sternbild ein zweites Mal binnen weniger Tage herabgestiegen. Diese Tatsache musste von Bedeutung für alle sein. Sie nahmen nicht den Weg über den Markt zurück, sondern kletterten eine steile Abkürzung über die Hügel. So erreichten sie früher als erwartet den Eanna und konnten sich, nachdem sie die Botschaft der Weisen im Tempel überbracht hatten, noch eine Weile im Umkreis der Zikkurat tummeln. Gilgamesch hatte aber keine Lust, den prahlenden Worten Abebes zu lauschen, der vor den anderen Kindern aufschnitt und sein Abenteuer mit den Eulen und Käuzen der Lilith in düsteren Farben malte. Er schlich sich beiseite und blickte über den Rand des Wehrgangs nahe dem Egalmach sehnsuchtsvoll in die Ebene. Ungeheuerlich groß und weiträumig musste die Welt sein, dass selbst die Weisen sie nicht mit eigenen Augen durchmessen hatten. Irgendwann würde er sich aufmachen, um selbst alles zu entdecken, was auf der Karte mit Strichen, Punkten und Kreisen bloß angedeutet war. Es war klar, dass er dabei allein gehen musste. Keines der anderen Kinder würde ihn begleiten. Er würde laufen, wie er die Wüste durchlaufen hatte und Abenteuer dabei erleben, von denen die anderen nicht einmal zu träumen wagten.

Der Ort, an dem sich Gilgamesch am wohlsten fühlte, lag mit Sicherheit in der näheren Umgebung von Ninsum, der weisen Mutter. Auch wenn er nicht in ihrem Zimmer weilen durfte, gab es im Egalmach doch Plätze und Winkel, in die er sich zurückziehen konnte. Bis hierher reichte weder die Macht der Anupriester noch der Priesterinnen Ischtars und selbst König Dumuzi hielt sich fern und respektierte den Freiraum der weisen Mutter. Hier konnte Gilgamesch Schriften der Bibliothek studieren, dem Harfenspiel Ninsums lauschen oder sich einfach der Flut der Gedanken überlassen, die in diesen Tagen und Wochen auf ihn einstürmte. Da erkannte er plötzlich viel von dem wieder, was im Tempel des Anu auf unverständliche, oft verschlüsselte Weise gelehrt und in Rituale umgesetzt wurde, wenn er durch die Felder der Bauern strich, sich zu ihnen an die Feuer setzte und ihren einfachen Erzählungen lauschte. Warum die Schafe zum Beispiel nicht im Winter Lämmer warfen, sondern erst im Frühling, was die Menschen zu gewissen Zeiten zum Fasten veranlasste und danach zu Schlacht- und Freudenfesten, die mit dem Erstarken von Schamach in Beziehung gesetzt wurden. Dies alles hatte mit dem Wandel in der Natur, mit ihrem inneren Rhythmus zu tun: Nach der kargen Zeit, in der sich die Erde vom Winter erholen und ausruhen musste, kam die Aussaat und das erste Grün, das die Schafe stark und gebärfreudig machte. Oder dieses: kein Vogel konnte sich ewig in den Lüften bewegen, höchstens aufsteigen und einen Tag lang von den Winden treiben lassen, bis Hunger und Ermattung ihn wieder zum Boden trieben, wo er weilte und schlief, wie es die Menschen tun, wenn der Abend herannaht. Andere aber, so die Eulen der Lilith, Käuze und andere Nachtvögel, kehrten ihr Treiben um und schliefen tagsüber in dunklen Höhlen und Erdlöchern, um des Nachts dann auf Beute zu gehen. Auch sie unterlagen dem großen Gesetz, das weise eingerichtet alles an seinen Platz stellte und jedem eine besondere Aufgabe bot, die es zu erfüllen galt.

Zu anderen Zeiten indes wurde Gilgamesch von einer schier grenzenlosen Traurigkeit überwältigt, ein Schmerz, der ihn packte und niederwarf, dass er an keinem dieser Tage zum Lachen gelangte. Er brachte diese Zustände mit seiner Einsamkeit in Verbindung. Keines der anderen Kinder war ihm wirklicher Freund, mit keinem von ihnen konnte er Rätsel lösen, Erkanntes besprechen oder Geheimnisse teilen. Sie machten einen großen Bogen um ihn, als sei er vom Aussatz befallen oder als habe Ura, der Bote der Pest, ihn mit seinem tödlichen Atem gestreift oder als säße Pazuzu, der böse Geist und widrige Luftdämon, der geflügelte Schwarzfürst des Windes, in seinem Nacken. Niemand, außer Erenda, der stets nur Arbeit auf ihn ablud, sprach ihn an oder forderte ihn zum Spiel auf, wenn er zu Füßen von Anus Hochterrasse schweigend entlangschlich, tief in den Schatten der Wand mit den hundert Nischen geduckt, oder im Mosaikhof den Wandschmuck betrachtete. Tonschriften gab es hier als Verzierung mit schwarzen, weißen und rot eingefärbten Köpfen, Zickzackrändern und Rautenmustern und dann wieder Bildnisse, die in einfachster Form Dattelrispen, Getreideähren und Mähnenschafe darstellten. Wenn Musik erklang, Harfen, Flöten und Zimbeln und die Mädchen zu Ehren der Venusgöttin tanzten, saß er weitab von allem in einem Winkel, schaute mit brennenden Augen den grazilen Schritten und Körperbewegungen zu. Oder nicht einmal das – dann saß er, allem lauten Treiben entzogen, auf den Stufen der Hochterrasse und beobachtete den Himmel, dieses ewige Rätsel.

Ninsum bemerkte seine allmähliche Veränderung mit Sorge und Unbehagen. Aber sie schwieg und mischte sich nicht ein, weil auch sie, die weise Mutter, nicht wusste, wie ihm zu helfen war. Einmal aber träumte er einen Traum und ging zu Ninsum, um ihn sich deuten zu lassen. Er sprach: »Dies, Mutter, träumte ich in der letzten Nacht: Ich saß wieder einmal wie schon so oft auf der Terrasse und betrachtete den Sternenhimmel, den fernen. Da fiel einer wie aus Anus Himmelsfeste zu mir nieder. Da lag er und glühte, und es kam mir vor, als riefe es aus seinem Inneren heraus zu mir. Ich stand auf, ging näher heran und betrachtete ihn. Fremd und geheimnisvoll sah er aus und doch auch wie etwas mir sehr

Bekanntes. Als ich versuchte, ihn aufzuheben, da war er zu schwer. Ich konnte ihn nicht bewegen. Da traten die Leute, alles Volk von Uruk ringsum zu mir, das ganze Land sammelte sich, um zu schauen, was geschehen war. Von weit und breit drängten die Menschen heran, von überall her lief das Volk, und Männer kamen, um mir die Füße zu küssen. Endlich gelang es mir, den Stern, der mich so unbeschreiblich lockte und anzog, zu heben. Ich brachte ihn dir und legte ihn dir zu Füßen. Du aber sagtest nur, er sei meiner ebenbürtig.«

Die weise Ninsum, die viel erlebt und gesehen hatte und wie keine andere der Traumdeutung mächtig war, antwortete ihm darauf: »Höre, Sohn, der Himmelsstern, von dem du träumtest – das war dein Gegenpart, der Teil von dir, den du am meisten herbeisehnst und am wenigsten kennst. Darum konntest du ihn auch nicht sogleich heben. Als es dir aber endlich gelang und du ihn zu mir trugst, da musste ich ihn als dir ebenbürtig erkennen, denn er ist die andere, verborgene Hälfte von dir, die dich ganz macht und vollendet. Suche ihn, Gilgamesch, und wenn du ihn findest, dann nimm ihn auf. Ein starker Freund wird er sein, ein Helfer in Gefahr, der Gewaltigste im Lande, von Kraft erfüllt, Anus Himmelsfeste gleich ist seine Stärke! Dass du dich so zu ihm hingezogen fühlst, bedeutet: nie wird er dich im Stich lassen, außer du wirst ihn eines Tages nicht mehr brauchen und aus eigenem Antrieb fallenlassen. Das ist der Inhalt deines Traumgesichts!«

Tage und Wochen vergingen wie im Flug, und Gilgamesch dachte nach. Überall suchte er nach einem solchen Freund, doch wo er sich auch umschaute, stieß er auf Unverständnis und Ablehnung. So saß er zumeist wieder allein im Schatten des Tempels, während andere entdeckten, was das Leben an Freuden zu bieten hat.

Da träumte Gilgamesch eines Nachts erneut einen Traum, der sich so plastisch und eindringlich vollzog, dass er davon erwachte und zuallererst glaubte, er habe das Geträumte soeben wirklich erlebt. Wieder ging er zu Ninsum und bat sie um eine Deutung.

»Diesmal, Mutter, habe ich mitten auf dem Marktplatz von Uruk ein gewaltiges Beil gefunden. Keines, wie es die Handwerker benutzen und auch keins, wie es im Notfall von Kriegern getragen wird. Viel größer als alle; die ich bisher sah, war es, das Beil eines Riesen und ebenso schwer. Nur mit äußerster Mühe gelang es mir, dieses Beil zu heben. Ich legte es auf meine Schulter und es drückte mich fast bis in den Boden hinab. Aber ich schaffte es, das Beil über den ganzen Marktplatz zu tragen, wo sich inzwischen viel staunendes Volk angesammelt hatte. Die Treppe hinauf zum Eanna trug ich es, bis hin zu dir und legte es dir zu Füßen. Du aber sagtest, wie schon einmal beim herabgefallenen Himmelsstern, es sei mir ebenbürtig.«

Die weise Mutter sann den Worten eine Zeitlang nach und gab dann zur Antwort: »Fast hast du die Frage in deinem Traum dir selber beantwortet, denn in der Tat gibt es zwischen dem schweren Gestirn und dem Beil eine Parallele. Das Beil, das du schautest, ist ein Mann, aber keiner, wie es ihn gewöhnlich gibt. Noch ist er fern, aber wenn du ihn findest, so denke daran: Ein starker Freund ist er, ein Helfer in Gefahr, der Gewaltigste im Lande, von unbändiger Kraft erfüllt, in seiner Stärke gleich dem Himmelsgewölbe des Anu. Lass dich erinnern, Sohn, es ist dies nicht nur der zweite Traum, der in diese Richtung deutet – es ist bereits der dritte. Im ersten, der länger zurückliegt und den du mir im großen und ganzen verschwiegst, kam der gesamte Götterhimmel herab, und aus seiner Mitte heraus sprang ein roter Löwe, der lachte, sich über das Treffen freute und dich küsste. Ich erzählte dir danach vom Sternbild des Löwen und sicher hast du dein Augenmerk öfter als sonst darauf gerichtet. Folglich träumtest du im zweiten Traum von einem Gestirn, das vom Himmel fiel. Schon hier deutete sich an, dass es keine gewöhnliche Sternschnuppe und ein kleiner Wunsch, sondern eine große, gewaltige Sehnsucht war, die du kaum allein fassen und ertragen kannst. Jetzt aber, im dritten Traum, zeigt sich, dass der Freund, der zu dir kommt, ein großer und zuverlässiger Kampfgefährte ist. Du weißt, Sohn, dass ich kein Freund von Kampfeslärm bin und dem Krieg ablehnend gegenüberstehe. Ich weiß aber auch, dass das Leben eines Menschen im Buch des Schicksals vorgeschrieben ist und wenig vermag Wille allein, daran etwas zu ändern. So lebe dein Leben, Sohn, wie es die Götter dir zugeteilt haben. Höre auf, traurig zu sein, weil du jetzt noch entfernt bist von dem, was du so sehnlich wünschst. Der Tag wird mit Gewissheit kommen, an dem du deinen starken, mächtigen Freund und Berater findest, den du so brauchst, obgleich er nur ein Teil von dir ist. Dann ziehe mit ihm, Gilgamesch, kämpfe, wenn es sein muss, und finde Frieden, wenn es soweit ist. Aber bei allem, was du machst, achte darauf, dass du es richtig und überlegt tust. Das wünscht sich Ninsum von dir, deine Mutter.«

Tief betroffen von dieser Deutung ging Gilgamesch, aber nicht, um weiterhin zu trauern, sondern in der Gewissheit, dass die Tage seiner quälenden Einsamkeit gezählt waren und vorübergehen würden. Ninsums Traumdeutung hatte die Tür in der magischen Wand zwischen ihm und den übrigen Menschen einen Spalt weit geöffnet, ein hoffnungsvoller Streifen Licht floss in sein Dunkel und erfüllte ihn mit froher Erwartung. Er nahm sich vor, einen Fuß in diesen Spalt zu setzen, damit sich die Tür niemals wieder gänzlich schließen würde. Hatte das Auswirkung auf seinen Umgang mit den anderen Kindern? Zuerst noch nicht. Nach wie vor machten sie einen Bogen um ihn und brandmarkten ihn als versponnenen Einzelgänger, über den man beliebig herziehen und sich lustig machen konnte. Lediglich Erenda merkte, dass sich etwas im Wesen Gilgameschs verändert hatte. Das war die Art, wie er ging und den Kopf hielt: nicht mehr so geduckt und nach allen Seiten spähend wie früher, sondern stolzer und aufrechter. Auch schien er in letzter Zeit größer geworden zu sein, und er wuchs noch immer. Wenn man ihn ansprach und Aufträge erteilte, hörte er ruhig zu, die Augen aufmerksam auf den Sprecher gerichtet, er nahm die Worte ernster als früher und dachte beim Zuhören zugleich über den Sinn des Gesagten nach. So gab sich Erenda, weil er ein guter Aufseher war, noch mehr Mühe als bisher, die Arbeit gerecht zu verteilen, und übertrug Gilgamesch Dinge, von denen er dachte, dass sie mit äußerster Zuverlässigkeit und Verschwiegenheit zu geschehen hatten.

Daher wurde Gilgamesch immer häufiger als Kurier zu den sieben Weisen eingesetzt, jedenfalls solange es sich um Gegenstände handelte, die er allein tragen konnte. Oft lief er den Eanna hinab in die Stadt, um Besorgungen auf dem Markt zu machen, die für die gebrechlichen Greise in den Höhlen von Wichtigkeit waren. Immer kam er dann an den sandverwehten Ruinen des alten Tempels vorbei, wo Liliths betörendes Abbild auf ihn wartete, bevor er zu den Weisen in den Höhlen eintrat. Und jedes Mal warf er ihr einen scheuen Gruß zu, ihr, deren Blick aus fernen Zeiten zu kommen schien und in noch fernere wies. Was hatte sie gesehen, was sah sie? Was war das überhaupt für ein Tempel gewesen, den die Menschen der Wüste und dem fortschreitenden Verfall überließen? Er wagte nicht einmal die Weisen danach zu befragen. Aber einmal, als er mit einem Krug frischer Milch vom Markt kam, war es ihm, als habe sie sich flüchtig bewegt und ganz leicht die Flügel entspannt. Da näherte er sich vorsichtig der Säule und goss einen Schluck Milch in die Steinmulde zu ihren Füßen, dorthin wo die Eulen und Löwen wachten.

Von nun an tat er das immer, wenn sich Gelegenheit bot. Und jedes Mal war danach, wenn er aus den Höhlen zurückkam, die Gabe verschwunden. Vielleicht, dass Tiere der Wüste davon tranken. Oder die Seelen der Verstorbenen vom nahegelegenen Totenfeld. Oder sogar die steinernen Löwen und Eulen, vielleicht sogar sie selbst.

In den Höhlen der sieben Weisen wurde er gern gesehen. Sein Aufenthalt dort zog sich jedes Mal in die Länge, denn die alten Männer entließen ihn nicht sogleich, wenn er die Tontafeln, Botschaften vom Tempel oder die Waren vom Markt abgesetzt hatte, sondern freuten sich, dass er da war, und verwickelten ihn in Gespräche. Auf diese Weise, durch Frage und Antwort, erneute Frage und weitergehende Antwort, erfuhr er mehr, als er bisher im Tempel des Anu gelernt hatte.

Allmählich merkte er dabei, dass es nebeneinander drei Ebenen gab, in der Zeit zu leben. Da war einmal die Ebene der Menschen von Uruk. Ihre Welt wurde von kleinen Dingen und Ereignissen bestimmt, die für jeden einzelnen ebenso wichtig waren, wie die großen Fragen für die Priester oben im Tempel, die den Sternenhimmel als ihre Äcker betrachteten, die es mit Geist, Verstand und

Intuition zu durchpflügen galt. Die Priester des Anu und wohl auch die Dienerinnen Ischtars im Venustempel kümmerten sich wenig um die täglichen Arbeitsabläufe der Menschen von Uruk. Ihre Zeit war eine andere, eine, die sich in Mondwechseln, Sonnendurchläufen und Verschiebungen der Sternbilder zueinander maß. Damit hatten sie zu tun, dies war ihnen wichtiger, als sich in die Belange und Probleme der einfachen Menschen zu mischen.

Zu diesen beiden, gleichzeitig nebeneinander existierenden Ebenen gab es aber noch eine dritte. Dies war die Welt, in der die sieben Weisen lebten. Keiner von ihnen rechnete mehr, weder zählten sie die Stunden des Tages, noch die Wanderungen von Venus und Sirius während des Sonnenjahres am Himmel. Sie sprachen von ›den Kindern‹, wenn sie die Bewohner des Eanna meinten und von ›den Enkeln‹, wenn es sich auf das Volk von Uruk bezog. Ihre Antworten und Botschaften an sie waren niemals einfacher Art und damit sofort umsetzbar, sondern beruhten auf einem tieferen Sinn, der wie das kostbare Samenkorn einer seltenen Pflanze im Kern ihrer Worte verborgen war und behutsam, nachdenklich und mit Geduld erst aus fremdartig anmutenden Blütenblättern gelöst werden musste.

Viel Ähnlichkeit haben sie mit Ninsum, der weisen Mutter, dachte Gilgamesch. Eigentlich gibt es nur einen einzigen Unterschied zwischen ihnen und ihr: Was sie sich mühsam, mit großer Gelehrsamkeit aus vergangenem Wissensschatz holen, es vom Moos des Verfalls, vom Rost der Zeiten in ihren Köpfen befreien, es abwägen und prüfen, polieren, feilen und endlich, wenn sie es zur Weitergabe wert befinden, in neue Worte verpacken – all dies fließt Ninsum zu, ohne dass sie sich anstrengen muss, ja ohne – und bei diesem kühnen Gedanken lief Gilgamesch ein Schauer des Glücks über den Rücken – ohne dass sie vielleicht selber weiß, was sie da sagt, woher ihr Wissen kommt und übervoll über ihre Lippen fließt.

Ninsum war nicht seine leibliche Mutter, dazu war sie zu alt. Er wusste nicht, wer ihn geboren, noch wer ihn gezeugt hatte. Umso mehr ehrte er sie. Sie, wie die Weisen in ihren Höhlen oder das fremdartige Abbild der Lilith am verfallenen Tempel; jeden auf eine besondere Weise, die sich nicht miteinander vergleichen ließ. Ninsum aber liebte er. Er liebte sie, wie kein Sohn Uruks seine Mutter zu lieben verstand. Und doch ahnte er, dass es noch eine andere Form von Liebe gab, eine, die Körper, Seele und Geist gleichermaßen in Aufruhr versetzte. Immer stärker, von Tag zu Tag mehr, spürte er das. Und es machte ihn neugierig.

Wenn er auch vorher noch nicht den Zugang zum Venustempel der Ischtar gefunden hatte, so zog ihn doch das Geheimnis, das dort im Verborgenen aufbewahrt wurde, immer mehr an. Häufig schlich er sich im Kreis um den Tempel, verbarg sich beobachtend zwischen Mauervorsprüngen, um herauszufinden, was dort eigentlich vor sich ging und was so viele Männer und Frauen zum Heiligtum lockte. Auf den Stufen rings um die Tempelanlage saßen, besonders bei mildem Sonnenwetter, die Mädchen der Ischtar. Schöne junge Frauen waren das, die in Ischtars Dienst getreten waren. Sie trugen Kleider aus durchschimmernden Stoffen, die mehr mit ihren Formen spielten, als sie verhüllten, Brüste, Beine und Schenkel den Blicken der Männer preisgaben, die tagtäglich zum Eanna kamen, um in ihrer Nähe zu weilen und zu warten. Und es kamen viele Männer, Männer von überall her, manche sogar von weit durch die Wüste gereist, was an ihrer Kleidung zu erkennen war, die in anderer Weise als der in Uruk üblichen verarbeitet war. Meist saßen sie auf den Stufen des Tempels gegenüber den Mädchen und sahen sich satt, lauschten ihrem Gesang und dem Spiel ihrer Flöten, Zimbeln und Saiteninstrumente. Dann ging einer oder zwei zu den Mädchen hinüber, warf ihnen eine Münze oder ein kleines Geschenk in den Schoß, worauf die Erwählte auflachte, sich erhob, ihre Kleider glattstrich und mit dem Mann im Inneren des Tempels verschwand. Gilgamesch wusste, dass dies Geld und die Gaben niemals für die Mädchen bestimmt waren, sondern in die Schatzkammer der Göttin Ischtar wanderten. Diese Mädchen ließen sich nicht für die Lust bezahlen, sie boten sich freiwillig an und fassten ihr Tun als Gottesdienst auf. So war nichts Schlechtes daran. Ein jeder nahm, was er wollte und gab dafür, was er als richtig empfand. Natürlich war das nicht der einzige Grund für die Existenz und die Beliebtheit des Tempels. Andere kamen, um sich weissagen oder ein Orakel stellen zu lassen, wieder andere schliefen über Nacht in den Kammern des heiligen Saals, um sich am darauffolgenden Morgen von besonders dafür geeigneten Priesterinnen ihre Traumgesichte deuten zu lassen. Die Frauen kamen aus vielerlei Gründen zu Ischtar. Manche, die schwanger waren, wollten ergründen, ob sie einen Jungen oder ein Mädchen zur Welt bringen würden. Andere, die nicht schwanger waren, aber sich Fruchtbarkeit wünschten, gingen zu Ischtars Altar, um die Erfüllung ihrer Wünsche zu erbitten.

Dann gab es die Feste, die sich beim Volk besonderer Beliebtheit erfreuten. An diesen Tagen und Nächten strömten jung und alt auf den Eanna, um die Sorgen des täglichen Lebens schon beim Besteigen der Treppen von sich abzustreifen und im Kreis der Venusdienerinnen unbeschwert zu tanzen, zu singen und zu musizieren und sich an den Darbietungen der Mädchen zu erfreuen, die zu solchen Gelegenheiten in kostbare Gewänder gekleidet erschienen und wie Sternenkinder wirkten, die vom Himmel zu den Menschen herabgestiegen waren. Unter Anleitung der Hohepriesterin wurden dann Szenen aufgeführt, die den Alltag der Götter symbolisierten und in Einweihungsritualen mündeten, zu denen Jugendliche, die noch nicht von Ischtar gesegnet waren, keinen Zugang hatten.

Oft saß Gilgamesch also in seinem schützenden Mauervorsprung und sah dem Treiben der Mädchen zu. Wunderschöne Blumen waren sie, ein Meer junger, knospender Blüten, die sich bewegten wie zarte Schilfrispen im Wind und auch so rochen. Aber noch immer hatte Gilgamesch keine von ihnen berührt, er war noch keinem weiblichen Wesen wirklich nahegekommen. Ansehen, betrachten, ja, aber von weitem, aus sicherem Abstand, wo er nichts zu sagen brauchte und keineswegs in die Verlegenheit kam, etwas zu tun, das ihm unbekannt war. Er sah ihre geschmeidigen Bewegungen, die grazile Art, beim Tanz die Füße zu setzen, er sah das, was Lilith und Ischtar aus Stein geformt verkörperten, lebendig vor sich, runde Formen, schwellende Brüste wie Äpfel, Melonen oder Birnen, die ihrer Reife zuwuchsen. Er hörte ihr Lachen, ihre hellen Stimmen wie Gezwitscher eines fröhlichen Vogelvolkes, ihr Necken und Gurren, wenn sie den wartenden Männern zuriefen oder sich lustig über sie machten. Er sah ihre schönen Gebärden, ihr Haar, ihre glänzenden Augen und glaubte von fern, die Wärme ihrer Körper zu ahnen, die er gern gespürt hätte, und manche von ihnen hielt er des Nachts im Traum heimlich umfangen. Nie, aber nie, tat er einen Schritt auf sie zu, denn es fehlte die Segnung Ischtars dazu, die kommen würde, wenn es an der Zeit war, so wie sie bei Erenda bereits erfolgt war, mit dem seit jenem Ereignis eine erstaunliche Wandlung passiert war.

Hatte zwischen ihm und Erenda bisher seine Rolle als Aufseher als unüberwindbare Grenze gelegen, so hatte sich dieser Abstand inzwischen vergrößert, war so gewaltig geworden, dass es ihm vorkam, als sei Erenda in einer anderen Welt, in einer, von der er vorerst nur die Mauer, nicht aber das Eingangstor fand.

Eines Nachts schlich sich Gilgamesch wieder zum Venustempel, um die Liebespaare zu belauschen, die dort im Mondschein ihre merkwürdigen Spiele trieben. Ganz dicht kam er im Schutz der Dunkelheit heran, so dicht, dass er, hinter einem kleinen Steinblock verborgen, jedes heimlich gewechselte Wort verstehen konnte. Er sah nicht, um wen es sich handelte, aber den Stimmen zufolge mussten es eines der Mädchen und ein junger Priester des Anu sein.

Sie saßen umschlungen am Fuße der Treppe, küssten sich und tuschelten dabei. So wurde Gilgamesch Zeuge einer ganz und gar überraschenden Unterhaltung.

»Und ihr seid im Palast des Königs, bei Dumuzi, gewesen?«, fragte der junge Mann.

»Ja«, antwortete das Mädchen leichthin, »in letzter Zeit sind oft Dienerinnen des Tempels bei ihm, um sein Herz zu erfreuen. Manchmal zwanzig und mehr.«

»Allesamt um dem Herrscher Lust zu bereiten?«

»Nein, natürlich nicht. Dumuzi ist ein alter, gebrechlicher Mann. Aber es kommt vor, dass fremde Gesandte bei ihm weilen, Kaufleute aus Uruk auch, mit denen er sich bespricht.«

»Gesandte?«, fragte der junge Mann, »ich dachte, er pflegt keinen Umgang mehr mit den Fürsten der anderen Städte?«

»Nun, es sind auch keine Gesandten aus Ur, Eridu und Nippur. Sie kommen von weiter her. Ein paar von ihnen sollen schwarz wie Holzkohle am ganzen Körper gewesen sein.«

»Und was treibt ihr da so?«, wollte der junge Mann wissen.

»Oh«, rief das Mädchen, »zuerst gibt es zumeist ein üppiges Gastmahl, das von Gesprächen begleitet wird. Da halten wir uns zurück, denn Politik ist eine Sache für Männer, die Frauen leicht auf den Magen schlagen kann. Auch sind wir dafür nicht eingeladen. Nach dem Essen aber tanzen und musizieren wir und zaubern auf diese Weise alle Missstimmungen fort, die bei den Gesprächen des Mahls entstanden sein können.«

»Und dann?«

»Dann fordert der König zumeist die Gäste auf, unter uns ihre Wahl zu treffen, damit wir sie für den Rest der Nacht im Spiel der Liebe verwöhnen können.«

»Warst auch du schon dabei?«

Jetzt lachte das Mädchen hell auf und stieß den jungen Mann neckisch in die Seite. »Bist du eifersüchtig, Unnuki, eifersüchtig auf das, was wir tun?«

»Vielleicht, ich weiß es nicht«, brummte der Priester, »aber beantworte mir erst meine Frage: Warst du auch schon dabei? Oft schon sogar?«

»Nein«, antwortete das Mädchen, »erst einmal durfte ich mit, ich bin noch zu jung. Aber die Hohepriesterin sagt, dass ich es gut gemacht habe und jetzt öfter mit den anderen gehen darf.«

Der junge Mann schwieg. Wahrscheinlich dachte er nach. Dann fragte er: »Und es macht dir Spaß, ich meine, du tust es gerne?«

»Ja, ebenso wie im Tempel«, sagte das Mädchen, »es gefällt Ischtar, ihr zu Ehren tue ich es und gebe mein Bestes, damit sie mir gut gesinnt bleibt und mich ein Leben lang beschirmt und beschützt.«

»Ich könnte dich auch beschützen«, sagte der junge Mann.

»Aber nicht so gut wie Ischtar«, antwortete das Mädchen schnell, »und dann kommt noch hinzu, dass wir beide, du und ich, keine gewöhnlichen Menschen sind. Wir haben beide die Weihe empfangen, du im Tempel des Anu und ich in dem der Venus. Du weißt, dass eine Heirat zwischen Priestern und Priesterinnen unmöglich ist.«

»Ich spreche auch nicht von Heirat«, gab der junge Mann von sich.

Eine Zeitlang schwiegen beide, und es war schwer auszumachen, was sie taten. Vielleicht saßen sie einfach nur nebeneinander und betrachteten den Himmel, der sternenübersät seine Pracht vor dem Mantel der Nacht ausbreitete. Aber nach einer Weile verrieten raschelnde Geräusche und hastiges Atmen, dass sie erneut den Weg ihrer Körper gefunden hatten.

Gilgamesch schloss die Augen und stellte sich vor, was er anstelle des Priesters tun würde, wenn er statt ihm auf den Stufen sitzen und die weiche Haut des Mädchens spüren würde. Denn eine weiche Haut musste sie haben, eine, die zur Sanftheit ihrer Stimme passte. Die Stimme dessen, den sie Unnuki genannt hatte, riss ihn aus seinen Gedanken heraus.

»Ich hätte nie gedacht, dass der alte Dumuzi, der sich doch ansonsten völlig von allem zurückgezogen hat, solche Feste und Gastmähler feiert.«

»Das ist auch erst in jüngster Zeit so«, gab das Mädchen zur Antwort. »Iluna, die unsere Hohepriesterin und die letzte Verkörperung Ischtars auf Erden ist, sagt, der Bart Dumuzis werde langsam so weiß, dass der Anblick eines einzigen dunklen Haares darin ihn in Verzückung bringen würde. Und sie sagt auch, dass dies das sichere Anzeichen des nahenden Todes sei. Dumuzi lebt auf der Schwelle zwischen dem Hier und dem Jenseits. Er spürt es selbst und versucht, den sicheren Zeitlauf aufzuhalten, indem er sich nun verstärkt den irdischen Freuden widmet. Iluna sagt, es sei unsere heilige Pflicht, das zu verstärken und ihm jeden Wunsch von den Lippen abzulesen. Ein einziges Wort des Königs genügt, um uns zu ihm eilen zu lassen. Und ist er es auch nicht mehr selbst, der zu Venus Wonnen Eingang findet, so soll er wenigstens mit den Augen und Ohren in glücklichen Gefühlen baden. Schnell ist sein Anteil im Buch des Schicksals zu Ende gelesen und noch schneller versäumt, was sich als unaufschiebbar erweist.«

»Deine Iluna scheint eine besonders kluge Frau zu sein.«

»Das ist sie«, rief das Mädchen von den Worten geschmeichelt aus, »hätte sie Ischtar sonst zu ihrer Verkörperung auf Erden erwählt? Aber nicht nur klug und einsichtig ist sie, sondern zudem auch von einer Schönheit, die jeden bisher, der sich ihr näherte, geblendet hat. Sie ist der strahlende Abglanz der Venus und gleich ihr ein glutvoller Stern, an dem sich Unvorsichtige leicht verbrennen können.«

»Wie meinst du das?«, fragte der junge Mann irritiert.

»Nun, sie sagt zwar, dass Politik eine Sache der Männer sei und wir uns nicht in die Streitigkeiten der Männer einmischen sollen. Aber sie sagt auch, dass wahre Herrschaft ohne die wärmende Aura der Venus sinnlos und leichtfertig ist.«

»Sinnlos und leichtfertig? …«

»Ja, das sind ihre Worte. Aber sie redet nicht nur davon, sie versteht sich auch im Handeln äußerst geschickt.«

»Auf welche Weise?«

»Indem sie selbst mit uns zu Dumuzi geht, um ihn auf seiner eingeschlagenen Bahn zu berichtigen und zu verbessern.«

»Berichtigen und verbessern … das klingt, als würde sie versuchen, Einfluss auf den Herrscher zu gewinnen.«

»Das tut sie auch«, sagte das Mädchen fröhlich, »ich selbst habe sie am Tische Dumuzis gesehen, dicht an seiner Seite saß sie und zog ihn allein mit ihren Blicken in Bann. Wie keine andere versteht sie, das Spiel aus Locken, Zurückstoßen und erneutem Locken zu spielen. Ich sage dir, wenn du den Alten beobachtet hättest – kein Auge ließ er von ihr und tat verliebt und kirre wie ein Junge, der sich nach der Segnung das erste Mal dem Tempel nähert. Wenn du mich fragst: Es kommt noch so weit, dass er ihr völlig erliegt und sie zur Frau nimmt.«

»Das würde bedeuten, dass sie Herrscherin über Uruk wird und die Macht des Tempels der Ischtar grenzenlos wächst.«

»Du bist schon wieder eifersüchtig«, rief das Mädchen und gab ihm ärgerlich einen Klaps, »erst wachst du eifersüchtig über mich und gönnst mir nicht, wozu ich berufen bin, nämlich jedem, der es wünscht, Einlass zum Tempel der Lust zu gewähren und dies bewusst und mit Freuden zu tun, und dann nimmst du es Iluna übel, ihrer Vorstellung gemäß zu handeln und Ischtar zur Macht zu verhelfen. Was willst du eigentlich, du unzufriedener Kerl?«

»Dich«, flüsterte der junge Priester, »dich will ich, und zwar sofort und mehr und öfter als alle Gesandten des Königs zusammen.«

»Dann lass uns in den Tempel gehen«, antwortete das Mädchen, »die Nacht ist zwar dunkel und mild, wärmer aber ist es in meiner Kammer, wo uns niemand hört und beobachten kann.«

Damit erhoben sie sich und strebten umschlungen dem Eingang des Tempels entgegen. Ihre Schritte verloren sich in der Feme. Viel hatte Gilgamesch mitbekommen, zuviel eigentlich, um damit zurechtzukommen. Einerseits hatte ihn das belauschte Gespräch aufgeregt und seine Sinne zum Trudeln gebracht, andererseits wühlte aber auch das sein Inneres auf, was das Venusmädchen über Ischtar und Iluna beziehungsweise König Dumuzi preisgegeben hatte. Es war ihm schlagartig klar, dass weitaus mehr auf dem Spiel stand, als das Paar in seiner verliebten Tändelei zu bemerken schien. Wie, wenn dem Oberpriester des Anu davon etwas zu Ohren käme? Und wer konnte garantieren, dass der junge Unnuki nicht einmal darüber sprach, wenn dies bereits der Unterhaltungsstoff der Venuspriesterinnen war? Wie würde er reagieren, er und die gesamte Priesterschaft, wo doch sowieso schon jedem klar war, dass Anu und Ischtar in

Konkurrenz um die Gunst des Volkes standen und sich neben Dumuzi um die Macht im Staate bewarben? Ging Iluna nicht einen Schritt zu weit, wenn sie den König umbuhlte und einen Weg einschlug, der möglicherweise zu Thron und höchstem Ansehen führte? So wie Erenda dachten viele über Dumuzi, aber nur, um den Einfluss Anus an seine Stelle zu setzen. Wenn jetzt Iluna dies für ihren Glauben tat, würde der Ruhm der Venus alles überstrahlen und den Dienst an Anu in den Schatten stellen. Daran musste Gilgamesch denken. Nicht weil er ein Mann war, ein Schüler im Tempel Anus, sondern weil er von der weisen Mutter gelernt hatte, dass nur das Gleichgewicht der Kräfte auf dem Eanna für den Fortbestand Uruks zu sorgen vermochte. Eine Verschiebung der Kräfte indes würde Aufregung und Unruhe bringen, vielleicht sogar gewaltsames Ringen, an dessen Ende womöglich Rebellion und Chaos standen.

Und dann das Andere, jenes Unausgesprochene, das stets mitschwang, wenn Liebende beieinander waren. Dieser kaum verhüllte Ausdruck von Begehren und Leidenschaft. Zwei Mondwechsel noch, dann würde er die letzte Prüfung Anus bestehen und klopfenden Herzens zur Segnung und Einweihung in den Tempel Ischtars hinübergehen. Wie würde das sein, was lag da vor ihm, würde auch er sich wie ein balzender Täuberich benehmen, die Venusmädchen begierig umlagern, mit ihnen hemmungslos buhlen?

Schwindelig war ihm, Gilgamesch, schwindelig vor Erwartung und Zweifel, vor Hoffnung, Warten, Sorge und Fantasie. Er schlich zurück zum Egalmach, warf sich auf seine Matte und fand keinen Schlaf. Unruhig wälzte er sich von einer Seite zur anderen. Nicht einmal ein Lieblingsmädchen hatte er im Tempel sich erwählt. Er würde sie alle nehmen und kennenlernen, alle und alles, alles, alles …

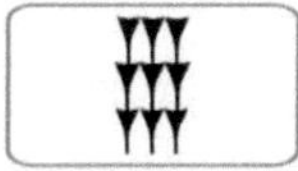

Südlich von Uruk, dem Ufer des Euphrat zu gelegen, gab es einen Ort, von dem es hieß, es ginge an ihm nicht mit rechten Dingen zu. Dort stand eine uralte, völlig ausgehöhlte, abgestorbene Eiche, die nur noch dadurch am Zusammenbrechen gehindert wurde, dass eine böse, verzauberte Schlange ihr Wurzelwerk hielt. Dahin zog es die Jugendlichen zu Wettkampf und Spiel. Ringkämpfe fanden statt, Weitsprung wurde geübt, und sehr beliebt war das Werfen mit kleinen, gewölbten Steinen, die vom Besitzer eingefärbt oder mit Zeichen versehen wurden. Beim Werfen kam es darauf an, den Wurf der anderen nach Möglichkeit um Weite zu übertreffen, wobei es als außergewöhnlich mutig galt, das Spiel bis zum Stamm der alten Eiche zu treiben, in deren Wurzelwerk ja der unberechenbar böse Geist jener Schlange hauste. Oft kam es daher vor, dass die Spieler bei einem besonders weiten Wurf lieber aufgaben und auf das Aufsammeln der Steine verzichteten, als sich zu leichtfertig der Stelle zu nähern.

Eines Tages geschah dies dennoch, als sich Gilgamesch nämlich ungefragt ins Geschehen gemischt hatte und die stärksten Spieler zum Wetteifern herausforderte. Das waren drei junge Männer aus den südlichen Bezirken Uruks, zwei von ihnen Priester Anus, der dritte ein Soldat aus der Leibgarde des Königs. Unerhört war das,

was Gilgamesch tat, unerhört kühn seine Worte und
der erste Wurf, den er seiner Ansprache folgen ließ,
schreckte die Versammelten auf. Der schmächtige Gilgamesch, wer hätte das gedacht? Die von Rufen aus der
Menge aufgestachelten Teilnehmer schleuderten ihre
Steine so weit es ging, und zwei von ihnen kamen tatsächlich weiter als Gilgamesch. Jetzt war aber der
zweite Durchgang dran, und Gilgamesch nahm Anlauf
bis zur Linie im Sand und schleuderte den Stein noch
weiter als alle bisher. Der Menge entfuhr ein staunender
Schrei, der noch einmal gesteigert wurde, als der Soldat
mit seinem roten Wurfstein vorschnellte und noch ein
ganzes Stück weiter kam. Eigentlich ging es nun nur noch
um Gilgameschs dritten Versuch und den des Soldaten,
die beiden anderen waren bereits ausgeschieden.

Als Herausforderer durfte Gilgamesch zuerst werfen.
Er sammelte all seine Kraft, sein Körper wurde zur Ga-
zelle, als er anlief und den Stein in den Himmel schoss,
hoch genug, dass ein jeder die Flugbahn verfolgen
konnte, aber so weit, dass niemand den Aufprall mehr
sah. Er musste dicht am Eichenstamm, wenn nicht noch
dahinter, aufgekommen sein.

Der Soldat, der sich bereits einen guten Namen als
Schleuderer gemacht und viele Duelle gewonnen hatte,
nahm seinerseits seinen letzten Stein auf und schickte
sich an, es Gilgamesch gleichzutun. Er ging weiter zurück
als jemals zuvor und nahm gewaltigen Anlauf. Auch sein
Wurf war gut, einem Habicht gleich schoss sein Stein
durch die Luft und flog weit. Aber nicht weit genug.

»Ich habe gewonnen«, sagte er zuversichtlich.

»Gehen wir hin und vergleichen wir, welcher Stein
weiter gekommen ist«, antwortete Gilgamesch mit fester
Stimme, denn er hatte gemerkt, dass der Stein des Sol-

daten keineswegs bis zum Baum gekommen war. Jetzt brachen alle auf, um der Sache auf den Grund zu gehen. Unterwegs lasen sie Steine auf, bis auf die beiden letzten, die nirgends zu finden waren. »Gehen wir noch weiter, bis zur Eiche«, forderte Gilgamesch auf.

Doch die ersten blieben stehen. Bis so dicht an den verzauberten Baum wagten sich die wenigsten heran. Auch der Soldat schien sich nicht schlüssig zu sein, was nun zu tun sei.

»Dann bin ich Sieger«, erklärte Gilgamesch und beobachtete die Wirkung seiner Worte im Gesicht des Rivalen.

»Nie und nimmer«, antwortete der Soldat, »ich habe weiter als du geworfen.«

»Das glaube ich nur, wenn wir es wirklich an Ort und Stelle überprüft haben«, sagte Gilgamesch. Die Menge murrte. Nie zuvor hatte jemand verlangt, so dicht zur Eiche sich vorzuwagen. Der Soldat zog eine missmutige Grimasse. Aber da er vor den anderen keine Schwäche eingestehen wollte, ging er neben Gilgamesch ein paar Schritte.

»Hier«, rief er, »hier liegt er, ich habe es doch gewusst!« und hob triumphierend den roten Wurfstein empor, damit ihn alle sehen konnten. Die Menge zollte seiner Gebärde Beifall.

»Und wo ist deiner?«, fragte der Soldat, zu Gilgamesch gewandt.

»Noch weiter, vielleicht ganz dicht am Stamm der Eiche.«

»Dann geh hin und heb ihn mit eigenen Händen auf. Ich glaube nur, was ich unwiderlegbar vor mir sehe.«

Gilgamesch ging einen Schritt vor. Das war unerhört, unerhört war das.

»Er ist nicht bei Sinnen, er weiß nicht, was er da tut«, flüsterten die einen, »jetzt stellt sich heraus, dass er doch der Sohn eines Dämon ist«, tuschelten die anderen.

Gilgamesch hörte nicht auf sie. Ohne zu zögern näherte er sich Schritt für Schritt der alten Eiche, bis seine Füße den Stamm berührten. Da aber sein Wurfstein immer noch nicht zu sehen war, beugte er sich nieder, um ihn zu suchen. Ringsum war es still, die Menge hielt den Atem an.

Als Gilgameschs Kopf in gleicher Höhe mit dem großen Astloch an der Wurzel war, fiel sein Blick in das Innere des Baumes. Dort lag, zunächst kaum erkennbar, dann aber sich mit schrecklicher Deutlichkeit aus dem Dämmerlicht schälend, eine riesige schwarze, zusammengerollte Schlange. Auge in Auge mit der Schlange war Gilgamesch, hing wie gelähmt in ihrem Bannblick fest. Es dauerte Minuten, bis er sich fing, dann aber erkannte er den Charakter der Schlange und zugleich die einzigartige, nie wiederholbare Chance, die sich ihm bot. Es war, das hatte er von den Weisen gehört, eine ungiftige Ringelschlange, wie sie in den Sümpfen oder am Flussufer vorkommt, wo sie zwischen Schlamm und Schilf lauert, um ihre Beute zu umklammern und zu würgen. Groß genug, ein Lamm zu packen und mit sich ins Wasser zu ziehen, aber kleiner als der Mut, der plötzlich Gilgamesch überkam und sein klares Denken verdrängte.

Blitzschnell griff er ins Astloch, griff zu an der einzigen Stelle, die dafür geeignet war, dicht hinter dem Kopf, griff zu und ließ nicht mehr los, riss die Schlange aus ihrem Versteck heraus, hielt sie hoch über seinen Kopf, drehte sich um zur aufkreischenden Menge, wirbelte seine Beute durch die Luft, ließ sie kreisen und schleuderte sie seitwärts ins Gebüsch. Dem Aufschrei folgte eine Phase tiefen, betroffenen Schweigens. Einigen stand der Mund offen vor Entsetzen und Staunen. Auch der Soldat, der sonst gewiss nicht auf den Mund gefallen war, stierte Gilgamesch ungläubig an und wischte sich mit dem Handrücken mehrmals über die Augen, um sich zu vergewissern, dass er das alles tatsächlich gesehen hatte und nicht einem Trugbild aufgesessen war.

Gilgamesch bückte sich ein zweites Mal, fasste erneut ins Astloch und förderte seinen Wurfstein zutage. Wieder hob er die Hand und ließ den siegreichen Stein auf der Handfläche hüpfen.

»So«, rief er, dass es weithin ein jeder verstand, »ist das Beweis genug, dass ich diesmal als Sieger hervorgegangen bin? Reicht euch das oder wollt ihr noch ein weiteres Zeichen, ein Signal, das endlich in eure dummen Schädel hineinpasst, um zu verstehen, dass ihr nicht Gilgamesch den Schwächling, Gilgamesch, den ewigen Verlierer, vor euch habt, sondern Gilgamesch den Sieger, der, dem das Lachen des roten Löwen im Auge leuchtet ...«

»Ein Zeichen«, stammelte Abebe mit blutleeren Lippen, »gib uns ein Zeichen.«

»Gut, dann sollt ihr es haben«, rief Gilgamesch, »und zwar eines, von dem niemand mehr später behaupten kann, er habe es nicht gesehen oder alles sei nur ein fauler Trick gewesen, um die Leute zu narren. Ihr sollt ein sichtbares Zeichen haben, eines, das immer bleibt und immer da sein wird, sobald ihr zu diesem Platz hier kommt!«

Mit diesen Worten drehte er sich zur Eiche, umspannte mit beiden Armen den morschen Stamm. Er warf sich auf den Baum, als gelte es, einen wilden Stier niederzuzwingen. Es krachte und splitterte im Holz. So groß der Baum auch war, so morsch und hinfällig war seine Gestalt, die vielleicht sogar der nächste Sturm niedergestreckt hätte. Nur an wenigen Fasern hing er noch, dann brach die Eiche und stürzte in der Umarmung Gilgameschs zu Boden.

Jetzt schrien die jungen Männer vor Schreck, Überraschung und Begeisterung, und auch Gilgamesch schrie auf, denn er hatte sich beim Sturz an mehreren Stellen die Haut aufgeschürft und war höchst unsanft zu Boden gekommen. Aber er schrie auch vor Stolz.

Er schrie den ganzen Schmerz und das Unrecht aus sich heraus, das er so viele Jahre lang mit sich getragen hatte. Er schrie, dass Schamachs Sonnenwagen am Himmel zu hüpfen begann. Dabei war das nur die Auswirkung der großen Schwäche, die ihn schlagartig überkommen hatte. Kreise und Blitze zuckten vor seinen Augen, einen Moment lang lag er wie tot. Dann fühlte er sich umringt, von vielen Armen aufgehoben und auf Schultern getragen. Lärmend und brüllend führte ihn die Menge heim, quer durch die Stadt, hinauf zum Eanna, um allen, die sie unterwegs trafen, auch den Priestern auf dem Platz vor der Zikkurat, zu berichten, was sich zugetragen hatte.

Gilgamesch war glücklich. Zum ersten Mal, solange er denken konnte, fühlte er sich in der Gemeinschaft aufgehoben – auch wenn es ihn beinahe das Leben gekostet hätte. Er kostete seinen Triumph bis zur Neige aus.

Später aber, als sich der Jubel gelegt hatte und er sich unbemerkt davonschleichen konnte, ging er noch einmal zu jener Stelle zurück, wo noch immer der entwurzelte Baum lag, und betrachtete ihn so lange, bis die Dunkelheit seine Konturen verwischte. Baum, dachte er, du bist kein gewöhnlicher Baum, du bist die Verwandlung für mich. Ein Zauberbaum warst du und hast die Leute erschreckt. Ich aber habe deinen Zauber gebrochen, mit eigener Hand habe ich die Verwandlung bewirkt. Ich möchte den treffen, der jetzt noch lacht, wenn er mich sieht … In der Folge ging er viele Male zum Baum, dann aber mit allerlei Werkzeug bewaffnet, mit dem er dem Stamm zu Leibe rückte. In tagelanger Arbeit schnitt er ein festes, rundes Hohlstück heraus, über das er das gegerbte Fell einer Ziege spannte. Aus anderen Teilen des Baumes schnitzte er zwei längliche Hölzer, die er abrundete, glättete und mit allerlei Zierkerben versah. Als das Werk vollendet war, zog er damit zum Tempel des Anu und zeigte dem Oberpriester, was sich damit anfangen ließ.

Die Trommel war nämlich keine gewöhnliche Trommel, so wie die Eiche kein gewöhnlicher Baum, sondern eine Zaubereiche gewesen war. Wenn man die Schlegel im Rhythmus auf das Ziegenfell trieb, Tempo, Stärke und Haltung der Trommelstöcke veränderte, begann ihr Bauch zu sprechen. Alle Tonlagen der Welt schlummerten in ihr, die Gilgamesch nur zu wecken brauchte. Er konnte nach Belieben die donnernden Hufe der Onager ertönen lassen oder zierliches Trippeln von Stelzvögeln über dem Sand, es gelang ihm, den nächtlichen Ruf der Unken nachzuahmen, ebenso wie das Klopfen der Handwerker, wenn sie geschäftig vor ihren Hütten saßen, und mitunter hatte die Trommel die Stimmen von prasselnden Sandkörnern, wenn der Wüstenwind roten Staub über die Wüste blies, der wie eine Wolke die Zikkurat umhüllte und sich als Mantel über Uruk legte.

Der Oberpriester und auch viele andere hörten zu, was die Trommel zu sagen hatte, und sie merkten auch, dass es an Gilgameschs Fertigkeit lag, wie sie sprach. Und als er sein Spiel geendet hatte, stand einer der älteren Priester auf und legte ihm die Hand auf die Stirn. Auch der Oberpriester erhob sich und legte ihm die Hand auf die Stirn und nahm ihn auf im Kreis der Männer. Er hatte die Probe bestanden.

Eine Auflage aber machte man ihm. Sie baten, damit er nicht ihre und Anus Ruhe störte, möge er zum Üben seines Instruments hinunter an den Rand der Stadt, vielleicht dahin, wo die Zaubereiche gestanden hatte oder noch weiter gehen. Solche Musik war zu laut für sie. Schlimm genug, dass so oft Musik und Lachen vom Tempel der Ischtar herüberwehte. Aber man konnte der Göttin schließlich ja nicht verbieten, dass sie die Mädchen ihr zu Ehren tanzen ließ.

Gilgamesch ging, halb aufgenommen im Kreis der Erwachsenen. Die andere, wesentlichere Hälfte stand in den Armen der Venus bevor. Dazu bedurfte es aber noch abzuwarten, bis Nannars Schale erneut zur Sichel geschrumpft war, denn nur in einer solchen Nacht, zeitgleich mit den zunehmenden Kräften des Mondes, durfte die Einweihung im Ischtartempel stattfinden.

Gilgamesch überbrückte die Zeit damit, dass er hinunter in die Ebene zog und den Tieren des Feldes seine Künste vorführte, so lange der Trommel Stimmen entlockte, bis auch sie sich daran gewöhnt hatten und nicht mehr verängstigt aufstoben oder davonjagten, wenn er anhub, das Rundholz mit Stockschlägen in Schwingung zu versetzen.

Am Rande des Wettkampfplatzes saß er, den Rücken zur Stadt gekehrt und vor sich das Ufer des Euphrat. So schaute er über die Wasserfläche dahin zum jenseitigen Rand, sah das schnelle Wasser dahinströmen und manchmal das Segel einer Barke, beobachtete die Fischer bei ihrer Tätigkeit oder die Reiher im Flug. Wind spürte er über die Ebene streifen und mit unsichtbaren Händen den Flugsand aufgreifen. Ringsum lebte und atmete die

Natur, formte und veränderte im Detail, ohne das große Gesamtbild zu zerstören. Und ihr versuchte er es gleichzutun: den Grundrhythmus dem Atem des Windes anzugleichen, einen vibrierenden Dauerton mit den Schlägern zu erzeugen, in den die kleinen, kaum wahrnehmbaren Veränderungen sich einpassten und mit dem Thema spielten. Manchmal warf er auch die Hölzer beiseite und bearbeitete das Ziegenfell ausschließlich mit seinen Händen. Flache Handflächen klatschten ganz anders auf dem Fell, die Fäuste besaßen eine andere Sprache als der schnelle Wirbel der Finger oder der harte, bestimmte Schlag der Handkanten. Er spielte träumerisch, fast in Trance, lächelnd in Träume und halbwache Betrachtung versunken. Er spielte und verschmolz mehr und mehr mit der Trommel.

Fünfzehn Jünglinge Uruks durchschritten Ischtars Tor, über dem der siebenstrahlige Venusstern prangte. Schweigend, mit ernsten Gesichtern empfingen sie von einer Priesterin den Begrüßungstrank, dann wurden sie von Dienerinnen zum Bade geführt. Ein jeder von ihnen fühlte, dass er beim Eintauchen ins warme Wasser nicht nur den Staub der Wüste, sondern zugleich auch seine Herkunft, seine Vergangenheit, seine Gedanken von gestern abwusch.

Danach kamen andere Dienerinnen mit allerlei Amphoren, Vasen und Utensilien herbei und begannen, die Adepten zu salben und zu ölen. Nach erfolgreicher Prozedur führte man sie in eine Art Warteraum, wo ihre

Gewänder bereitlagen, kurze, rockartige Schürzen, die von den Hüften bis kurz oberhalb der Knie reichten. Hier lagen auch die Opfergaben gestapelt, die sie zum Fest der Verwandlung mitgebracht hatten.

Gilgamesch zum Beispiel hatte eine kleine Figur aus weißem Alabaster geschnitten, die die Urmutter darstellte. Blank hatte er den Stein geschliffen und geglättet, besondere Sorgfalt auf die Rundungen ihrer Arme, Brüste und Hüften verwendet und anstelle der Augen in die Bohrlöcher winzige schwarze Steinsplitter gesetzt. Das Haar hatte er mit Bitumen geschwärzt und um den Hals der Figur eine doppelreihige Kette gelegt, die zwar aus gebrannten Lehmkugeln bestand, aber die Form von echten Perlen besaß. Auch besaß die Figur eine Öse, dass sie als Amulett tragbar war, und zwei Bohrungen in den Händen, in die man Blumen stecken konnte.

Gilgamesch war stolz auf sein Werk, er fand das Abbild gelungen und wunderte sich, dass dagegen die Figuren der anderen plump und irgendwie unförmig wirkten. Abebe zum Beispiel hatte Wert darauf gelegt, seiner Urmutter gekräuselte Haare zu schaffen, was ihm zu grob geraten war und der Figur den Anschein verlieh, als ringelten sich Schlangen um ihren Kopf. Dennoch fanden es alle schön, und auch Gilgamesch lobte die Arbeit des anderen.

Nach einer Weile, die sie mit aufgeregten Gesprächen verbrachten, näherte sich ihrem Raum der Klang eines Tamburins, in dessen Takt sich bald Flöten und Zimbeln fügten. Die Tür ging auf und eine Schar geschmückter Mädchen strömte herein, die umtanzten die Jungen, machten neckische Sprünge und mancherlei unartiges Zeug, bis drei seltsam gewandete Wesen auftauchten und Ruhe einkehrte.

Die Wesen, offenbar Ischtarpriesterinnen des oberen Grades, trugen bodenlange, geschlitzte Faltenröcke aus zottigem Schaffell, das sie wie ein Vlies umgab, dazu Gürtel und durchsichtige Tücher über den Brüsten. Auf ihren Köpfen türmten sich kunstvoll hochgesteckte Frisuren, ihre Gesichter waren bedeckt von grellbunt geschminkten Masken. Eine von ihnen trug eine Doppelkeule, die zweite einen Rohrwedel, die dritte ein Modell des Sonnenwagens, das andeuten sollte, dass Ischtar im Himmel Schamachs Schwester war.

Sofort setzte das Tamburin wieder ein, und die ganze Prozession kam in Bewegung. Vorn schritten die drei maskierten Wesen, dahinter die jungen Männer, jeweils zu dritt nebeneinander, und dahinter folgte der Schwarm der Mädchen. Der Zug durchquerte den Vorraum zum Tempel, ein weiteres Tor und erreichte schließlich das eigentliche Heiligtum, das im Halbdunkel lag. Wenige Öllämpchen am Boden kennzeichneten ihren Weg, einige schwach glimmende Fackeln verliehen dem Raum magische, unerforschliche Tiefe, und Rauch stieg aus runden Gefäßen beiderseits des Ganges auf. Düfte von Myrte und anderen Kräutern erfüllten die Luft, ein leiser Gesang wie Wind, der durch die Saiten der Lyra fährt, schwebte im Saal.

Obgleich die jungen Männer scheu geradeaus blickten und im dämmrigen Halbdunkel ohnehin nur wenig erkannten, gab ihnen Stimmengemurmel die absolute Gewissheit, von vielen Menschen umgeben zu sein. Jetzt hatten sie die Säulen des inneren Zirkels erreicht und legten dort auf Anweisung der maskengeschmückten Wesen ihre Opfergaben vor den Altar. Noch immer befanden sie sich außerhalb des Allerheiligsten, ein weiteres Mal nahmen sie einen sonderbar in der Kehle brennenden Trank zu sich, dann glitten die maskierten Wesen beiseite und ließen die Adepten allein.

Eine Zeitlang kniete Gilgamesch neben den anderen, tief in sich versunken. Alles Mögliche schoss ihm durch den Kopf, nur kein klarer Gedanke. Es war, als spüle der leise Singsang aus dem Tempel, verstärkt durch den betäubenden Rauch der Kräuter, alles Wissen und Ahnen fort.

Dann unterbrach ein halblautes Geräusch seine Andacht. Als er den Kopf hob, sah er, dass sich der Vorhang zum Allerheiligsten bewegte und nun einen Spalt weit offenstand. In diesem Spalt aus türkisblauem Licht schwebte eine Gestalt, noch unwirklicher und sonderbarer gewandet als alle zuvor. Einen Mantel aus Sternenstaub trug sie, der nicht von oben nach unten, sondern umgekehrt, von ihren Füßen zu den Schultern zu treiben schien. Anstelle des· Kopfes aber trug sie einen siebenstrahligen Stern, aus dessen Innerem heraus eine Glut leuchtete, die nicht brannte, sondern eher wie Kristall oder tausend Tautropfen am frühen Morgen leuchtete.

Die Gestalt winkte sanft mit der Hand, und Gilgamesch, der in der ersten Reihe kniete, sah sich vorsichtig um, ob die Geste ihm galt, und da sich niemand der anderen zu bewegen wagte, stand er auf und folgte dem Wink des überirdischen Wesens. Durch den geöffneten Vorhang schritt er, erreichte die verzierten Säulen des Allerheiligsten und die Umrandung aus Ziegelsockeln, auf denen rechts und links des Eingangs steinerne Löwen ruhten. Schon wieder Löwen, schoss es ihm durch den Kopf. Aber dann fiel ihm ein, dass sie heilige Tiere der Ischtar waren. Anders als jene der Lilith, die furchterregend ihre Mäuler aufrissen, lagen diese Löwen bewegungslos da, die Köpfe auf die ausgestreckten Pfoten gelegt, schlummernde Wächter, aber mächtig und eindrucksvoll, jederzeit durchaus in der Lage, Eindringlingen den Zutritt zu verwehren und sie in Stücke zu zerreißen.

Bedächtigen Schrittes näherte sich Gilgamesch dem Allerheiligsten. Der Raum war leer, auch das Sternenwesen hatte sich in Nichts aufgelöst. Nur in der Mitte stand ein schlicht gemauerter Steinsockel, auf dem ein seltsamer Gegenstand lag. Er sah aus wie zwei aneinandergebundene Augen. Dieses leere Augenpaar starrte ihn an. Gilgamesch war verblüfft. Alles andere hatte er sich vorgestellt, nur nicht diesen in sich ruhenden Gegenstand, der so kühl wirkte und ihn ansah. Obwohl es nur ein Stück aus Stein war, wagte er sich nicht zu nähern, seine Beine versagten ihm den Dienst. Gelähmt stand er da und starrte gebannt auf das Ding. Und die Augen, die nur aus Stein waren und sonst nichts, blickten ihn an, blickten durch ihn hindurch, unbeweglich, fragend und fordernd.

Ein leises Klirren ließ ihn den Kopf seitwärts wenden. Da stand plötzlich Ischtar, die Göttin, vor ihm. Sie trug einen weit fallenden blauen Umhang, der aus tausend und abertausend Facettenaugen glänzte, auf dem Kopf die gehörnte Sichel, Ohrringe dazu und unzählige Ketten an Hals, Armen und Fußgelenken. Sie sah ihn an, und in diesem Blick vereinte sich alles, was Gilgamesch wusste: Sie war Ischtar und Inanna, Iluna und Lilith, die große Urmutter und die schönste Frau der Welt zugleich. So schön war sie, dass es Gilgamesch den Atem verschlug. Er wollte vor der Göttererscheinung auf die Knie sinken, aber sie hinderte ihn mit einem Zucken der rechten Augenbraue daran, dies zu tun. Stattdessen hob sie beide Hände zum Hals und öffnete ihren Mantel.

Da sah Gilgamesch ihren nackten alabasterfarbenen Körper. Er sah, dass die Höfe ihrer Brüste geschminkt und in ihre Nabelmulde ein glänzender Karneol eingelegt war. Ihre Beine wuchsen anmutig wie schlanke Schilfbinsen zu den Hüften empor. Und dann zeigte sie ihm das Delta der Venus. Als er alles gesehen hatte und die Augen vor der Überfülle schloss, nahm er nach einer Zeit der Stille wieder das klirrende Geräusch von vorhin wahr. Als er erneut die Augen öffnete, war die Göttin verschwunden und statt ihrer stand das Wesen mit dem siebenstrahligen Stern vor ihm, ergriff ihn an der Schulter und führte ihn weg. Er kam durch einen langen dunklen Gang in ein Seitengemach, wo ihn ein blumengeschmücktes Mädchen erwartete.

Die hob einen Kranz aus Blüten von ihrer Stirn und legte ihn sanft auf seinen Kopf. Ohne ein weiteres Wort zu verlieren, zog sie ihn mit sich. Sie durchschritten weitere Gänge, stiegen eine Treppe hinauf und erreichten endlich einen dunklen Raum, der mit den Fellen von Schafen und anderen Tieren ausgestattet war. Hier zog sie ihn hinab auf weiche Matten. Gilgamesch war sich bewusst, dass auch dieser Teil zum Ritual der Einweihung gehörte. Willig ließ er sich anleiten, wurde gewahr, dass seine Hände bald sich eigene Wege bahnten über der warmen Haut des Mädchens und die Wunder ihres jungen Leibes entdeckten. Immer heftiger wurde sein Werben, die aufgestaute leidenschaftliche Kraft in ihm suchte sich Bahn, bis sie sich öffnete und ihn aufnahm.

Mit jeder Faser seines Körpers spürte er erwachende Männlichkeit in sich wachsen, freudig nahm er ihre Zärtlichkeiten wie Geschenke, die sie ihm anbot, gab überreichlich davon zurück und sank erst nach endlosen Stunden ermattet zurück.

Ein schmaler Silberstreifen des Himmelslichtes fiel in den Raum, verband in dieser Nacht die Herrlichkeit der Venus mit ihrem Lager. Schemenhaft ahnte er, mehr als er sah, ihr Gesicht, große dunkle Augen, fließendes Seidenhaar, ihre halbgeöffneten Lippen. Sie wechselten kein Wort, er spürte, dass jedes Wort sie trennen würde und ernüchtert wegführen aus dem Zauberreich der Gefühle. Andächtig und überglücklich nahm er ihre Bewegungen wahr, das Heben und Senken ihrer Brüste beim Atmen, den Hauch ihres weichen Mundes, das Schmetterlingsbeben ihrer Wimpern.

Erneut fanden sie den Weg zueinander, liebkosten sich wie von Sinnen, ein Fieber ergriff Gilgamesch, schüttelte ihn, bis ihre Hände die aufschäumenden Wogen seiner Seele zu glätten begannen. Sanft glitten ihre Finger über seine Schultern, spielten mit seinen Muskeln, streichelten sein Haar.

Kurz vor Beginn des Morgens erhob sie sich und schickte sich an, ihn zum Aufbruch zu ermuntern. Er verstand. Einmal noch berührte er mit den Fingerkuppen ihren Mund, strich die Konturen ihrer Lippen entlang. Das Mädchen lächelte, lächelte wie es die Göttin Ischtar getan hatte, und dieses Lächeln erfüllte Gilgamesch mit einer Wärme, die kraftvoller als die Sonne, kühlender als der Mond und strahlender als der Glanz des Venusgestirns war.

Er stand auf und ging, verließ den Tempel und überquerte als Mann den großen Platz vor der Zikkurat. Er sprang leichtfüßig die Treppen des Eanna zur Stadt hinab, die aus dem Nachtschlummer erwachte. Die Ebene war nicht mehr schwarz, sondern grau und durchströmt von den ersten Strahlen der wachsenden Sonne. Vögel stiegen auf, begrüßten mit ihren Stimmen den Tag, ein Paar

Fischreiher zog südlich dahin, dem nahrungsspendenden Ufer des Euphrat entgegen. Gilgamesch schaute weit über Uruk, auch er begrüßte die Stadt. Sie war nicht mehr fremd, ein Gebilde aus sinnlos verschachtelten Bauten, in denen sich fremde Menschen zum Tagwerk erhoben. Sie war die äußere Hülle seines Gefühls, das über Nacht zur Reife gelangt war. Gilgamesch hatte Frieden mit Uruk geschlossen.

Er sah das Mädchen seltsamerweise nicht wieder. Statt ihrer aber nahmen ihn andere im Tempel auf. Häufig durchschritt er jetzt Ischtars Tor oder saß wie das übrige Volk auf den Stufen, um sich an der Anmut der Venusdienerinnen zu entzücken, bis ihm eine von ihnen so gut gefiel, dass er zu ihr ging, um ihr ein kleines Geschenk in den Schoss zu werfen. Die Mädchen waren nicht wählerisch, sie nahmen mit der gleichen Freude und Dankbarkeit das wertvolle Geldstück eines Fremden entgegen, wie sie seine kleinen, oft selbstgefertigten Geschenke fröhlich in Empfang nahmen. Figürchen aus Stein oder Ton formte er, oft verwandte er Kalk, aus dem er Stierkörper schliff. Mit Ehrgeiz machte er sich zur Aufgabe, jede Figur so naturgetreu wie möglich zu gestalten, die Hufe, der muskelgewölbte Nacken, Ohren und Schwanz, und gelegentlich gab er der Plastik einen zusätzlichen reizvollen Effekt, indem er den Kopf des Stieres im rechten Winkel kehrte, was den Eindruck erweckte, als habe das Tier sich soeben zum Betrachter gewendet.

Schön waren die Mädchen im Tempel und einige von ihnen so schön, dass er sie wiederholt besuchte. Einmal in einer solchen Nacht lag er bei Tehiptilla, der Geschmeidigen, auf dem Lager und flüsterte mit ihr in einer Pause des Liebesspiels, als von draußen Geräusche in ihre Kammer drangen. Lärm erhob sich von Rufen und eilenden Schritten. Das war ungewöhnlich, denn normalerweise war es still im Tempel, bis auf die Male, wo zu Feierlichkeiten und Festen Harfenspiel und Zimbeln, Tanz und Gesang bis zum frühen Morgen erklangen. Diese Geräusche aber, das hastige Klatschen vieler nackter Füße und Stimmen, die nach Aufregung und Besorgnis klangen, waren neu, sie störten die Harmonie in Ischtars Räumen.

»Was ist los?«, fragte Gilgamesch und setzte sich auf. Auch Tehiptilla hatte den Kopf gehoben und lauschte nach draußen.

»Ich weiß es nicht«, antwortete sie, »aber es klingt so, als sei nichts Gutes geschehen. Schnell, lass uns aufstehen und vor der Tür nach dem Rechten sehen.«

Hastig kleideten sie sich an. Als sie die Kammer verlassen hatten und durch den Gang zum Vorhof geeilt waren, stießen sie dort auf andere Mädchen und Männer, die gleich Gilgamesch im Tempel geweilt hatten.

»Was ist los?«, fragte Tehiptilla.

»Was ist geschehen?«, fragten die anderen Mädchen. Niemand wusste Bescheid. So eilten sie weiter, hinaus auf den Platz vor der Zikurrat, wo bereits die Priester des Anu und viel anderes Volk zusammengeströmt waren. Es gab ein Rufen und Durcheinander, dass man glauben konnte, ein Feind wäre in der Deckung der Nacht aus der Wüste herangekommen und hätte begonnen, die Stadt zu berennen.

Endlich kam Kunde vom Palast des Königs herüber. Ninsum, die Mutter, war es, die als erste die Botschaft überbrachte. Notdürftig in einen Umhang gehüllt, mit offenem wehenden Haar, schritt sie heran und klagte mit schreckensbleichen Wangen.

»Dumuzi ist tot. Der Herrscher ist von uns gegangen. Lilith hat ihn geholt, ihre Nachtvögel trugen seine Seele davon. Weh uns, was nun kommen wird!«

Ein Raunen durchfuhr die Menge. »Dumuzi ist tot!«, ging es wie ein Lauffeuer von Mund zu Mund. Jetzt waren auch Soldaten der Leibwache des Königs erschienen, die trugen griffbereit ihre Waffen und deuteten mit grimmigen Gesichtern an, dass sie bereit waren, diese notfalls auch zu benutzen.

»Wie ist das gekommen, wie konnte so etwas geschehen?«, fragte eine Stimme aus dem Volk.

»Wie ist das gekommen, wie ist das gekommen?«, wiederholte dicht neben Gilgamesch und Tehiptilla ein Anupriester flüsternd die Frage.

»Wenn jemand so alt und gebrechlich war wie der König, eine schwankende Kornähre, dann darf es nicht wundern, wenn der erste Windstoß sie bricht.« Aber er hatte so leise gesprochen, dass kaum einer der Umstehenden seine Worte verstand.

»Beim Gelage ist er verschieden«, verkündete ein Sprecher der Garde, »mitten aus aller Macht ist er wie morsches Holz von der Tafel gesunken.«

Das war kühn, dass ein Offizier der Leibwache so sprach und den König mit einem Stück nutzlosen Holzes verglich. Aber noch kühner und beunruhigender wurden seine Worte, als er nun weitersprach: »Viele sind Zeuge gewesen, auch ich in Person, dass es ohne fremde Einwirkung geschah. Marduk hat seine schützende Hand von ihm genommen, so dass er fiel. Und er fiel tief – bis in den Grund der Erde hinab.«

Ohne fremde Einwirkung – was sollte das heißen? Hielten die Soldaten, die Offiziere einen Mord für möglich? Hatten sie selber daran gedacht, den König zu stürzen? War es in dieser Nacht an der königlichen Tafel etwa nicht mit rechten Dingen zugegangen?

Das Volk murmelte und sprach wild durcheinander. Immer mehr schwoll der Lärm an, Fackeln tauchten auf und erhellten verzerrte Gesichter. Aus der Ecke der Hochterrasse, wo sich ein Großteil der Anupriester versammelt hatte, drangen erregte Rufe. Da gellte ein greller Aufschrei über die Menge. Alle Köpfe wandten sich Ninsum, der weisen Mutter, zu.

»So wiederholt sich das Schicksal von Lugalbanda, dem letzten König!«, schrie sie außer sich vor Empörung. »Auch er starb bei seinem Becher, einem Becher, den Dumuzi ihm mischte!«

Unglaublich war, was die Alte da rief. Sie musste von Sinnen sein, solche Dinge zu äußern. Hatte der überraschende Tod des Herrschers sie schmerzhaft an ihre eigene Witwenschaft erinnert? Allerdings, das spürten alle sofort, war etwas Wahres an ihren Worten. Auch nach Lugalbandas Hinscheiden hatte man gemunkelt, er sei nicht eines natürlichen Todes gestorben, und diese Meinung hatte sich lange versteckt in den Köpfen derer gehalten, die mehr wussten als das einfache Volk … Aber Dumuzi? Er war ein Greis geworden, klapprig und fast ohne Leben. Es hätte keines Giftbechers bedurft, ihm den Weg ins Jenseits zu erleichtern. Unerhört war es, dass jemand solche Anklage erhob. War es nicht besser, Dumuzi tot, den ungeliebten König im Jenseits zu wissen, ohne darüber nachzudenken, wie es geschehen war?

Mehrere Frauen kümmerten sich um Ninsum und führten die schluchzende Alte beiseite.

»Er ist in Würden eines Todes gestorben, der einem Herrscher, wie er es war, gebührt!«, rief der Sprecher der Garde, ohne zu merken, dass seine unbedachten Worte auf zweifache Weise aufgefasst werden konnten. Wohl wollte er Weiteres sagen, aber seine Stimme ging in der allgemeinen Unruhe, die nun einsetzte, verloren.

Besonders die Priester Anus taten sich dabei hervor. Fühlten sie jetzt ihre Stunde gekommen, die Hand nach dem Thron auszustrecken?

Gilgamesch sah, dass Erenda heftig auf Abebe einsprach und auch andere sich in den größer und größer werdenden Kreis drängten. Die Priester an der ersten Stufe der Treppe steckten die Köpfe zusammen. Unruhig bewegten sich die Soldaten der Leibwache in der Menge, als warteten sie auf Anweisungen, und zogen sich langsam in Richtung des Egalmach zurück; treibendes Strandgut, das aufkommender Sturm an den Ufern der einstigen Macht zu Klumpen zusammentreibt. Es gärte in der Versammlung, die nicht einmal das Volk von Uruk darstellte, sondern lediglich die Begünstigten der ersten Stunde.

»Schau«, zischte Tehiptilla und stieß Gilgamesch aufgeregt in die Seite, »dort ist Ischtar mit ihrem Gefolge.«

Vom Palast Dumuzis, nicht aus dem Tempel der Venus, kam es heran: Ein langer Zug in weiße Gewänder gehüllter Frauen. Eine davon, die vorderste, trug in ihren Händen das Zepter des Königs.

Vor ihr, die sicheren Schrittes voranging, teilte sich die Menge. Die Menschen gaben eine Bahn frei für Ischtar. Als der feierliche Zug in der Mitte des Platzes angekommen war, öffnete die Frau, die das Zepter trug, den Mund, und ihre Worte, die leise wie flüsternder Wind waren, fielen über die Fläche. Jedes einzelne ihrer Worte war zu verstehen, denn alles schwieg und hielt lauschend den Atem an.

»Der König ist von uns gegangen«, sagte sie, »Marduk hat seine schützende Hand von ihm gezogen. Aber er hat uns einen letzten Willen hinterlassen, den ich euch mitteilen soll. Er, der in den letzten Tagen seines Lebens zum Glauben der Ahnen zurückfand, hat entschieden, Versäumtes nachzuholen, Vergessenes wiedergutzumachen. Hinfort soll nicht ein gewöhnlicher Sterblicher, sondern sollen die Götter selbst Uruks Regierung lenken. Das Orakel, das wir aus der Leber geweihter Schafe befragten, sagt dasselbe in anderen Worten. Und so soll es zum Glück und zur Zufriedenheit aller geschehen. Wer aber anderes könnte herrschen über den Eanna, die Stadt und das Land, als die höchste Göttin selbst, als Ischtar, die Schwester Schamachs, die vom Liebesgestirn der Venus zu uns Herabgestiegene?«

Mit diesen Worten wandte sie sich um und reichte der hinter ihr Stehenden das Zepter. Iluna, die Hohepriesterin des Tempels und jüngste Verkörperung Ischtars auf Erden, erhob das Zeichen der Macht und reckte es hoch über ihr Haupt.

Mit dieser überraschenden Wende der Ereignisse hatte wohl niemand gerechnet. Oder doch? Das Volk jedenfalls brach in überraschte Rufe aus, denen sich bald Jubel anschloss. Der Kult des Venustempels erfreute sich großer Beliebtheit. Nur die Priester des Anu schwiegen betreten. Es war ihnen anzusehen, dass sie über die Entwicklung nicht sonderlich begeistert waren. Vorerst blieben sie stumm. Und so fiel es in der allgemeinen Aufregung auch niemandem auf, dass der Oberpriester des Tempels mit seinen engsten Vertrauten wortlos in der Dunkelheit verschwand.

Iluna schritt unterdes auf das Ischtartor zu, um gemeinsam mit dem anwesenden Volk zu opfern und den Göttern im Gebet die umherirrende Seele des verstorbenen Königs anzuempfehlen. Auch die kleine Tehiptilla riss sich von Gilgameschs Seite los, um ihrer Herrin zu folgen. Gilgamesch blieb unschlüssig zurück. Wohin sollte er sich in diesem verwirrenden Augenblick wenden? Zum Tempel des Anu? Nein, er hatte lediglich die Anerkennung als Erwachsener erfahren, nicht aber die Weihe zum Priester, und er hatte keineswegs vor, sich darum zu bemühen. Sollte er gehen, um Ninsum zu suchen? Nein, auch der Egalmach war jetzt nicht der richtige Ort, um seine durcheinanderwirbelnden Gedanken zu beruhigen.

Unwillkürlich hatte Gilgamesch den Weg zum Fuße des Tells eingeschlagen, in dem die sieben Weisen ihre Wohnhöhlen besaßen. Liliths Löwen am Säulenstumpf grinsten ihn an und bleckten die Mäuler. Ihr selbst widmete er keinen Blick und keine Gabe wie sonst. Er beeilte sich, am Standbild vorbeizukommen. Dunkel und unheimlich lagen die Begräbnisfelder da. Sicher kreisten Eulen über ihnen, lautlose Boten auf der Suche nach Dumuzis Seele.

Ohne anzuhalten, eilte er zur Höhle des Greises, an dessen Wand die Weltkarte hing. Er rief und bekam keine Antwort. Er rief ein zweites und drittes Mal und wiederholte das vor den Türen der anderen alten Männer. Alles blieb stumm. Die Weisen verweigerten ihre Antwort.

Da ging er die Trommel zu holen, die in einem Versteck nahe des Wettkampfplatzes verborgen lag. Nachdenklich strich er mit der Handfläche über das gespannte Ziegenfell. Es fühlte sich rauhaarig an und war doch schon an manchen Stellen blank und abgegriffen vom Spiel. Langsam begann der Morgen zu grauen. Es war angenehm kühl und roch frisch vom Fluss her. Um diese Stunde besaß der Euphrat einen ganz eigenen, besonderen Geruch.

Er begann, die Stöcke im Rhythmus zu treiben. Dumpf gab die Trommel Antwort. Dröhnte und dröhnte so laut, dass sie das Pochen seines Blutes in den Schläfen zu übertönen begann. Er trommelte und setzte nicht eher ab, als bis ihn die Müdigkeit übermannte; die Stöcke entglitten seinen schlaftrunkenen Händen. Ein letztes Mal schnalzte die Trommel nach, als sie beiseite fiel und bäuchlings in den Sand rollte.

Gilgamesch kümmerte sich nicht mehr um das, was oben auf dem Eanna geschah. Er bekam nicht mehr mit, was sich in Uruk abspielte, fing höchstens, wenn er zum Markt ging, um sich mit Essbarem zu versorgen, flüchtige Gesprächsfetzen auf. Auch den Weg zu den Mädchen mied er. Er saß am Rande des Feldes, dort, wo er die Eiche aus dem morschen Wurzelwerk gerissen hatte, an den bröckeligen Stamm des Baumes gelehnt und gab sich gänzlich dem Spiel der Trommel hin. Von morgens bis abends ging das, bis er das Gefühl bekam, selbst ein Resonanzkörper zu sein, über den sich die Haut wie ein Trommelfell spannte. Sein Herz schlug den Grundrhythmus, sein Puls war das schwächere Echo in den Handgelenken, und sein Fleisch, seine Muskeln vibrierten im Takt der hölzernen Schlegel. So saß er und trommelte, trommelte die widerstreitenden Gefühle in sich zur Ordnung, trommelte den Rhythmus von Wüste, Feldern und Berghängen nach, bis der Windatem zu einem Teil seines Spiels wurde, nicht mehr störte, sondern sich einfand in die große zwingende Musik.

Einmal unterbrach ihn ein schräg vor seine Füße fallender Schatten in seinem versunkenen Spiel. Zuerst erkannte er nicht, wer es war, denn der andere stand im gleißenden Licht der Sonne. Als er dann Erenda erkannte, winkte er ihn heran, sich neben ihn zu setzen.

»Du trommelst gut«, sagte der Aufseher, »weithin ist dein Spiel zu vernehmen. Fast könnte man glauben, es sei ein Geräusch, das aus der Wüste kommt und immer schon dagewesen ist.«

Gilgamesch erwiderte nichts. Er empfand weder Ablehnung noch Zuneigung für Erenda.

»Erinnerst du dich noch an unser Gespräch damals auf der Treppe?«, begann Erenda erneut. »Damals habe ich Dumuzi mit bösen Worten bedacht, die meiner Unkenntnis entsprangen. Einiges davon aber muss ich immer noch aufrecht halten. Dumuzis Verstand muss kleiner als der eines Schafbocks gewesen sein, die Götter mögen mir meine Direktheit verzeihen. Dumm muss Dumuzi gewesen sein, dass er kurz vor seinem Hinscheiden den Tempel der Ischtar bevorzugte, um ihm die Regierungsgewalt anzuvertrauen ...«

Gilgamesch antwortete nicht. Er wusste, dass Erenda nun alsbald das Ansehen und die Wichtigkeit Anus preisen würde. Er musste das tun, schließlich war er inzwischen Eleve im Tempel. Und richtig setzte Erenda zu einer langausholenden Rede an, die bei der Weltenschöpfung begann und bei der grenzenlosen Geduld und Würde des Himmelsgottes endete. Für Gilgamesch wenig Neues, all dies hatte er bereits unzählige Male gehört. Die Aussagen Erendas glichen den Liedern mit den sich endlos wiederholenden Reimen, die er im Tempeldienst gelernt und allzu oft selbst hatte singen müssen. Erendas Geschwätz langweilte ihn. Was wollte er hier? Auch auf seine Nachfrage hin wurde das nicht deutlicher.

Schließlich, nach langen Minuten peinlichen Schweigens, stand Erenda auf und wandte sich zum Gehen. »Schade«, sagte er, »ich dachte, ich hätte mich klar genug ausgedrückt. Ich dachte, ich hätte in dir einen Verbündeten gefunden ...«

»Einen Verbündeten?«, fragte Gilgamesch zurück. »Das sagst du, ein Aufseher, einer, der Befehle gibt, zu mir, deinem ehemaligen Diener, der Befehle empfing und gehorchen musste?«

»Das ist lange her«, sagte Erenda verlegen, »du bist inzwischen ein freier Mann geworden und tust, was dir gefällt. Ich bin noch immer im Tempel und habe meinerseits zu gehorchen. Doch es ist nicht mehr der Oberpriester, der mir sagt, was zu tun ist. In Uruk gilt nur noch ein Befehl: Ischtar ist es, die über alle das Sagen hat.«

»Und? Ist es so schlimm, einer Frau zu Diensten zu sein?«

Erenda starrte Gilgamesch fassungslos an.

»Du warst in ihrem Tempel und hast dich danach für ein freies Leben entschieden«, sagte er dann. »Du kannst jederzeit zu ihr gehen oder zu Anu oder irgendeiner kleineren Gottheit opfern, wie es die meisten Menschen machen, die sich ihren Himmel zusammenstellen, wie sie ihn brauchen. Mir aber, der Anu zu folgen gelobt hat und der den ersten Weihegrad empfing, ist das Tor zur freien Wahl für immer verschlossen. Ich habe mich Anu verschrieben und muss dennoch Ischtars Befehlen gehorchen, die oft genug im Widerspruch zu dem stehen, was Anu uns lehrt. Kannst du ermessen, was das für mich bedeutet?«

Gilgamesch dachte nach. Nie hatte er die Dinge so gesehen, und es wurde ihm deutlich, worin Erendas Seelenqual lag. Aber konnte er ihm zu etwas raten?

Noch einmal sprach Erenda: »Du warst bei ihr, du hast ihre Segnung empfangen. Sag mir eins, Gilgamesch: Glaubst du daran, dass Iluna tatsächlich die Wiederverkörperung Ischtars auf Erden ist?«

»Was soll ich auf eine solche Frage sagen?«, gab er zögernd zur Antwort. »Ob dein Oberpriester die Wiedergeburt Anus verkörpert oder Iluna die der Ischtar, diese Frage haben allein die Götter zu entscheiden. Wichtiger als menschlicher Zweifel erscheint mir indes die Einhaltung von Gesetz und Ordnung, ohne die keine Gemeinschaft auskommen kann. Verweigern die Menschen sich dem, so verliert das Zusammenleben seinen Sinn, stürzt jede Stadt, auch Uruk, der Gunst des Schicksals entzogen, ins Chaos hinab. Ist es das, was dir Antwort gibt auf deine Frage?«

»Das ist es«, sagte Erenda mit grollendem Unterton in der Stimme. »Wenn Gesetze so schnell gemacht und noch schneller verändert werden, ist das Chaos viel näher, als wir ahnen.«

Mit dieser ebenso vagen wie düsteren Drohung machte er sich davon.

Gilgamesch war durch die unfreiwillige Unterhaltung die Lust an seinem Spiel vergangen. Er nahm die Trommel, stand auf und wanderte zum Tell der Weisen hinüber. Diesmal musste er nicht erst rufen. Der Greis stand vor dem Eingang seiner Höhle und blinzelte in die Sonne. Als er Gilgamesch sah, hellten sich seine Züge auf.

»Nun«, rief er, »noch immer hier und nicht auf dem Weg, den Erdenkreis zu durchmessen?«

»Ja, noch immer hier, obwohl ich sicherlich eines Tages aufbrechen werde, um alles mit eigenen Sinnen selbst zu erfahren.«

Die Antwort gefiel dem Greis. »Komm mit in die Höhle«, sagte er, »hier draußen blendet das Licht so stark meine Augen, dass ich nur noch Schamach erblicke und nichts mehr sonst. Außerdem sitzt man in meinem Alter lieber bequem, anstatt sich wie ein Storch die Beine im Sand auszustehen.«

Gilgamesch musste lachen, denn der Alte sah mehr wie ein Fisch aus als wie ein Storch. Ein Fisch allerdings, der an Land gegangen war und nun in der Wüste lebte. Sie gingen ins Innere der Höhle, in der zu Gilgameschs Überraschung sechs weitere Alte versammelt waren. In ihren silbrig schimmernden Röcken wirkten sie wie ein Schwarm Fische, den eine kräftige Woge ins äußerste Ende der Höhle getragen hatte. Die Anwesenheit so vieler gelehrter Personen machte ihn zu Anfang befangen, doch als die Alten sich weiter unterhielten, fasste er Zuversicht. Er rückte sogar näher heran, um das seltsame Spiel zu betrachten, das auf einem niedrigen Holztisch zwischen ihnen stand. Das hölzerne Spielbrett bestand aus zwanzig verschiedenen kleineren Flächen, die unterschiedliche Muster aufwiesen. Aus Muscheln, Knochen, Lapislazuli und farbigen Steinchen waren da Bilder zusammengesetzt zu geometrischen Formen: Sterne, Augen oder auch Grundrisse von Tempeln oder Palästen. Jede Fläche wurde durch Ränder aus Bitumen gefasst, in die noch weitere Unterteilungen eingelassen waren. Auf diesen Etappenbahnen bewegten die Greise runde fünfpunktige Figurensteine hin und her; und zwar jeweils sieben weiße und sieben schwarze Figuren. Sie folgten dabei irgendwelchen Regeln und Gesetzmäßigkeiten, die allerdings für den neugierigen Gilgamesch schwer zu erkennen waren. So sah es aus, als strichen die Greisenhände scheinbar ziel- und sinnlos zittrig über das Spielbrett, keiner schien zu gewinnen und keiner zu verlieren. Aber wahrscheinlich war dies auch gar nicht der eigentliche Zweck der Übung, sondern viel eher, dass alles beständig im Fluss blieb, genauso wie die Gedanken und das Gespräch, das die Spielzüge begleitete. Hinter all dem musste noch ein anderer Sinn liegen, der das eigentliche Spiel ausmachte.

»Schamach«, brummte der eine Greis, »Schamach, du leuchtest mir zu stark. Verzeih mir meine Ungeduld, aber wenn du hier länger verweilst, wird die Saat der Felder verdörren und den Ort in Wüste verwandeln. Das willst du doch bestimmt nicht, wie ich dich kenne.«

Daraufhin zog er einen weißen Stein vor, was sein Gegenüber zu der Bemerkung veranlasste: »Wo Schamach geht, muss Nannar augenblicklich folgen. So sind beide ständig unterwegs und ziehen dahin wie ein Bruderpaar. Wer aber von beiden ist es, der den anderen antreibt in seinem Tun? Was drückt, lässt weichen, was flieht, zieht an. Man könnte meinen, wenn beides zum Rad sich zusammenfindet, muss es auch eine Nabe und eine Achse geben und einen zudem, dem die Lenkung des Wagens obliegt.«

Worauf sich ein dritter einmischte, seinen schwarzen Spielstein dem seines Vorgängers nachschob und kommentierte: »Nannar ruft und Enki, der noch im Wasser steckt, weiß, dass es ihm gilt. Er reckt seinen Kopf aus der Flut und führt die Wellen Nannars Schale entgegen. So atmet das Meer zur Freude der Menschen. Selbst die,

die fern der Küste wohnen, spüren den Rest des Meeres in sich und danken Enki dafür.«

So ging es eine Weile Zug um Zug, bis es Gilgamesch schwindelig im Kopf wurde von dem Gebrabbel der Alten. Manchmal glaubte er, alles zu verstehen, was da gesprochen wurde. Umschreibungen für Vorgänge in der Natur waren das, in eine blumenreiche Sprache gehüllt. Er hatte das unbestimmte Gefühl, es sei einzig und allein für ihn bestimmt, was die Weisen da sagten. Dann aber gerieten ihre Aussprüche wieder dermaßen zweideutig, dass er nicht wusste, was nun ernst gemeint war und was nur dazu diente, sich über ihn lustig zu machen.

Plötzlich ließ einer der Weisen seinen Spielstein fallen. Es wirkte zufällig, so als sei der Stein seinem unsicheren Zugriff entglitten. Oder lag Absicht dahinter?

Sein Nachbar bückte sich ächzend und hob die weiße runde Scheibe auf. »Oh«, sagte er und lächelte dabei verschmitzt über das ganze Gesicht, »Ischtar, die ewig Verliebte, ist selbstvergessen gelaufen und hat sich dabei im Weg geirrt. Ein einziger Schritt zuviel am Abgrund und tief stürzt sie hinab. Aber …« – er hob die Figur vor seinen Mund und pustete unsichtbaren Staub von ihr ab – »sie hat sich nichts getan dabei. Ein Paradiesvogel versteht die Flügel zu gebrauchen, fliegt bald hierhin, bald dorthin und findet immer Plätze zu landen und Futter im Feld. Setzen wir sie hier, nein lieber dorthin, damit sie wieder im Spiel bleiben kann.«

Mit diesen Worten warf er die Scheibe scheinbar wahllos aufs Brett. Sie landete genau auf dem Feld mit den sieben Strahlen des Venusgestirns.

»Aha«, riefen drei der übrigen Greise, beugten die Köpfe vor und begannen, in hastiger Folge Steine von ihren bisherigen Positionen zu rücken und neu zu verteilen.

»Das verändert die Sache natürlich erheblich«, sagte der Greis, dessen Urgroßvater die Weltkarte gezeichnet hatte, mit einem raschen Seitenblick auf Gilgamesch, als verstände der genau, was vor sich ging. Wie Verschworene trafen sich ihre Blicke.

»Die Qualität eines wirklich guten Spiels besteht darin, dass sich immer alles bewegt und verändert, ohne dass die Waagschale zu sehr nach der einen oder anderen Seite hin ausschlägt. Nur Narren wollen gewinnen und verlieren die Harmonie dabei. Siehst du, wie auch die Spielsteine selbst diese Weisheit für den, der zu lesen versteht, einfach und weise vermitteln: Fünf Punkte, die ein Kreuzzeichen bilden – oben der König, der als Kopf über allem erhaben steht, rechts und links von ihm wie Arme eines Körpers der Hohepriester und die Hohepriesterin. Sie repräsentieren das männliche und das weibliche Wirkungsprinzip Marduks durch Anu und Ischtar. Unten ist das Volk, das mit den Füßen fest auf dem Boden steht. In der Mitte aber befindet sich der Leib und das Herz der Figur – das ist das eigentliche Wesen des Menschen. Der Mensch hat die Tendenz, sich nie richtig zu entscheiden, und er kann doch in alle Richtungen gehen. Er kann am Einfachen, Handwerklichen bleiben, er kann Priester oder Priesterin werden oder gar aufstreben zur Macht.

Meist aber glaubt er, außerhalb von allem zu stehen, und ist dabei doch im Zentrum. Er sieht die vielfältigen Möglichkeiten wie unerreichbare Sterne um sich kreisen und ist oft nicht mutig genug, mit einem davon zu verschmelzen.

Der König als Sinnbild der Macht, die Hohepriesterin als das weibliche, der Hohepriester als das männliche

Prinzip und das Volk – das sind vier Stationen im Kreis um die Seele des Menschen herum, der von allem einen Funken, eine Ahnung in sich trägt. So ist es, wenn man es flach und als Zeichnung sieht. Aber es gibt noch eine andere Möglichkeit, es zu betrachten: Das ist die Kreisbewegung, die zur Form der aufwärtsstrebenden Spirale wird. Du kennst sie … es ist die Zikkurat, so steigt sie in den Himmel hinein und stellt damit den Weg dar, den der Mensch gehen kann, um zur Vollendung zu gelangen. Die runde Form des Steins indes ist ein Sinnbild der Ordnung, oder wenn du so willst – des Lebens. Viele Leben gibt es und viele Völker, und sie alle unterliegen den gleichen Regeln des Spiels.

Nichts, das auf Dauer so bleibt, nichts, das auf Dauer verschwindet. Was wir hier tun, ist folgendes: Wir spielen das große Spiel des Lebens …«

Gilgamesch starrte gebannt auf das Spielfeld. Für einen winzigen Bruchteil lüftete sich der Vorhang vor seinem Denken und gab einen Blick in das Buch des Schicksals preis. Er sah Dinge, die ihn schwindelig werden ließen, Dinge, die ausreichten, mehr als ein einziges Leben zu füllen. Er sah Abenteuer voller Lust, Gefahren und Schrecken. Er sah Freuden und Leiden, Tiefe und Erfahrung sich wie ein endloses Band winden bis zum Rand des Weltkreises und darüber hinaus. Und die Erkenntnis, die ihn am meisten berührte, war die Gewissheit, dass es sich bei alledem um ihn und sein eigenes Leben handelte. Milde, bevor ihn das übervolle Bild völlig verwirren konnte, zog sich der Vorhang wieder vor ihm zusammen.

Eine Frage aber war wie ein Funke in seine Seele gefahren, begann dort zu glimmen.

»Und jeder Mensch … kann aufstreben zum König?«, fragte er mit trockener Kehle.

»Jeder«, nickte der Greis. »Aufstreben ja. Und es gibt viele Stationen auf diesem Weg. Aber König sein kann immer nur einer zur richtigen Zeit.«

»Und die heilige Ordnung der Fünf … müsste nicht Ischtar sich endlich entscheiden zwischen dem einen oder dem anderen Weg?«

»Ein jeder muss sich entscheiden«, lächelte der Greis vieldeutig. »Auch ich muss mich jetzt gleich entscheiden. Welchen Zug ich als nächstes mache. Aber keine Sorge, das finden wir schon heraus. Du jedoch solltest jetzt lieber gehen und uns allein spielen lassen. Deine Ohren könnten taub werden vom vielen Zuhören, ähnlich wie es meinen Augen draußen in der Sonne ergeht. Leb wohl, Gilgamesch, ich denke, wir sehen uns wieder, vielleicht schon sehr bald, wie mir scheint.«

Gilgamesch verließ nachdenklich die Höhle und schlenderte in Gedanken versunken in die Ebene hinein. Als er am Wettkampfplatz angekommen war, holte er wieder die Trommel, die aus dem Holz der Zaubereiche geschnitzt war, hervor und begann, ihr Fell mit den Händen zu befragen. Um-ta-dumm sprach die Trommel und ließ ihre dröhnende Stimme weit über die Felder schallen. Um-ta-dumm kam der Nachhall vom Rücken des Tells und aus den Schluchten der Berge zurück. Er nahm sich vor, zu trommeln und nicht vor dem Einsetzen des Mondwechsels aufzuhören damit. Sieben Tage würde er trommeln. Und sieben Nächte, um Uruk den Schlaf zu rauben.

Ganz und gar versunken ins Spiel war Gilgamesch, nahm nicht mehr die Stimmen von Uruk wahr, nicht den Gesang der Vögel und nicht die Rufe und Schreie des Viehs. Er achtete weder auf das Aufsteigen des Sonnenwagens hinter dem östlichen Gebirge, noch auf Nannars sich langsam füllende Silberschale am Himmel. Er vergaß Hunger und Durst, versäumte die Stunden zum Gebet, wurde frei von aller Notdurft, die andere zur Mahlzeit, zum Schlaf, zum Tempel trieben. Er trommelte und trommelte, wurde eins mit der Trommel, ließ sie unermüdlich dröhnen, bis die Götter in Anus Feste aufmerksam auf ihn wurden und innehielten, um zu lauschen, was dieses Wesen da unten am Rande der Wüste ihnen zu sagen hatte. Sie hielten Rat und sandten ihre Antwort in die Herzen und Köpfe der Menschen.

Kurz nach Ablauf des sechsten Tages stieg eine Delegation vom Eanna herab, der sich viele junge Männer aus Uruk anschlossen.

Der Zug wurde angeführt von Erenda, dem Aufseher, und von jenem Soldaten der Garde, dessen Wurfstein an der Zaubereiche nicht so weit geflogen war wie der Gilgameschs. Sie kamen über das Wettkampffeld und blieben eine Ruflänge vor dem Trommelnden stehen. Gilgamesch sah sie nicht, zu sehr war er mit dem Instrument verschmolzen, er wirbelte die Stöcke, ließ das Ziegenfell tanzen und den Bauch der großen Trommel erzählen.

Es war ein schrecklicher Rhythmus, den er da erzeugte, einer, dem man nicht widerstehen konnte, der durch alle Poren der Haut, über alle Nerven- und Blutbahnen direkt ins Zentrum des Denkens strömte. Nicht still vermochten die Leute zu stehen, die ersten begannen zu tanzen, ihre Körper im Takt der großen Trommel zu wiegen.

Da hielt es Erenda und eine Gruppe von jungen Anupriestern, die ihn begleiteten, nicht länger. Sie gingen auf Gilgamesch zu und richteten Fragen an ihn. Gilgamesch hörte sie nicht und gab keine Antwort. Endlich packte einer der Priester den in Trance Versunkenen am Arm und entwand ihm den Schlagstock. Erst da blickte Gilgamesch auf und bemerkte die Menge.

Er sah die vierzehn Jünglinge, die am gleichen Tag wie er die Segnung Ischtars empfangen hatten, er sah Soldaten im Kampfrock, Bauern, die von den Feldern herbeigeeilt waren, Handwerker und Händler vom Markt, er sah Erenda und eine große Schar Priester vom Tempel des Anu, er sah Frauen, die vom Waschplatz kamen, Kinder und Alte, er sah die Wurfspieler, Ringer und Wettkämpfer, und zwischen ihnen allen entdeckte er auch eine Gruppe klappriger, sich gegenseitig stützender Greise, in Röcke gehüllt, die wie Fischschwänze beschuppt in der Sonne glänzten: Die sieben Weisen, die ihr Brettspiel beendet und aus den Höhlen hervorgekommen waren, um das Resultat zu verkünden. Der, dessen Urgroßvater die Weltkarte gezeichnet hatte, trat vor und gab Gilgamesch den Holzschlegel zurück.

»Spiel weiter«, sagte er, »spiel, weil es Zeit zum Trommeln ist. Gib nicht auf, bevor der Mondwechsel vollzogen ist. Aber achte genau auf die Melodie, die du spielst. Lass sie in alle Ohren und in die Seelen der Menschen dringen. Sie warten auf das, was die Trommel ihnen zu sagen hat.«

Dann deutete er mit der Hand auf Gilgameschs Brust und zog mit dem Arm einen weiten Bogen über die Berge der Stadt bis hin zum Eanna. Sein ausgestreckter Finger zeigte nun auf den Egalmach, die Zikkurat und den verwaisten Palast des Königs. In der Luft blieb er stehen und wies allen die Richtung. Da brüllte das Volk im Sprechchor los, und ihr Gebrüll wollte nicht enden: »Gil-ga-mensch, Gilga-mesch! Führe uns, göttlicher Trommler, Held von Uruk, führe uns, Gilgamesch!«

Wankend erhob sich Gilgamesch, legte das Band der Trommel um seinen Hals, packte die Stöcke und ließ wieder das Ziegenfell sprechen. Wild schrie und gestikulierte das Volk durcheinander, und als er auf sie zuschritt, gaben die Leute eine Gasse frei für ihn und die Trommel. Hinter ihm aber schloss sich die Gasse sofort. Die Menschen wandten sich um und folgten ihm nach. Ruhigen Schrittes ging Gilgamesch auf die Stadt zu, erreichte den Markt. Aus allen Häusern und Hütten strömten die Menschen, die schlossen sich dem Zug an, der bald zu gewaltiger Größe anwuchs.

Aber Gilgamesch schlug nicht den direkten Weg zum Eanna ein, vielmehr zog er durch alle Viertel Uruks. Er lockte Männer, Frauen und Kinder aus ihren Häusern, holte sie von den Feldern und Gärten, er ließ die Tafeln der Schreiber in den Staub sinken und die Beamten ihre Pflichten vergessen. Alte, Gebrechliche und Kranke ließ er neue Kraft spüren, und die Kinder eine, die sie nie zuvor wahrgenommen hatten. Der Ruf der großen Trommel erreichte sie alle, kam in jeden Winkel und stöberte selbst die Ängstlichen und Unsicheren auf. Es war, als würden alle Schleusen geöffnet, als käme mitten im Sommer die Schneeschmelze aus den Bergen den Fluss hinab und trüge ihn über die Ufer. Ein Strom aus Leibern; Stimmen, pochenden Herzen war es, der sich durch Uruk ergoss. Einmal rings um den heiligen Berg ging der Zug, und dann die Treppen zum Eanna hinauf. Auch hier standen bereits rechts und links des Weges wartende Menschen und staunten dem Wunder entgegen. Nie hatten sie solche Einigkeit, solche spürbare Entschlossenheit beim Volke von Uruk gesehen.

Der Platz vor der Zikkurat war ringsum von Priestern und Priesterinnen umsäumt, die Stufen und Mauern waren schwarz von Menschen, und immer noch drängten die Massen aus der Stadt nach, um sich einen Anblick des Schauspiels zu sichern. Auf der Mitte des Platzes, im Schnittpunkt der gefliesten Wege, die zum Egalmach, zum Palast, den Tempeln des Anu und der Ischtar und der großen Himmelsspirale führten, hielt Gilgamesch an, ohne mit dem Trommeln aufzuhören. Er sah den Abend kommen, die Nacht herannahen und setzte sich, um den Ruf der Trommel weit hinauf zu den Sternen zu senden. Leise und leicht war sein Spiel inzwischen geworden, kaum brauchte er noch die Arme zu heben, die Handgelenke zu bewegen. Wie von selbst fanden die Trommelstöcke zum Fell. Und was er spielte, fand zu dem Rhythmus, der allen Volksliedern und Tänzen zugrunde lag. So war es gar nichts Besonderes, dass Gesang aufkam, die Hände sich rührten, um den Takt mitzuklatschen und dort, wo ein wenig Platz war, die Leute zu tanzen begannen.

Nie zuvor hatte der Eanna so etwas erlebt, der Platz, der viele Feste kannte und sich rühmte, das lebendige Herz Uruks zu sein. Nie zuvor hatten so viele Menschen voller Harmonie zueinandergefunden.

Gilgamesch spielte, und bald folgten die Mädchen Ischtars ebenso wie die jungen Priester des Anu im Tanzschritt dem Takt der großen, verzauberten Trommel.

Die Herzen aller flogen Gilgamesch zu, seinem nicht mehr enden wollenden Spiel. Doch als sich der siebente Tag dem Ende zuneigte und Nannars Schale rund und voll am Himmelszelt prangte, erlahmte sein Trommeln, wurde immer langsamer, bis zur Mitternacht endlich der letzte Schlag verklang.

Erschreckend still war es plötzlich auf dem heiligen Berg. Jeder konnte den Atem seines Nachbarn hören. Ruhig stand das Volk und wartete darauf, was nun folgen würde. Als nichts geschah, fing es leise und kaum vernehmbar an, zu murren. Alle warteten auf ein Ereignis. Dieses Trommeln, dieses so ganz und gar nicht alltägliche und ungewöhnliche Geschehen musste zu etwas führen. Aber wozu? Es wurde getuschelt. Wie ein Meer aus Schilfhalmen wogte das Volk. Füße scharrten unruhig.

Da löste sich eine Gruppe von gebeugten Gestalten aus der Menge und stieg mühsam über die Treppenstufen zum Tor der Ischtar hinauf. Silbern glänzten ihre Fischschwänze im Mondlicht. Fünfmal zehntausend Augenpaare verfolgten jeden ihrer Schritte, sahen, wie sie den Eingang des Venustempels erreichten und eine nach dem anderen darin verschwanden. Lang dauerte es, bis wieder etwas von dort zu sehen und zu hören war. Aber als dann die fackeltragenden Dienerinnen herauskamen und beiseite traten, um den zurückkehrenden sieben Weisen den Weg auszuleuchten, kam ein Raunen auf, schwoll zum Jubel an, denn neben dem vordersten der Fischmänner schritt Ischtar, die das Zepter des Königs trug.

Ihnen kam Eschnunna, der Oberpriester des Anutempels, mit seinen höchsten Würdenträgern entgegen. Es sah aus, als strömten zwei Flüsse mit ihren Wassern zusammen und vereinigten sich kurz vor der Mitte des Platzes.

Dann geschah etwas Sonderbares. Ischtar gab das Zeichen ihres Königtums freiwillig aus der Hand und überreichte es dem Weisen.

Der aber winkte Gilgamesch zu sich herauf: »Erhebe dich, Sohn von Uruk, den man Gilgamesch nennt. Gepriesen sei dein Name. Möge er ruhmreich leuchten über unserem Volk und zu Marduks und aller Götter Ehren in die Geschichte eingehen«, sagte der Alte voll Würde.

Gilgamesch stand auf und trat vor. Da hob der Greis das Zepter, das vor Ischtar Dumuzi und vor ihm Lugalbanda und Enmerkar und all die anderen Herrscher getragen hatten, die die Königsrolle verzeichnet.

»Achtundzwanzigster König nach der großen Flut«, rief der Greis, »nimm dies Signum der Macht in Besitz aus den Händen eines, der noch von Zeitaltern weiß, die der Vergessenheit anheimgefallen sind. Empfange es in Demut, trage es mit Stolz und führe es so, dass Uruk Blüte erlangt.«

Zu einem einzigen Schrei verbanden sich die Kehlen der Menschen, als Gilgamesch mit beiden Händen das Zepter nahm. Iluna beugte ihr schönes, stolzes Haupt, ebenso wie Eschnunna, der Oberpriester des Anu, während ein weißhaariges altes Weib sich durch die Menge drängte, vor Gilgamesch auf den Boden stürzte und seine Füße küsste.

Gilgamesch bückte sich und hob Ninsum auf. »Das sollst du nicht tun, weise Mutter«, sprach er, »niemand soll das tun. Schon gar nicht du, der ich so vieles verdanke.«

Ninsum weinte vor Glück, als sie sah, dass ihre Befragung der Götter, ihre Träume, Hoffnungen und Wünsche in Erfüllung gegangen waren. Und sie weinte auch ein wenig, weil sie mehr aus dem Buch des Lebens wusste und um Gilgameschs Schicksal bangte, das dort so gefahrenreich vorgezeichnet war.

Gilgamesch aber hatte im Moment ganz andere Sorgen. So erschöpft von der Anstrengung, so ausgezehrt und betäubt er auch war, so spürte er doch, dass nun jeder Schritt, jede Geste, jedes Wort, das er sprach, von außerordentlicher Bedeutung war. Er blickte in Eschnunnas Gesicht – unter dem kahlen Schädel des Oberpriesters glänzte es vor Erwartung. Er sah prüfend zu Iluna hinüber – Ischtars jüngste Verkörperung auf Erden lächelte rätselhaft und unnahbar jenes Lächeln, das er schon einmal, am Tag seiner Einweihung, auf sich gespürt hatte.

Er musste an das denken, was Ninsum, Erenda und ihre unbekannte Dienerin in jener Nacht von sich gegeben hatten, ohne es direkt auszusprechen – den Verdacht nämlich, dass Iluna Dumuzi ein ähnliches Schicksal bereitet hatte, wie das, dem einst Lugalbanda erlegen war.

Er sah nicht die Weisen, nicht das Volk, nicht die glühenden Gesichter der jungen rebellischen Männer Uruks. Er sah nur Iluna und Eschnunna, blickte von der einen zum anderen und musste an das Spiel der Greise, an die heilige Ordnung der Fünfheit auf den Spielsteinen denken, die jedem, auch ihm nun, seinen Platz zuwies. So verneigte er sich tief und ehrfurchtsvoll vor ihnen, hob erneut den Kopf, sah zum sternenübersäten Himmel auf und schickte von dem Ort, an dem er stand, ein Dankgebet zu Marduk hinauf.

Er spürte, dass ihn langsam die Kräfte verließen, er fühlte sich gestützt und aufgehoben und hinübergetragen zum Palast, den Dumuzi als Leichnam verlassen hatte. Ich werde auch für ihn ein Brandopfer entzünden, damit seine Seele zufrieden ist und nie mehr zurückkehren muss, dachte er schläfrig. Und vor allem werde ich die

Mauern verstärken, die Wände abdichten, damit nicht der Staub der Wüste und der kalte Wind des Winters zu mir hereinweht.

Ich werde …

Weiter kam er in seinen dahinjagenden Gedanken nicht mehr, da hatte ihn der Schlaf überrascht, der kleine Bruder des Todes, und in seinen Armen ins schwerelose Reich hinabgetragen, in jene Dunkelheit hinein, in der es nicht einmal Träume mehr gibt. Draußen aber zerstreute sich langsam das Volk, ging wie nach einer langen Benommenheit schwankend und nachsinnend auseinander.

Und noch immer lag ihnen der Nachhall von Gilgameschs Trommel im Ohr. Großes hatte sich ereignet, viel, über das es zu reden gab. Es mochte sein, dass sie noch ihren Kindern und Enkelkindern von jenem denkwürdigen Tag erzählen würden, der sie mit Trommelklang mitten aus ihrem Tagwerk gerissen hatte, und von jener erstaunlichen Nacht auf dem Eanna, in der sie Zeuge gewesen waren, wie Gilgamesch König wurde. Eigentlich war jeder zufrieden.

Die Priester des Anu über die glücksversprechende Wende, die jungen Männer darüber, dass ihr mutiges Handeln zum Erfolg geführt hatte, die Weisen, weil es dem Verlauf ihres Spieles entsprach, das Volk, weil Gilgamesch kein fremder Usurpator und auch kein Vertreter des Tempels, sondern einer von ihnen war. Ninsum, weil die Entwicklung ihren Wünschen entsprach, und, wenn sie nicht gar Lugalbandas Tod aufwog, so doch wenigstens ein klein bisschen Rache bedeutete. Und natürlich waren auch die Dienerinnen der Venus zufrieden, von denen viele Gilgamesch kannten und schätzten.

Nur Iluna ging nachdenklich in ihre Gemächer zurück. Sie hatte einen entscheidenden Zug im großen Spiel verloren, einen, den sie verfrüht und vielleicht unüberlegt gemacht hatte. Aber die Sache war halbwegs ins Lot geraten, ohne dass es zu direkten Auseinandersetzungen mit den Anhängern Anus gekommen war. Gilgamesch war eine unbekannte Größe, ein Volksheld, ein seltsamer junger Mann, der trommeln konnte und die Menschen aufzuwiegeln verstand.

Aber er war auch ein unbeschriebenes Blatt, eines, an dessen Geschichte sie unter Umständen, wenn sie es geschickt anfing, mitschreiben konnte.

Bevor sie sich endgültig für heute zur Ruhe begab, rief sie Tehiptilla, das geschmeidige Kätzchen, zu sich. »Du weißt, dass du zu den Wenigen gehörst, die sich zum Kreis meiner engsten Vertrauten zählen können«, begann sie.

Tehiptilla nickte. Ihr ovales Gesicht mit den dunklen Gazellenaugen glühte. Sie lag auf dem Schaffell, dicht vor die Füße der Göttin gekauert und war glücklich, ihr so nahe sein zu dürfen.

»Darum bitte ich dich auch, mir, deiner Freundin, gegenüber ganz offen zu sein und mir auf jede Frage zu antworten.«

»Das will ich sehr gern tun«, sagte Tehiptilla, »ich wüsste nicht, was ich lieber im Leben täte, als dir zu dienen.«

Iluna streichelte zärtlich ihr Haar. »Du hast mehr als einmal mit ihm geschlafen. Du weißt, wen ich meine: Den, der jetzt das Zepter von Uruk trägt. Glaubst du, es wird dir leicht fallen, ihn weiterhin an dein Lager zu fesseln?«

»Möglich ist es«, antwortete die Dienerin, »allerdings war er lange nicht mehr bei mir. Weder bei mir noch bei den anderen Mädchen. Es heißt, er soll sich immer mehr abgesondert haben, um am Rand der Wüste Trommeln zu üben.«

»Ein merkwürdiger junger Mann«, sagte Iluna, »fast ein Kind noch und doch schon ein König, und zudem so sonderbar …«

»Ja, sonderbar ist er manchmal. Aber verzeiht, Herrin, wenn ich widerspreche, ein Kind ist er keineswegs mehr. Er hat mir im Bett viel Freude bereitet.«

Iluna sah ihre Dienerin lange prüfend an. »Dann versuche, dass es wieder so wird, wie es einmal war«, sagte sie, »gib ihm dein Bestes und mir das Wissen davon, berichte mir jede Einzelheit, jede, verstehst du?«

Tehiptilla nickte. »Wenn er kommt«, gab sie kleinlaut als Einwand, »ich weiß ja nicht, ob er überhaupt noch einmal kommt. Jetzt, wo er König geworden ist …«

»Dann werden wir ihm offiziell einen Besuch abstatten«, wischte die jüngste Verkörperung Ischtars auf Erden ihre Bedenken hinweg.

»Du und ich und eine kleine Auswahl von Mädchen. Daran ist nichts Auffallendes oder Ungewöhnliches. Schließlich haben wir leichtfertig verkündet, Dumuzis Nachfolger zu sein, und müssen nun unseren Irrtum eingestehen. Wir haben viel wieder gut zu machen, Tehiptilla. Lass uns mit allem, was uns zur Verfügung steht, mit der Macht, mit der uns der Liebesplanet ausgestattet hat, seine Bedenken zerstreuen. Bist du dazu bereit?«

»Mit jeder Faser meines Herzens«, antwortete Tehiptilla. Und es war die Wahrheit.

»Gut«, sagte Iluna und lächelte ihre Vertraute strahlend an, »dann ist es gut. Versprich mir aber auch, dass du mit niemandem darüber redest, was wir heute Nacht besprochen haben. Auch die anderen Mädcnen sollen nichts davon erfahren. Versprichst du es?«

»Ich verspreche es«, schwor Tehiptilla.

Eine Weile unterhielten sie sich noch über andere Dinge, dann schickte Iluna die Dienerin aus dem Zimmer. »Geh nun«, sagte sie, »und behalte die Worte, die ich zu dir sprach, im Herzen. Es scheint, dass der Himmel für dich und mich ganz besondere Wege vorgezeichnet hat. Gute Nacht, Tehiptilla.«

»Gute Nacht, Herrin«, flüsterte Tehiptilla und schlüpfte aus der Kammer.

Auf dem Weg zu ihrer Schlafstätte kam sie an einem Fenster vorbei und lehnte sich über die Brüstung. Es war sehr hell draußen, der Mond stand voll über dem großen Platz und spendete soviel Licht, dass man selbst die Konturen der Figuren drüben an der Mauer erkennen konnte. Tehiptilla atmete tief die frische Nachtluft ein. Sie dachte an Gilgamesch, und ihr Herz klopfte dabei.

»Was befiehlst du, zu tun?«, fragte Urnigingar. Es war derselbe junge Schleuderer, der Gilgamesch beim Wettstreit an der Zaubereiche unterlegen und nun von der Garde zum persönlichen Boten aufgestiegen war. Er hatte lange im Sand gesessen und gewartet, dass Gilgamesch aus der Höhle der Weisen zurückkommen würde.

»Zuerst rufst du alle Handwerker zusammen, Ziegelbrenner und Maurer vor allem und Leute, die denken und zeichnen können.«

»Davon gibt es aber eine Menge in Uruk«, stöhnte Urnigingar.

»Fein, dann hole sie alle, ich will jeden sehen. Und bring Steinmetzen mit und Männer, die mit der Axt umzugehen wissen, vielleicht auch Seiler und Schilfbinder. Auf alle Fälle aber jeden Beamten, dessen du habhaft wirst.«

»Sonst noch etwas?« Urnigingar zog die Stirn kummervoll in Falten.

»Ja«, sagte Gilgamesch, »die Trommel hole auch. Aber keine Angst, es wird noch eine Weile dauern, bevor ich ihr Fell zu schlagen beginne. Und wenn, dann wird es eine ganz andere Musik sein, als die, die du kanntest. Große Dinge stehen bevor. Eile dich, Urnigingar, und lass Soldaten ausschwärmen, um die erforderlichen Leute zusammenzubringen. Einen Tag hast du Zeit. Morgen in aller Frühe will ich alle sehen, die ich gerufen habe.«

Ohne Begleitung ging Gilgamesch zum Eanna zurück. Er wollte allein sein und über vieles nachdenken, was bislang noch ungeordnet in seinem Kopf um Klarheit rang. Er hatte mit den Weisen gesprochen, aber sie waren ihm keine allzu große Hilfe gewesen. Sie hatten ihm aufmerksam zugehört und immer wieder zu Einzelheiten Fragen gestellt, die Gilgamesch selber noch nicht klar waren. Der Plan im großen und ganzen aber hatte ihre uneingeschränkte Zustimmung gefunden.

»Ich will eine Mauer errichten«, hatte er gesagt, »eine gewaltige Mauer, die ihresgleichen im ganzen Weltenkreis sucht. Sie soll rings um den Eanna gehen als unbezwingbarer Gürtel. Ein Sar soll die Stadt mit ihren Wohnvierteln umfassen, ein Sar die Palmgärten, Äcker und Weiden, ein weiteres Sar die Flussniederung mit ihrem fruchtbaren Ufer. Drei Sar aber soll die Hügel mit dem heiligen Berg, seinen Palästen und Tempeln umfassen.«

Die Weisen hatten genickt. Sie wussten, dass dies ein gutes und wichtiges Werk war, denn sie hatten Kunde erhalten von feindlichen Wüstenstämmen im Norden, die begierig auf den Wohlstand Uruks starrten und seit langem eine Möglichkeit suchten, über die Stadt herzufallen. Noch waren sie nicht stark genug dazu, waren sich uneinig über den Zeitpunkt, und ihre Anführer stritten sich missgünstig miteinander darum, wem beim geplanten Kriegszug der Oberbefehl zufallen sollte. Noch war Zeit, dieser Bedrohung aus der Wüste zuvorzukommen. Und es bedurfte eines starken, nicht nachlassenden Führers, um das Volk von Uruk für eine so gewaltige Arbeit zu begeistern. Gilgamesch würde ein solcher Führer sein, darin waren sich die Weisen einig. Einer, der besessen war von seinem Traum, die Menschen anzuleiten und zu großen Taten zu führen.

Als sie merkten, wie ernst es dem jungen König um seinen Plan war, erhielten sie die Gewissheit, dass sie sich nicht in ihm getäuscht hatten. Gilgameschs Absichten entsprachen genau dem Verlauf ihres göttlichen Brettspiels. Nun war alles nur noch eine Frage der Zeit. Eines würde sich genau zum anderen finden. Darum brauchten sie sich nicht mehr zu kümmern. Aber beim Setzen des ersten Steines der Mauer, das versprachen sie, würden sie dabei sein. Und eine mit einem festen Bronzeschloss verriegelte Urkundenkapsel aus Kupfer wollten sie im Boden versenken, in der auf einer Tafel aus Lapislazuli all ihre Weisheits- und Segenssprüche geritzt waren und dem Werk ihre Zustimmung verleihen würden. Das konnten sie zum Vorhaben beitragen; alles Weitere oblag dem Geschick des mutigen jungen Königs.

Nachdenklich klomm Gilgamesch zum Eanna hinauf, um sich mit Eschnunna zu besprechen. Es stimmte ihn freudig, dass ihm dieser anbot, die Zikkurat zu besteigen. Das hatte er sich schon immer gewünscht und manchmal daran gedacht, es heimlich zu tun. Nun ging er offiziell Seite an Seite mit dem Oberpriester des Anu die schier endlosen Treppenstufen der heiligen Himmelsspirale hinauf.

Als sie an ihrer Spitze angelangt waren, musste sich Gilgamesch am Geländer festhalten, so sehr blies hier der Wind, und so hoch über der Erde waren sie, dass es ihn schwindelte, hinabzuschauen. Aber er tat es dennoch und wurde reichlich belohnt dafür. Wie ein Meer aus weißer Gischt lag ihm die Stadt zu Füßen, um sie herum der Flickenteppich aus Gärten und Feldern, und der Euphrat wand sich als kraftvolles Band von Nordwesten kommend durch die Niederungen an Uruk vorbei nach Süden, jenem fernen Meer zu, von dem die Seeleute und Kauffahrer berichteten.

Noch einmal sah er den gedachten Kreis um die Stadt, den er sich schon einmal, als Kind, vorgestellt hatte, sah den doppelten Mauerring mit den Wehrgängen und Bastionen, ein befestigtes Tor im Norden und eines im Süden, dort, wo die Straße nach Ur begann. Und plötzlich, ohne zu ahnen, woher dieses Wissen kam, erkannte er die Gesamtheit und die Einzelheiten seines Plans: Er sah die Mauern Tag und Nacht mit Wachen besetzt und im Kern der Stadt richtige, wohlangelegte Straßen. Er sah den Markt größer als jemals zuvor, mit einer eigenen schattenspendenden Mauer umgeben, und viel Platz noch für Bauern aus der Umgebung, die mit ihren Familien zukünftig innerhalb des befestigten Gebietes leben konnten. Er sah ganze Züge von Fremden herbeiziehen, mit Hab und Gut beladen und ihr Vieh mit sich treibend, sah hoffnungsvolle Augen auf Uruk gerichtet, auf die blühende

Stadt. Menschen, die hier am Euphrat eine neue Heimat zu finden gedachten. Er sah Delegationen von Fürsten anderer Städte, mit Geschenken und Tauschwaren beladen.

Niemand konnte künftig mehr an Uruk vorbeigehen. Uruk war groß und wichtig, das Herzstück eines weiten Landes, Zentrum von Kunst und Handwerk, von Religion, Politik und Handel.

Die Stimme Eschnunnas riss ihn aus seinen Gedanken. »Ist es nicht eine wundervolle Stadt, ein erstaunliches Land, ein Fluss, wie er schöner und kraftvoller nicht sein könnte? Anu wusste, warum er hier auf dem Berg seinen Tempel errichten ließ und das Volk in Glauben um sich scharte.«

»Ja«, gab Gilgamesch zur Antwort, »du hast recht, es ist so, wie du sagst. Und ihm zu Ehren werde ich ein Werk beginnen, das noch die Menschen zu späteren Zeiten rühmen werden, eines, das überdauert, wenn ich nicht mehr sein werde: Ein Schutzwall um Uruk, der der Wüste und allen Feinden trotzen wird.«

»Nur zu Anus Ehren – nicht auch zum Ruhme Ischtars?«, fragte der Oberpriester mit lauerndem Unterton. »Marduk hat die Menschen, als er sie schuf, in zwei Hälften geteilt, eine männliche und eine weibliche«, sagte Gilgamesch diplomatisch, »aber nicht, damit sich beide bekämpfen, sondern sich gegenseitig ergänzen, um zur Vollendung zu gelangen, wie es die heilige Ordnung der Fünfheit andeutet.«

»Man hört aus deinen Worten, dass du viel auf den Ratschlag der sieben Weisen gibst«, sagte Eschnunna lächelnd.

»Ja, sie sind meine Berater. Ein guter König sollte immer ein offenes Ohr haben für die, die es verstehen,

Rat zu geben, der allen nützlich sein kann.«

»Dann werde auch ich mich bemühen, dir ein zuverlässiger Berater zu sein«, sagte Eschnunna. »Die jungen Priester im Tempel halten große Stücke auf dich und loben deinen Mut über die Maßen. Ich glaube, sie tun recht daran. Lass dir beweisen, dass auch ein alter Priester für solches Sinn hat und jung im Herzen geblieben ist.«

»Ich danke dir«, sprach Gilgamesch und drückte beide dargebotenen Hände Eschnunnas, »ich danke dir für dein Vertrauen und zähle auf deine Hilfe, wenn es darum geht, das Volk zu dem zu ermuntern, was als gewaltige Aufgabe vor uns liegt.«

Der Oberpriester nickte sehr ernst.

Ähnliches sprach Gilgamesch auch zu Iluna, als sie zu einer vertraulichen Unterredung in ihrem Wohnsitz zusammenfanden. Die jüngste Verkörperung Ischtars auf Erden hörte aufmerksam zu, als ihr Gilgamesch mit beredten Worten von seinem Vorhaben erzählte.

Sie betrachtete ihn genau. Ein gutaussehender junger Mann war Gilgamesch, groß und stattlich, von schlanker, wohlgeformter Gestalt. Sein Haar war braun zwar und mehr glatt als gelockt, aber seine Augen brannten wie die eines echten Sprosses von Uruk. Wie habe ich diesen da nur übersehen können und vergessen, ihn in mein Spiel mit einzukalkulieren, dachte sie. Zur Einsegnung war er bloß einer von vielen gewesen, aber in der Nacht seines unaufhörlichen Trommelns hatte er ausgesehen wie ein wilder Stier. Sie beneidete insgeheim ihre Mädchen, die mit ihm schon ihr Lager geteilt hatten. Dabei war Iluna nicht wesentlich älter als sie, und ihr Ruhm, die schönste Frau Uruks zu sein, war weithin in Sumer bekannt. Und dennoch reagierte er nicht darauf und schien nur Gedanken für seine hochfliegenden Pläne zu haben. Wie konnte sie es nur anstellen, ihn für sich zu gewinnen? Sie seufzte.

Gilgamesch, der ihre Äußerung anders aufgefasst hatte, nämlich als Zeichen dafür, dass sie seine begeisterten Reden anstrengten und wohl auch ein wenig traurig stimmten, weil so wenig Platz für Ischtars Wirken darin war, versuchte, seinen vermeintlichen Fehler wieder wettzumachen.

»Und für deinen Tempel, zu Ehren der Venus, lasse ich eine besondere Treppe von der Stadt hinauf zum Eanna errichten, eine, die des Nachts wie von tausend Sternen geschmückt leuchtet, damit du, wann immer es dir beliebt, aus dem Himmel strahlend nach Uruk hinabsteigen kannst.«

Iluna lächelte. Das war es nicht, was sie wollte. Von der Venus herabgestiegen war sie bereits. Früh schon hatte man sie durch das Orakel zur Göttin bestimmt, dabei war sie im Herzen immer noch ein Mädchen der Sinne geblieben. Wonach sie viel eher begehrte, war, aufzusteigen hinauf zur weltlichen Macht, zum Thron womöglich, und wenn dies offensichtlich nicht möglich war, dann wenigstens an die Seite eines so erfolgversprechenden jungen Königs, dessen Herrschaftsstern gerade erst anfing zu strahlen.

Sie unterdrückte einen erneuten Seufzer. Es war nicht leicht, als Göttin zu leben. Immer noch lächelnd streifte sie eine Kette von ihrem Hals, an der in Form eines durchbohrten Zylinders ein winziges Rollsiegel hing: Es war ein Amulett, das als Schutz gegen böse Geister und mancherlei Gefahren galt und das einen sich aufbäumenden Stier darstellte, der von zwei menschenähnlichen Wesen mit Löwenköpfen flankiert wurde. Der Legende nach stammte dies Siegel von der sagenhaften Königin Puabi, deren Name zwar in der Königsliste nicht verzeichnet war, die aber einst in grauer Vorzeit geherrscht haben sollte. Nun gab sie das Siegel weiter, hängte es Gilgamesch um den Hals, der seinen stolzen Nacken vor ihr beugte und die Gunst aus ihren Händen in Empfang nahm.

Iluna wäre überrascht gewesen, wenn sie in diesem Moment in die Seele ihres Gegenübers hätte blicken können. Der dachte immer noch in scheuer Erinnerung an die Sekunde, in dem sie im Allerheiligsten vor ihm ihren alabasterfarbenen Leib enthüllt hatte. Aber als Göttin war sie für ihn unberührbar. Weitaus weniger fremd zwar als etwa die steinerne Lilith am zerfallenen Tempel, aber dennoch eine überirdische Blume, die welken würde unter den Händen eines gewöhnlichen Sterblichen.

So gingen sie auseinander, ohne erfahren zu haben, was sie wirklich voneinander dachten; Iluna zu Gesang und Spiel im Kreise ihrer Mädchen, Gilgamesch, um sich mit den Baumeistern zu besprechen, die mittlerweile im Palast auf ihn warteten.

Auch ihnen erzählte er von seinen Plänen und pflanzte seine Begeisterung tief in ihre Herzen. Und die Baumeister, denen Entwickeln und Konstruieren, Entwerfen und Überprüfen von Kindesbeinen an zur zweiten Natur geworden war, begannen sofort mit ihren Berechnungen.

»Ich brauche tausend mal tausend kräftige Männer, um den südlichen Tell abtragen zu lassen, damit wir feste Steine für die Fundamente gewinnen«, sagte einer.

»Und ich mindestens ebenso viele, um die Wälle zu schanzen.«

»Vor allem ist wichtig, sofort neue Öfen zu setzen«, fügte ein Dritter hinzu, »die bisherige Anzahl reicht bei weitem nicht aus, um all die erforderlichen Ziegel zu brennen. Es müssen größere, bessere Öfen sein, die sich Tag und Nacht bedienen lassen, ohne vor Hitze zu bersten.«

»Ich denke, fünf Meter stark müsste die Mauer mindestens sein«, ließ sich Warka vernehmen, der ein erfahrener Häuserbauer und zugleich Vorsteher der städtischen Handwerkskammer war. »Sie sollte feindwärts in zehn bis zwanzig Metern Abstand jeweils geböschte, halbrund vorspringende Bastionen aufweisen, die vier bis fünf Meter oder mehr Durchmesser haben. Wenn wir die ganze Mauer rings um Uruk so bestücken, dann werden das etwa tausend Bastionen …«

»Sehr gut«, sagte Gilgamesch, »tausend ist eine gute Zahl und Uruk durchaus angemessen.«

»Auch die Tore, die die Umwallung durchbrechen, müssen zu uneinnehmbaren Bollwerken ausgebaut werden«, fuhr Warka fort.

»Gerade die Tore sind die Schwachpunkte einer jeden Festung. Ich denke, wir machen sie etwa sieben Meter hoch und so breit, dass zwei Fuhrwerke nebeneinander hindurchfahren können. Selbstverständlich müssen sie bewacht und im Notfall schnell verschließbar sein.«

»Ausgezeichnet«, lobte Gilgamesch. »So soll es sein. Veranlasse sofort alles Notwendige!«

Der Vorsteher der städtischen Handwerkskammer kratzte sich nachdenklich am Kopf. »Ein gewaltiger Plan, fürwahr … Allerdings kann ich schon jetzt sagen, dass wir dafür nicht genug Leute haben, selbst wenn ich alle arbeitsfähigen Männer in Uruk einsetze …«

»Dann werben wir eben freiwillige Arbeitskräfte aus Ur oder von den Stämmen des jenseitigen Euphratufers an«, antwortete ihm Gilgamesch. »Brot gibt es genug für alle in diesem Jahr und Arbeit dazu für jeden, der bereit ist.«

Die versammelten Baumeister hoben staunend die Köpfe. Aber Gilgamesch war schon bei einem anderen Thema, nämlich dem Problem einer besseren Bewässerung der Gärten und Felder, indem man Kanäle vom Ufer des Euphrat ableitete. Die Baumeister verneigten sich anerkennend. Bei diesem jungen stürmischen König wurde wahrhaftig einem jeden klar, dass eine neue Zeit begonnen hatte.

Am nächsten Morgen hielt Gilgamesch vor den versammelten Handwerkern und Arbeitern auf dem Marktplatz eine Ansprache, und jeder, der sie hörte, rühmte danach, dass Gilgamesch nicht nur ein großer König, sondern auch ein überzeugender Redner war, der seine Zuhörer mitzureißen verstand.

»Männer von Uruk«, begann er, »Bewohner einer herrlichen Stadt, auf die wir voll Freude blicken können und Stolz. Begünstigt vom fruchtbaren Ufer des Euphrat und geschützt vor dem heißen Atem der Wüste genießen wir hier ein nahezu sorgenfreies Leben, auf das viele unserer Nachbarn mit Missgunst und Eifersucht blicken.

Besonders die feindlichen Stämme im Norden bereiten sich vor, unsere Sattheit, Zufriedenheit und Bequemlichkeit, die einem langanhaltenden Frieden erwuchs, zu ihren Zwecken zu nutzen, und schicken sich an, uns heimlich zu überfallen, wenn niemand es ahnt, wie es unlängst geschah ...«

Er spielte damit auf einen Zwischenfall an, der allen bekannt war und großes Aufsehen erregt hatte: Eine Karawane auf dem Weg nach Uruk war in der nördlichen Wüste überfallen worden, und dabei waren nicht nur mehrere Männer, sondern – was besondere Empörung ausgelöst hatte – auch zwei Frauen getötet worden.

Gilgamesch traf mit diesem Hinweis auf einen wunden Punkt, denn noch immer hatte sich der Zorn über den feigen Überfall nicht gelegt.

»Aber was im Kleinen geschah, kann sich jederzeit im Großen wiederholen und unvorstellbar schlimmere Folgen haben«, fuhr er fort. »Die Früchte unserer Felder wollen sie, unser Vieh und unsere Frauen, die zu den schönsten des Erdkreises zählen. Eine tödliche Gefahr wächst uns heran, wenn wir weiterhin Augen und Ohren vor dieser Bedrohung verschließen und warten, bis ihre Horden vor dem Eanna stehen, um die heiligen Tempel zu schänden. Anu und Ischtar verlachen sie frech, verleugnen die Werke von Marduk und Mach, Dummköpfe nennen sie uns, Narren, denen nicht mehr das Recht zustehen soll, eine so herrliche Stadt wie diese zu besitzen ...«

Die Männer murrten empört und einige ballten die Fäuste. Gilgamesch las die Wirkung seiner Worte in ihren Gesichtern und fuhr fort: »Wenn wir dies nicht bedenken und den warnenden Rat der sieben Weisen missachten, so steht uns das Ende bevor, dann wird Uruk in Schutt und Asche zerfallen und der Flugsand des Vergessens über uns und unsere Seelen fallen, so wie die große Flut, von der die heiligen Bücher sprechen, einst das Reich unserer Ahnen zerstörte ... Aber es gibt eine Möglichkeit, diesem allen zu entkommen. Eine Chance, die der Beginn sein kann zu unvorstellbarem Reichtum und Wohlstand ...«

Und damit begann er, das goldene Zeitalter in glühenden Farben auszumalen und zu preisen, was alles eintreten würde, wenn sein Vorhaben, der Bau einer gewaltigen Mauer um Uruk herum, Wirklichkeit würde.

Gilgamesch verstand es geschickt, die Phantasie seiner Zuhörer anzuregen. Er stachelte sie an, wenn es um die Gefahren und Nöte ging, die ein Überfall der lauernden

Feinde für sie alle mit sich bringen würde. Er malte das Bild einer glücklichen Zukunft vor ihnen so aus, dass sie hungrig und durstig danach wurden. Er pflanzte ihnen die Sehnsucht in die Herzen, all dies mit eigenen Augen zu sehen, mit eigenen Händen zu erschaffen.

Als er seine Rede beendet hatte, war es eine Zeitlang still auf dem großen Platz. Dann aber brach unbeschreiblicher Jubel los. Die Menschen brüllten vor Begeisterung, schrien sich heiser, fielen einander in die Arme. Immer wieder brandeten Sprechchöre auf: »Gil-ga-mesch, Gil-ga-mesch! Großer König, Löwe von Uruk, führe uns in die glücklichen Zeiten! Elluri, Elluri!« Und ihr Gebrüll pflanzte sich fort, brandete durch die Ebene, hallte am Eanna wider und riss alle mit.

Während die ersten Männer bereits tatendurstig nach Hause strebten, um ihre Arbeitsgeräte zu holen, zog Gilgamesch, von einer vielhundertköpfigen begeisterten Menge begleitet, durch die Viertel der Stadt, von Hütte zu Hütte, wie er es zuvor schon einmal mit seiner Trommel getan hatte. Aber was damals die Trommel ausgelöst hatte, das bewirkte nun seine eigene Stimme. Er sprach zu Beamten und Soldaten, zu Lastenträgern und Händlern, zu Bauern und Viehtreibern, zu Weibern, Alten und Kindern, und jeder, der Gilgamesch hörte, wurde von seinen Worten berauscht. Gilgameschs Visionen leuchteten ein. Sie leuchteten ein, weil sie richtig waren. Und sie waren richtig, weil sein Vorhaben jedem einzelnen einen Nutzen versprach. Gilgamesch war unermüdlich im Reden. Er gebrauchte immer wieder die gleichen Bilder und Sätze, bis sie jeder Zuhörer so plastisch vor sich sah, dass er sie auswendig wiederholen konnte.

Das war der unübersehbare Umbruch: Binnen weniger Tage war Uruk so von Lärm und emsiger Geschäftigkeit erfüllt, wie nie zuvor in seiner Geschichte. Jeder wollte teilhaben am großen Werk der Gemeinschaft.

Am Tag der Grundsteinlegung zur Mauer kamen auch die sieben Weisen aus ihren Höhlen herbei. Gilgamesch sah sofort: Der, dessen Urgroßvater die Weltkarte gezeichnet hatte, trug den Urkundenkasten aus Kupfer. Ein wuchtiges Bronzeschloss sicherte ihn, und niemand, außer Gilgamesch, der einen Blick hineinwerfen durfte, wusste, dass darin die geheimnisvolle Tafel aus Lapislazuli lag, auf die die Weisen Sprüche mit dunkler Bedeutung geritzt hatten.

Gilgameschs Hände wurden vor Aufregung feucht, als er den kostbaren Kasten in Empfang nahm. Fest hielt er dem Blick der weisen Alten stand und spürte dennoch, dass sie ihn ein letztes Mal prüften. Würde er dem Anspruch gewachsen sein, würde er all die Wünsche, Träume und Sehnsüchte, die das Volk mit seinem Namen verband, erfüllen können? Er war nun Träger der Hoffnung für Uruk geworden – eine ungeheure, eine übermenschliche Aufgabe fast.

Noch immer blickten ihn die Weisen an, und der Kupferkasten in seinen Händen wurde schwerer und schwerer, so schwer schließlich, dass er all seine Kräfte aufbieten musste, um ihn sicher zum vorgeschriebenen Platz zu tragen. Behutsam ließ er ihn in das bereits ausgehobene Erdloch gleiten und füllte danach die Grube wieder eigenhändig mit Erde. Wachse, Uruk, dachte er dabei. Stein auf Stein, Mauer um Mauer zu einem gewaltigen Werk. Meinen Namen binde ich ein in diese Arbeit. Gelingt sie, so wird er wachsen wie Uruk, und sein Ruhm wird weit über das Land strahlen. Gelingt es nicht, so werden wir untergehen, wir beide, diese Stadt und ich, und der Wind über der Wüste wird unsere Spuren verwehen …

»Hier ist der Schlüssel zum Kasten«, vernahm er die Stimme eines der weisen Alten. »Du musst – so will es das Gesetz der heiligen Ordnung – ihn an der tiefsten Stelle des Euphrats in den Fluten versenken. Bist du bereit, diesen Schwur vor allem Volk auszusprechen?«

»Ich schwöre es«, antwortete Gilgamesch mit belegter Stimme.

»Und mit diesem Schwur dem Volk von Uruk dienend zu herrschen und herrschend zu dienen?«

»Ich schwöre es: dienend zu herrschen und herrschend zu dienen«, sagte Gilgamesch. »Im Namen Marduks, des himmlischen Vaters, im Namen von Anu und Ischtar, im Namen aller Götter von Uruk!«

»Elluri, elluri!«, intonierte die Menge.

Gilgamesch hob den Schlüssel auf und hielt ihn zur Sonne empor, dass er gleißte wie pures Gold, wie die Deichsel von Schamachs himmlischem Wagen. Er sah sich um und prägte sich all das ein, um es nie mehr zu vergessen: diese Geste und ihre Wirkung, die vielen tausend Augen, die auf ihn gerichtet waren, diese erwartungsvolle Unruhe in der versammelten Menge. Deutlich wie nie zuvor wurde ihm bewusst, dass er von nun an, was er auch immer tat, immer im Mittelpunkt stehen würde, ein Gefühl, das ihn schwindelig werden ließ.

Dann stimmte ein Chor von Mädchen der Ischtar eine Hymne an, andere begannen zu musizieren und zu tanzen. Mit Gilgameschs erstem Schritt setzte sich die Prozession in Bewegung. Hinter ihm schritten die Oberpriester des Anutempels und Iluna, die jüngste Verkörperung Ischtars auf Erden, es folgten die höchsten Beamten und Würdenträger. Ganz Uruk nahm an dem Geschehen teil. Wo sie vorbeikamen, hoben Frauen ihre Kinder empor, um sie der Venusgöttin zur Segnung entgegenzustrecken. Kranke warfen sich in den Staub, erflehten Heilung von ihr. Die Männer aber jubelten Gilgamesch zu, schwenkten ihr Werkzeug oder hielten es geschultert wie die Soldaten ihre Waffen.

Er genoss diese Begeisterung und merkte, dass seine Überlegung richtig gewesen war, sich bewusst nicht prunkvoll wie ein König zu kleiden. Mantel und Haube, Schwert und Zepter hatte er am Morgen achtlos liegengelassen und stattdessen den schlichten derben Rock der einfachen Leute gewählt. Darin sah er aus wie einer von ihnen, wie ein Handwerker auf dem Weg zur Arbeit. Vor der Brust aber trug er die Trommel am Gurt, die alle bereits kannten, und in den Händen die Schlegel aus dem Wurzelholz der Zaubereiche. Noch zwang er sich zur Geduld, ließ den Bauch der Trommel schweigen, obgleich es ihm in den Fingern juckte, seinen eigenen Rhythmus entgegen dem der musizierenden Mädchen über das Ziegenfell zu treiben. Und als der offizielle Teil der Prozession abgeschlossen war und die Mädchen Ischtars und die Anupriester wieder zurück zum Eanna zogen, da hielt er es nicht mehr länger aus, den bedächtig dahinschreitenden Herrscher zu spielen.

Er bahnte sich ungestüm einen Weg durch die Menge, lief, sprang, kletterte eine kleine Anhöhe hinauf, die ausreichend Überblick bot und begann, die Trommel rufen zu lassen.

Zur Arbeit rief ihre Stimme weithin über die Ebene, und die Menschen drängten sich, ihrer Aufforderung Folge zu leisten. So geschah es bis spät in den Abend hinein. Als die Dämmerung kam, schwieg die Trommel. Dafür wurde das Dunkel vom Schein vieler Fackeln und Lagerfeuer erhellt. Rauch stieg auf aus den Öfen der

Ziegelbrenner und setzte die ganze Nacht hindurch nicht aus.

Als die ersten Strahlen der Morgensonne aus der östlichen Wüste fielen, sprach auch die große Trommel wieder. Gilgamesch, der sein Zelt dicht neben der Baustelle aufgeschlagen hatte, weilte Tag und Nacht unter den Leuten. Erst als die Umwallung anfing, zu wachsen, zog er mit seinem Instrument die Mauer entlang und trommelte den Männern Mut zu.

Es war seltsam: Wer die Trommel hörte, packte in ihrem Takt fester zu, leichter fiel ihm die Arbeit, der Klang der Trommel schien alle Schwere hinwegzujagen. So kam es, dass kaum jemand ihren Ton als bedrückend empfand, eher als anregend und mitreißend.

Nur wenige murrten, weil sie tagelang nicht zu ihren Hütten zurückfanden – das waren die Baumeister, deren Rat und Aufsicht jederzeit und an vielen Stellen gebraucht wurde. An Hilfskräften mangelte es indes nicht. Wie Gilgamesch richtig vorhergesehen hatte, strömten viele Arbeitswillige aus den südlichen Landesteilen und selbst aus Ur und Nippur herbei. Die Kunde von Gilgameschs Vorhaben und Uruks Aufbruch in eine neue Zeit sprach sich schnell herum. Vor allem junge Leute waren es, die von Zuhause aufbrachen, Leute mit Phantasie und rascher Auffassungsgabe, die sich ausrechneten, in Uruk schneller als anderswo zu Wohlstand und Ansehen zu kommen. Aber es reichte nicht aus, mit schönen Worten allein nach Uruk zu kommen. Jeder, der am Bau mittun wollte, musste sich in eine Arbeitsrolle eintragen lassen und zuvor den Aufsehern eine Probe seines Könnens vorweisen.

Mögen die Götter mir beistehen, flehte der junge Herrscher, und die feindlichen Stämme im Norden mit Blindheit schlagen, damit sie nicht merken, dass gerade jetzt, wo nichts richtig geschützt und alles im Umbruch ist, ihre einzige Chance besteht, Uruk im Handstreich zu nehmen.

Zwei Menschen – außer Gilgamesch selbst vielleicht – machten sich, unabhängig von der Euphorie, die alle wie ein Rausch erfasst hatte, Sorgen um sein Seelenheil: Zum einen war das Ninsum und zum anderen überraschenderweise Tehiptilla, die Liebesdienerin im Tempel der Venus. Die weise Mutter kannte ihren Lieblingssohn sehr genau. Er war ein Mensch, der zwischen Gefühlspolen schwankte und nur nach außen hin so fest und ausdauernd wirkte, wie ihn die anderen einschätzten. Er stand mitten im Volk, wurde von allen geliebt und geachtet und genoss es, durch seine Position mit allen Fasern des Gemeinwesens verbunden zu sein. Aber war er deswegen wirklich glücklich? Nein, noch immer fehlte ihm das Wichtigste im Leben – eine wirkliche Freundschaft, etwas wie das, von dem sein Traum ihm gekündet hatte. Solange er das nicht fand, würde er inmitten aller Geschäftigkeit der ihn umgebenden Menschen einsam und unglücklich bleiben.

Was er jetzt tat, seine große verantwortungsvolle Aufgabe, überbrückte lediglich die qualvolle Sehnsucht in ihm. Rastlos wie ein suchender Vogel war er, flog bald hierhin, bald dorthin, nur um festzustellen, dass er nirgendwo einen Platz zum Ausruhen fand.

Ninsum machte sich Sorgen um ihn. Er hatte lange nicht mehr den Weg zu ihr und ihrer harmonischen Stille

gefunden. Dabei hätte sie ihm soviel erzählen können –
von den Taten Lugalbandas, von seinen Irrtümern und
Erkenntnissen, seinem ruhmreichen Wirken und seinem
beklagenswerten Hinscheiden, und nicht zuletzt von der
langandauernden, treuen und wunderbaren Gemeinschaft,
die sie mit ihm bis zuletzt erlebt hatte. Aber sie dachte
auch, dass er davon vielleicht gar nichts hören wollte,
nicht jetzt jedenfalls, zu diesem Zeitpunkt, da er begann,
sein Leben selbst in die Hand zu nehmen und eigene
Erfahrungen zu machen.

So saß sie still im Egalmach in ihrer Kammer und
spähte in die Ebene hinaus. Selten, dass sie noch die Harfe
in die Hand nahm, und wenn, dann wurden es wehmütige
Lieder. Immer einsamer wurde Ninsum, die nur einmal,
zu Gilgameschs Krönung, ihr schwarzes Witwengewand
gegen ein prachtvolles Kleid eingetauscht hatte und nun
wieder die Farbe der Trauer trug. Die zweite Person, die
sich um Gilgamesch sorgte, war die schöne, geschmeidige Tehiptilla. Es war ihr, die sie so oft und voll Freude
mit Gilgamesch das Lager geteilt hatte, nicht ungelegen
gekommen, dass Ischtar von ihr verlangte, sie solle die
unterbrochene Beziehung zum König wieder aufleben
lassen. Wie gern wäre sie der Anweisung nachgekommen,
hätte sich in seine Umarmung begeben, um mit ihm die
tausend kleinen Wunder der Zärtlichkeit zu erleben.

Aber wie sie schon vermutet hatte, war Gilgameschs
Sinn auf anderes ausgerichtet. Nicht ein einziges Mal
mehr war er seit seinem Aufstieg zum Herrscher in den
Tempel gekommen, um sich der Lust zu ergeben. Er kam
zu offiziellen Zeiten, um zu opfern, wie es das Gesetz
vorschrieb, tat es mit Sorgfalt und Ernst, aber jedes Mal
von soviel Gefolge umgeben, dass es unmöglich war, an
ihn heranzukommen, und schon gar nicht – was sie sich

am meisten gewünscht hätte – mit ihm allein unter vier Augen zu sprechen.

Auch der Besuch Ischtars mit einer Delegation in seinem Palast war ergebnislos verlaufen. Gilgamesch war freundlich und zuvorkommend gewesen, hatte gelacht und ihre Darbietungen bewundert, aber es war nicht zu der von allen erwarteten Orgie gekommen, wie es im letzten Lebensabschnitt Dumuzis üblich gewesen war. Der junge König hatte angeregt mit Iluna geplaudert, über Staat und Gesellschaft, über Feste und Feierlichkeiten und alle möglichen anderen Themen, doch dabei eine unsichtbare Wand um sich herum aufgebaut, die niemand zu durchdringen vermochte, nicht einmal die schönste aller Frauen, die wunderbare unvergleichliche Göttin. Tehiptilla hatte genau beobachtet, wie ihn Iluna vergeblich mit ihren weiblichen Reizen, mit ihren Augen, ihrer Stimme, mit Gesten und klugen Worten zu betören versuchte, und Eifersucht stieg in ihr auf. Ja, Eifersucht empfand die kleine Tempeldienerin gegenüber ihrer Herrin. Sie erschrak heftig, als sie dieses neue unerlaubte Gefühl bemerkte.

Eifersucht war ein Frevel, aus vielen Gründen, weil sie ein Gefühl war, das dem Egoismus und der Besitzgier entsprang. Nie zuvor, bei keinem Mann, hatte sie solches gespürt. Wie kam das nur, was war in ihr vorgegangen? Sie erschrak noch einmal, noch heftiger, als sie die Wurzel dieses Gefühls in ihrem Denken entdeckte. Egoismus war es, ja, ihr Ich meldete sich unüberhörbar und stark zu Wort. Sie wollte, sie musste in Gilgameschs Nähe sein. Nicht, um ihn zu besitzen – das ging nicht, einen freien Mann wie ihn würde nie jemand besitzen – aber Gier war es schon. Sie war begierig darauf, von ihm angesehen, angefasst zu werden und womöglich noch mehr. Ihre

Seele brannte, ihr Herz schlug schneller, wenn sie an ihn dachte, und sie dachte in letzter Zeit nur noch an ihn. All das waren Anzeichen dafür, dass aus ihr wohl nie eine richtige Venuspriesterin werden würde. Sie fühlte und benahm sich wie ein einfaches Mädchen aus dem Volk, eins, das verliebt war und mühsam seine leidenschaftlichen Gefühle vor den anderen, die es nicht wissen durften, zu verbergen suchte.

Noch nicht einmal mit Iluna, der sonst so klugen und einfühlsamen Ratgeberin, konnte sie über ihren Zustand sprechen. Schon gar nicht mit ihr, die in ihrer Vorstellung mehr und mehr zur Rivalin wurde. Tehiptilla litt Qualen, von denen niemand etwas wissen durfte. Sie täuschte Unpässlichkeiten vor, um nicht mehr draußen auf den Treppen sitzen zu müssen, wo sie vielleicht einer sah und zur Gespielin erwählte. Und wenn es doch einmal sein musste, dann tat sie es leidenschaftslos, ohne innerlich wirklich beteiligt zu sein. In der Umarmung fremder Männer wurde sie leblos und ihr Herz wie Eis. Wenn sie bedrängt wurde und einem zu Gefallen sein musste, dachte sie heimlich an Gilgamesch. Und in den dunklen einsamen Nächten in ihrer Kammer träumte sie von ihm, spürte immer und immer wieder seine zärtlichen Berührungen auf ihrer Haut, seine besondere eigenwillige Art, sie zu liebkosen, die er wahrscheinlich schon längst vergessen hatte inmitten all dieser Betriebsamkeit.

Ja, das musste Liebe sein, eine andere Form, als sie im Tempel üblich war, dachte Tehiptilla. Eine unpassende, unerlaubte, eine ganz und gar private. Hatte sie, eine kleine, unbedeutende Tempeldirne, eigentlich ein Recht darauf? Sie versuchte, das Gefühl, das schreckliche, das herrliche Gefühl in sich zu verdrängen. Es gelang ihr nur zeitweise. Sie überlegte, ob es nicht besser werden würde, wenn sie ihn überhaupt nicht mehr sah. Aber sein Bild war in ihr.

Um sich von ihrem eigenen Schicksal abzulenken, begann sie sich vorzustellen, wie es ihm draußen auf der Baustelle erging. Sie malte sich aus, wie er dort die Trommel schlug und Befehle erteilte, ein Fels in der Brandung, der zwar das Beben ringsum entfacht hatte, selbst aber standhaft blieb. Sie dachte daran, dass es für ihn keine freie Minute, keinen Augenblick stillen Verweilens mehr gab, den ganzen Tag über, bis er sich abends müde in sein Zelt zurückzog, um dort in den Schlaf der Erschöpfung zu sinken. Sie weinte, wenn sie daran dachte, sie litt mit ihm und wurde krank an seiner Einsamkeit. Sie nahm sich vor, Ninsum aufzusuchen. Vielleicht wusste die Rat. Nur hatte sie Angst, den ersten Schritt zum Egalmach zu wagen und der weisen Mutter ihr Geheimnis zu enthüllen.

Was Gilgamesch anging, so war er besessen von seinem Plan. Es erfüllte ihn mit grenzenloser Befriedigung, sein Werk rings um Uruk wachsen zu sehen. Längst trommelte er nicht mehr selbst den ganzen Tag, sondern hatte jemanden angelernt, einen jungen begabten Musiker, der nun zeitweise die Trommel im gleichen Rhythmus für ihn schlug. Das machte ihn frei für andere Aufgaben, die es zu bewältigen galt.

Da mussten die Steinbrucharbeiten am Tell besser organisiert werden, an anderen Stellen gab der Sand nach und erschwerte die Schanzarbeiten. Die Baumeister hatten alle Hände voll zu tun, um das unübersehbare Heer der Arbeiter mit größtmöglichem Nutzen einzusetzen. Täglich zur Stunde des ersten Hahnenschreis gab es eine Lagebesprechung mit ihnen. Auch galt es, Kompetenzstreitigkeiten unter den Leuten selbst zu schlichten und

jeden so an seinem Platz einzusetzen, dass er die besten
Erfolge mit seiner Tätigkeit erzielen konnte. Mit Warka,
dem Vorsteher der Handwerksgilde, verstand er sich gut.
Warka war ein erfahrener, umsichtiger Mann. Schwieri-
ger gestalteten sich die Gespräche mit den Baumeistern,
die der Ehrgeiz gepackt hatte und die dazu neigten, ständig neue, oft unausführbare Entwürfe zu machen. Warka
brachte das Gerangel manchmal zur Verzweiflung, aber
er blieb immer ruhig und war Gilgamesch ein zuverlässiger Berater und Partner.

Und dann gab es noch die Staatsgeschäfte, die sein
Vorgänger Dumuzi so sträflich vernachlässigt hatte.
Gilgamesch sandte Boten nach Ur, Eridu und Nippur
mit Nachrichten, die die dortigen Fürsten aufhorchen
ließen. Es galt, die alten Verträge mit diesen Städten zu
erneuern und verstärkt mit Leben zu erfüllen. Die Fürsten
verstanden den Wink, den Gilgamesch ihnen gab und
kamen nach Uruk, um den jungen erstaunlichen Mann,
von dem sie bereits soviel gehört hatten, mit eigenen
Augen zu sehen.

Gilgamesch empfing sie mit allen erdenklichen Ehren
und senkte die Steuern, die sie an ihn zu entrichten hatten.
Zugleich aber warb er um Arbeitskräfte für seinen Bau.
Die Fürsten erkannten den Nutzen von Gilgameschs Vor-
schlägen, und sie stimmten ihnen bereitwillig zu.

Dumuzi hatte sich zuletzt nur noch nach fremden Ländern orientiert und die Elfenbeinschnitzereien in großem
Umfang nach Uruk gebracht. Elfenbein war ein seltenes,
bei wenigen Reichen begehrtes Gut. Aber es gab wesentlich mehr Waren auf der Welt, mit denen sich Handel
lohnte. Und Gilgamesch, der jeden Schritt zuvor ausgie-
big mit den sieben Weisen beriet, zeigte auch in diesen
Geschäften eine glückliche Hand.

Zweitausend Handwerker sandte der Stadtfürst von Nippur nach Uruk und erhielt als Gegenleistung dafür die Zusage, Uruks ausgebauten und befestigten Hafen am Euphrat benutzen zu dürfen. Schon jetzt, vor Vollendung des Baus, gingen täglich Warenkarawanen am Ufer des Flusses hinauf nach Norden in die Gegend von Nippur. Längst hatten die Nomaden der Wüste ihre karge Heimat verlassen und sich im Schutz der Wallanlagen angesiedelt, wo ihnen Gilgamesch Hürden für ihr Vieh zuwies und sie feste Lehmhütten bauen ließ. Uruk erwachte aus dem Schlaf der Geschichte und wuchs zu ungeahnter Blüte heran.

Aber Gilgamesch blieb einsam. Er hatte seine Tage und selbst die Nächte so mit Arbeit gefüllt, dass seine Einsamkeit ihn nicht mehr erreichen konnte. Es ist richtig so, dachte er nur. Jetzt, zu diesem Zeitpunkt, ist es richtig so, es stimmt mit dem überein, was ich bei jenem Blick in das Buch des Schicksals sah. Darin stand nichts von Ausruhen und Zweifel. Es war darin niedergelegt, dass Uruk seine Mauer bekommen sollte. Sonst nichts, nichts von Freuden des Daseins, vom Genießen des Lebens und den vielen kleinen, Glück versprechenden Dingen. Es stand darin auch nichts von Tehiptilla oder einem anderen Mädchen. Jedenfalls nicht in diesem Kapitel. Die Mauer musste errichtet werden. Und er, Gilgamesch, baute sie.

Nach Ablauf des ersten Jahres war der Bau der Mauer so weit fortgeschritten, dass sie ein jeder weithin sehen konnte. Unpassierbar war der Weg aus der wüsten Ebene

zur Stadt geworden; man musste nach Norden oder
Süden ausweichen, wo die beiden wuchtigen Tore Einlass boten. Das Arbeitstempo hatte keineswegs nachgelassen, denn jetzt galt es, die weiteren Befestigungsanlagen und die eintausend Bastionen zu bauen, ganz zu
schweigen von der Treppe, die Ischtars Tempel versprochen war, und auch Gilgameschs Palast bedurfte
dringend einer Renovierung. Schiffe kamen vom Meer
den Euphrat herauf und legten am befestigten Hafen an,
um Baumaterial und Werkzeug zu bringen, das es in Uruk
nicht gab. Auch die anderen Städte des Landes Sumer, so
kam Kunde, hatte nach Gilgameschs Vorbild der Ehrgeiz
gepackt. Sie begannen, wenn auch nicht so eindrucksvoll
wie in Uruk, ihre Befestigungen zu·erneuern, und ihre
Einwohnerzahl nahm gleichfalls zu.

Längst schon stellten die wilden Völker des Nordens
keine Bedrohung mehr dar, denn sie hatten erkannt, wie
sinnlos es sein würde, solche wohlumwehrten Orte anzugreifen. Doch davon sprach Gilgamesch auch nicht
mehr. Das Vorhaben verlangte, zu Ende geführt zu werden, richtig und wohlüberlegt, auch wenn einigen Leuten
bereits die Zeit zu lang dafür wurde und sie heimlich zu
fluchen begannen.

Zum Beispiel der Schreiber und Dichter Sinnunni, der
folgende Verse verfasste:

*Keiner auf Erden, der mit ihm vergleichbar wäre in
seinem Königtum,*
*keiner auf Erden, der wie Gilgamesch sprechen könnte:
Ich bin der König!*
Großer Gilgamesch, leuchtendes Vorbild,
von den Tagen deiner Geburt an ist dein Name herrlich und groß.

Zwei Drittel an ihm sind göttlich
und nur zu einem Drittel ist er Mensch.
Die Form seines Leibes hat ihm Mach,
die himmlische Mutter, verliehen,
hat seine Gestalt prächtig geformt.
In den Hürden von Uruk wandelt er einher erhabenen
Schritts,
wilde Kraft ist ihm eigen gleich dem Wildstier.
Kein Nebenbuhler weit und breit,
der es wagte, gegen ihn die Waffe zu heben.
Durch den Ruf seiner Trommel sind dauernd in Gang
seine Gesellen.
Ihr Schlag erschreckt sie, lässt sie nicht ruhen und
rasten.
Am hellen Tag und auch bei Nacht trotzt er wild,
Gilgamesch, der Hirte von Hürden-Uruk,
übermächtig, stattlich, kundig und klug.
So erregen sich bereits die Bürger in Uruks Häusern:
Er lässt nicht den Sohn zum Vater,
zum Geliebten die Jungfrau, zur Gemahlin den Mann.
Ist das der Hirte des umwallten Uruk?
Das unser Hirte, edel, stattlich, kundig und weise?
Er lässt nicht zum Geliebten die Jungfrau, zur Gemah-
lin den Mann!
O Mach, himmlische Mutter,
die du gemeinsam mit Marduk Menschen und Tiere
und auch diesen Helden geschaffen hast,
erbarme dich unser.
Sieh, die Finger deines Schreibers sind wund.
Aber nicht vom Verfassen schöner Verse,
die die Herzen der Menschen erfreuen,
sondern vom Berechnen der Waren,
vom Schreiben der Rechnungen in Ton.

Hundert Tafeln wohl schrieb ich allein,
um die Befehle des Königs zu verbreiten.
Hundert werden es noch und nicht,
dass ein Ende abzusehen wäre ...
Schaff uns ein Bild, allwissende Mach,
das dem Gilgamesch gleich ist, ein Wesen,
so stark wie er, doch kein Ungeheuer,
sondern ein Mensch. Wenn es Zeit ist,
soll der Gewaltige kommen nach Uruk
und wetteifern mit Gilgamesch.
Ruhe habe dann Uruk wieder!

Doch die Verse Sinnunnis erreichten niemals die Öffentlichkeit, er las sie nicht einmal im Kreise seiner Dichterfreunde und Anhänger vor, so sehr hatte er Angst, beim König in Ungnade zu fallen. Und da er niemanden fand, dem er das Geschriebene vortragen konnte, ging er an den Rand der Wüste, um seine Klage an die Sterne zu richten. Denn ein Dichter schreibt nicht, bloß damit es in Ton geritzt wird, nein, ein Dichter braucht auch ein Ohr, dem er seine Worte gebührend vorlesen kann – und wenn es auch nur das eigene ist.

Zweites Buch

Der Barbar

In dieser Nacht aber – so behauptete jedenfalls später Sinnunni, der Dichter – hatte der Himmel Ohren und lauschte dem, was er vortrug. Anu in seiner Feste war es, der die Klage Sinnunnis vernahm.

Er beriet sich mit Mach, der himmlischen Mutter: »Stimmt es nicht, was der Dichter da sagt, hast du nicht alles Leben auf Erden gemeinsam mit Marduk erschaffen? Wie kommt es nun, dass da einer allein ist und die Welt an seinem Leiden mitleiden lässt? Kannst du nicht ein Wesen machen, das dem Helden Gilgamesch gleich ist und endlich seine durstende Seele stillt, damit Uruk zur Ruhe findet?«

Mach, die Himmelsgöttin, dachte nach und erschuf aus ihren Gedanken heraus ein Wesen, wie es Anu verlangte. Sie wusch sich sorgfältig die Hände, griff zur Erde, um Lehm aus dem Boden zu lösen, benetzte ihn mit ihrem Speichel und formte so einen Mann. Dem hauchte sie Leben ein und versah ihn zu gleichen Teilen mit dem untrügerischen Instinkt der Wildnis und mit dem wallenden Blut von Bel, dem streitbaren Kriegsgott. Dann setzte sie ihn allein in die Steppe und lenkte die Augen der Menschen auf ihn.

Da stand er, Enkidu, der Starke genannt, stand verwundert in der Wildnis und bestaunte die vorhandene Welt. Groß war er, kräftig gebaut, ein Hüne mit schwellenden Muskeln. Sein langes Haar floss in der Farbe reifen Weizens über die Schultern, üppig wucherte der Bart um sein Kinn. Er war in Tierfelle gehüllt und sah in seiner barbarischen Wildheit selbst aus wie ein Tier. Weder Land noch Leute kannte er, weder Ordnung noch Gesetze der Menschen.

Die Gesetze der Natur aber lernte er schnell. Er bewegte sich sicher zwischen den Tieren, war ihnen Freund und sie ihm, denn sie wussten, dass von ihm nichts zu befürchten war. Er jagte sie nicht, aß kein Fleisch, sondern ernährte sich wie die meisten von ihnen von Gras und Wurzeln, von Flechten, Beeren und Pilzen. Wenn ihm danach war, trieb er seine Späße mit den Tieren, rannte mit ihnen ein Stück weit um die Wette, warf sie nieder, maß seine Kräfte an ihnen, aber ließ sie bereitwillig laufen, wenn sie darum flehten.

Er schlief unter freiem Himmel im Gebüsch der Steppe, wanderte gleich den Onagern zur Tränke. Er kannte den Boden, das Wachstum der Pflanzen, jeden Geruch, jede Spur und die Stimmen des Windes. Nie verirrte er sich, denn der Himmel war ihm Wegzeichen, und wenn es zu dunkel zum Wandern wurde, legte er sich dort einfach zur Ruhe, wo er sich gerade befand. Sorgen machte er sich nie. Er hätte auch gar nicht sagen können, worüber. Er lebte von einem Tag in den anderen hinein und freute sich von Herzen über die Schönheit der Welt.

Wenn er Lust dazu hatte, ging er hinunter zum Fluss und tummelte sich in der erfrischenden Flut. Wenn ihm nach Laufen zumute war, lief er in der Steppe den Gazellen nach. Wenn er Kühle wollte, wandte er sich den Ausläufern des Gebirges zu, wo er im Schatten der Berge hockte und zufrieden den Flugkünsten der Vögel zusah, die hier ihre Horste besaßen und lebten wie er: frei, unabhängig und spielerisch die Kräfte gebrauchend, die ihnen allen Mach mitgegeben hatte. Er kannte keine Regeln außer denen, die die Natur selbst vorgab, er kannte kein

Ziel für sein Wandern, denn der Weg selber war sein Ziel.

Eines Tages, im zweiten Jahr des Mauerbaus, wagte sich ein junger Jäger und Fallensteller weit in das Gebiet hinein, in dem der wilde Enkidu lebte. Es war ein besonders günstiger Ort, den er da entdeckt hatte: Eine Wasserstelle, die für viele Tiere Tränke war und zahlreiche Fußabdrücke im lehmigen Rande aufwies. Er legte Fallen aus, grub eine Fanggrube, die er mit Grasnarben abdeckte und hielt seine Netze bereit, weil ihm die späte Nachmittagsstunde Beute versprach. Auch einen hölzernen Käfig mit einem bereits gefangenen Wildhuhn stellte er auf und gab dem Tier nichts zu fressen, damit es kräftig scharrte und schrie. Dann legte er sich im Dickicht auf die Lauer und harrte dessen, was da kommen mochte.

Zur Stunde, in der normalerweise das Wild sich der Tränke naht, hörte er Traben und Schnauben. Als er den Kopf aus dem Dickicht reckte, sah er zu seiner Verblüffung neben allerlei Getier auch einen Unhold herannahen, der mit den Tieren zum Wasser kam und dort zwischen Onagern und Gazellen niederkniete und trank.

Der Jäger erstarrte, denn so etwas hatte er noch niemals gesehen. Als der Unhold getrunken hatte, blickte er in die Runde und bemerkte die ausgelegten Fallen und Netze. Da zogen Wolken über sein sonst so friedfertiges Gesicht. Mit einem zornigen Aufschrei zertrat er die Fallen und riss die Netze in Stücke. Desgleichen tat er mit der Fanggrube, er zerstörte sie. Sodann füllte er das frischausgehobene Loch wieder mit Erde an.

Als er damit fertig war, sah er sich weiter um, entdeckte den hölzernen Käfig und schritt entschlossen darauf zu. Mit ein paar geschickten Handgriffen hatte er das Wildhuhn befreit und ließ das verängstigte Tier ins

Gebüsch flattern. Den Käfig aber zerbrach er und zertrat ihn, wie er es auch mit der Fanggrube gemacht hatte.

Da packte den Jäger die Wut. Er griff seine Keule und trat aus dem Dickicht hervor.

»Was machst du Unseliger da«, rief er, »was tust du mit meinen Geräten?«

Der Angesprochene blickte den Jäger an und reckte seine hünenhafte Gestalt. Obgleich er waffenlos war, wirkte seine Erscheinung so bedrohlich, dass sich der Jäger trotz seiner Keule keinen Schritt vorwärts wagte. Ihre Blicke hatten sich gekreuzt und maßen einander. Der Jäger, ein draufgängerischer, grober Kerl, packte seine Keule fester. Der Unhold aus der Steppe aber hob die riesige geballte Faust und drohte damit. Sein Knurren zwischen den gefletschten Zähnen wurde grollender und formte sich schließlich zu einem Schrei, der den Jäger traf wie der Donnerschlag eines Gewitters. Taumelnd floh er einen Schritt zurück. So standen sie sich abwartend gegenüber, der Jäger diesseits und der blonde Riese jenseits der Tränke. Wenn er nur einen einzigen Schritt auf mich zu macht, schlage ich ihm ohne Warnung den Schädel ein, dachte der Jäger. Der Riese aber machte keine Anstalten, sich zu bewegen. Bis die Dunkelheit herabfiel, versperrte er dem Jäger den Zutritt zur Wasserstelle.

Am nächsten Morgen stand er immer noch unbeweglich da und ließ in seinem Schutze die Tiere der Wildnis trinken. Zu Stein gewordener Zorn war das Gesicht des Riesen, die gewaltige Faust hielt er geballt, bereit, wann immer es sein sollte, zuzuschlagen.

Der Jäger stand bebend vor Empörung und Wut am Ufer und wartete auf das Erlahmen des Riesen. Doch keine Bewegung verriet die geringste Schwäche. Den ganzen zweiten Tag und auch den dritten stand er da und ließ nicht zu, dass der Jäger näherkam.

Da heulte der junge Kerl auf vor Beschämung und Wut und floh den weiten Weg zurück ins Gehöft seines Vaters. Der Vater, der ebenso jähzornig wie sein Sohn geraten war, schrie ihn bereits auf der Schwelle des Hauses an: »Was kommst du ohne Fleisch und Beute zurück, du Nichtsnutz von einem Sohn, wo hast du die Netze und Fallen gelassen?«

Der junge Jäger begann, unterbrochen von Klagen und Flüchen, sein Missgeschick zu berichten: »Vater, ein Mann wie ein Unhold ist aus der Steppe gekommen. Der sieht zwar aus wie ein richtiger Mensch, zugleich aber auch wie ein abscheuliches Tier. Sein Körper ist riesig und seine Kraft grenzenlos, es schien, als sei er imstande, meine Keule wie Reisig zu behandeln. Er ist am ganzen Körper behaart wie ein Löwe, überall wachsen ihm Haare, seine Mähne sieht aus, als wäre sie nie geschnitten. Blond ist er, wie ein Barbar. Vielleicht ist er ein Berggeborener, der sich zu uns verirrt hat, einer von den Amurru-Leuten, die in den Einöden hausen und dem Gesetz der Götter nicht folgen.

Mit den wilden Tieren zusammen kam er zur Tränke und bewegte sich wie eines von ihnen. Furchtbar und schreckenseinflößend ist seine Gestalt, schlimm seine Augen und noch schlimmer sein Gebrüll, das wie Donnerhall klingt. Ich wagte mich ihm nicht zu nahen, auch nicht, als er die Fanggrube zerstörte, die Fallen zertrat und die Netze zerriss. Alles Getier, das mir schon sichere Beute war, ließ er entkommen und schützte sie wie Sumukan, der hässliche Gott der Tiere. Drei Tage stand er mir gegenüber an der Wasserstelle und bannte mich allein durch seinen Blick, der so wild war, dass mich die Furcht übermannte.«

So jammerte der Sohn und malte in allen Farben das Erlebnis aus, um den unheimlichen Gesellen noch unheimlicher werden zu lassen und für sich selbst etwas von seinem verlorenen Ansehen zurückzugewinnen.

Der Vater, der trotz allen Jähzorns ein flinker und schneller Denker war, dachte nach, wie man am besten den verlorenen Besitz wiedererlangen und vielleicht sogar noch etwas Kapital aus der Sache herausschlagen konnte. Endlich hatte er es: »Schnell, lauf zu König Gilgamesch«, riet er, »und berichte ihm, was vorgefallen ist. Schildere ihm alles genau, vor allem aber den Verlust, der uns ohne Verschulden getroffen hat. Es heißt, er sei ein kluger Herrscher, begierig auf jede Neuigkeit, die sich in seinem Land ereignet, und er habe zudem ein offenes Ohr für die Sorgen und Nöte der Armen.«

»Das will ich gerne tun«, versprach der Sohn und machte sich auf, um nach Uruk, der Hauptstadt, zu eilen.

Der junge Jäger staunte nicht schlecht, als er, nach über einer Woche Fußwanderung durch die östliche Ebene, sich der Hauptstadt näherte. Wie hatte sich Uruk verändert! Kein Zugang war da mehr am Ostrand der Stadt, statt dessen eine riesige unüberwindbare Mauer, die sich hinzog, so weit das Auge reichte. Ein Heer von Arbeitern und Handwerkern war damit beschäftigt, an dieser Mauer Bastionen, Türme und Wehrgänge zu bauen. Als er einige von ihnen anrief, wiesen sie auf den Weg nach Süden, denn er befand sich näher an der Straße nach Ur als der nach Nippur. So wanderte er, immer dem Laufe der unglaublichen Mauer folgend, bis er das große Tor erreichte. Hier herrschte lebhafter Verkehr. Eine Karawane hatte gerade die Stadt erreicht und wurde von der Torwache kontrolliert. Während er stand und wartete, bis er vorgelassen wurde, betrachtete er das emsige Treiben im Tor. Ochsenkarren rollten stadteinwärts, zwei stolze Streitwagen mit je einem Doppelgespann Onager und Soldaten als Lenkern glitten vorbei, ein Trupp staubiger Männer, Hilfskräfte aus den nahegelegenen Steinbrüchen, zog müde und abgearbeitet zu ihren Behausungen zurück.

Nun war der Jäger an der Reihe. Nach kurzem Wortwechsel mit der Wache über sein Woher und Wohin passierte er das Tor. Auch das Innere der Stadt zeigte deutliche Veränderungen. Überall waren neue Häuser und Straßen entstanden, so dass der Jäger, der lange Zeit nicht mehr hier gewesen war, sich kaum noch zurechtfand.

Aber den Wettkampfplatz erkannte er wieder, und nach dem weithin sichtbaren Eanna konnte er sich orientieren. Als er endlich dort angelangt und die Treppen hinaufgestiegen war, fragte er nach dem Palast des Königs.

Eine alte Frau wies auf das Gebäude, aber sagte sofort, dass Gilgamesch nicht da sei, sondern irgendwo unten an der Mauer. Und richtig, als er am Palast angekommen war, an dessen Außenfassade sich eine Vielzahl Handwerker auf den Gerüsten tummelte, gab ihm die Wache an der Pforte die Auskunft: »Hier suchst du falsch. Unten in seinem Zelt, mitten auf der Baustelle, ist Gilgamesch. Aber du musst nach ihm suchen. Wie ein Geist taucht er bald hier, bald dort auf, und er scheint überall gleichzeitig zu sein. Frage nach Urnigingar, seinem Herold, der meistens in seiner Nähe ist, vielleicht hat den jemand gesehen.«

Der Tag ging zur Neige, langsam wurde der Himmel grau. Der junge Jäger beeilte sich, um wieder in die Stadt hinabzukommen. Er folgte der Richtung, die ihm die Leute unterwegs wiesen, und schließlich erreichte er einen erleuchteten Platz, auf dem an vielen Feuern Maurer und andere Handwerker saßen, um sich zu stärken, bevor die Nachtschicht ihrer Arbeit begann.

Soldaten hielten den Jäger auf.

»Wo willst du hin? Willst du zu Organno, dem Baumeister?«

»Nein«, antwortete der Jäger, »ich suche Urnigingar, den Herold, aber eigentlich mehr noch Gilgamesch, dem ich eine wichtige Botschaft zu überbringen habe.«

»Dann folge«, sagten die Soldaten und führten ihn zu einem Feuer, an dem Urnigingar im Kreise von Freunden saß.

»Was willst du von Gilgamesch?«, fragte er barsch. »Der König ruht nach einem anstrengenden Tag. Ich glaube kaum, dass deine Botschaft so wichtig ist, dass man ihretwegen seine kostbare Ruhe stören darf.«

»Doch«, beharrte der Jäger, »mein Vater, der ein erfahrener Jäger und Fährtenleser ist und sich auskennt, schärfte mir ein, sie sei von großer, ganz außerordentlicher Wichtigkeit, sie müsse sofort übermittelt werden und erlaube keinen Aufschub.«

»Dann sag sie mir«, brummte Urnigingar, »ich bin sein Herold und für alles zuständig, was Botschaften betrifft.«

»Das geht nicht«, widersprach der Jäger, »auch das hat mir mein Vater aufgetragen: Ich soll zu niemand anderem als dem König persönlich sprechen.«

»Du bist ein verdammt hartnäckiger Geselle«, knurrte Urnigingar ungehalten. Aber er stand auf, ließ sich eine Fackel reichen und führte den Jäger zu einem schlichten Zelt, das zwischen vielen anderen stand und sich kaum von diesen unterschied.

»Warte hier«, befahl Urnigingar, ging zum Zelt, hob die Plane und steckte vorsichtig seinen Kopf hinein. Der Jäger hörte Geflüster.

Nach einer kurzen Unterredung wandte sich Urnigingar zu ihm um.

»Du hast Glück«, sagte er, »der König ist noch wach und bereit, dich zu empfangen. Aber wehe dir, wenn es nichts von Bedeutung ist, und du dich nur wichtig machen wolltest! Ich bleibe nahe beim Zelt – ein Wort von Gilgamesch, und ich kürze dich um eine Kopflänge.«

Der Jäger trat ins Zelt, fiel vor Gilgamesch, der ausgestreckt unter einer Decke auf seinem Lager ruhte, auf die Knie und wartete, bis er angesprochen wurde.

»Mach es kurz«, sagte der König schläfrig, »sag, was du weißt, und geh dann wieder, damit ich endlich zum Schlafen komme.«

Der Jäger hob die Hand und sprach: »Von weither aus dem Gebirge ist ein Mann herabgestiegen und durch die Steppe gewandert, der ist anders als jeder, den ich bisher zu Gesicht bekam. Stark wie einer aus den himmlischen Heerscharen ist er, groß und gewalttätig wie ein Riese. Er führt sich auf wie eine Bestie und hat mich gehindert, meine Arbeit zu tun, obgleich ich mit einer Keule bewaffnet war. Er hat mir absichtlich die Tiere verjagt, mein Lockhuhn aus dem Käfig gelassen, alle Netze, Fallen und Schlingen zerrissen, meine Fanggrube zertrampelt und mit Erde aufgefüllt. Großen Verlust hat er mir und meinem armen alten Vater zugefügt, indem er all unsere

Geräte zerstörte. Sie waren unser ganzer Besitz. Noch größere Angst aber hat er meiner Seele bereitet, denn er ist ganz und gar ungebärdig und tobt wie ein wütender Stier. Hell wie ein Weizenfeld im Sommer ist sein Haar, als habe Schamachs Sonnenwagen es gebleicht, lang ist sein Schopf und sein Bart …«

Der König hatte aufmerksam zugehört und sich bei den letzten Worten des Jägers von seinem Lager aufgerichtet.

»Setz dich und erzähle mir mehr von diesem Fremdling, der dich so erschreckt hat«, sagte er. »Berichte mir alles über ihn, schildere mir jede Einzelheit und vergiss ja nichts, was es wert wäre, erzählt zu werden.«

Da setzte der Jäger zu einer langen Erzählung an, die vieles unnötig ausschmückte. Aber Gilgamesch ließ ihn reden und unterbrach ihn an keiner Stelle.

»Hast du auch wirklich alles erwähnt und nichts vergessen dabei?«, fragte er endlich.

Der Jäger dachte nach. Er zählte noch einmal, wie es der Vater ihm aufgetragen hatte, einzeln die Verluste an den Gerätschaften auf. Und dann fiel ihm noch ein, wie der Riese die geballte Faust geschüttelt hatte beim Schrei, der wie der Donner eines Gewitters klang.

»Er hielt den Arm wie ein mächtiges Beil erhoben«, ergänzte er, »ein Beil, das in der Lage gewesen wäre, mich trotz meiner Keule mit einem einzigen Hieb zu fällen.«

»Und seine Augen?«, fragte Gilgamesch mit kaum unterdrückter Erregung, »sag mir, wie seine Augen aussahen dabei.«

»Sie schienen wie funkelnde Sterne«, sagte der Jäger, »hellblau, aber doch von solcher Glut, dass ich befürchtete, sie würden ihm gleich aus dem Kopf springen und mich wie sengende Geschosse verbrennen.«

Gilgamesch seufzte auf und lehnte sich in die Polster zurück. Das war der Kern seiner Träume, die ihm Ninsum, die weise Mutter, gedeutet hatte: das Himmelsgestirn, das Beil, das so schwer wog, dass er sie nur mit äußerster Willensanstrengung zu heben vermochte ... Kein Zweifel, die Prophezeiung wurde Wirklichkeit.

Endlich, endlich war der ersehnte Freund aufgetaucht. Sein Herz begann schneller zu schlagen. Er dachte nach, was nun zu tun sei und sprach dann:

»Ich danke dir für deinen Bericht, der in der Tat wichtige Neuigkeiten für mich enthält. Gern will ich dir deshalb deine Verluste ersetzen und dich obendrein reichlich belohnen, wenn du tust, was ich jetzt von dir verlange.«

»Alles, alles was du willst, edler Herrscher, werde ich tun ...«

»Gut, dann höre genau zu und präge dir die Worte ein, damit du es richtig machst«, fuhr Gilgamesch fort. »Gehe sofort zum Venustempel der Ischtar und bitte Iluna, die Hohepriesterin, sie möge ein besonders geeignetes Mädchen aus ihren Reihen wählen. Dieses soll mit dir zu jener Stelle ziehen, von der du mir berichtet hast. Doch nicht für dich ist das Mädchen bestimmt, sondern einzig und allein für den fremden Barbaren. Drum wage nicht, es unterwegs anzurühren, wenn ihr mit den besten und schnellsten Maultieren zu jener Wasserstelle reitet. Das Mädchen soll sich in schöne Gewänder kleiden und herausputzen wie für ein Fest. Dann führe sie hin zu ihm und lasse ihre Schönheit auf ihn wirken. Sie soll unbefangen tun und ihr Kleid ablegen und unter seinen Blicken zum Bade gehen. Nimmt er sie an und nähert sich ihr, dann musst du sofort verschwinden. Sie aber soll ihn reizen und um ihn werben, bis ihn die Lust übermannt und er sie besitzen will. Dann soll sie sich ihm ganz und gar hingeben, sich ihm schenken und alle Freude bereiten, bis er genug von ihr hat. Nachher wird alles anders sein für ihn. Er wird die Welt neu sehen und Uruk als einen Ort, den kennenzulernen es ihn gelüstet. Du aber kommst nach erfülltem Auftrag sofort zu mir zurück, um zu berichten und deine Belohnung abzuholen.«

Der Jäger wunderte sich sehr über das, was der König von ihm verlangte. Aber da er auf dessen Klugheit vertraute und eine gute Belohnung winkte, machte er sich, ungeachtet seiner Erschöpfung, augenblicklich auf und erklomm taumelnd und strauchelnd die Treppen des Eanna. In seinem Gürtel trug er das Siegel des Königs, um sich auszuweisen und seinen Worten Nachdruck zu verleihen.

Er gelangte ans Tor des Tempels und begehrte Einlass. Zuerst kicherten die Mädchen und neckten ihn wegen seiner späten Ankunft, aber als sie Gilgameschs Siegel sahen, führten sie ihn schnell zum Gemach der Göttin.

Iluna hörte sich an, was der Jäger zu sagen hatte. Es freute sie über die Maßen, dass Gilgamesch in solche Erregung geraten war und sie in einem solchen Augenblick mit ins Vertrauen gezogen hatte. Aber sie gab sich Mühe, ihre Freude nicht sichtbar werden zu lassen. Vielmehr tat sie so, als handele es sich um das Selbstverständlichste von der Welt.

»Du bist müde vom Laufen, junger Jäger«, sagte sie, »deine Füße sind staubig, und deine Augen sehen aus, als würden sie jeden Moment zufallen. Nimm ein Bad, lass dir Speisen geben im Tempel und schlaf dich aus bis zum Morgen. Derweil werde ich meine Wahl unter den Mädchen treffen, wie es Gilgamesch, unser König, befiehlt.

Morgen, wenn ihr aufbrecht, werden frische Maultiere bereitstehen, um euch sicher und schnell an euer Ziel zu bringen. Auch ich weiß nicht, was Gilgamesch will, aber es wird klug und richtig sein. Für dich und dafür, dass du alles ausführst, wie es dir aufgetragen wurde, gebe ich ein kleines Geschenk mit.«

Nicht ahnend, was sie da aus der Schatzkammer des Tempels genommen hatte, reichte sie ihm ein kleines Amulett. Es war eine Figur aus weißem Alabaster, die die Urmutter darstellte. Schön blankgeschliffen war sie, das Haar mit Bitumen geschwärzt, und die Augen waren winzige schwarze Steinsplitter. Um den Hals der Figur lag eine doppelreihige Kette aus gebrannten Lehmkugeln in der Form echter Perlen. An der Rückseite befand sich eine Öse für die Kette und in den Händen zwei Bohrungen, in die man Blumen einstecken konnte. Es war die Figur, die Gilgamesch am Tag seiner Segnung im Tempel vor dem Altar geopfert hatte. Überglücklich bedankte sich der Jäger und verstaute den kostbaren Gegenstand in seinem Gürtel. Er würde eine Kette aus Leder dazu machen und das Geschenk der Göttin stolz am Halse tragen, das gelobte er.

Iluna klatschte zweimal in die Hände. Dienerinnen eilten herbei und führten den Jäger zu Bad, Nachtmahl und Lager. Iluna, die jüngste Verkörperung Ischtars auf Erden, war allein. Sie dachte nach. Was hatte das alles, zu bedeuten? Warum hatte die Nachricht über einen Barbaren Gilgamesch dermaßen in Aufregung versetzt? Welches der Mädchen sollte sie für diese heikle Mission wählen?

Nach längerer Überlegung kamen ihr aus dem Kreis ihrer engsten Vertrauten immer wieder drei Namen in den Sinn: Sasa, Unigi und Tehiptilla. Sie würde das kleine

Orakel befragen. Einer Holzschatulle entnahm sie drei pyramidenförmige Elfenbeinwürfel. In jede der Flächen waren Zeichen graviert: ein Auge, eine Doppelspirale, drei Striche, die heilige Fünf, der achtstrahlige Venusstern und andere Planeten. Sie wog die Würfel in ihrer Hand und richtete ihre Gedanken dabei ganz auf die Frage aus. Sechsmal warf sie und ließ das Elfenbein über die Fliesen des Fußbodens springen. Nach jedem Wurf beugte sie sich über das Ergebnis und deutete die Kombination der Bilder aus. Das war nicht einfach, aber sie besaß einige Übung darin. Schließlich übertrug sie ihre Berechnungen mit einer spitzen Knochennadel auf ein Tontäfelchen, in das sie sorgfältig Punkte und Striche gravierte. Das sich daraus ergebende Bild stellte einen Brunnen dar, den heiligen Brunnen im Tempel der Ischtar. Nur eines der Mädchen tat heute Nacht Dienst am Brunnen …

»Oh … Tehiptilla!«, rief sie erfreut. Das Orakel fand ihre Zustimmung. Erneut klatschte sie in die Hände und schickte nach ihrer Dienerin.

Natürlich würde das Kätzchen nicht gerade begeistert über die ihr zugewiesene Aufgabe sein, das war ihr klar. Ein betretenes Gesicht würde sie machen, sich wehren und winden, vielleicht sogar weinen.

Aber was half das alles? Schließlich hatte das Orakel gesprochen, und daran durfte niemand zweifeln, es sei denn, er würde es wagen, den Willen der Götter in Frage zu stellen. Nein, das war nicht Tehiptillas Art. Sie würde gehorchen, ganz gewiss würde sie gehorchen und gehen.

Am nächsten Morgen wurde der Jäger in aller Frühe geweckt.

»Stärke dich gut für die Reise«, sprach die Venuspriesterin, »draußen vor dem Tempel stehen zwei Maultiere bereit, dazu das Mädchen, außerdem Verpflegung und Wassersäcke. Wenn du deinen Auftrag ausgeführt hast, kehre sofort um und bringe die Reittiere zum Tempel zurück. Erzähle Ischtar, wie es war, und mache dich dann unverzüglich zum König auf, um Bericht zu erstatten.«

Der Jäger sagte zu allem ja und freute sich, dass er vom Schicksal so begünstigt wurde. Als er durchs Tor auf den Platz vor dem Tempel trat, sah er, dass dort zwei Maultiere bereitstanden. Auf einem davon saß eine in schöne Kleider gehüllte Gestalt, die ihr Gesicht hinter einem Schleier verbarg. Schlank war sie, von zierlichem Wuchs und sicher ein liebreizendes Mädchen.

Der Jäger stieg auf das andere Maultier und ritt den Eanna hinab und quer durch die Stadt bis hin zum Tor, durch das er gekommen war. Dort brauchte er nur Gilgameschs Siegel zu zeigen, um unbehindert passieren zu können.

Vor der Stadtmauer wandte sich der Jäger um und fragte das Mädchen: »Bist du gewohnt, zu reiten, kannst du ein zügiges Tempo vertragen?«

Die verschleierte Gestalt nickte stumm.

»Gut, dann nehmen wir die kürzeste Strecke«, sagte der Jäger und spornte sein Tier an.

Sie ritten die Mauer entlang und schwenkten dann ab nach Osten. Gegen Abend erreichten sie einen kleinen Palmenhain und richteten sich ein Nachtlager her. Den Jäger machte es ein wenig verlegen, neben einer so schönen Gestalt zu ruhen. Ihre Verschleierung beflügelte seine Phantasie. Überhaupt – sollten im Venustempel nicht recht lockere Sitten herrschen? Auch in der Feme hörte man so manches aus Uruk, wahre Wundergeschichten, und die aufregendsten kreisten zumeist um Ischtar und ihre freizügigen Mädchen.

Er wälzte sich unruhig auf seinem Lager herum. Als seine Hand der Nachbarin näher kam, wich diese aus und sagte streng: »Weißt du nicht, was dir Gilgamesch, unser Herr, und Ischtar, die Göttin, aufgetragen haben? Willst du dich gegen ihren Befehl versündigen?« Sofort zog der Jäger die Hand zurück und schämte sich. Nein, niemals würde er es wagen. Man sollte sich auf ihn verlassen können, um so größer würde am Ende die Belohnung für ihn sein. Aber er lauschte noch lange der Stimme nach, die hell und rein und lieblich geklungen hatte.

Am zweiten Tag kamen sie nur langsam voran, weil ihnen ein Sandsturm entgegenblies und die Tiere nur zögernd Schritt fassten. Als der Sturm sich gelegt hatte, schüttelte die verhüllte Gestalt den Staub von ihrem Kleid und lüftete etwas den Schleier. Da erblickte der Jäger das Gesicht eines der schönsten Mädchen, das er jemals gesehen hatte. Und er wurde befangen und stumm. Auch das Mädchen schwieg während des ganzen Rittes. Tehiptilla sann nach und beklagte ihr Unglück. Ausgerechnet sie, die solange schon eine Krankheit vorgetäuscht und sich damit dem Zugriff der Männer entzogen hatte, musste es sein, die Iluna erwählte. Gewiss, es war das Orakel gewesen, das sie bestimmt hatte, und eine Göttin hatte die

Punkte und Striche mit eigener Hand gezogen – aber warum, warum nur musste ausgerechnet sie mit dieser Aufgabe betraut werden? Sie dachte an Gilgamesch, und ihr Herz wurde schwer. Er hatte gewollt, dass die Aufgabe jemand aus dem Tempel übernahm, ohne indes zu wissen, dass er indirekt sie, Tehiptilla, dazu bestimmte.

Sie seufzte und nahm sich vor, tapfer zu sein. Ja, sie würde alles tun, wie es von ihr verlangt wurde. Aber nicht für Ischtar tat sie es, nicht für das Orakel, sondern einzig und allein, weil es der Wille Gilgameschs war. Dennoch quälte sie sich. Je weiter der Weg sich hinzog, desto banger wurde ihr in der Seele.

Noch einmal übernachteten sie in einem Waldstück. Der Jäger entfachte ein Feuer und bereitete daran ein einfaches Mahl. Als sie gegessen und getrunken hatten, fragte sie zaghaft: »Wie weit ist es noch, Jäger?«

»Nicht mehr weit. Morgen werden wir die Stelle erreichen. Hast du Angst?«

Tehiptilla antwortete nicht darauf. Dann fragte sie: »Und was ist das für ein wilder Geselle, der dem Gilgamesch so wichtig erscheint?«

»Oh«, lachte der Jäger und begann aufzuschneiden, »ein hässlicher ungeschlachter Riese ist es, ein tückisches Ungeheuer aus den Bergen, mit Pranken, so groß wie Löwentatzen, und über und über behaart. Sein Gesicht kann man eigentlich nicht mehr menschlich nennen, zu sehr gleicht es der Fratze eines Dämons. Seine Augen sind wild, sein Atem ist stinkend, und seine Stimme ähnelt dem des Donners bei schwerem Gewitter. Vielleicht kann er nur diese Laute ausstoßen und nicht einmal sprechen. Zwei Möglichkeiten gibt es, wenn du dich ihm näherst: Entweder gefällst du ihm, und er nimmt dich, oder er zerreißt dich auf der Stelle in Stücke.«

Tehiptilla verlor allen Mut, sie weinte hinter ihrem Schleier still vor sich hin. Nur mühsam konnte sie sich beruhigen. Doch dann fasste sie sich. Sie würde es tun, und wenn es das letzte war, was sie in ihrem jungen Leben erlebte. Hell leuchteten die Sterne am Himmel, und der Mond warf sein Licht durch die Zweige. Sie ruhte auf ihrem Lager und fand keinen Schlaf. Doch alles Hadern mit ihrem Schicksal half ihr nicht weiter. Morgen würde sie entweder die Probe bestehen oder sterben …

Am nächsten Vormittag erreichten sie ihr Ziel. Nicht fern von der Tränke band der Jäger die Maultiere an einen Baum und ging mit dem Mädchen zu Fuß weiter. Dicht am Wasserloch verbargen sie sich in einem Gebüsch. Den ganzen Tag über harrten sie aus und warteten darauf, dass der Riese erschien. Statt seiner kam nur das Wild: Onager, Antilopen, Gazellen und wilde Kaninchen. Auch Schwärme von Vögeln ließen sich nieder, um zu trinken und sich in der Flut zu tummeln. Es war ein friedlicher Anblick. Den Jäger lockte es, seinem Handwerk gemäß eine Fanggrube auszuheben, die reichlich Beute versprach. Aber er beherrschte sich und dachte an seinen Auftrag. Die Belohnung, die ihm winkte, war gewiss größer als jede Beute, die er hätte erjagen können.

Der Tag verging, und die Nacht senkte sich über die Steppe, ohne dass der Riese auftauchte, und so war es auch am nächsten Tag. Schließlich, am dritten Tag, erblickten sie ihn: Er kam mit den Gazellen und Antilopen heran, wild und kraftvoll, ständig nach allen Seiten spähend und witternd.

Tehiptilla erschrak, als sie ihn sah. Großbärtig und zottelhaarig war er, kräftig schwollen die Muskeln an seinen Armen. Er war ein richtiger Unhold, ein Wilder aus den Bergen. Er beugte sich vor und trank aus dem Wasserloch wie ein Tier. Dann warf er sein Fell ab und sprang ins Wasser, um sich zu erfrischen. Tehiptilla bemerkte verwundert, dass die Tiere keine Scheu vor ihm hatten. Er schwamm zwischen den Wasservögeln, spritzte übermütig die Onager am Ufer nass und lachte dröhnend, als sie erschrocken aufstoben und ihn empört aus ihren runden Augen anstarrten. Aber als er aus dem Wasser stieg, kamen sie wieder zutraulich näher, und er brummte sie gutmütig an.

»Das ist er, Weib«, wisperte der Jäger, »los, tu so, wie dir gesagt wurde: Streife Schleier und Kleid ab, löse das Tuch von deinem Busen und enthülle den Hügel der Freude. Steig ins Wasser, bade und wiege deinen Körper dabei. Wenn er dich sieht und dir naht, dann wecke die Begierde in ihm. Locke ihn ins Fangnetz des Weibes. Breite dein Gewand als Bett für euch aus, nimm seinen Atemstoß hin, öffne deinen Schoß und lass ihn ohne Scheu zu dir eingehen, damit er deine Fülle erspürt.«

So flüsterte der Jäger und gab Tehiptilla einen aufmunternden Stoß. Ihr wurde schwindelig bei dem Gedanken, diesem Unhold zu Willen sein zu müssen. Aber sie entsann sich der Worte Ischtars, die das gleiche befohlen hatten wie das Flüstern des Jägers.

»Wartest du hier, stehst du mir bei im Falle der Not?«, fragte sie.

Der Jäger schüttelte den Kopf. »Nein, ich habe den Auftrag, sofort umzukehren und dich deinem Schicksal zu überlassen. Leb wohl und viel Glück.«

Tränen rannen über das Gesicht der schönen Tehiptilla. Mit einer energischen Handbewegung wischte sie sie fort und stand auf, um aus dem Dickicht an die Wasserstelle zu treten. Am Ufer legte sie ihren Schleier ab, öffnete das Kleid und ließ es über ihre Schultern rutschen. Dann löste sie das Tuch von ihren Brüsten, und als sie splitternackt war, stieg sie zierlich ins Wasser zum Bade.

Der Wilde bemerkte sie sofort. Er stand auf der anderen Seite der Wasserstelle und starrte sie an. Tehiptilla hielt ihren Kopf gesenkt und tat so, als fühlte sie sich völlig unbeobachtet. Sie tauchte im Wasser unter, kam wieder hoch, schüttelte ihr nasses Haar im Nacken aus und wiegte dabei ihren geschmeidigen Körper. Dem Jäger im Dickicht und mehr noch dem wilden Unhold am gegenüberliegenden Ufer stockte der Atem. Wunderschön war Tehiptilla anzusehen, schlank wie eine Gazellenstute, rosig wie eine Blüte im Tau und verführerischer, als es sich die Gedanken von Männern ausmalen könnten. Sie drehte sich, beugte sich vor und schöpfte mit der hohlen Hand Wasser, das sie, scheinbar ins tändelnde Spiel versunken, über ihren Körper hinabperlen ließ.

Enkidu, der Barbar, der mit Bergziegen und Steinböcken aufgewachsen war, die Milch wilder Esel getrunken und gemeinsam mit den Gazellen Gras gefressen hatte, der wüste Wilde, der Spross der weiten Steppe, wurde erregt bei ihrem Anblick. Er sprang auf sie zu. Tehiptilla floh aus dem Wasser, doch nur zum Schein, eher um ihn durch ihr Fliehen zu reizen. Sie hätte, wenn sie wirklich hätte flüchten wollen, auch keine Chance gehabt, denn schnell war der Sohn der Steppe. Mit wenigen Sätzen hatte er sie erreicht und packte sie. Tehiptilla wand sich in seinen Armen und trommelte mit ihren Fäusten gegen seine Brust. Dies aber erregte ihn noch mehr.

Er warf sie nieder und kam gewaltsam über sie. Da wurde es dem Mädchen wirklich Angst. Sie spürte seinen Atem in ihrem Gesicht, sein Keuchen und seine Begierde.

Nicht mehr an Gilgamesch dachte sie, nur noch an ihr eigenes Leben. Der Barbar bestürmte sie, wie es die wilden Tiere der Steppe tun. Da öffnete Tehiptilla ihren Schoß und ließ ihn ungestüm eindringen. Zügellos frönte er seiner Leidenschaft, dass Tehiptilla beinahe die Sinne schwanden.

Der Jäger, der im Gebüsch alles miterlebt und genug gesehen hatte, löste sich schweren Herzens von dem Anblick, wandte sich um und ging, die Maultiere zu holen. Kurz darauf war er bereits eilig unterwegs, nach Uruk zurück, um sich die Belohnung abzuholen. Der Barbar aber hatte für nichts mehr anderes Augen als für das schöne Mädchen. Wieder und wieder beschlief er sie und ließ sechs Tage und sieben Nächte nicht mehr ab von ihr. Von einer Ewigkeit zur anderen führte er Tehiptilla, die gedacht hatte, schon viel im Tempel gelernt zu haben, aber doch wenig wusste im Vergleich zu dem da, diesem unbändigen Kerl, der ihr zeigte, wie es die Wildtiere machen, und immer und immer wieder seine Lust an ihr fand.

Wie im Rausch verging die Zeit, ohne Essen und Trinken, nur von kurzen Pausen unterbrochen, in denen er ihr wirres Zeug erzählte von Bergen und Sturm, von Wurzeln und Disteln, von glühend heißer, verdörrter Steppe und von Wasserlöchern gleich diesem, an dem sie lagen und sich dem hitzigen Spiel ihrer Körper überließen.

Ja, sprechen konnte er, wie ein Mensch fast, das stellte Tehiptilla erleichtert fest, aber sonst war er ein Tier. Das merkwürdigste an seinem Benehmen aber war, dass er nach und nach zärtlicher in seinen Bewegungen wurde. Seine groben Hände wurden in der Berührung leichter und feiner, ohne dass sie ihn anleiten musste dazu.

Mehr und mehr ließ er auch von der Rohheit seiner tierischen Bedürfnisse ab und fand wie von selbst zu einer Sanftheit, die sie überraschte.

Als er nach Ablauf einer ihr schier unermesslich erscheinenden Zeit endlich gesättigt war, stand er auf und streckte sich wie befreit. Er ging zum Wasser, um zu trinken und sah sich nach seinen Gefährten, den wilden Tieren, um. Doch ihre Reaktion auf ihn erschreckte ihn über die Maßen. Die Gazellen stoben auf und sprangen davon, die Wasservögel erhoben sich keckernd und schnatternd und flohen voller Angst. Vor ihm flüchtete alles Getier, als ob er ein ganz normaler Mensch sei, ein Jäger womöglich, der auf Suche nach Beute in ihre Lebenszonen eingedrungen war.

Enkidu tat wie immer, wollte mit den Antilopen um die Wette laufen, doch seine Knie versagten den Dienst. Er fühlte seine gewohnte Kraft gehemmt, sein Lauf war nicht mehr wie früher. Wo er auch hinging, vor seinem Schritt floh das Getier. Er aber spürte zugleich mit dem Schwinden seiner einstigen Wildheit etwas Seltsames in sich wachsen, das größer und größer wurde, das ihn taumelig machte, als es seinen Kopf erreichte.

Er kehrte jählings ernüchtert um und ging zur Wasserstelle zurück. Dort sank sein Körper in den Lehm, er schlug die Arme vor das Gesicht und tat etwas, das er vorher nicht kannte: Er weinte hemmungslos und wunderte sich dabei, woher dieses neue Gefühl, der Schmerz in seiner Brust und all das viele Wasser in seinen Augen kam. Da saß er, der Barbar, weinte und löste den Schmerz in sich, der aus ihm floss wie Eiter aus einer plötzlich aufbrechenden Wunde.

Dieses absonderliche Verhalten wunderte Tehiptilla am meisten von allem, was ihr bislang widerfahren war.

Sie stand auf und näherte sich behutsam dem blonden Riesen, dessen mächtige Schulterblätter zuckten und bebten. Sie schlang ihre Arme um seinen Hals und schmiegte ihren nackten Körper an ihn. Enkidu hob sein tränenüberströmtes Gesicht und blickte sie an. Tiefer Schmerz, ein Erwachen und eine erste Erkenntnis lagen in diesem Blick. Er sah sie an, als betrachtete er sie das erste Mal. Wie ein Kind saß er zu ihren Füßen und lauschte auf das, was sie sagte.

Tehiptilla strich sanft die Tränen aus seinem Gesicht. Zärtlichkeit war ihr Gefühl, und als sie sprach, wusste sie nicht, woher ihr die Worte zuflossen. Sie sprach, ohne nachzudenken, und sagte in diesem Moment doch das Richtige: »Weise bist du, Enkidu, fast schon ein Gott geworden. Warum weinst du über das, was vergangen ist, und beklagst den Verlust der Steppe? Lauf nicht mehr den Tieren nach, es sind andere Wesen als du – Tiere eben, und du bist ein Mensch. Komm, ich führe dich hinein in das prächtige Uruk, die schöne, lebendige Stadt, die am fruchtbaren Ufer des Euphrat liegt.

Zum heiligen Berg werde ich dich führen, zum Eanna, den die Götter segneten und auf dem die Menschen ihnen zu Ehren Tempel erbauten. Du wirst das strahlende Haus von Iluna sehen, der jüngsten Verkörperung Ischtars auf Erden. Keine Frau kommt an Schönheit ihr gleich. Und ich zeige dir Anus Tempel mit der Zikkurat, die als geschraubte Säule bis hoch in den Himmel reicht. Den Egalmach auch, den Sitz der weisen Mutter von Uruk, und den Palast des Königs, der gerade mit Blendsteinen umkleidet wird, damit er tagsüber leuchtet wie Schamachs Prachtwagen, die Sonne. Dorthin werde ich dich bringen, wo Gilgamesch, der Vollkommene, seinen Wohnsitz hat. Ich kenne ihn gut und weiß, dass er auf dich wartet. Zu ihm soll ich dich bringen, und du wirst es nicht bereuen, ihn kennenzulernen.«

»Hah«, stieß der Barbar in einer Wallung von Aufsässigkeit heftig hervor. »Der Vollkommene? Der Starke bin ich! Das soll jeder wissen: Wer wie ich in den Bergen geboren und in der Steppe aufgewachsen ist, der ist gewaltiger als jeder andere Mann! Ich will ihn zum Kampf fordern, wenn es soweit ist. Und rühmen werde ich mich in diesem Uruk. Ziehe ich mit dir dort ein, wird sich alles ändern. Denn niemandem gehe ich aus dem Weg, auch diesem Gilgamesch nicht. Wer sich mir in den Weg stellt, den fege ich beiseite.«

Tehiptilla freute sich, dass es so leicht war, ihn aus der Steppe zu locken. Aber sie ließ nicht nach und forderte ihn weiter heraus: »Du wirst staunen, Enkidu, wenn du erst Uruk, die gewaltige Stadt siehst. Tausendmal zehntausend Männer laufen dort gegürtet, mit Werkzeug und Waffen. Täglich wird da ein Fest gefeiert, mit Musik und Tanz und leckerem Essen. Täglich erdröhnt eine große Trommel, die das Blut der Menschen in Wallung versetzt. Und Mädchen gibt es, die eigens nur für die Freude erschaffen sind, eine schöner als die andere. Die lachen und jauchzen den ganzen Tag und sind in kostbare Gewänder gekleidet. Zwischen ihnen kannst du, wenn du Lust hast, jeden Tag wählen und jede Nacht eine andere für dein Liebeslager bestimmen.«

Enkidu schüttelte ungläubig den Kopf. Tehiptilla fuhr fort und lenkte seinen Sinn erneut auf Gilgamesch, auf dessen Namen allein er bereits so heftig reagiert hatte.

»Gilgamesch will ich dir zeigen. Und wenn du erst in sein Angesicht schaust, wirst du mir zustimmen: Keinen Herrscher gibt es gleich ihm im weiten Erdenkreis. Männlich schön ist sein Antlitz und voller Würde, elastisch und wohlgebaut sein Körper. An Kraft aber ist er dir weit voraus, ob du es glauben magst oder nicht, du wirst es selber erkennen. Enkidu, gib deine Unarten auf und lass die verdörrte Steppe zurück! Was hast du hier noch verloren? Das Vieh flieht vor dir, du bist ihm fremd und unheimlich geworden. Selbst wenn du in die Wildnis zurückgehen willst – du findest dich nicht mehr zurecht und wirst ein Leben lang Sehnsucht nach Uruk und Gilgamesch haben. Was zögerst du also noch?«

Enkidu wiegte den Kopf hin und her, er war von Zweifeln geschüttelt. Tehiptilla aber umgarnte ihn weiter, schmeichelte seine Männlichkeit und näherte sich ihm zärtlich.

Sie sagte: »Nimm mich, Enkidu, ich schenke mich dir, so wie du es magst, denn ich habe Gilgamesch und der schönen Iluna versprochen, alles zu tun, was du verlangst, und dir Lust und Freude zu bereiten.«

Sie begann, seinen Körper zu streicheln und erneut seine Begierde zu wecken. Der Barbar ergab sich der Wollust und nahm an, was Tehiptilla ihm bot. Ungestüm war er, aber seltsamerweise machte es Tehiptilla nun keine Angst mehr. Im Gegenteil, sie genoss es, so leidenschaftlich angenommen zu werden. Im Liebesspiel vereint lagen sie unter dem Sternenhimmel und vergaßen für weitere lange Stunden die Welt. Vor allem aber, und dies war das Wichtigste, vergaß Enkidu, wo er geboren worden war. Neugier und Sehnsucht hatte sie in sein Herz gepflanzt, eine Sehnsucht, die nicht mehr zu stillen war.

Tehiptilla führte Enkidu an der Hand, wie man ein Kind führt. So zogen sie durch die Steppe – sie in ein kostbares Gewand gekleidet, er struppig und in Tierfellen. Sie hätte viel dafür gegeben, jetzt den Jäger als Führer bei sich zu haben. Er kannte den Weg durch die Einöde recht gut, wusste, wann wieder bewohntes Gebiet begann, wo fern von Stadt und Landbau die Viehhirten hausten. Auf dem Weg zur Wasserstelle hatte sie zwar versucht, sich die Strecke genau einzuprägen, nun aber, nach so langer Zeit und in der flimmernden, die Augen narrenden Hitze, fiel es ihr schwer, sich zu orientieren. Ewig gleich sah die Steppe aus, ein dorniges Ödland mit Disteln, kargem Gestrüpp und mageren Blumen, mit Staub und Steinen, unter denen es von Skorpionen wimmelte. Wie hatte sich der Barbar hier nur wohl fühlen können, weitab von jeglicher menschlicher Siedlung? Sie warf einen flüchtigen Seitenblick auf ihn. Er tappte neben ihr, stets einen halben Schritt zurück, sein Gesicht wirkte ergeben, so als wäre sein Denken unendlich zufrieden oder ganz einfach leer.

Ich bin gespannt, wie er auf alles reagiert, was ich ihm zeigen werde, dachte Tehiptilla. Wenn er es ablehnt, wird er ganz sicher einsam und krank werden vor Sehnsucht nach seiner Wildnis. Wenn er aber begreift, so wird er es weit bringen und ganz Uruk noch in Erstaunen versetzen. So oder ähnlich kreisten ihre Gedanken, während sie durch die Steppe schritt und verzweifelt versuchte, irgendeinen Anhaltspunkt zu finden, an den sie sich noch erinnern konnte. Da war doch ein kleines Wäldchen gewesen und dahinter Pferche mit Herden von Schafen, Ziegen und Rindern, in deren Nähe die Hirten ihre Hütten errichtet hatten … Wenn sie dafür nur einen Hinweis fand!

Da, war da nicht ein schmaler, dunkelgrünlicher Streifen am Horizont? Sie kniff die Augen zusammen und blinzelte.

»Ist das Wald dort, was meinst du?«

Enkidu nickte teilnahmslos.

»Dann sind wir richtig«, rief Tehiptilla, »ich werde dich zu den Hütten der Hirten führen. Ich bin neugierig, wie du das Leben dort findest.«

Der Barbar gähnte herzhaft und brummte.

Viel weiter, als es zuerst den Anschein hatte; war der Weg bis zum Wald. Die Füße taten ihr weh, und immer noch nicht waren sie dem schattenspendenden grünen Streifen nähergekommen. Endlich, gegen Abend, erreichten sie das Waldstück. Sie erkannte die Stelle wieder – es war der Platz, an dem der Jäger Feuer gemacht und etwas gebraten hatte. Das letzte Mal, bevor sie dem Barbar zugeführt wurde, hatte sie hier unterm Sternenhimmel gelegen und still ihr Schicksal beklagt. Wieviel war seitdem geschehen … Sie kam sich völlig verwandelt vor. Sie war nicht mehr die selbe Tehiptilla, die von Uruk aufgebrochen war.

Quer durch den Wald ging sie mit Enkidu, an den Viehhürden vorbei, den Hütten der Hirten zu. Hunde sprangen ihnen entgegen, umkreisten sie und kläfften wie besessen. Doch Enkidu knurrte nur einmal und fletschte die Zähne in ihre Richtung, da zogen sie ängstlich die Schwänze ein und schlichen vorsichtshalber in größeren Kreisen um das Paar. Auch die Hirten staunten, als sie das merkwürdige Paar ankommen sahen. Im allerletzten

Schein der untergehenden Sonne zeichneten sich ihre Gestalten ab: Ein Riese, der halb wie ein Tier aussah, ein schrecklicher Unhold, vielleicht aber auch ein Gott, ja, Sumukan vielleicht, der Behüter aller Tiere in Wald, Feld, Bergen und Wüste, man konnte ja nicht wissen … Und dann, Hand in Hand mit ihm, eine wunderschöne Frau, in so kostbare Gewänder gehüllt, wie sie angeblich Ischtar, die Liebesgöttin tragen sollte im fernen Uruk.

Die schöne Frau hob die Hand zum Gruß der Freundschaft und lächelte. Da luden die Hirten die beiden in ihre Hütte ein, wo in der Herdstelle ein lustiges Feuer flackerte, und darüber drehte sich am Spieß ein saftiger Braten. Die Hirten waren gastfreundliche Leute, sie bekamen selten Besuch und freuten sich, Gäste zu haben, die ihnen von fremden Ländern und Sitten berichten konnten. Und das tat Tehiptilla, die gut zu erzählen wusste. Anmutig und anschaulich beschrieb sie das Leben in Uruk, und obgleich ihre Rede eigentlich mehr für Enkidu bestimmt war, bekamen die Hirten vor Staunen ganz runde Augen. Welch eine wundersame Frau war das! Sicherlich eine Dame aus höchsten Kreisen, vielleicht eine Verwandte des Königs oder am Ende doch eine Göttin …

Sie wären nie auf den Gedanken gekommen, eine einfache Tempeldirne Ischtars vor sich zu haben, und behandelten sie mit großem Respekt. Enkidu gegenüber aber wussten sie nicht, wie sie sich verhalten sollten. Einerseits jagte ihnen sein schreckliches Äußeres und seine gewaltige, unübersehbare Kraft Angst ein und ließ sie vorsichtig werden. Andererseits benahm er sich dermaßen unbeholfen und täppisch, dass sie in einem fort über ihn hätten lachen können. Da aber auch die schöne Dame ernst blieb, verkniffen sie sich ihr Lachen.

Aber sie beobachteten jede Bewegung des Riesen.

Zuerst weigerte er sich, vom Braten zu essen. Beim ersten Bissen nämlich verbrannte er sich Finger und Mund. Er knurrte so unwillig, dass die Hunde erneut die Schwänze einzogen und aus der Hütte flohen. Dann aber entdeckte er den Geschmack des Fleisches, fiel sofort gierig darüber her, und zwar mit solchem Appetit, dass die Hirten schneller essen mussten, um selbst noch etwas vorn Braten abzubekommen. Bei den anderen Speisen ging es genauso: Enkidu saß und guckte Becher und Schale an; das Brot wusste er weder zu brechen noch zu essen. Er nahm einen Laib, hielt ihn unter die Nase und roch daran. Da mussten die Hirten aber doch schallend lachen.

Tehiptilla sagte: »Ihr wundert euch und findet es seltsam. Aber dort, wo er herkommt, kennt man kein Getreide. Er graste mit den Gazellen und saugte die Milch der Tiere. Alles, was für euch und mich selbstverständlich ist, hat er noch nie im Leben gesehen. Er weiß nicht, wie man Brot isst, und Bier zu trinken hat ihn niemand gelehrt.«

»Dann wollen wir ihm Neues zeigen«, sagte der älteste der Hirten, »damit er nicht nur groß und stark bleibt, sondern obendrein noch Weisheit erfährt.«

Und Tehiptilla sprach zu Enkidu: »Iss das Brot, Enkidu, es gehört zum Leben, und trink den Rauschtrank, der daraus gemacht wird, das Bier, wie es Brauch ist in unserem Lande.«

Enkidu aß, da er immer noch nicht ausreichend satt war, drei Brote und trank dazu sechs Krüge mit Bier. Je mehr er trank, desto leichter wurde sein Sinn, sein Herz frohlockte und sein Antlitz begann zu strahlen. Diese Veränderung an seinem Wesen und die enorme Trinkfestigkeit, die er bewies, begeisterte die Hirten. Sie hoben die Becher und ließen ihn hochleben, sie begannen alle

Lieder zu singen, die sie kannten, und Enkidu schlug mit seinen mächtigen Pranken den Takt dazu auf Holztisch und Schenkel.

Endlich, als er den siebenten Bierkrug angesetzt und bis auf den letzten Tropfen ausgetrunken hatte, fiel er krachend neben den Tisch und schlief am Boden sofort schnarchend ein. Vier Männer hatten Mühe, ihn aufzuheben und in eine Kammer zu tragen, die die Hirten dem sonderbaren Gast und seiner schönen, hochgestellten Begleiterin angeboten hatten. Enkidu schlief wie ein Stein in dieser Nacht, und auch Tehiptilla fand endlich wieder einmal zu erholsamem Schlummer.

Am nächsten Morgen wusch sich der Barbar von Kopf bis Fuß und salbte seine Haut unter Tehiptillas Anleitung mit Öl. Seine zerlumpten Felle warf er beiseite und zog ein Gewand an, das die Hirten ihm reichten. Dazu einen ledernen Gürtel und eine Axt, mit der man sich gegen Löwen zur Wehr setzen kann. Seine Verwandlung war erstaunlich. Zwar wallten ihm noch immer sein Haar und sein Bart, aber er wirkte jetzt fast schon wie ein normaler Mann.

Enkidu bestand darauf, die Geschenke der Hirten, Essen, Getränke und Unterkunft nicht umsonst anzunehmen, sondern als Gegenleistung etwas dafür zu tun. Er wollte des Nachts für die Hirten auf der Weide wachen, um umherschleichende Raubtiere zu verjagen.

Tehiptilla bat ihn: »Lass uns nach Uruk gehen, Enkidu. Gilgamesch wartet auf uns, er wird alles ersetzen, was die Hirten für uns getan haben, und sie für ihre Gastfreundschaft reichlich entlohnen.«

Doch der Barbar schüttelte störrisch den Kopf. Er kannte den Himmel zur Nachtzeit und die Sprache der Winde, er wusste vor allem, dass sich um diese Zeit

Löwen und Wölfe herumtrieben.

Schon in der ersten Nacht, in der die alten Hüter sich in ihren Hütten zur Ruhe legten, erstach er einen hungrigen Löwen und in der zweiten erwürgte er mit bloßen Händen mehrere Wölfe, die sich zu weit vorgewagt hatten.

Die Hirten waren hocherfreut, einen solchen Helden unter sich zu wissen und litten ihn gern bei sich. Enkidu entfachte allabendlich am äußersten Rand der Weiden ein Feuer, an das kamen sie mit Speisen und Bier, sangen Lieder und erzählten endlose Geschichten, bis der Barbar ein Zeichen machte, die Hand hob, die sie verstummen ließ, den Kopf in den Wind richtete und witterte.

Manchmal stand er auf und ging allein in die Dunkelheit hinaus. Jedes Mal dann erklangen Gebrüll, Schnauben und gurgelnde Schreie, und jedes Mal kam er zurück mit einem erschlagenen Raubtier als Beute.

Als die Zeit der Löwen und Wölfe vorüber war, der Mond gewechselt hatte und Nannars Schale sich wieder zu füllen begann, verließ Enkidu das Wachfeuer auf der Weide und zog sich nachts in die Schlafkammer zurück. Überall hin folgte ihm die schöne Tehiptilla, sie hatte mit ihm am Feuer gewacht und gab sich nun wieder, wann immer er wollte, voll Inbrunst seiner Wollust hin.

Eines Nachts, als sie so lagen und sich dem Liebesspiel voller Zärtlichkeit und Leidenschaft widmeten, ertönten draußen vor der Hütte ungewohnte Laute. Enkidu hob den Kopf und lauschte.

»Was ist das?«, fragte er.

»Ich weiß es nicht«, antwortete Tehiptilla, »aber es klingt nicht nach Gefahr, eher nach eintreffendem Besuch. Möglich, dass Reisende eingetroffen sind und zu Gast bei den Viehhirten bleiben.«

Draußen waren Schritte zu hören, ein Zirpen und Zwitschern, Keckern und Schnalzen, Geräusche von rollenden Rädern und Stimmen von Männern, Frauen und Kindern. Als endlich alles verstummte und seinen Platz für die Nachtzeit gefunden zu haben schien, beruhigte sich auch Enkidu wieder und fand erneut zu den liebreizenden Wonnen seiner kleinen Gespielin.

Am nächsten Morgen, als Enkidu vor die Tür trat, bot sich seinen Augen ein eigenartiges Bild: Auf dem Platz zwischen den Hütten standen mehrere hölzerne Karren mit Maultieren und Onagern im Gespann. Davor turnten ein paar Männer und Frauen, einige darunter mit kohlschwarzer Haut. Einer machte Kunststücke mit fünf Holzkeulen, die er gleichzeitig warf und so schnell, dass es aussah, als wirbele er ein einziges Rad in der Luft herum. Danach nahm er Bälle und Messer und war mit ihnen genauso geschickt. Ein anderer lief auf seinen Händen, eine Frau balancierte auf einem Seil, das zwischen zwei Hütten gespannt war. Schritt für Schritt tastete sie sich vor, mit den Armen rudernd und beinahe in der Luft schwebend.

Dann gab es drei Affen, die vergeblich versuchten, Saiteninstrumente zu zupfen, und einen alten, zahnlosen Bären, der im Rund um den Holzpflock ging, an den er gefesselt war, mit Bewegungen, als wolle er tanzen. Die Menschen waren nicht schön, sondern eher von faszinierender Hässlichkeit. Ohrringe trugen sie, ihre Gesichter waren bemalt, und farbige Tücher waren um die Stirn geknotet.

Bekleidet waren sie mit grellbunten Gewändern. Waren aber die Erwachsenen bereits hässlich, so überboten die herumlaufenden Kinder sie darin noch um ein Erhebliches. Krummbeinig waren sie, tapsten auf kurzen Stummelbeinen umher und trugen dazu auf den verwachsenen Schultern Köpfe, die gar nicht zu ihrem Alter passten. Greise, verwitterte Gesichter waren es, die Enkidu anblickten, und Enkidu erschrak. Er rief Tehiptilla, die soeben mit ihrer Morgentoilette fertiggeworden war und nun strahlend wie eine Frühlingsblume vor die Hütte trat.

»Was sind das für fürchterliche Gestalten?«, fragte er, »sind das die schönen Menschen aus Uruk; von denen du mir erzählt hast? Ich mag sie nicht leiden, lass sie fortgehen!«

Tehiptilla erkannte alles auf einen Blick, lachte und klatschte in die Hände dabei. »Ein Wanderzirkus ist es, auf der Durchreise wohl. Gaukler und Artisten sind das, Enkidu, Ausgestoßene aus der Ferne, die mit ihren Kunststücken Geld verdienen. Geh nicht barsch mit ihnen um, sie können nichts für ihr Aussehen. Und doch ist es gerade das, was die Leute in Scharen anzieht. Wer schön ist, erfreut sich daran, wenigstens ab und zu etwas Hässliches zu sehen, Enkidu. Und umgekehrt verhält es sich wohl ebenso.«

Enkidu musterte misstrauisch das durcheinanderwirbelnde Volk da draußen. Er blickte vom zahnlosen Tanzbären hin zu den unmusikalischen Affen, von den hässlichen Zwergen zum tamburinschlagenden Greis und zu der halbnackten, fülligen Frau, die ihre Blöße mit dünnen Schleiern und Tüchern verdeckte und zum Takt des Instruments ihren fetten Bauch wippen und kreisen ließ. Er sah, wie der Mann, der auf den Händen gelaufen war, mit einem Satz auf die Füße schnellte und dem Bären Süßbrot hinhielt, damit er die Bewegungen der tanzenden Frau nachahmte und brummend hinter ihr herwankte. Er sah, wie die Zwerge Purzelbäume schlugen, grässliche Fratzen schnitten und unanständige Handbewegungen in

Tehiptillas Richtung machten.

Auf Tehiptilla wirkte dies alles mehr wie ein Spaß, sie lachte und klatschte Beifall und rief der fetten, schwitzenden Frau, deren Bauch nun wie ein Fass auf- und niederhüpfte, aufmunternde Worte zu. Da lachte Enkidu auch, weil er nichts Besseres wusste, und er setzte sich auf die Schwelle der Hütte, um dem törichten Treiben zuzusehen.

Auch die Hirten spendeten den Gauklern Beifall, besonders als nun einer auftrat, der gezähmte Skorpione über seine bloßen Arme laufen ließ, sie in den Sand setzte, mit dem Zeigefinger ihre aufgerichteten Stachel glattstrich und sie auf diese Weise zu betäuben schien. Dann gab er ein Kommando und trieb die Skorpione zu einem Wettrennen an, das beinahe bis zu den nackten Füßen der Hirten ging, die aufstoben und schreiend zurückwichen.

Als sich alles wieder beruhigt hatte, holte der Mann einen runden Schilfkorb aus einem der Wagen und stellte ihn vor sich auf den Boden. Er griff eine Rohrflöte und blies pfeifende Töne darauf, eine fremdartige Melodienfolge, die die Hirten, Tehiptilla und Enkidu verstummen ließ. Alle Augen richteten sich nun auf den Korb, wo sich der Deckel ein wenig gehoben hatte und schließlich beiseite fiel.

Aus dem Korb wuchs der Kopf einer Uräusschlange, züngelte vor und blickte mit seinen kalten Pupillen umher, als suche er in den Reihen der Zuschauer sein Opfer. Ganz dicht neigte sich der Spieler heran, bis seine Flöte fast den Körper der Schlange erreichte. Atemlos still war es ringsum, als jetzt ein Wunder geschah: Die Schlange stellte den Leib senkrecht, schien dem Flötenspiel zu lauschen und begann, ihren Körper geschmeidig windend, den Tönen zu folgen. Der Spieler ließ seine Rohrflöte dicht vor der Schlange tanzen, und die Schlange tanzte nach seinem Spiel. Als er mit einem schrillen Pfiff geendet hatte, sackte die Schlange in den Schilfkorb zurück, und der Mann stülpte hastig den Deckel über sie.

Nun war wieder die fette Bauchtänzerin an der Reihe, und die Affen machten allerlei Albernheiten dazu. Enkidu aber fragte seine Begleiterin: »Ich weiß immer noch nicht, was das für Leute sind. Wo kommen sie her, was haben sie vor, wo wollen sie hin?«

Da rief Tehiptilla den Mann, der auf den Händen laufen konnte und den Bären gefüttert hatte, heran.

»Mann, woher kommt ihr, wo treibt es euch hin?«

Der Angerufene kam näher, verneigte sich vor der edlen Dame und sagte: »Von weit jenseits der Flüsse Tigris, Djala und Kercha kommen wir, vom Zagros-Gebirge, und einige von uns noch von weiter her. Unser ganzes Leben lang sind wir gewandert und haben vielerlei Reiche, Städte und Tempel gesehen. Nun sind wir auf dem Weg nach Uruk, der vielgepriesenen Hauptstadt des Landes Sumer, von der die Kunde geht, König Gilgamesch habe sie mit einer unüberwindbaren Mauer umwallt.«

»Wollt ihr dort vor Gilgamesch spielen?«, fragte Tehiptilla, und ihr Herz klopfte unmerklich schneller.

»Ja«, antwortete der Mann, »vor ihm, dem ruhmreichen Herrscher und vor Ischtar, der Göttin, die im Tempel hoch über der Stadt thront. Wir sind gerufen worden, zu eilen, um rechtzeitig zum heiligen Hochzeitsfest anzukommen, das dicht bevorsteht.«

»Hochzeitsfest? Weißt du mehr darüber, was hat es damit für eine Bewandtnis?«, fragte Tehiptilla, und ihr Herz pochte noch schneller.

»Nun«, hub der Mann zu einer längeren Rede an, denn er fühlte sich durch die Neugier der stolzen Dame geschmeichelt, »viel hört man so unterwegs, und manche Nachricht erreicht das fahrende Volk auf verschlungenen Pfaden, von denen normale Sterbliche nie etwas erfahren. Es heißt, dass dieses Fest zu Ehren von Ischtar, der Venusgöttin, veranstaltet wird. Es ist die heilige Hochzeit, bei der sich für einen Tag und eine Nacht der König mit der Göttin vermählt. So war es früher Brauch und wohl schon fast vergessen, denn der König von Uruk, Gilgamesch, soll vieles geändert haben in seiner kurzen Regierungszeit. Ob er nun die Liebesgöttin selbst oder nur eine Priesterin des Tempels zur Frau nimmt, weiß man nicht so genau. Es gehen ja seltsame Gerüchte aus Uruk durch alle Lande.«

»So, was denn?«, fragte Tehiptilla gespannt. Sie hielt sich mit beiden Händen am Türrahmen fest, um nicht vor der in ihr aufsteigenden Schwäche niederzusinken.

»Nun, zum Beispiel, dass die Priester des Anu ihm die Erstwahl zur Brautschaft verliehen haben.«

»Was heißt das?«

»Ich will es dir erklären, denn solches habe ich anderenorts schon erfahren: Wählt einer ein Mädchen zur Frau, so gibt er ein Fest im Hochzeitshaus für alle Freunde und jeden, der kommen will. Dann häufen sich die Festspeisen auf dem Tisch, fließen Bier und andere köstliche Getränke in Strömen. Hernach geht, dem Gesetz der Götter zufolge, Kunde zum König, auf dass er das Recht der ersten Nacht mit der Braut wahrnehmen kann. Für ihn öffnet der Bräutigam dann das Netz der Schlafkammer.«

»Und der König kommt, um sein Recht zu fordern?«

»Manche tun das«, sagte der Mann, der weit herumgekommen war und sich nicht mehr über die unterschiedlichen Sitten der Völker wunderte, »Gilgamesch allerdings, so heißt es jedenfalls, tat dies bislang noch nicht, sehr zum Unwillen der Priester des Anu, die sich davon die Wohlgestimmtheit der Götter und Fruchtbarkeit bei Vieh, Äcker, Feldern und Gärten erhoffen. Überhaupt scheint Gilgamesch ein sonderbarer Herrscher zu sein. Einen eigenen Kopf hat er und kühne Ideen. Nun allerdings haben die Priester durchgesetzt, dass er wenigstens in Ischtars Tempel geht, um dort mit der Göttin oder einer eigens dafür erwählten Dienerin symbolisch die heilige Hochzeit zu feiern.«

Tehiptilla erbleichte, ihre Knie zitterten und ihr ganzer Körper wankte. Auch Enkidu, der alles mit angehört hatte, wurde zornig, allerdings aus einem ganz anderen Grund.

»Schon wieder dieser Gilgamesch«, brummte er, »und was ich da höre, gefällt mir ganz und gar nicht. Das Recht auf alle Frauen – was bildet der sich denn ein? Schnell, lass uns nach Uruk aufbrechen, Tehiptilla, dass ich ihn zur Rede stelle und ihm zeige, wer hier der stärkste Mann im ganzen Lande ist. Ich werde ihn finden und ihm alle Knochen einzeln im Leibe zerbrechen.«

Der Gaukler schnitt eine Grimasse zu Enkidus Worten, aber er willigte ein, als ihn die schöne Dame bat: »Nimm uns mit, wenn du mit deinen Leuten nach Uruk ziehst. Vielleicht habt ihr noch Platz in einem der Wagen.«

»Wir wollen nicht lange verweilen, stolze Herrin, lange genug schon haben wir hier getändelt und müssen uns sputen, um zum Fest noch rechtzeitig zu kommen. Wenn du bereit bist, brechen wir noch zur selben Stunde auf, und Platz ist auch noch auf dem letzten Wagen, der unsere Vorräte trägt.«

Enkidu ging, ohne ein Wort zu sagen, in die Hütte zurück, schnallte den Gürtel um und steckte die Löwenaxt hinein. Dann grüßten sie ein letztes Mal die gastfreundlichen Hirten und kletterten unter die Plane des letzten

Wagens. Unter viel Lärm, Rufen, Pfiffen und Geschrei setzte sich der Zug in Bewegung.

Unter der Fellplane hockten Tehiptilla und Enkidu zusammen. Sie hatten sich Platz zwischen den Säcken, Kisten und Kästen geschaffen und streckten bequem die Beine aus. Misstrauisch beäugte Enkidu das Innere des Wagens und versicherte sich genau, ob nicht irgendwo auch der Schilfkorb herumstand, der die furchtbare Uräusschlange barg. Aber er fand nur allerlei Gerätschaften und seltsam geformte Dinge. Er nahm sie prüfend in die Hand und spielte damit. Um sich die Zeit zu vertreiben, begann Tehiptilla ihm alles genau zu erklären: »Dies ist ein Mörser und dies ein Reibstein, um Korn zu zerstampfen«, sagte sie, »und dieses Ding hier, was von der einen zur anderen Seite schwankt, als könne es sich für keine entscheiden, eine Waage. Hier sind die Schalen und dort die Zunge, die anzeigt, dass sich alles im richtigen Verhältnis zueinander befindet.«

»Und wozu braucht man das?«, wollte Enkidu wissen.

»Um alles mögliche nach dem Gewicht zu befragen. Zum Beispiel Getreide, aus dem man dann Brot backen kann. Alles, auch das Getreide, hat seinen Gegenwert in anderen Dingen. Man kann es in Silber eintauschen.«

»Hm«, brummte Enkidu und kratzte sich am Schädel.

Tehiptilla hob aus einer Kiste rundliche, schwarze Steine heraus, die in Form von Tieren geschliffen waren: Enten, Schafe und Stiere.

»Das sind Gewichte«, erklärte sie, »jedes hat eine genaue Bedeutung. Die allerkleinste Einheit, nach der man rechnen kann, ist ein Getreidekorn. Hundertachtzig Getreidekörner bedeuten ein Schekel Silber, sechzig Schekel eine Mine, sechzig Minen ein Talent. Man kann auch sagen: eine Kur Korn ist soviel wie ein Schekel Silber.

Kannst du dir das merken?«

»Nein«, antwortete Enkidu der Wahrheit entsprechend, »die Leute aus deinem Land müssen entweder sehr klug sein oder verrückt.«

Tehiptilla lachte. Die Art, wie Enkidu mit einfachen Worten alles in Frage stellte, stimmte sie heiter.

»Und was steht hier drauf?«, fragte Enkidu und deutete auf den Bauch der schwarzen, steinernen Ente.

»Wer Gewichte fälscht oder eine falsche Waage gebraucht, zieht sich Bann und Krankheiten zu. Er betrügt nicht nur andere, sondern auch sich selbst«, las sie.

Enkidu lachte schallend auf. »Ich habe schon viele Enten gesehen«, gluckste er vor Vergnügen, »aber noch keine, für die man Getreide oder Silber eintauschen konnte, und erst recht nicht eine, der eine solche Drohung auf den Bauch geschrieben war.«

Er lachte darüber noch, als der Karren weit, weit über rumplige Wege holperte, der Hauptstadt zu. Sein unbändiges Gelächter steckte Tehiptilla an, so dass auch sie lachen musste, bis ihr die Tränen kamen. Ein paar der Tränen aber kamen gar nicht vom Lachen, sie kamen von jenem wehen Gefühl, das zunehmend in ihr aufkam, je mehr sie sich Uruk näherten.

Was war wirklich in Uruk geschehen? Einiges von dem, was der Gaukler erzählt hatte, stimmte, anderes nicht. In der Tat hatten die Priester des Anu vorgeschlagen, dem alten Gesetz, das noch aus den Zeiten des sagenhaften Königs Mesanepada stammte, der in Ur residiert hatte, wieder Bedeutung zu verschaffen. Diesem Gesetz zufolge, das ihrer Auffassung nach der unumstößlichen Ordnung der Götter entsprach, musste sich der König, ob er wollte oder nicht, zumindest gelegentlich der Pflicht unterziehen, das Vorrecht der ersten Brautnacht in Anspruch zu nehmen. Jetzt, wo Uruk so viele tausend hungriger Mäuler zu stopfen hatte, war die Stadt mehr denn je auf eine gute, erfolgreiche Ernte angewiesen. Alle Frauen in der Stadt kümmerten sich um das Getreide, bearbeiteten das Korn, buken Brot und sorgten für die Speisen, weil die Männer nicht mehr auf die Felder gehen konnten; sie wurden ständig bei den Bauarbeiten gebraucht. Auch die Priester und all die schreibkundigen Beamten hatten alle Hände voll zu tun, um Aussaat und Ernte zu berechnen, das Einsammeln des Getreides zu kontrollieren und das Brot gerecht zu verteilen. Fruchtbar war das Ufer des Euphrat, und gut funktionierte das Bewässerungssystem in den Feldern, aber dennoch musste man Sorge tragen, dass die Ernährung auch ausreichte für die ständig wachsende Bevölkerung der Stadt. Beim Vieh genauso: Ein heißer Sommer, der länger währte als sonst, und das Gras würde fehlen, um all die Tiere zu ernähren und heranwachsen zu lassen, die Uruk benötigte.

Die Beamten gingen mit äußerster Sorgfalt vor, die Priester befragten täglich das Orakel, die Leber von Schafen und beobachteten die Sterne am Himmel, um jeder sich abzeichnenden Veränderung rechtzeitig vorbeugen zu können. Und dennoch konnte es geschehen, dass ein unerklärlicher Ratschluss der Götter allem die Fruchtbarkeit entzog, wenn man nicht täglich um ihre Gunst bat und auch an die alten Gesetze und Vorschriften dachte. Ganz ähnlich ging ja auch Ischtar vor. Ihr Tempel der Venus hatte vor allem die Aufgabe, durch die Verherrlichung der Fruchtbarkeit den Segen der Götter auf Uruk zu lenken. So stimmte Iluna, die Hohepriesterin und jüngste Verkörperung Ischtars auf Erden, sofort zu, als sie vom Ansinnen der Anupriester hörte. Eine symbolische Hochzeit war ganz nach ihrem Geschmack. Sie überlegte sich genau, wie sie es anstellen konnte, dass nur sie und Gilgamesch dafür in Frage kamen. Sie suchte in ihrer Bibliothek nach alten Gesetzestafeln, fand aber keine, die vorschrieb, dass der König sich mit der Hohepriesterin zu vereinigen hatte. Überall stand nur, er habe die freie Wahl, sich eine Partnerin auszusuchen. An einer anderen Stelle stand allerdings auch, dies müsse eine ›Ischchara‹ sein. Das war vertrackt. Eine ›Ischchara‹, also eine göttliche Schwester der Ischtar als Person gab es schon lange nicht mehr. Es konnte jede Frau aus Uruk eine Ischchara sein.

Darum hatten auch die Anupriester die Wiedereinführung des Rechts der ersten Nacht verlangt. Nach Ilunas Vorstellung war eine halbwegs echte Ischchara aber nur im Venustempel unter ihren Priesterinnen und Dienerinnen zu finden. Wie gern hätte sie jetzt mit ihren Mädchen getauscht! Ob es ihr gelingen könnte, für sich die Rolle der Ischchara zu erlangen? Sie befragte das Orakel und beriet sich sogar mit wohlüberlegten Worten, ohne ihre geheime Absicht zu verraten, mit Eschnunna, dem Oberpriester des Anutempels.

Das Orakel gab, so oft sie es auch befragte, keine klare Antwort. Ebenso wenig tat dies Eschnunna.

Wieder zog sich Iluna in ihre Gemächer zurück. Es gelang ihr einfach nicht, Gilgameschs Willen vorauszuberechnen. Wie zurückhaltend, beinahe abweisend er ihr gegenüber war! Und dann seine schwer einschätzbaren Ideen. Da war zum Beispiel die Sache mit jenem barba-

rischen Riesen, der aus den Bergen in die Steppe herabgestiegen und wegen dem die kleine Tehiptilla nun schon
so lange in der Wildnis unterwegs war. Ein schwer zu
berechnender Faktor!

Vielleicht war es überhaupt nicht so gut gewesen, ausgerechnet Tehiptilla zu senden, die Kluge, Geschmeidige,
eine ihrer engsten Vertrauten … Immerhin hatte Gilgamesch sie einmal zur Gespielin erwählt. Wenn sie hier
wäre, hätte sie vielleicht Einfluss auf den König ausüben
können. Aber nun war sie fort, den Barbaren nach Uruk
zu holen … Iluna wischte diese Gedanken energisch beiseite. Das Orakel hatte gesprochen, ihren Namen gewählt.
Das Orakel konnte nicht irren.

Die Hohepriesterin unternahm einen Vorstoß: Sie sandte eine Botschaft an Gilgamesch, in der sie um eine Unterredung bat, um mit ihm die bevorstehenden Feierlichkeiten zu besprechen. Noch am selben Abend suchte er
sie auf. Er war ihr gegenüber höflich und zurückhaltend
wie immer. Interessiert hörte er ihre Vorschläge an, die
den äußeren Ablauf betrafen. Schließlich fragte sie ihn
direkt: »Du hüllst dich in Schweigen, Gilgamesch, und
gibst nur sehr wenig von deiner Seele preis. Das mag ein
Vorzug sein für einen König, und es unterscheidet dich
deutlich von dem einfachen Volk, das nur allzu oft sein
Herz übervoll auf der Zunge trägt. Aber es macht es auch
schwierig, mit dir umzugehen. Gestatte mir daher einmal
eine direkte Frage: Bist du überhaupt bereit, dem Wunsch
der beiden Tempel zu folgen und die heilige Hochzeit zu
feiern?«

»Ich werde tun, was die göttliche Ordnung von mir
verlangt«, antwortete Gilgamesch. Eine geschickte, aber
untadelige Antwort.

»Du weißt auch, dass es Probleme gibt, eine Ischchara zu finden?«, fuhr Iluna fort. »Dem Anspruch der Tradition zu Folge müsste es eine Schwester der Ischtar sein, doch damit kann ich leider nicht dienen. Das Volk allerdings würde am liebsten sehen ...« – sie senkte ihre Stimme und beobachtete die Wirkung ihrer Worte auf den jungen Herrscher – »wenn du dich mit der Hohepriesterin verbändest, also mit mir. Davon versprechen sie sich am meisten. Es würde bedeuten, dass Anu, Ischtar und König für alle sichtbar zu einer Einheit werden. Es ist aber außer Frage, dass dir das letzte Wort zusteht, eine eigene Ischchara zu wählen. Was ist deine Meinung dazu?«

Gilgamesch schien nachzudenken, obgleich sie sicher war, dass er diese Frage für sich schon entschieden hatte. Dann antwortete er: »Wenn ich schon der Pflicht gemäß handeln muss und mir dabei die freie Wahl zusteht, dann möchte ich mich für das letzte entscheiden. Ich komme in den Tempel, ich werde die heilige Hochzeit vollziehen. Aber ich werde, wenn es an der Zeit ist, die Ischchara an Ort und Stelle bestimmen.«

»Der Zeitpunkt ist nahe«, sagte Ischtar, »für übermorgen Nacht hat der Kalender den Festakt bestimmt.«

»Ich weiß«, lächelte Gilgamesch unergründlich, »ich werde kommen und so handeln, wie es den Göttern und Menschen wohlgefällig ist.«

Mit diesen Worten und der Entschuldigung, dass er nun gehen müsse, um die Fertigstellung eines wichtigen Bauabschnitts der Mauer zu prüfen, verabschiedete er sich. Iluna begleitete ihn bis zur Vorhalle. Sie lächelte, aber innerlich war sie wütend. Gilgamesch erwies sich doch als ernsterer Gegner, als sie angenommen hatte. Sein Verhalten war korrekt, er bot keinerlei Angriffsmöglichkeiten, aber er nutzte den Spielraum; den ihm seine Macht verlieh, bis zur äußersten Grenze hin aus.

Der folgende Tag verlief im Venustempel mit Warten und allerlei Vorbereitungen auf das Fest. Auch in der Stadt machte sich Vorfreude breit. Die Leute hatten die Straßen und Eingänge ihrer Häuser mit frischem Grün aus den Gärten Uruks geschmückt. Die große, neuerrichtete Treppe von der Stadt zum Eanna war auf beiden Seiten mit Palmwedeln verziert. Hier hinauf würde der Herrscher, von musizierenden, blumenbekränzten Mädchen begleitet, zum Venustempel schreiten, und am Morgen nach der heiligen Hochzeit würde nur das Paar die Stufen hinab nach Uruk schreiten, um Fruchtbarkeit über Stadt und Land zu verbreiten.

Für Gilgamesch verging der Tag wie jeder andere zuvor. Er erschien früh vor seinem Zelt, beriet sich mit dem Stab seiner Baumeister, nahm Nachrichten entgegen, gab Befehle aus, die die *zu* leistenden Arbeiten betrafen. Dann ließ er die große Trommel schlagen. Während die Scharen von Arbeitern, Handwerkern und Hilfskräften zu ihren Baustellen strömten, um dort die abzulösen, die über Nacht am Werk gewesen waren, schritt Gilgamesch die beinahe vollendete Mauer ab. Überall sah er nach dem Rechten, stieg in Gruben hinein, kletterte auf Gerüste, sprach Ziegelbrenner und Maurer an, um sich nach dem Fortgang der Arbeiten zu erkundigen.

Er kam gegen Mittag zum Euphrat und besichtigte eingehend die Kaianlagen und die Festigkeit der aufgeschütteten Uferböschung, stieg auf ein Schiff, das Holz aus dem Norden herangebracht hatte, unterhielt sich mit dem Kapitän und der Mannschaft und verschwand am Nachmittag in den Gärten unterhalb des Eanna, wo ein zusätzliches, neuartiges Bewässerungssystem in Gang gesetzt war.

Bräunliches Wasser rann hier glucksend und schaumig durch Erdrinnen, die mit Ziegeln ausgelegt waren, in die Pflanzungen hinein, brachte in die entferntesten Winkel das lebenswichtige Nass.

Am Abend stieg er noch einmal die geschraubte Treppe hoch zur Spitze der Zikkurat, um Eschnunna zu besuchen, der höchstpersönlich in dieser Nacht die Position der Sterne am Himmel zu beobachten und zu deuten hatte.

»Verläuft alles zufriedenstellend, geht es in deinem Sinne voran?«, fragte der kahlschädelige Priester, als Gilgamesch zu ihm in den Ausguck kam.

»Ich hoffe, dass es nicht nur in meinem Sinne geschieht, sondern auch im Sinne der Götter, zum Segen des ganzen Landes«, antwortete Gilgamesch. »Ja, die meisten Bauten sind fest und stabil errichtet, die Arbeiten an den Bastionen neigen sich ihrer Vollendung zu. Auch die große Kornkammer ist fertiggestellt und kann nach der nächsten Ernte bereits so viel Getreide fassen, wie nie zuvor in Uruk gelagert wurde.«

»Dann bleibt nur zu wünschen, dass auch der Ertrag der Felder im gleichen Umfang wächst, kein Unwetter kommt und keine Dürre, die alles vernichtet.«

»Steht solches zu befürchten?«

»Kaum«, sagte Eschnunna, »die Planeten stehen günstig, und die heilige Hochzeit wird ihr übriges tun, Anu freundlich zu stimmen.«

Gilgamesch blickte in den Sternenhimmel der Nacht, wo es aus tiefschwarzem Samt heraus blinkte und glitzerte, als sprühten Funken aus einem Feuer. Alles ist durch unsichtbare Kraftlinien miteinander verwoben, steht in festem Gefüge, dachte er. Wie die Menschen im Staatswesen auch – vom erbärmlichen Bettler, der am Rande des Marktes lungert, um auf Almosen von den Reichen zu warten, bis hin zum König, der sich ebenso den Spielregeln der Gemeinschaft unterwerfen muss, die von ihm ein ganz bestimmtes Verhalten erwartet. Und doch fallen manchmal Sterne vom Himmel, jagen feuersprühend Kometen dahin. Vielleicht ist es auch so mit dem Buch des Schicksals beschaffen: Das meiste steht dort bereits geschrieben, und doch mag es leere Zeilen geben, die der Mensch selber durch freie Entscheidung ausfüllen kann – vorausgesetzt, er erkennt den richtigen Zeitpunkt für sein Handeln. Seltene Augenblicke im Leben waren das gewiss, daher galt es, stets wach zu sein, um sie erkennen zu können.

Gilgamesch entbot Eschnunna den Gruß, der ihm zustand und schritt hinab: die Zikkurat, den Eanna, die Straßen Uruks bis zu seinem Zelt, vor dem Soldaten der Garde Wache hielten. Lange noch lag er auf seinem Lager wach und dachte nach.

Den nächsten Tag verbrachte er ruhend und sich innerlich sammelnd. Am späten Nachmittag brachte man ihm den Mantel und die Zeichen der Würde. Zwei Priesterinnen salbten und ölten ihn, eine dritte stand mit dem Chor der Mädchen abwartend vor dem Zelt. Als Gilgamesch aufstand und die Plane beiseite schlug, setzten Zimbeln und Lauten ein, Tamburins, Flöten und die hölzerne Schnarre, die das Knattern des Windes in trockenen Palmblättern nachahmte.

Bedächtig ging der Zug durch die Stadt, die in erwartungsvoller Vorfreude lag. Männer und Frauen flankierten die Straßen, Kinder warfen Blüten auf den Boden, so dass der König wie auf einem weichen, duftenden

Teppich schritt. Vor den Treppenstufen zum Eanna standen Fackelträger bereit, den Weg der Prozession bis zu Ischtars Tor zu erhellen. Ernst und schweigend, vom jauchzenden Jubel der Mädchen umgeben, erreichte er den Tempel. Noch einmal wandte er sich um, das versammelte Volk zu grüßen. Dann betrat er das Heiligtum.

Das Tempelinnere duftete nach tausend Wohlgerüchen, Öllämpchen flackerten überall und warfen tanzende Schatten auf die Wände, welche die in den Nischen aufgestellten Tonfiguren zur Musik tanzen und zucken ließen. Am Altar wartete Iluna, die jüngste Verkörperung Ischtars auf Erden, von zwölf Priesterinnen in weißen, durchschimmernden Gewändern umgeben, mit Krügen und Schalen. Die kostbarste davon wurde ihm frisch gefüllt gereicht. Er trank das Wasser des Lebens.

Als er getrunken und die Schale abgesetzt hatte, fragte Iluna der Bestimmung gemäß:

»Wen, o glücklicher König, hast du als Ischchara zur heiligen Hochzeit gewählt?«

Und Gilgamesch antwortete mit fester Stimme: »Eine Dienerin deines Tempels ist es, o göttliche Ischtar. Die, die man Tehiptilla, die Geschmeidige nennt.«

Die Hohepriesterin zuckte zusammen, als habe sie der Stachel eines Skorpions gestochen.

»Tehiptilla?«, flüsterte sie mit zitternden Lippen. »Warum ausgerechnet die? Unmöglich ist es, sie zur Ischchara zu wählen, und traurig stimmen mich deine Worte, o König, denn die, die du meinst, ist nicht hier. Weder hier noch in Uruk.«

»Und wo ist sie?«, fragte Gilgamesch.

Da musste Iluna die furchtbare Wahrheit verkünden: »Sie ist es, die das Orakel bestimmte, den Barbaren aus der Steppe dir anzulocken.«

Da erbleichte Gilgamesch. Seine Wangen wurden weiß und sein Körper begann zu beben. »Das stimmt nicht«, flüsterte er, »du sprichst nicht die Wahrheit zu mir.«

»Doch«, erwiderte Iluna und begann, das ganze Ausmaß dessen, was geschehen war, zu ahnen, »warum sollte ich dich belügen? Verlangtest du nicht, dass ein Weib meines Tempels zu diesem Wilden hingeht, ihn mit ihren Reizen betört und zu dir führt? Nichts geschah, ohne dass es nicht dein Wille gewesen wäre.«

Gilgamesch wurde noch blasser und senkte den Kopf. Die Priesterinnen raunten ihm leise zu: »Das Gemach für die heilige Hochzeit ist dir bereitet. Das Volk und die Götter warten, o König. Bestimme du nun die Braut für dein Bett.«

Noch immer schwieg Gilgamesch, stand und hielt den Kopf gesenkt. Als er endlich den Kopf hob und Iluna ansah, glitzerten seine Augen in einem nie zuvor bei ihm wahrgenommenen Glanz.

»Dann will ich die Wahl treffen, Göttin. Eine Wahl, die allen recht ist und alle erfreut: Sei du meine himmlische Braut für diese Nacht, Iluna, sei mir Ischtar und Ischchara zugleich.«

So wie zuvor der König erbleicht war, so flammte nun jäh das Antlitz der Hohepriesterin auf. »Wenn das dein Wunsch ist, o König, dann will ich mich nicht verweigern, dann soll es auch so geschehen.«

Seite an Seite gingen sie zur inneren Säulenhalle, wo hinter einem Vorhang das blütengeschmückte Lager für sie bereitstand. Bevor sie dort eintraten, legte Iluna ihr kostbares Kleid ab und enthüllte ihren alabasterfarbenen Leib. Betörend nackt stand sie vor Gilgamesch, dem Priesterinnen nun den Mantel abstreiften und ihn entkleideten. Sie stiegen ins Bett der heiligen Hochzeit, dann schloss sich der Vorhang hinter ihnen und hüllte sie in Dunkelheit ein.

Niemand erfuhr später genau, was sich tatsächlich in jener außergewöhnlichen Nacht abspielte. Nur das Volk machte sich einen eigenen Reim darauf, als sie am nächsten Morgen aus dem Tempel traten, um den Weg hinab in die begeisternd jubelnde Stadt anzutreten: Leichenblass, beinahe wie krank, wirkte der König, in tiefen Höhlen irrlichterten seine Augen, während Ischtar schön und strahlend wie das Venusgestirn selbst aussah, als sie Hand in Hand die Treppe hinabgestiegen kamen.

Gerade noch rechtzeitig zu Beginn des Festes erreichte der Zug der Gaukler die Stadt. Die Menschen Uruks waren in Scharen unterwegs, jung und alt hatte sich in die besten Gewänder gehüllt, und die Karren hatten Mühe, sich einen Weg durch die Straßen zu bahnen.

Am Rande des Marktplatzes hielt der Wanderzirkus an und begann, mit Seilen, Netzen und bunten Vorhängen seine Wunderwelt aufzubauen. Tehiptilla und Enkidu stiegen aus und sahen sich das Gewimmel der aus allen Richtungen zusammenströmenden Menschen an. Als sie bei einer Gruppe von Leuten standen, hörten sie eine Frau über die heilige Nacht erzählen. Tehiptilla sprach sie an: »Verzeiht Frau, wir haben soeben erst Uruk erreicht und wissen wenig über das, was geschah. Was feiert ihr für ein Fest?«

»Die heilige Hochzeit«, plauderte die Frau aufgeregt darauf los. »Gilgamesch, unser stolzer König, hat sich mit der Herrin der Venus vermählt. Ein schönes Paar ist das, kann ich euch sagen. Sie eine strahlende Blume, und er die Kraft in Person. Sie steigen hinab vom Eanna, die Felder zu segnen. Bald müssen sie hier sein. Ihr werdet mit eigenen Augen sehen, dass ich nicht übertreibe, wenn ich sage: Nie gab es in Uruk ein glanzvolleres Paar.«

Tehiptilla erbleichte und sah sich hilfesuchend nach Enkidu um. Der stand in einer Meute staunender Bürger, auf die seine imposante Barbarenstatur sichtlichen Eindruck machte.

»Er gleicht an Gestalt dem Gilgamesch«, hörte sie tuscheln, »aber er ist größer an Wuchs und unglaublich stark. Er weiß nicht, wohin mit seiner Stärke. Seht nur seine Muskeln am Arm, sie quellen hervor und scheinen vor Kraft fast zu bersten. Vielleicht ist er ein Atlas, einer, der Berge auf seine Schultern zu heben vermag. Oder ein Zirkusgeselle, der Ketten zersprengt und mit bloßen Händen Steine zertrümmern kann.«

Enkidu vernahm das Geraune und genoss es, im Mittelpunkt aller Augen zu sein. Scherzweise hob er ein schweres hölzernes Wagenrad mit ausgestreckten Armen empor und ließ es hochspringen, als sei es ein zierliches Körbchen aus Binsengeflecht. Schon gab es einen, der Wetten ausgab, wieviel Schekel Gewicht er wohl auf den Fingerspitzen zu balancieren vermochte.

»Komm schnell«, sagte Tehiptilla, »lass uns zur Mitte des Platzes gehen, vielleicht, dass wir dort mehr sehen können als hier.«

Unterwegs traf sie Sasa, ihre Freundin aus dem Tempel, die festlich gewandet unter dem Volk schritt.

»Sasa, Sasa«, rief sie, »Schwester meines Herzens, wie lange haben wir uns nicht mehr gesehen!«

Die beiden jungen Frauen fielen sich in die Arme und küssten sich. »Du bist auch lange fort gewesen«, sagte Sasa, »fast dachte ich, du kommst nicht mehr wieder und bleibst in der Steppe bei diesem Barbaren.« Mit einem scheuen, aber bewundernden Seitenblick betrachtete sie Tehiptillas Begleiter, dessen Schultern sich hoch über die anderen reckten.

»Sasa, liebe Sasa«, sagte Tehiptilla und weinte ein wenig, »was glaubst du, was mir alles in der Zwischenzeit widerfahren ist. Es hätte gut sein können, ich wäre nie mehr nach Uruk zurückgekommen, hätte ich nicht beständig darauf gedrängt. Ich muss dir bei Gelegenheit alles in Ruhe erzählen. Doch dafür sind mir im Augenblick die Sinne zu verwirrt, denn ich mag einfach nicht glauben, was ich soeben gehört habe. Nämlich, dass Gilgamesch dem Werben der Ischtar erlag. Sag du mir, Freundin, wie alles wirklich passiert ist.«

»Nun«, antwortete Sasa und senkte ihre Stimme zu vertraulichem Flüstern, »damit du gleich das Wesentliche erfährst: Nicht Gilgamesch ist es, der dem Werben der Göttin erlag, sondern er hat sie selbst im Tempel zur Ischchara erwählt. Doch bevor er das tat, das solltest du wissen, stand sein Sinn nach einer ganz anderen Braut. Ich stand in der Nähe und hörte seinen Wunsch mit eigenen Ohren. Einen Tag bist du zu spät gekommen, Tehiptilla, denn dich wollte er zu seiner Ischchara machen. Doch du warst unerreichbar fern. So nahm er die Ischtar.«

Tehiptilla erbleichte noch mehr. »Aber ... er hat mich doch in die Wildnis geschickt, um Enkidu zu holen. Wusste er nicht mehr davon?«

»Doch«, sagte Sasa, »er hat den Bericht des Jägers gehört und ihn reichlich entlohnt dafür. Er wusste, dass ein Mädchen des Tempels unterwegs war. Was er aber nicht wusste, war, dass das Orakel dich dafür auserkoren hatte. Er wähnte dich hier in Uruk und erschrak, als er die Wahrheit vernahm.«

»Und mich wollte er zur Ischchara machen, ausgerechnet mich?«, stammelte Tehiptilla.

»Ja, und die Macht dazu liegt bei ihm, er hat das Recht, jede Frau aus Uruk zu wählen. Du warst der erste Name, den er nannte, ich habe es deutlich gehört. Und ich sah auch, wie die Nachricht von deiner Abwesenheit ihn traf. Fast taumelte er, so wenig war er darauf gefasst. Wenn du mich fragst, so hat er Iluna nur zur Ischchara genommen, um der Pflicht genüge zu tun und dem Volk das lang erwartete Fest zu gönnen. Iluna nahm er, aber mit dem Herzen wollte er dich. Er sucht auch nach dir, überall lässt er Ausschau halten, ob du nicht endlich zurückkommst.«

»Im Tor saßen wir auf dem Wagen der Gaukler, man hat uns für fahrendes Volk gehalten«, flüsterte Tehiptilla mit bebenden Lippen, »o Sasa, du weißt nicht, wie schwer mir zumute ist. Stütze mich, liebe Schwester, ich sehe Schleier vor den Augen und fürchte, jeden Moment in die Erde zu sinken.«

Enkidu, der dicht bei ihnen gestanden und jedes Wort mitbekommen hatte, ohne indes den Sinn ihrer Rede auch nur annähernd zu verstehen, wurde wütend.

»Gilgamesch, immer nur Gilgamesch!«, schrie er, »alle reden von ihm, als ob er ein Gott sei. Dabei wird er vor mir, treffe ich ihn erst, in den Staub sinken, der Wurm. Was nimmt er sich heraus, nach allen Frauen zu greifen, was sucht er nach dir, Tehiptilla, und mit welchem Recht? Hast du nicht mit mir an der Wasserstelle gelegen und mit mir gespielt, dass es uns beiden eine Lust war?«

»Gilgamesch ist der König«, sagte Tehiptilla, »alle Frauen des Landes sind ihm untertan.«

»Du nicht!«, brüllte Enkidu so laut, dass die Leute erschrocken die Köpfe wandten. »Du nicht, und ich bin auch nicht sein Diener! Wo ich geboren wurde, war ewiger Frühling. Ich stieg wie ein Adler aus den Bergen herab und saugte die Milch vom Getier. Ich war in der Steppe zu Hause, ein freies Wesen unter freiem Himmel, und ich lache über das Recht eines jeden Königs. Kommen soll er, der brünstige Wildstier, und seinen Mut an mir messen, damit ich ihm zeigen kann, was ein freier Mann davon denkt. Den Arm werde ich ihm brechen, den Brustkorb zerquetschen und seine Stimme zum Winseln bringen. Hier, auf diesem Platz, werde ich den Wurm, der sich König nennt, in den Staub zwingen und die Erde vor mir küssen lassen. Weg da, ihr Leute, glotzt nicht so dumm wie Lämmer, die auf den reißenden Wolf warten. Gebt den Weg frei für Enkidu, den stärksten Mann der Welt!«

Mit diesen wüsten Drohungen stieß er die Menge auseinander und strebte mit weitausholenden Schritten zum Markttor, wo er einen Zug festlich gekleideter Menschen herankommen sah. Sasa wollte ihm nacheilen, um ihn von seinem Wahnsinn abzuhalten, doch sie musste zurückbleiben, um sich um Tehiptilla zu kümmern, die mit einem leisen Aufschrei zu Boden gestürzt war. Enkidu gelangte zum Tor und erkannte Gilgamesch, den er nie zuvor gesehen hatte, sofort. Er stellte sich mitten auf die Straße und versperrte dem König den Weg.

»Bist du König Gilgamesch, vor dem die Menschen weit und breit zittern wie verprügelte Hunde?«, rief er ihm zu. »Komm näher, versuch ruhig, das Tor zu passieren, so wirst du meine Stärke zu spüren bekommen und eine gehörige Tracht Prügel bekommen, damit du weißt, was es bedeutet, einen Sohn der Steppe zum Gegner zu haben!«

Gilgamesch rührte sich nicht von der Stelle und sah Enkidu aufmerksam an. Das Volk scharte sich ringsum in aufgeregten Haufen, Soldaten der Leibwache traten vor und griffen zu den Waffen. Doch auf einen Wink des Königs hin hielten sie inne und blieben abwartend in Bereitschaft. Oder war es mehr Enkidus drohender Blick, der sie lähmte? Wie ein Unhold sah er aus, ein wild schnaubender Kampfeber, ein Wolf- und Löwenbezwinger.

»Ein Held aus Anus Gebirge kam in unsere Stadt«, flüsterten sie.

»Gilgamesch ist stärker«, flüsterten andere, »unser König wird den Barbaren der Steppe bezwingen.«

Sie standen sich gegenüber und musterten sich mit prüfenden Blicken. Gilgamesch machte einen Schritt auf das Tor zu, das Enkidu breitbeinig sperrte. Da ging auch Enkidu zum Angriff über. Direkt vor dem Tor trafen sie aufeinander. Mit Urgewalt prallten sie zusammen, packten sich und begannen zu ringen.

Brust an Brust rangen sie und gingen wie Wildstiere in die Knie. Staub wirbelte auf, der Türpfosten ging zertrümmert zu Bruch und die Wand erbebte von der Macht ihres Ringens. So ging es wohl eine halbe Stunde lang, ohne dass der eine dem anderen den geringsten Vorteil abzwingen konnte. Die Knie am Boden und die Füße scharrend ins Erdreich gestemmt kämpften sie ineinander verbissen wie Riesen, die sich vernichten wollen. Schweiß rann über ihre Stirnen, die Adern der Schläfen schwollen hervor und ihr Atem ging keuchend.

Jetzt gelang es dem Barbaren, Gilgamesch seitlich mit einem machtvollen Hebelgriff seiner Beine zu Fall zu bringen. Längst war das kostbare Gewand des Königs zerrissen und hing in Fetzen an ihm herab. Enkidu lag über ihm und hub mit seinen Fäusten wie mit einer Axt auf den Gegner ein. Laut schrie das Volk auf. Es sah aus, als würde ihr König von dem wüsten Barbaren zerschmettert.

Aber Gilgamesch gab keineswegs auf. Er hatte den jähen Ausfall unbeschadet überstanden und fing nun geschickt mit dem Arm die Schläge des anderen ab. Dann aber packte er seinerseits zu. Mit ungeheurer Anstrengung warf er sich herum und kam nun seinerseits oben zu liegen. Noch immer hielt er den Leib des Riesen gepackt. Jetzt – ein schriller Aufschrei ging durch die dichten Reihen der Zuschauer – hob er ihn sogar hoch, stemmte ihn mit beiden Armen empor und trug ihn taumelnden Schrittes über die Schwelle des Tors. Dort brach er unter seiner Last zusammen. Da lagen sie beide, vor Erschöpfung keuchend, ineinander verkrallt.

Gilgameschs Zorn aber war verraucht, er hatte sein wütendes Feuer verbrannt und erblickte nun im Gesicht des anderen das Bild eines Freundes. Die Träume mit dem schweren Gestirn und dem Beil, die er kaum zu heben vermocht hatte, waren in Erfüllung gegangen. Nun sollte auch der erste Traum, der mit dem Löwen, in Erfüllung gehen. Gilgamesch lachte, lachte lauthals, aber nicht voller Stolz oder Häme, nein, es war das kraftvolle Lachen des roten Löwen, das da aus ihm fuhr. Und auch Enkidus Antlitz zuckte, seine Augen blitzten, funken überraschter Erkenntnis blinkten daraus hervor, seine Mundwinkel begannen zu beben, und schließlich lachte auch er, saß brüllend vor Lachen vor Gilgamesch im Sand und lachte sich frei. Sie umarmten einander wie Freunde, die sich nach langer Trennung endlich wiedergefunden hatten, küssten sich und schlossen auf ewig unverbrüchliche Freundschaft.

Als sie aufstanden und sich gegenseitig den Staub von den zerfetzten Kleidern klopften, jubelte das Volk auf, denn es spürte instinktiv, dass sich hier etwas wahrhaft Großes abgespielt hatte. Zwei Helden besaß Uruk nun: einen unbezwingbaren König und einen, der an Kraft ihm gleich war.

Gilgamesch aber rief laut über den Platz: »Seht, das ist Enkidu, mein Freund, den ich zum Bruder nehme! Der Stärkste im Lande ist er, gewaltig wie die Feste des Anu. Niemand vermag, ihm standzuhalten, alle Fürsten der Welt überragt seine Kraft. Er ist jener, dessen Erscheinen von drei Träumen angekündigt und von Ninsum, der weisen Mutter, mir prophezeit wurde. Erweist ihm nun alle Ehre!«

Da steigerte sich das Fest zum Gipfel der Freude. Musik kam auf, und zu Ehren der Göttin Ischtar tanzten die Mädchen so lange auf der Straße, bis keiner mehr ruhig beiseite bleiben konnte und sich ins ausgelassene Treiben fallen lassen musste. Auch der Zirkus war nun soweit und eröffnete sein Programm. Es gab ein gewaltiges Schieben, Hin- und Herströmen und Gaffen in der Menge. Das Mädchen balancierte auf dem Seil quer über den Marktplatz, der Mann mit dem Tanzbären trat auf und mit ihm all die Gaukler, der Schlangenbeschwörer, der Feuerschlucker, die dickleibige Bauchtänzerin, die Zwerge und die lautespielenden Affen, und zwischen ihnen trat Sinnunni, der Schreiber und Dichter auf, um in den Pausen seine neuen Verse und Hymnen zu rezitieren. Der Geruch vieler gebratener Hammel hing wie eine fettige Wolke über der Stadt und wetteiferte mit dem Duft der verstreuten Blumen, mit verbrannten Kräutern und dem betörenden Moschus, der aus dem Inneren der Tempel strömte.

Gilgamesch und Enkidu aber, die frische Gewänder umgelegt hatten, schritten Arm in Arm durch die Stadt, das Fest ihrer Begegnung auf besondere Weise zu feiern.

Am Abend trat Gilgamesch im Egalmach vor Ninsum, die weise Mutter.

»Mutter, ich bringe dir Enkidu, von dem die drei Träume mir erzählten und Zeichen gaben, die du mir gedeutet hast. Ein Sohn der Steppe ist er, in den wilden Bergen geboren und so gewaltig an Kraft, dass ich ihm beinahe im Ringkampf erlag. Wie in den Träumen das Himmelsgestirn und das Beil konnte ich ihn auf dem Markt ein kleines Stück heben, aber nicht weiter tragen als bis an die Mauer. Da wir uns erkannt und nun Freundschaft geschlossen haben, bringe ich ihn zu dir, damit du ihn als meinen Bruder annimmst, wie du mich einst angenommen hast.«

Die weise Ninsum, die mit zunehmendem Alter immer sonderlicher geworden war, hob kaum den Kopf. Sie saß am Fenster, schien zu schlafen oder hinaus in die weite Ebene zu starren oder beides zugleich. Das Spinnwebengewirr ihrer weißen Haare hing strähnig herab und rahmte ihren hageren Schädel ein, der aussah wie verwittertes Holz oder Stein. Zu lange hatte sie schon gelebt, war zu lange allein gewesen und brachte allmählich die Zeiten durcheinander. Da kam es vor, dass sie nach Lugalbanda, ihrem verstorbenen Gatten, rief und den Dienerinnen ge-

genüber so tat, als sei sie noch immer Königin von Uruk.
Manchmal glaubte sie, Lugalbanda unten im Garten wandeln zu sehen; dort stand er, wie er es zu Lebzeiten getan,
unter den Palmen, beugte sich vor, um an den Kelchen
duftender Blumen zu riechen, oder er schritt langsam,
gemessenen Ganges die niedrige Ummauerung ab, um
dabei die Stadt zu betrachten. Ja, er war ein großer, weit-
herziger König, einer, der es verstand, mit dem Herzen zu
denken und mit den Sinnen zu sprechen. Frieden, nicht
Eroberung war sein oberstes Ziel, und schön waren die
Tage und Nächte mit ihm. Wenn er dann am Ende der
Mauer angelangt war, hob er manchmal den Kopf und
nickte Ninsum zu, winkte ihr kurz mit der Hand herauf.
Und jedes Mal zuckte Ninsums Hand, um zurückzu-
winken.

Aber sie zögerte damit und rief ihm stattdessen angstvoll zu: »Geh nicht, Lugalbanda, jetzt noch nicht. Warte,
warte bei mir.«

Doch nie erreichten ihn ihre Worte. Dann verschwand
seine Gestalt um die Ecke, und Ninsum beugte sich heftig
vor, um wenigstens noch seinen Schatten zu sehen, bevor
auch der aus ihrem Blickfeld verschwand.

»Trink nicht, Lugalbanda«, flüsterte sie dann, »lehn ihn
ab, diesen Becher, den Dumuzi dir reicht. Komm zurück,
mein Geliebter.«

Aber der Garten war leer, und lange saß sie, um auf
die Ebene zu starren, wo er vielleicht wieder auftauchen
konnte. Er oder ein anderer, der etwas von ihm wusste.
»Hah«, sprach sie dann überraschend nach Stunden des
Schweigens, »warum hast du selbst nicht gleich diesen
ersten Becher getrunken, Dumuzi, und so lange auf den
zweiten gewartet? Viel, viel wäre uns allen erspart geblieben.«

»Hörst du, Mutter, was ich sage?«, klang Gilgameschs Stimme an ihr Ohr. Gilgamesch, ihr geliebter Sohn. Ein Lächeln floss über ihr Gesicht in die Runzeln und Furchen, die Glück und Schmerz darin eingegraben hatten.

»Gilgamesch … hast du mir wieder einen Traum zu berichten?«

»Nein, keinen Traum diesmal, sondern Wirklichkeit«, sagte Gilgamesch, »ich bringe Enkidu, meinen Freund und Bruder zu dir.«

Jetzt erst fiel der Blick der Alten auf die Gestalt des Barbaren. Sie zuckte zusammen vor Schreck und starrte mit weit aufgerissenen Augen.

»Was ist dir, Mutter?«

»Das, Sohn … ist nun die andere, verborgene Hälfte von dir …?«, flüsterte sie mit tonloser Stimme.

»Aber Mutter«, warf Gilgamesch ein, »warum bist du so streng?«

Und bitterlich begann er zu klagen: »Schau, Enkidu hat weder Vater noch Mutter gehabt, sein Haar wurde niemals geschnitten. Er ist in der Steppe aufgewachsen, wo Not und Gefahren herrschen und niemand für seine Erziehung sorgte. Sein Benehmen ist ungestüm und wild, nicht von der Art, wie es bei den feinen Leuten Uruks üblich ist. Aber sein Blick ist standhaft und sein Herz das eines wahrhaften Freundes. Stoße ihn nicht zurück, Mutter. Wie ein Bruder ist er mir. Ich kannte ihn schon, bevor ich ihn sah; seit ich Kind war, träumte ich von so einem Freund und Berater, der mir durch alle Gefahren hilft. Gib ihm den Segen, Mutter.«

Enkidu stand dabei, er hörte Gilgameschs Worte, und seine Augen füllten sich mit Tränen. Es wurde ihm weh zumute, als er sah, wie Gilgamesch beides wichtig war: die Freundschaft zu ihm und die Bindung zur Mutter.

Und er, der keinerlei Bildung erfahren hatte und wenig wusste über die Kompliziertheit der menschlichen Herzen, erfasste mit einem Blick, dass er in Bereiche eingedrungen war, die er aus eigener Kraft niemals erreicht hätte. Aus dem Nichts war er gekommen, er hatte nichts erwartet und dafür alles gefunden. Und nun, da er so weit war, stand er am Wendepunkt seines Lebens und mit ihm Gilgamesch. Weh war ihm zumute und er bemühte sich, von diesem neuen Gefühl nicht übermannt zu werden.

Da fasste ihn Gilgamesch und zog ihn mit sich zu Boden vor die Füße der weisen Mutter. Er berührte zärtlich die Stirn des Freundes und fragte: »Warum sind deine Augen mit Tränen gefüllt, Enkidu, haben dich meine Worte verletzt?«

Enkidu antwortete: »Deine Worte, Gilgamesch, trafen wie Feuer in meine kalte Seele hinein. Sie berührten mich durch und durch, sie machten meinen Nacken steif, meine Arme sind erschlafft und meine Kraft ist geschwächt.«

Da sagte Gilgamesch: »Nicht lange, mein Freund, dann wird deine Kraft wiederkommen und dir Mut einhauchen und der Kampfeswille wird dir im Auge blitzen. Lass uns zusammen auf Abenteuer gehen, gemeinsam die Welt bereisen, die Lande durchmessen und mancherlei Gefahren bestehen. Du wirst sehen, dass dies die beste Medizin gegen deinen Kummer ist.«

Als die alte Ninsum sie so reden hörte, musste sie doch lächeln. Gewiss, das absonderliche Äußere des Barbaren hatte sie erschreckt, und zuerst hatte sie geglaubt, statt eines Menschen aus Fleisch und Blut ein Untier aus Bart, Haaren und Muskeln zu sehen. Aber dann wurde auch sie der Tränen in den Augen des Fremden gewahr und spürte das Leid dieses Wesens, das elternlos in der rauen Steppe aufgewachsen war und sich nun als Wunschbild ihres Lieblingssohnes Gilgamesch entpuppte. Tief blickte sie in die Seelen der beiden und wurde ängstlich und verwirrt von dem, was sie da sah. Da nahm sie sich vor, nur noch Mutter zu sein und über den Dingen zu stehen, über dem, was allzu nah und oberflächlich ist, und dem, was allzu tief und daher unergründbar.

Beide Hände streckte sie aus und legte die Rechte auf Enkidus und die Linke auf Gilgameschs Stirn und sagte, wobei keiner wusste, ob ihre Worte rituell gemeint waren, ob sie ihrer Verwirrung entsprangen oder womöglich der Wahrheit entsprachen: »Gilgamesch, Sohn Lugalbandas und Beherrscher Uruks, und du, Enkidu, du Gegenpart, der unbekannter Wildnis entsprang, linke und rechte Hälfte des gleichen Wesens, seid als Freunde, als Brüder vereint nun, freundet euch an, entdeckt das Wahre in euch, ein jeder im anderen, und teilt es euch mit, lebt so, als wäret ihr Teile eines einzigen Körpers.

Nimm den Segen Ninsums entgegen, Enkidu. Du bist mein Sohn, und heute habe ich dich geboren. Deine Mutter bin ich, und dieser da ist dein Bruder. Euer Vater ist tot. Lugalbanda ging, obgleich ich ihn warnte davor, und kehrte niemals zurück. Auch du wirst gehen, Gilgamesch, und du, Enkidu, aber nicht zum Sterben, sondern zum Spiel. Man sieht es euch an, wie es in eurem Innern vor Tatendrang fiebert. Und ihr werdet zurückkommen und viel zu berichten haben, wie einer für den anderen und der andere für den einen stand. Nehmt also den Wunsch von eurer alten Mutter mit auf die Reise, dass ihr alle Abenteuer heil übersteht, nicht wider die Götter frevelt und gut mit den Menschen umgeht, die weniger Macht besitzen als ihr und eures Schutzes bedürfen. Wollt ihr dies tun?«

Gilgamesch gelobte es und Enkidu senkte gleich ihm dem Kopf vor der Mutter.

»Heute im Kampf habe ich meinen Bruder gefunden«, sagte er feierlich, »und im Frieden danach meine Mutter. Er ist mein Freund, er kann sich auf mich verlassen. Nie werde ich ihn im Stich lassen. Was uns auch begegnen mag – ich bringe ihn sicher heim, Mutter, zu dir.«

Da beugte sich Ninsum vor und küsste dem Barbaren die Stirn. Als sie den Egalmach verließen und durch den dunklen Park schritten, glaubte Ninsum, die ihnen vom Fenster aus nachblickte, an der Mauer einen dritten, flüchtigen Schatten zu erkennen, der den beiden bis zum Mauerwinkel gegenüber der Zikkurat nachschlich. Sie hob die Hand, um zu winken. »Lass sie gehen, Lugalbanda, lass sie, sie finden schon ihren eigenen Weg«, wollte sie rufen. Doch dann dachte sie daran, dass er es besser wusste als sie. Jetzt, nachdem er den Becher getrunken hatte.

Ging er nicht zwischen den Welten spazieren, konnte er nicht nach beiden Seiten blicken? Zittrig ließ sie die Hand sinken. Dunkelheit kam, erfüllte gänzlich den Garten, als sich eine Wolke vor den Mond schob, und schluckte alle Schatten, die sich noch im Garten befanden. So blieb es eine Zeitlang, wie es die Art solcher Nächte ist, in denen Marduks Mantel tief über der Welt hängt und das Leben geheimnisvoll und unerklärlich macht. Dafür leuchteten jählings schwankende Sterne auf, ein Millionenheer leuchtender Punkte. Es war wie das Flimmern im Auge, wenn man zu lange hinaus in die Ebene starrt.

Enkidu fühlte sich nach diesem Erlebnis bei der Mutter wie neu geboren, und Gilgamesch erging es ganz ähnlich: Abenteuerlust durchflutete ihn, hob seinen Geist zu kühnen Gedanken, berstend voller Energie fühlte er sich. Jetzt, da er einen wirklichen Freund gefunden hatte, vertraute er sich ihm an:

»Im fernen Nordwesten, so sagen die Weisen, gibt es ein Land, das Libanon heißt, und ein Gebirge, das Hermon heißt. Zu seinen Füßen breitet sich Wald aus, unermesslich in seiner Größe und voll von Zederngehölz. Ich erfuhr es vom Gesandten aus Nippur, die dem Gott Enlil huldigen und ihm einen hölzernen Thron gebaut haben. Er bestätigte mir: Aus jenem Wald holen sie das kostbare Holz. Aber nicht genug, um damit Handel zu treiben. Das ist der Grund dafür, warum es in Uruk so wenig hölzerne Gegenstände gibt. Fasriges Palmholz und Stämme vom östlichen Ufer des Tigris oder auch vom Süden her über das Meer, das gibt es. Doch nichts ist vergleichbar mit der Stärke und der feinen Maserung des Zedernbaumes. Und weißt du, warum der Fürst von Nippur nicht genug davon bekommt, um damit zu handeln? Weil ein schrecklicher Unhold den Wald bewacht, Chumbawa genannt. Alles Böse hat er um sich versammelt und verwehrt den Leuten den Zutritt zum Wald. Lass uns ausziehen, Enkidu, um ihn zu töten, das Böse aus jenem Land zu vertreiben und Zedern zu fällen, soviel wir nur können. Was hältst du davon, Enkidu, mein Bruder?«

Enkidu erschrak, als er den Plan des Freundes vernahm.

»Du weißt nicht, was du da redest, Gilgamesch«, sagte er, »für dich ist es nur ein Ungeheuer, das es zu bezwingen gilt. Aber glaube mir: Chumbawa ist weitaus mehr als das.«

»Woher weißt du das?«, wollte Gilgamesch wissen.

Da sagte Enkidu: »Man mag mich für einen Barbaren halten, der wenig versteht von dem, was die Menschen berührt, der keine Bildung hat und bestimmt nicht weise zu nennen ist. Aber dennoch habe ich in der Steppe ein Wissen gesammelt, von dem deine klugen Bücher nicht sprechen, deine Ratgeber nichts ahnen. Ich erfuhr viel, als ich mit dem Getier in der Wildnis lebte, und lange, lange bin ich durch die Steppe gewandert. So kam ich auch einmal durch die Wüste bis ganz dicht hin zu jenem Ort, von dem du sprichst, und ich sah jenseits der Dürre ein grünes, fruchtbares Land. Soweit das Auge reicht, liegt da ausgebreitet ein unberührter Wald. Aber ich ging nicht hinein, denn vom Wild vernahm ich, dass ein Fluch darüber lastet, der die Sinne vergiftet und jedem Wahnsinn bringt, der sich nähert. Selbst die Adler wagten nicht, dorthin zu fliegen. Sie sagten mir, dass dort der Chumbawa haust, der auf zehntausend Doppelstunden das Rauschen seines Waldes vernimmt und jeden Eindringling hört, der herankommt. Wer würde da unbemerkt ins Innere seines furchtbaren Reiches gelangen? Chumbawa – das ist der Schrecken, für den es keinen Namen mehr gibt. Sein Brüllen ist Zornflut, sein Rachen ewig brennendes Feuer und sein Hauch verbreitet den Tod. Weswegen willst du also ein solch unerhörtes Abenteuer wagen? Niemand hat jemals den Chumbawa erreicht. Man kann nicht den Kampf um seinen Wohnsitz bestehen.«

Gilgamesch lachte leichthin. »Du übertreibst, Enkidu, du machst dir unnötige Sorgen. Sieh, auch die Leute von Nippur schlagen dort Holz, ohne ihr Leben zu verlieren.«

»Ja, das kann sein, dass sie am Rande des Waldes einige Bäume fällen, das schon. Aber nie, nie sage ich dir, haben sie sich tiefer gewagt, und keiner, der mit dem Leben davongekommen ist, ist jemals dem Chumbawa begegnet. Warum willst ausgerechnet du so etwas wagen?«

»Weil ich grundsätzlich keine Märchen glaube«, antwortete Gilgamesch, »und mich nicht schrecken lasse von dem, was sich die Menschen in ihrer Angst erzählen. Es gab hier in Uruk eine verzauberte Eiche, vor der die Leute sich fürchteten und sie nicht anzurühren wagten, weil es hieß, in ihrem morschen Wurzelwerk säße eine dämonische Schlange. Ich habe beides mit eigenen Händen berührt, die Eiche habe ich ausgerissen und daraus eine Trommel geschnitzt, und es war Holz, gutes, sauberes Holz. Die Schlange habe ich beiseite geschleudert, und es war kein Dämon, sondern eine einfache Sumpfschlange, wie sie häufiger vorkommt. Aberglaube, sage ich dir, nichts als Aberglaube ist es, was die Leute davon abhält, wirklich große Taten zu wagen. Auch will ich nicht wie die Feiglinge aus Nippur mich nur heimlich an den Rand des Waldes wagen, um einige dürre, leicht zu fällende Bäume zu schlagen – nein, ich will die besten Zedern, die besten! Ich will den Berg besteigen, der im Herzen des Waldes liegt. Zum Wohnsitz Chumbawas will ich ziehen, mit Äxten und guten Schwertern bewaffnet, und ihn herausfordern, dass es eine Freude ist. Hast du etwa Angst, Enkidu? Du kannst ja hier im umwallten

Uruk bleiben, es dir wohlergehen lassen und abwarten, bis ich mit Ruhm und Reichtum beladen zurückkehren werde.«

Enkidu verzog gekränkt das Gesicht. »Du verstehst mich falsch, Gilgamesch«, sagte er. »Nicht ich bin es, der Angst hat – alle Welt hat Angst vor Chumbawa, und davon rede ich. Niemand hat je sein Gesicht gesehen, und doch erzählt sich das Wild Schreckliches davon. Ein Dämon ist er, er soll im Besitz der Ängste sein, die er hütet wie Hirten ihre Schafherde. Wenn er will, lässt er sie frei, und sie springen alles an, was sich nähert, und sie lähmen den Kopf und den Arm. Und wie sollten wir auch jemals in den Wald gelangen? Sein Wächter ist Wer, der Wettergott, der überaus stark ist und sich niemals zur Ruhe begibt. Er schläft nicht, er schlummert nicht, er sieht alles und packt erbarmungslos zu. Und dann gibt es außer ihm noch Adad, das Gespenst, das die große, sprechende Zeder bewacht. Es wurde von Chumbawa zum Schrecken bestimmt für alles, was lebt. Wer in den Wald hinabsteigt, den rührt Adad an und bannt ihn mit Lähmung. Nein, Gilgamesch, du magst mutig sein und ein Held in Uruk unter den Menschen. Aber was weißt du davon, was die Tiere bewegt? Die stärksten von ihnen, Löwe, Adler und Wolf erzittern, wenn sie an Wer und Adad denken, die doch nur kleine Gehilfen von Chumbawa, dem Entsetzlichen, sind.«

»Du machst mich mit deinen Worten nur noch neugieriger«, sagte Gilgamesch. »Dämonen, Geister, Gespenster sind etwas, das alte, gebrechliche Leute ängstigt, die schon vor jedem Schatten erschrecken und einen großen Bogen um die Begräbnisfelder tun, um nicht an ihr eigenes Ende erinnert zu werden. Das aber, Enkidu, sind Dinge, die mich wenig berühren, denn ich bin erst ganz am Anfang meines Weges. Einmal konnte ich kurz einen Blick in das Buch des Schicksals tun, und er verhieß mir, dass mir Großes bevorsteht, wenn ich es nur wage. Wer, mein Freund, könnte zum Himmel aufsteigen gleich einem, der Unsterblichkeit fand? Nur die Götter thronen ewig mit Schamach am Himmel und steigen herab, wann immer es ihnen gefällt. Die Tage der Menschen aber sind gezählt. Nur eitler Windhauch bleibt von dem, was sie tun, und schnell ist ihr Wirken vergessen, wenn sie nicht dazu kommen, etwas wirklich Großes zu tun, etwas Gewaltiges, das ihre Namen in das Buch der Geschichte einträgt. Du aber lebst schon hier im sicher umwallten Uruk mit der Furcht vor dem Tod! Wo ist deine Kraft, dein Durst nach Heldentaten geblieben? Willst du dich wie ein alter Mann zwischen den wärmenden Marktfeuern verbergen und warten, bis mutige Jünglinge kommen, die von Abenteuern und ruhmreichen Siegen berichten? Willst du zitternd dann an ihren Lippen hängen und sie um Worte anbetteln, damit sie dir etwas aus ihrem übervollen Leben erzählen? Einem Leben aus zweiter Hand, wie es der Dichter Sinnunni erträumt, der beim Kornzählen vergisst, dass Getreide Brot bedeutet und Bier und volle Bäuche und lustigen Sinn für Leute, die anpacken können? Nein, Enkidu, so ein Schwächling und Narr bin ich nicht. Ganz anders wird es gehen: Ich will dir vorausziehen; mutig und zu allem entschlossen, und du magst mir den Kampfschrei in die Ohren rufen: ›Furchtlos vorwärts und drauf auf den Feind!‹ Und wenn ich selbst dabei fiele, so wirst du überleben und meinen Namen mit Ehre unter die Menschen bringen. Gilgamesch hat gegen Chumbawa, gegen den Inbegriff allen Schreckens, den Kampf gewagt, wird es heißen. Und du, du bist mein Begleiter dabei, mein starker, zuverlässiger Freund. Du wurdest in den Bergen geboren und bist in der Steppe aufgewachsen. Du hast mit Skorpionen und Sandvipern gelebt, kennst Dürre, Hunger und Not. Ein Löwe sprang dich an und du schlitztest ihm die Gedärme heraus, Wölfe hast du mit den bloßen Händen erwürgt, du kennst die Wildnis. Ich aber habe meine Träume und meinen Mut, der wie ein Feuer brennt, das niemand zu löschen versteht. Ich will Hand an die größte Zeder legen und ihren Stamm mit der Axt fällen. Einen Namen will ich mir erschaffen, der ewig dauert.«

Enkidu senkte betrübt seinen Kopf, als er sah, dass sein Freund und Bruder nicht durch Einwände umzustimmen war. Er dachte viel nach. Er hatte, wie Tehiptilla geahnt und gehofft hatte, angefangen zu denken, und er konnte nicht mehr aufhören damit. Noch aber waren viele seiner Gedanken ungeordnet und wirr, dass ihnen Klarheit und Überzeugungskraft fehlte. Das machte ihn verzweifelt und wütend. Er verstand Gilgamesch gut. Auch er hatte das heiße Blut von Bel, dem Kriegsgott, in den Adern und scheute vor nichts zurück. Und doch fühlte er, dass es ein Fehler war, Gilgamesch so unbedacht in sein Schicksal rennen zu lassen.

Noch einmal setzte er an: »Dass du Chumbawa hasst und das Böse mit ihm vernichten willst, begreife ich gut. Dies ist eine Sache, über die man wohl reden kann. Das andere aber verstehe ich nicht: Warum willst du die größte, die sprechende Zeder fällen? Warum willst du überhaupt Stämme aus jenem Wald? Weißt du nicht, dass die Bäume der Reichtum eines Landes sind? Warum willst du ihn schmälern?«

»Jetzt wirst du endlich vernünftig, Enkidu«, antwortete Gilgamesch, »du hast recht, ich weiß, dass die Bäume der Reichtum eines Landes sind. Aber nicht meines, verstehst du? Wenn ich von dort etwas nehme, schmälere ich den Wohlstand Uruks nicht, sondern im Gegenteil: Ich vermehre ihn, was den Menschen hier über die Maßen gefallen wird. Hölzerne Tische und Stühle, Enkidu, ein hölzerner Thron und kostbare Türen aus Holz, zudem noch vom besten. Begreifst du, was dies alles für Uruk bedeutet? Schönheit wird kommen, Enkidu, angenehmes Leben und Dinge, die dem Auge schmeicheln und der Seele guttun. Was kümmert mich jener ferne Wald, wenn er dort steht und niemandem nützlich ist? Holz wächst nach – hier aber brauchen wir es.«

»Schönheit, die dem Auge schmeichelt ...«, wiederholte Enkidu, über Gilgameschs Worte nachsinnend, »alles klingt gut, was du sagst. Und doch ist etwas in mir, das mich warnt, dir begeistert zuzustimmen. Eine Ahnung ... ich weiß nicht, wie ich es nennen soll. Vielleicht ist es dumm, was ich da sage, darum lache nicht über die Gefühle eines Barbaren. Aber eines habe ich in der Steppe erfahren: Man soll nie genau in die Sonne blicken, sondern immer ein bisschen seitlich davon, sonst wird man blind. Hier diese Stadt, Uruk, und das ganze Leben hier, das ist eine einzige Sonne, prachtvoll, strahlend und voller glänzender Dinge. Aber je mehr der Glanz der Dinge blendet, desto blinder wird das innere Auge des Menschen ...«

Gilgamesch sah seinen Freund aufmerksam an. Er staunte über die Worte des Wilden. Wie ein Philosoph sprach er, besser hätte es Eschnunna nicht ausdrücken können, wenn er vor den Folgen von allzuviel Wohlstand und einem Leben mit leichter, verschwenderischer Hand warnte. Aber das war auch ein Priester, dem die Seele, also der Teil des Menschen, der den Göttern nah ist, wichtiger war, als das gute Befinden des Körpers. Derlei aus dem Munde eines Ungezähmten zu vernehmen, irritierte ihn und machte ihn unsicher. Aber es war auch ein Zeichen dafür, dass Enkidu mehr Wissen besaß, als man annehmen konnte. Ein guter Berater war das, genau der richtige Gefährte für ein solches Unternehmen.

»Enkidu«, sagte er sanft, »ich merke, dass du besorgt um mich bist und dir Gedanken über mein Schicksal machst. Aber noch einmal sage ich dir, dass es unnötig ist. Ich habe einen Blick in das Buch des Schicksals getan und manches geschaut, das mich sicher macht, Dinge zu tun, vor denen andere sich scheuen, sie auch nur zu denken. Ich glaube, dass eine Hand über mir liegt, die mich vor allen Gefahren beschützt und mir ein langes Leben sichert. Ich glaube aber auch, dass ich dich dazu brauche und du eine große Rolle in meinem Leben spielen wirst. Ich brauche dich, Enkidu, um all den Gefahren zu trotzen. Der Mensch hat nur vorne zwei Augen, die vorwärts sehen, und braucht einen Freund, der ihm den Rücken stärkt und nach hinten blickt, wenn es sein muss. Dass du zudem aber auch noch vom inneren Auge sprichst, einen solchen Blick, ähnlich dem von Ninsum, unserer Mutter, besitzt, macht mich glücklich. Denn so weiß ich: Dort, wo ich nichts mehr erkennen kann, siehst du klarer als ich durch den Nebel hindurch. Was kann sich ein Mensch mehr wünschen als einen solchen Freund und Berater? Gehe mit mir, Enkidu, ziehe mit mir und lass uns Abenteuer wagen. Zusammen werden wir sie bestehen und heil und gestärkt danach heimkehren.«

Da gab Enkidu, vom beständigen Drängen des Freundes erschöpft, nach. Es hatte keinen Zweck, ihn von seinem Vorhaben abzubringen. Er würde auch so gehen, möglicherweise sogar ohne ihn ins Verderben rennen. Also war es besser, ihn zu begleiten. Vielleicht konnte er auf diese Weise das Schlimmste verhindern.

Schweren Herzens stimmte er zu.

Gilgamesch strahlte. Er schäumte über vor Freude. Er wähnte sich seinem Ziel nahe und wusste doch zugleich, dass er erst ganz am Anfang stand. Tausend Gedanken zugleich schossen ihm durch den Kopf.

»Am besten werden wir gleich aufbrechen, um uns mit den Waffenschmieden zu besprechen«, rief er fröhlich. »Beile sollen sie uns gießen, wie es keine zuvor gab, Äxte zu drei Talenten groß, kräftig genug, den stärksten Baum mit wenigen Hieben zu fällen. Und große Schwerter brauchen wir, zwei Talente stark, mit Klingen, die Dämonen erzittern lassen, wenn sie nur darauf blicken. Goldene Knäufe sollen sie haben, strahlend wie Schamachs Sonnenwagen zur Mittagszeit. Damit werden wir Chumbawas Knechte blenden und sie wie Hunde winseln lassen. Komm, Enkidu, lass uns zu den Hütten der Meister gehen, um alles genau zu besprechen und in Auftrag zu geben. Unbezwingbare Waffen sollen es werden, in die sie all ihr Wissen und Können legen. Außerdem müssen wir uns noch Anzüge aus Leder machen lassen für die Reise und sie mit Schildpatt und Eisen verstärken, damit sie uns vor jedem Angriff schützen. Komm, steh nicht träumend herum. Lass uns aufbrechen, große Taten stehen bevor!«

Gilgamesch ließ die Trommel in einem neuen, für alle ungewohnten Rhythmus rufen, und die Bürgerschaft Uruks sammelte sich um ihn. Noch wurde das Fest gefeiert, die Menschen waren geschmückt und in ausgelassener Stimmung. Als Uruk versammelt war, hielt er eine Ansprache:

»Nun, da das Werk an der Mauer der Vollendung entgegensieht und die heilige Hochzeit vollzogen ist, die Fruchtbarkeit für die Äcker, die Weiden, das Vieh und die Menschen bringen wird, nun, da dies alles geschehen ist, will ich aufbrechen, um große Heldentaten zu vollbringen. Zum reckenhaften Chumbawa, dem Dämon im Zedernwald, von dem ihr alle sicher schon mit Zittern gehört habt, will ich ziehen und ihn zum Kampf zwingen. Der ferne Gott Enlil und alle, die ihn anbeten, sollen hören und erfahren, wie mächtig Gilgamesch, der Spross Uruks ist. In allen Ländern soll darüber geredet werden: dass Gilgamesch ohne Furcht auszog und Hand anlegte an die sprechende Zeder. Den größten Baum dort will ich fällen und im Triumph heimwärts bringen, und es soll ein Werkstück daraus werden, das noch größer ist, als die sprechende Trommel, die ich aus der Wurzel der Zaubereiche schnitt. Einige von euch haben gesehen, wie ich die verfluchte Schlange, die im Loch saß und mit ihrem Zauber die Eiche aufrecht hielt, mit bloßen Händen ergriff und in den Staub schleuderte. Und sie haben miterlebt, wie ich den Stamm umschlang und aus der Erde herausriss. Nun will ich als Zeichen eines noch größeren Sieges die Libanon-Zeder fällen und mir dadurch einen Namen setzen, der die Geschichte der Fürsten und Reiche überdauern wird.«

Das Volk, taumelig von Festfreude und von überschwänglicher Stimmung berauscht, jubelte auf, von den Worten ihres Königs entzückt. Alles richtig und wohlüberlegt wollte Gilgamesch machen. So ging er auch mit Enkidu zu den Höhlen der sieben Weisen und erzählte von seinem Plan.

Sorgenvoll umwölkten sich die Mienen der allwissenden Greise. Und der älteste sprach: »Du weißt nicht, wovon du sprichst, Gilgamesch. Weil du jung bist und berstend vor Ehrgeiz, große Werke zu schaffen, trägt dein Herz dich davon. Höre, was wir von Chumbawa wissen: Er sieht unheimlich aus, eine Missgeburt der Schöpfung ist er, die alles Böse an ihre Fersen geheftet hat. Früher hieß es in alten Texten: Wenn ein Schaf einen Löwen gebiert und dieser das Gesicht des Chumbawa hat, so wird dieser Fürst keinen ebenbürtigen Gegner finden, das Land seines Feindes wird er verzehren … Dunkel sind diese Worte, und schwer ist ihr verborgener Sinn zu verstehen. Doch nach allem, was wir gehört haben, ist es ein ungeheures Wagnis, sich ausgerechnet diesen Gegner als Feind zu erwählen. Auf tausend Doppelstunden hin liegt unberührt sein Wald und niemand wagte bisher, zu seinem Wohnsitz vorzudringen. Er hört und sieht alles und weiß, wann sich Feinde nähern, noch bevor ihn jemand zu Gesicht bekommt. Sein Brüllen ist Sintflut, sein Rachen ist Feuer, und sein Atem ist der Hauch des Todes. Warum begehrst du also, ihm nahezukommen und das Schicksal so mutwillig herauszufordern? Kein Sterblicher hat bisher den Kampf gegen ihn überlebt.«

Gilgamesch hörte die Worte seiner Ratgeber und blickte lächelnd auf Enkidu, seinen Freund.

»Dieser da, der mein Bruder ist, Beschützer und Freund, hat mit ähnlichen Worten gesprochen. Beinahe könnte man glauben, ihr habt euch abgesprochen, um mir Angst zu machen, mich von meinem Vorhaben abzubringen und zahm in Uruk zu halten.«

»Nein«, entgegnete der, dessen Urgroßvater die Weltkarte gezeichnet hatte, »zahm bist du gewiss nicht, Gilgamesch. Doch wir machen uns Sorgen um dich. Du bist der König dieser Stadt und hast die schwere Aufgabe zu erfüllen, das Gemeinwesen durch dein Vorbild zusammenzuhalten. Bisher ist dir dies auch gut gelungen, du hast die Priester Anus auf deine Seite gebracht und dich mit

Ischtar versöhnt. Das Volk sieht es wohl und genießt die Zeiten der Eintracht, die allen von Nutzen sind. Es spürt auch, dass mit dem Mauerbau ein neues Zeitalter für Uruk begonnen hat, das Ackerbau und Viehzucht langsam an Bedeutung überholt, obgleich es diese Dinge mit einschließt. Mit dir wurde die Schwelle zur Stadt überschritten, und das Denken der Menschen ändert sich unaufhaltsam mit diesem Schritt. Wenn du nun gehst, wer garantiert dann dafür, dass alles so weitergeht, wie es anfing und sich günstig entwickelt?«

»Auch darüber habe ich mir Gedanken gemacht«, antwortete Gilgamesch. »Du sprichst von der neuen Zeit, und auch ich fühle sie nahen. Wenn aber Neues wirklich neu sein soll, so bedarf es dazu nicht mehr der ewigen Wiederholung alter Dinge. Die Stadt strebt auf und mit ihr junge Menschen mit Mut und Ideen. So ist mir um Uruk nicht bang während meiner Abwesenheit. Ich will Erenda, den Aufseher im Tempel und Priester Anus, zum Statthalter machen und ihm die Weisung geben, alles so weiter zu betreiben, wie ich es begonnen habe. Sinnunni, der Dichter, soll sein oberster Schreiber werden, und Urnigingar sein Bote und Herold. Sie sind jung allesamt, aber sie brauchen nichts weiter zu tun, als meinem Auftrag gemäß den Bau zu vollenden. In allen Fragen von Belang, in Not und Gefahr, sollen sie euren Rat einholen und ihn unbedingt befolgen. Des Weiteren sollen sie alles Handeln mit Eschnunna und Iluna abstimmen, damit sie von beiden Seiten Unterstützung für ihr Tun erhalten. Sagt mir, ob dies nicht richtig und wohlüberlegt ist.«

Einer der fischschuppigen Greise nickte und sprach für alle: »Das ist es, Gilgamesch. Deine Worte sind uns aus dem Herzen gesprochen und finden unsere Zustimmung, denn so, wie du es vorhast, entspricht es genau dem Verlauf unseres Spiels. Du sollst wissen, dass wir inzwischen das Spiel des Lebens gespielt haben und eigentlich nur noch aus deinem Mund vernehmen wollten, dass es dir ernst ist und du bedacht hast, was du da tust. Dein Schutzgott möge dich bewahren auf deinen Wegen voller Gefahr und dich gesund heimkehren lassen zum Markt von Uruk. Du mögest heimkehren zur umwallten Stadt in Frieden zum Frühjahrsfest, wenn das neue Jahr beginnt. Freudengesänge sollen ertönen, wenn du kommst und immer wieder *Elluri! Elluri!* soll vom Volk gerufen werden.«

Und ein anderer sprach: »Aber vertraue nicht auf deine Kraft allein, Gilgamesch. Deine Augen seien erleuchtet, dass sie mehr erkennen als andere Menschen, und deine Ohren feiner als die der Fledermaus. Behüte dich, indem du auf deine Ahnungen und Träume vertraust. Der da, den du deinen Freund und Bruder nennst, er möge dich beschützen und vor dir her gehen, denn du kannst dich auf ihn verlassen. Er hat den Wald wie ein Tier gesehen, und von den verborgenen Zugängen erfahren, von denen nur die sehr kleinen Ameisen oder die sehr großen Adler wissen. Er weiß von dem bösen Wirken Chumbawas und seiner heimtückischen Gesinnung, und er wird dir von unermesslichem Nutzen sein.«

Und zu Enkidu gewandt, sprach er weiter: »Unsere Versammlung übergibt dir den König, beschütze ihn mit deinem Leben wie mit einem Schild. Sei furchtlos und listig und führe uns den Herrscher unversehrt heim.«

Enkidu antwortete mit großem Ernst: »Ja, das will ich gewiss tun, weiser Vater, du kannst dich auf mich verlassen. Und du Gilgamesch, reise unverdrossen und mit furchtlosem Herzen. Schau nur auf mich, ich werde dich sicher geleiten.«

»Und auch Schamach möge euch beistehen«, ließ sich ein weiterer Greis vernehmen, »er lasse deine Augen das sehen, wovon du uns erzähltest. Er soll dir mit seinen leuchtenden Strahlen den versperrten Weg auftun und die Straße deinem Schritt erschließen. Die Berge soll er dir öffnen, wo sie unpassierbar sind, und den ewigen Schnee vor dir schmelzen und immer in deiner Nähe sein, um die Hand schirmend über dich zu halten. Auch Lugalbandas Schatten stehe dir bei im Kampf gegen Chumbawa. Wasch dir die Füße im tiefgrünen See, bevor du das Reich der bösen Mächte betrittst. Bei deiner Abendrast grabe einen Brunnen, damit du stets reines Wasser im Schlauch hast. Bringe auch Schamach ein Opfer dar und gib ihm vom kühlen Wasser ab, sooft du kannst. Gedenke Lugalbandas, des ruhmreichen Königs, der dir ein stolzer Vorgänger war ...«

In dieser Art entboten ihm die redseligen Alten noch weitere endlose Segenswünsche, so dass es Enkidu zu viel wurde und er zum Aufbruch drängte. Doch Gilgamesch hatte viel als König gelernt und wusste, was für Zeremonien bei einem solchen Abschied angemessen waren. Er wusste auch, wieviel er dem Wissen der sieben Weisen zu verdanken hatte. Weder wollte er sie verstimmen, noch auf das verzichten, was sie ihm an Ratschlägen mitzugeben hatten. Und richtig: Der, dessen Urgroßvater die Weltkarte gezeichnet hatte, kam erst jetzt zum eigentlichen Thema. Er beschrieb in allen Einzelheiten den Weg, und Gilgamesch hörte ihm aufmerksam zu.

»Nimm mit einem guten Schiff den Weg zur Quelle des Euphrat, aber nicht ganz hinauf, sondern nur, bis ihr zu einem befestigten Platz namens Mari kommt, der die zehnte Stadtgründung nach der großen Flut war. Dort könnt ihr Einkehr halten und euch für die weitere Reise stärken. Von da aus verlasst ihr den grünen Saum des Euphratstroms und wendet euch der Wüste zu. Ein Karawanenweg führt hindurch zur Oase Palmyra, und dann weiter die alte Straße entlang hin zum Purpur-Land. Im Tal des Orontes, in der fruchtbaren Ebene Bukea, südlich vom tiefgrünen Höms-See, in dem ihr eure Füße waschen sollt, liegt Kadesch, eine Festung am Rande der Berge. Von da führt am östlichen Rand des hohen Gebirges ein vergessener Wanderweg entlang zum gewaltigen Berg, den man den Hermon nennt. Wenn ihr ihn seht, dessen Gipfel immer, auch im Sommer, mit Schnee und Eis bedeckt ist, seid ihr bereits am Rande des Zedernwaldes. Weiter weiß ich auch den Weg nicht, denn keiner, auch nicht der Vater meines Großvaters, kam bisher weiter als dorthin. Dann mögen euch die Götter beschützen und eure Kraft und euren Verstand stärken, damit ihr sicher zum Ziel und heil zurück nach Uruk kommen könnt. Mehr sage ich nicht, Gilgamesch, alles andere überlasse ich deiner Klugheit, dem Wohlwollen deiner Schutzgötter und dem Geschick deines treuen Freundes Enkidu.«

Dankbar verbeugte sich Gilgamesch vor dem Alten und küsste die dargebotene Hand. Er umarmte die Weisen, und diese erwiderten die Geste und legten die Hand auf seine Stirn, wie es Väter tun, die sich von ihren Söhnen verabschieden.

Als sie wieder draußen vor den Hütten der Weisen standen und auf den verfallenen Tempel blickten, den mehr und mehr der Sand zu überdecken begann, und auch das Abbild Liliths sahen, das rätselhaft wie immer vor der Säule stand, sagte Gilgamesch: »Nun, nachdem wir so viele gute Ratschläge gehört haben, fände ich es richtig, wenn wir zudem noch das Orakel der Schafsleber befragen, um auch ganz und gar sicher zu gehen.«

Enkidu zog die Stirn kraus. »Muss das sein?«, fragte er, »ich verlasse mich lieber auf mich selbst. All diese vielen Fragen und Antworten, dieses Getue mit Göttern und Weisen. Ich denke, du suchst das Abenteuer, woher kommen dir plötzlich so viele Zweifel? Wer viel fragt, bekommt mehr Antworten, als ihm nützlich sind.«

»Das Orakel ist eine Sache für sich«, antwortete Gilgamesch, »aus ihm spricht eine Macht, die größer ist als der menschliche Wille. Gut ist es zu wissen, was die Götter mit uns vorhaben.«

»Ich weiß nur, was du mit mir vorhast«, brummte Enkidu, »mich nämlich mit in den Sog der Gefahren zu reißen, aus dem es kein Entrinnen mehr gibt. Dann heißt es schwimmen und nochmals schwimmen. Entweder kommen wir durch, oder wir gehen gemeinsam unter.«

»Ich habe im Wasser des Euphrat schwimmen gelernt«, lachte Gilgamesch, »zwischen Krokodilen und wilden Strudeln. Glaub mir, wer das überlebt hat, kann auch in anderen Flüssen schwimmen. Komm jetzt, wir gehen zu Ninsum, der weisen Mutter, das Orakel befragen. Keiner weiß es zu deuten wie sie, keiner sieht so klar wie sie und kennt das künftige Schicksal. Wenn sie noch zustimmt, dann gehe ich mit freudigem Herzen.«

Dahin folgte ihm Enkidu gern, denn die Nähe der alten Frau hatte ihm eine Wärme geschenkt, nach der er sich immer schon gesehnt hatte.

Sie zogen zum Egalmach und betraten die Kammer der weisen Mutter.

»Ninsum«, sprach Gilgamesch, »dein Sohn, der stolze Adler, ist nun flügge geworden, stark sind seine Schwingen und mutig ist sein Sinn. Er ist bereit, aus dem Horst auszufliegen und Abenteuer zu bestehen. Höre, wonach mir der Sinn steht: Ich will eine weite Reise machen, dorthin, wo Chumbawa, der schreckliche Dämon, wohnt. Ich will den Kampf mit ihm wagen und Wege beschreiten, die niemand vor mir ging. Befrage du nun die Leber der Schafe, erflehe Schamachs Hilfe für mich, damit ich wohlbehalten das Abenteuer bestehe, dass ich zum Zedernwald komme und den bösen Chumbawa erschlage, damit alles Böse auf der Erde vernichtet wird. Wenn ich ihn getötet und die größte Zeder gefällt habe, soll Friede herrschen – hier wie dort oben in jenem fernen Lande. Als Zeichen des Sieges will ich das Holz der Zeder bringen und dir daraus einen Stuhl machen, bequemer als der, auf dem du sitzt.«

Ninsum erschrak über die Worte ihres Sohnes. »Möge Schamach dir gnädig sein!«, rief sie und senkte die Augen vor Kummer. Aber da sie Gilgamesch wenig abschlagen konnte, raffte sie sich auf, um das Orakel zu befragen. Sie hieß die beiden warten und schritt zum Bade, um ihren Körper mit Laugenkraut zu reinigen, zu salben und zu ölen. Danach ging sie in die Kammer der Festgewänder. Dort legte sie den kostbaren, heiligen Schmuck an, den sie seit den Tagen Lugalbandas nicht mehr angerührt hatte, und ein weißes Gewand mit goldenen Schildern über der Brust. Auf den Kopf setzte sie die Mütze ihrer königlichen Regentschaft. Sorgfältig strich sie ihr Haar zurecht, schnallte den goldenen Gürtel um und nahm die Schale mit Wasser, um den Weg vor ihren Füßen zu sprengen. Dann mühte sie sich die Stiege hinauf auf das Dach des Egalmach und erklomm den Söller. Oben, unter freiem Himmel, stellte sie alle erforderlichen Geräte auf, nahm eine frisch geschlachtete Leber aus den Händen ihrer Dienerin in Empfang und brannte Weihrauch in Schalen ab. Danach warf sie Opferkörner in alle vier Himmelsrichtungen, betrachtete lange die Leber, und als

sie alles gesehen hatte, was es zu sehen gab, richtete sie
sich auf und hob die Arme zu Schamach empor.

»Erhabener Schamach«, sprach sie feierlich, »großer
Gott der gütigen Sonne. Warum hast du Gilgamesch,
meinem geliebten Sohn, eine so ungestüme Seele verliehen und ein Herz, das keine Ruhe findet? Ein Weh-
Freuden-Mensch ist er, immer voll Unrast, von einer
Sehnsucht zur anderen getrieben. Und nun hast du ihm
einen neuen Drang eingepflanzt, der ihn in die Fremde
hinaustreibt. Einen fremden Pfad will er einschlagen,
Wege begehen, die er nicht kennt, und den Kampf gegen
Chumbawa wagen, den er die Verkörperung des Bösen
nennt. Dabei ist er noch so jung und hat die Auswir-
kungen des wirklichen Bösen noch gar nicht erlebt. Beschütze ihn, Schamach, damit er bei diesem Kampf nicht
unterliegt. Nur du allein kennst den Weg, den er zu gehen
hat, weißt sein Schicksal, kannst ihn erretten. Zu Chumbawa will er, in den finsteren Zedernwald, und das Böse
aus dem Land vertreiben. Leuchte am Tag über seinem
Weg, Schamach, wenn dein unerfahrener Sohn ihn mit
suchendem Fuße betritt. Befiehl den Wächtern der Nacht,
den Sternen, dass sie sich seiner annehmen, und lass des
Abends Nannar wohlgesinnt auf ihn herabschauen. Und
wenn du ihn vergisst, weil anderes zu tun ist, dann möge
Aja, deine Gattin, dich an Gilgamesch erinnern. Solange
sie dir das Lager zur Liebe verweigert, sollst du wissen,
warum sie es tut. Wach magst du dann liegen und an ihn
denken, bis er heil zurückgekehrt ist. Sieh, ich bin eine
einfache Frau, eine Mutter nur, die dich anfleht, weil ihr
Herz voller Kummer ist über ihren geliebten Sohn. Ich
habe die Leber betrachtet und Widersprüchliches darin
gesehen. Mag dies mit Gilgamesch zusammenhängen
oder mit Enkidu, seinem selbstgewählten Bruder – sie

sind ja beide nicht mehr voneinander zu trennen. Es kann auch sein, dass ich alt werde und meine Sinne mir Streiche spielen … Wie auch immer, ich bin eine alte Frau voller Sorge und bitte dich, Schamach, dass du mich erhörst und ihm beistehst. Nicht mehr und nicht weniger ist es, Schamach, um das ich dich bitte.«

So erflehte sie Schamachs Hilfe und die seiner Gattin. In bläulichen, wohlduftenden Wolken stieg der Weihrauch zum Himmel und erreichte den goldenen Wagen. Der Sonnengott beugte sich nieder und nahm das Opfer an, denn er sah, dass es Ninsum, die weise Mutter, war, die da winzig wie ein Staubkorn auf dem Dach ihres Hauses kniete. Wie alt sie geworden ist, dachte er nachdenklich, und wie schnell doch die Zeit vergeht – war sie nicht eben noch ein junges, strahlendes Weib mit offenem Lachen an der Seite Lugalbandas, des stolzen Königs? Und nun ist ein anderer da, ebenso kühn wie jener, wenn nicht noch kühner. Wie war noch sein Name? Ach ja: Gilgamesch. Ich werde ihn mir merken, Ninsum, dir zuliebe werde ich an ihn denken, wenn es mir auch schwerfällt, mein Augenmerk auf jedes einzelne Staubkörnchen zu richten. Dennoch will ich es versuchen, Ninsum, ich will es versuchen …

Ein Lichtstrahl verfing sich im Geschmeide der weisen Mutter, brach sich vielfach und glitzerte wie tanzendes Feuer. Er hat mich erhört, dachte Ninsum. Dankbar legte sie ihr Gesicht in die Sonne und ließ es von der wohltuenden Wärme umschmeicheln. Nach einer Weile stand sie auf und stieg Söller und Stiege hinab zur Kammer, wo die beiden jungen Männer auf sie warteten.

»Dir, Gilgamesch, gebe ich keine Ratschläge mit auf den Weg«, sagte sie, »du forderst das Schicksal heraus und musst dich auf deine eigene Weise damit messen.

Dich aber, Enkidu, den ich zum Sohn annahm, bitte ich voll Sorge und Hoffnung: Sei ihm ein guter Gefährte und zögere nicht, wenn es darauf ankommt, ihn zu beschützen. Bring ihn mir heil zurück und achte auch selber auf das, was dir widerfährt. Was du nicht weißt, weiß ich aus der Leber: Du bist nicht einer, den eines Weibes Schoß gebar. Mehr bist du und weniger zugleich. Mehr, weil Mach, die himmlische Mutter, dich schuf, ein Halbgott bist du also und ähnlich dem ersten Menschen. Weniger bist du, weil dir ein Nabel fehlt, der allen Menschenkindern sonst sichtbares Zeichen ist, dass sie ein Glied der großen, nicht abreißenden Kette sind. Jeder nun, ob mit oder ohne Nabel, hat sein Leben zu leben, und es ist gleich, wie er es tut, wenn es nur im Buch des Schicksals geschrieben steht. Auch für dich, Enkidu, trifft das zu, weil dein Geschick mit dem Gilgameschs aufs engste verbunden ist. Was deinem Bruder noch fehlt, ist die Kunst, mit dem inneren Auge zu schauen. So musst du sein inneres Auge sein, solange es nötig ist. Das erscheint mir der wichtigste Unterschied zwischen euch beiden: Gilgamesch braucht dich und wird doch, was auch geschieht, heil aus allen Gefahren hervorgehen. Du aber musst achtgeben, dass du nicht zuviel einbüßt dabei und dich am Ende verlierst. So ist mir mehr um dein Schicksal bang, Enkidu, als um das von Gilgamesch. Versündige dich nicht, himmlischer Sohn ohne Nabel ...«

Mit diesen Worten löste sie ein goldenes Band von ihrem Hals und legte es um Enkidus Nacken. Weinend fiel der Barbar vor der weisen Mutter nieder und küsste ihre Füße. Sie zog ihn sanft an sich hoch und streichelte sein wildes, struppiges Haar. Und sie, die älteste Frau auf der Erde, lächelte das jüngste Kind aus Machs Schöpfung an ...

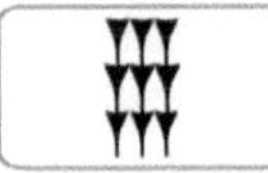

Prächtig hatten die Meister die Waffen gegossen. Zwei Schwerter, jedes zwei Talente schwer und mit goldenem Knauf, und zwei Äxte von je drei Talenten Gewicht, so wuchtig, wie nie zuvor welche gemacht worden waren. Sie ließen sich von den Knechten ihre Anzüge aus Leder bringen, die mit Schildpatt und Eisen verstärkt waren, schnallten die Gürtel um und steckten die Schwerter hinein. Olugi, der oberste Waffenmeister und Hüter der Kammer, brachte auch noch den Bogen von Anschan mit Pfeilen und Köcher.

»Dieser Bogen, der sehr kostbar ist und von jenseits des Zagrosgebirges stammt, hat bereits Lugalbanda zur Löwenjagd gedient. Kurz und hart schwingt seine Sehne und tödlich trifft der Pfeil ins Ziel.«

»Dann will ich ihn nehmen«, sagte Enkidu, »mein Auge ist kühl, meine Hand zittert nie, in der Steppe habe ich Steinschleudern und Speerwurf geübt und nur selten dabei mein Ziel verfehlt.«

Solchermaßen ausgerüstet, stiegen sie hinunter zum Kai. Es lagen viele Schiffe im Hafen von Uruk: kleine, wendige Schilfboote, wie sie die Fischer und Bewohner des Flussufers gebrauchten, und größere Handelssegler, die Waren aufnahmen oder entluden. Mitten in diesem Gewimmel entdeckte Gilgamesch das, was er suchte – ein Boot mit kräftigem Segel, groß genug, um eine beachtliche Anzahl von Passagieren und dazu reichlich Fracht zu fassen, aber dennoch schlank genug, um in der Lage zu sein, gegen den Strom den Euphrat hinaufzusegeln. Er winkte den Kapitän heran und fragte ihn: »Wo kommst du her?«

»Aus dem fernen Golf«, antwortete der Mann, dessen Gesichtsfarbe gelbbraun war und wie Safran aussah, »ich bin ein Küstensegler und kenne beide Seiten des Wassers so genau wie die Riemen meiner Sandalen: Auf der einen fallen die Gebirge so steil ab ins Meer, dass man fast nirgends anlanden kann, was den Handel erschwert, wenn man die wenigen versteckten Hälften nicht kennt. Auf der anderen Seite zieht sich die endlose Wüste dahin. Da hausen auf den vorgelagerten Inseln Seeräuber und wüste Gesellen. Und dennoch mache ich mitunter gute Geschäfte in dieser Gegend der Welt.«

»Was tust du hier?«

»Das gleiche, was ich immer tue«, brummte der Kapitän, »handeln, kaufen und tauschen. Auch hier gibt es Dinge, die anderswo selten sind.«

»Und wo willst du hin?«, fragte Gilgamesch gespannt, denn die Art des Mannes gefiel ihm recht gut.

»Nach Mari«, antwortete der, »weit oben am Euphrat liegt diese wenig bekannte Stadt, die ich aufsuchen will. Man hat mir von ihr erzählt, und nun will ich hin, um zu prüfen, ob das Gesagte stimmt.«

Da wusste Gilgamesch, dass er den Richtigen gefunden hatte. »Kannst du diesmal anstelle von Handelswaren fünfzig Soldaten mitnehmen, dazu Verpflegung und Waffen?«

Der Safrangelbe kratzte sich am Schädel. »Das kommt auf den Preis an …«

»Darüber werden wir uns bestimmt einig«, sagte Gilgamesch, »es soll dein Schaden nicht sein. Und da du irgendwann sowieso wieder zurück willst zum Handel in deinem Golf, kommst du ohnehin wieder an Uruk vorbei und kannst Geschäfte machen, soviel es dir beliebt.«

Der Kapitän nickte und rechnete sich im stillen aus, was er verlangen musste, wenn er sein ganzes Schiff in den Dienst eines einzelnen stellte.

»Wie heißt du?«, fragte Gilgamesch.

»Abu el Dschardscha, was so viel heißt wie ›Sohn der felsigen Landspitze‹.«

»Dann höre meinen Namen, Abu el Dschardscha, und merk ihn dir wohl, damit du weißt, wen du zu Abenteuer und Ruhm fährst. Kerbe es in deinen Mast ein, damit es jeder erfährt, der je die Planken deines Schiffes betritt: Gilgamesch, König von Uruk, ist es, und Enkidu, sein Freund und Bruder, ist bei ihm.«

Der Kapitän verneigte sich tief vor den Herren, die stolz gekleidet und ungewöhnlich bewaffnet vor ihm standen. »Es wird mir eine Ehre sein, euch durch die wilden Wasser des Euphrat zu steuern«, sagte er, »wann soll ich bereit sein?«

»Morgen. Morgen in aller Frühe beim ersten Hahnenschrei.«

Es gab noch eine Menge Dinge zu regeln, und es war viel mit Erenda, Sinnunni und Urnigingar zu besprechen. Vor allem aber galt es, geeignete Freiwillige zu finden, die mutig genug waren, mit auf ein solches Abenteuer zu gehen. Gilgamesch ließ die Garde und alle Männer im wehrfähigen Alter auf dem Wettkampffeld antreten.

»Fünfzig Männer suche ich, die bereit sind, mit mir als Helden in Abenteuer und Kampf zu ziehen. Fünfzig, die Speere nicht nur tragen, sondern sie auch richtig gebrauchen können, und die wohl wissen, wie man mit der Axt umgeht, fünfzig, die sich nicht ängstlich hinter den Schilden verstecken und notfalls bereit sind, auch mit Messer und Keule Mann gegen Mann zu kämpfen. Fünfzig, die keine Familien haben, keine Frauen und Kinder, die in Uruk um sie weinen, wenn wir abreisen. Vor allem aber müssen es Männer sein, die weder Löwen noch Dämonen fürchten und auf Geister und Gespenster verächtlich spucken. Wer von dieser Art ist und bereit, sein Leben auf diese Weise einzusetzen, der soll es sich überlegen und vortreten. Jedem, der mitmacht, das verspreche ich, winkt ein Beutel voll mit kostbarem Purpur aus jenem Land, in das wir ziehen wollen und das reich an Wundern und Gefahren ist. Gibt es solche Männer in Uruk?«

Auf seine Worte hin traten fünfhundert Männer zugleich vor. Voll Genugtuung sah das Gilgamesch.

»Mit Stolz erfüllt mich dieser Anblick«, sagte er, »voller Stolz bin ich über den Mut so vieler entschlossener Krieger, und voller Zuversicht auf Uruks Zukunft gehe ich daher auf meine Reise. Mit solchen Männern auf den Zinnen der Mauer ist mir nicht eine Sekunde lang bang um die Stadt. Für den geplanten Zug aber brauche ich lediglich fünfzig, und zwar solche, die bereit sind, jederzeit ihr Leben zu wagen, denn wir haben keinen Geringen als Gegner. Vielleicht sollte ich nun seinen Namen nennen, und wer dann immer noch bereit ist, mit mir zu ziehen, der trete einen weiteren Schritt vor. Chumbawa ist es, gegen den ich ziehen will, der Beherrscher des Bösen im mächtigen Zedernwald.«

Da erbleichten viele der Männer beim bloßen Hören des Namens, und die meisten verharrten wie erstarrt. Fünfzig von ihnen aber traten entschlossen einen weiteren Schritt vor. Gilgamesch blickte jedem einzelnen ins Gesicht und sah, dass diese Auswahl die richtige war.

»Geht zu Olugi, dem obersten Waffenmeister«, sagte er, »und lasst euch aus der Waffenkammer Speere, Schilde, Keulen und Messer geben. Ein jeder, der einen ledernen Rock hat, lege ihn an und schnalle den Gürtel um. Wer solches nicht besitzt, der gehe sogleich zu den Schneidern und Näherinnen und lasse sich auf meine Kosten von Kopf bis Fuß neu einkleiden. Morgen in aller Frühe aber, beim ersten Hahnenschrei, sollen sich alle unten am Hafen einfinden, wo ein Schiff auf uns wartet, das uns den Euphrat hinaufbringt.«

Es gab noch viel Aufregung in Uruk über den plötzlichen Aufbruch. Die Priester des Anu und die Priesterinnen der Ischtar zündeten Opferfeuer an und sprachen die ganze Nacht über mit den Göttern. Eschnunna versuchte, ihre Zustimmung oder Warnung anhand der Stellung der Gestirne am Himmel abzulesen, entdeckte dort aber wenig, was ihm Aufschluss über den Willen der Götter gab. Und Iluna, die jüngste Verkörperung Ischtars auf Erden, widmete sich im Kreis der Mädchen der Orakelschau, indem sie Schafgarbenstengel warf und allerlei magische Zeichen befragte.

Auch Tehiptilla saß im Tempel und verbrannte Kräuter in einer Schale, aber sie mied bewusst die Nähe der Hohepriesterin. Zuviel war geschehen, zuviel rang miteinander in ihrer Brust. Seit ihrer Rückkehr nach Uruk, seit sich Gilgamesch und Enkidu bekämpft und als Freunde gefunden hatten, war sie allein und vergessen. Kein Wort mehr darüber, dass sie Gilgamesch zuerst zur Ischchara gewählt und überall hatte suchen lassen, kein Wort mehr davon, dass Enkidu wegen ihr mit dem König gekämpft hatte. Mit ihrer Ankunft in Uruk war nicht nur ihre Aufgabe abgeschlossen, sie hatte auch zwei Männer zugleich verloren. Gilgamesch und Enkidu

– wie sie würde kein anderer Mann mehr sein können. Das wusste sie, obgleich solche Gedanken und Gefühle völlig dem widersprachen, was man sie im Tempel der Ischtar gelehrt hatte. Gab es womöglich etwas, von dem Venus nichts wusste? Sah Iluna aus ihrer Sicht die Welt falsch und verzerrt? Oder lag es an ihr, Tehiptilla, daran, dass sie für den Tempeldienst ungeeignet war und nie eine richtige Venuspriesterin werden würde?

Mit besonderer Inbrunst zerbrach Tehiptilla die trockenen Pflanzenstengel über dem Feuer. Sie glaubte, nie den würzigen Rauch so intensiv wahrgenommen zu haben wie heute. Auch alles übrige: den kühlen, dunklen Tempel mit seinen wuchtigen Säulen, die vielen geheimnisvoll tanzenden Zungen aus brennenden Öllämpchen, den leisen Singsang, der wie Wind durch die Gemäuer fuhr. Und sie sah die Mauern, die die Kammern von der Halle abtrennten, die Orakelschlafplätze und Liebeslager, wusste, dass auch heute wieder draußen auf den Treppenstufen Männer saßen mit Münzen und kleinen Gaben in den Händen, bereit, sie der in den Schoß zu werfen, von der sie sich die größte Befriedigung ihrer Lust versprachen.

Einige von ihnen würden frische Lederwämse tragen und neue Gürtel, denn sie würden morgen ausziehen mit Gilgamesch und Enkidu, um ebenso Helden zu werden wie diese. Aber sie mochte keinen Kriegern zum Abschied gut sein oder überhaupt an etwas denken, was mit Gilgamesch und Enkidu zusammenhing. Sie wollte ganz einfach allein sein, und dieses Bedürfnis war im Tempel nur schwer, sehr schwer zu stillen. Wenn sie an Iluna, die Hohepriesterin dachte, wurde Tehiptilla ganz ratlos. Das sollte nun eine Göttin sein – jemand, der so viele allzu menschlichen Schwächen zeigte? Das war die

Verkörperung des weiblichen Prinzips – das herrschen wollte wie Männer? Nein, irgendetwas stimmte nicht mehr mit ihrer Herrin oder der Ordnung. Irgendetwas war auf nicht mehr gutzumachende Weise durcheinander geraten. Am meisten war Tehiptilla durcheinander. Ich halte es nicht mehr aus im Tempel, fuhr es ihr durch den Kopf. Ich ersticke in diesen Mauern und am Geruch der vielen Opferfeuer. Vor allem aber ersticke ich an der Lüge hier. Ohne dass sie recht wusste, was sie da tat, war sie aufgestanden und hatte das restliche Bündel der Kräuter ins Feuer geworfen.

Knisternd leckte die Flamme empor. Tehiptilla wandte den Blick von der Schale und ließ ihn über die versammelten Mädchen wandern, in deren Mitte die schöne Iluna saß. Tauben sind es, dachte Tehiptilla, wunderschöne, schlanke, trippelnde Tauben, die den ganzen Tag gurren und gurren zum Balztanz der Ganter und dabei glauben, Engel zu sein. Dabei waren es Tauben, und auch der Tempel war bloß ein Taubenschlag, in dem man aus- und einfliegen konnte, wie es gefiel. Wie es gefiel? Sie neigte den Kopf und ließ ihren letzten Gedanken noch einmal wiederkehren und als Bild in sich wachsen. Ja, ausfliegen und vielleicht nicht mehr wiederkehren, nie mehr … Sie fing an zu gehen, immer schneller zu gehen, hastete den Säulengang entlang bis zur Vorhalle, fing im Hof an zu laufen, rannte, als sie Ischtars Tor passiert hatte. Sie rannte, lief weg und doch auf etwas zu, sie lief ihrer Freiheit entgegen.

Quer über den großen Platz vor der Zikkurat lief sie, hinüber zum Egalmach und hörte erst wieder auf zu rennen, als sie bei Ninsum, der weisen Mutter, angelangt war. Dort warf sie sich vor die Füße der alten Frau.

»Ninsum, Ninsum, weise Mutter«, rief sie, »nimmst
du eine an, die eine unzuverlässige Dienerin ist, die ihre
Heimstatt verließ und vom Dienst weglief, wie es ihr in
den Sinn kam?«

Die Alte betrachtete sie lange und mit großem Behagen.

»Ja«, sagte sie, »natürlich tue ich das. Solche wie du
sind mir sogar die Liebsten.«

»Und was soll ich tun?«, fragte Tehiptilla schüchtern.

»Eine ganze Menge lernen«, sagte Ninsum, »vor allem
Geduld mit dem unsinnigen Geschwätz einer alten Frau,
die manchmal die Zeiten durcheinanderbringt. Dann mit
mir speisen, mit mir singen, hier am Fenster sitzen und
über alles reden, was uns einfällt. Zuvor aber kannst du
mir gleich einen Gefallen tun: Reich mir doch bitte die
Harfe herüber, lange habe ich nicht mehr gespielt. Jetzt
vielleicht, wo ich eine neue Zuhörerin gefunden habe,
mag es sich wieder lohnen. Bist du bereit dazu?«

Und ob Tehiptilla dazu bereit war! Ein Wunder war
es. Aber ohne Wunder kann nie ein zweites Leben beginnen.

Am Morgen ihres Aufbruchs blies der Wind in günstiger Richtung. Prall füllte sich das Segel von Abu el
Dschardschas Schiff und trieb es pfeilschnell dahin.
So ließen sie schon bald das bekannte Ufer mit seinen
Dörfern und Schilfhütten zurück, der Eanna verschwand
aus dem Blick und alles, was vertraut war. Die Männer
schauten noch lange zurück, einige aber auch bereits

begehrlich vorwärts. In ihren Augen blitzte die Abenteuerlust.

Abu el Dschardscha hielt das Schiff in der Mitte des Stromes, so brauchten sie nicht den vielen kleinen Booten auszuweichen, von denen es auf dem Wasser wimmelte, und sie hatten einen guten Ausblick auf beide Ufer des Euphrat. Besonders der fruchtbare Streifen zur Rechten war stark besiedelt. Hier reihte sich Dorf an Dorf, wie an einer unsichtbaren Perlenschnur aufgefädelt. Die andere Seite indes, wo hinter dem grünen Ufergürtel unmittelbar die Wüste begann, wies weniger Hütten auf, und wenn einmal ein Dorf kam, so war es beträchtlich kleiner als die, die gegenüber lagen. Schnell war das Schiff des safrangelben Mannes, es durchpflügte die Flut, schien über die Wellen zu gleiten, ohne tief einzutauchen, obgleich es doch mit so vielen Menschen und Geräten beladen war. Immer wieder stoben überraschte Schwärme von Wasservögeln vor ihrem Bug auf, die sie spielend hätten mit Netzen fangen können, wenn sie nur gewollt hätten.

So fuhren sie einen Tag und eine Nacht den Euphrat hinauf, und einen weiteren Tag und eine weitere Nacht, und immer noch nicht rückten die Ufer dichter zusammen. Erst jetzt sahen sie mit eigenen Augen, wie gewaltig der Strom war, an dessen Unterlauf sie wohnten, und wie unglaublich fern seine Quelle lag. Gilgamesch ließ eine Karte auf ein Stück Tuch zeichnen, darin wurde jede Biegung, jede Bucht vermerkt. Das war wenig Arbeit für den Soldaten, der sich zum Zeichnen der Karte gemeldet hatte, denn die Fahrt wurde immer eintöniger. Schnurgerade verlief der Fluss, kaum, dass noch Dörfer oder andere Spuren menschlicher Besiedlung auftauchten. Dann stiegen beiderseits Hügelketten an, manchmal mit hart abfallenden Flanken, durch die sich der Fluss gefressen hatte.

Viele Tage und Nächte fuhren sie so, bis eines Morgens die weißen Dächer und Türme einer Stadt aus dem Horizont wuchsen. Zuerst glaubten sie, ein Abbild von Uruk zu sehen, denn der geschraubte Turm einer Zikkurat wand sich als Spirale zum Himmel, und Tempel gab es, die an die des Anu und der Ischtar erinnerten. Jedoch lag die Stadt am linken Ufer des Euphrat, sie war wesentlich kleiner als Uruk und besaß keine Mauer, und es fehlte auch ein heiliger Berg wie der Eanna.

Es war Mari, von der die sieben Weisen gesprochen hatten, Mari, die zehnte Stadtgründung nach der großen Flut, Knotenpunkt vieler Wander- und Karawanenwege. Hier gingen sie vor Anker und setzten ein kleineres Boot aus, um ans Ufer zu gelangen, denn die Stadt besaß weder Hafen noch befestigte Kaimauer. Neugierig wurden sie vom Volk umringt, als Gilgamesch, Enkidu und ihre Krieger an Land gingen. Die Neuigkeit vom Erscheinen des hohen, fremden Besuchs verbreitete sich schnell in der Stadt. Ein Bote des Königs Lamgi kam herbeigeeilt und bat sie in den Palast. Gern kamen sie der Aufforderung nach, denn sie waren neugierig; sie wussten wenig über Lamgi und sein Reich, außer vielleicht, dass es entfernt dem alten Staatenbund angehört hatte, der längst schon zerfallen war. Um so überraschter waren sie, als sie dem Boten folgend das Tor durchschritten und einen riesigen, gekachelten Platz betraten, an dessen Rand viele säulengeschmückte Hallen und Häuser standen, darunter tatsächlich auch ein Anutempel und einer der Ischtar. Der war leicht zu erkennen, denn auf seinen Stufen saßen musizierende Mädchen in der Sonne, lachten und jauchzten, und sie wurden noch lauter und flatterten durcheinander wie ein Vogelschwarm, als es die Soldaten in ihre Nähe trieb.

»Wie naschhafte Kinder sind sie: Noch nichts geleistet, keinen Brotkrümel verdient, und schon vertun sie das wenige, was sie mitgebracht haben«, brummte Abu el Dschardscha tadelnd, der mit Gilgamesch, Enkidu und dem Boten ging.

»Lass sie«, sagte Gilgamesch, »sie sind jung und wollen ihr Leben genießen, solange das noch möglich ist. Vielleicht ahnen sie auch, dass dies die letzte Möglichkeit dazu ist. Danach wird die Reise mit Gewissheit schwerer werden.«

König Lamgi begrüßte sie im Inneren seines Palasts mit aller nur erdenklichen Höflichkeit. Er war äußerst schlicht gekleidet, was sicher nicht von seiner Armut herrührte, sondern von seiner Überzeugung, die jeden übermäßigen Prunk ablehnte. Nur ein einfacher Umhang, der eine Schulter freiließ, bekleidete ihn, dazu ein mit vielen Fransen verzierter Rock. Sein Gesicht wirkte mild und freundlich, kein Hochmut lag in seinen Augen, kein Stolz und keine Verschlagenheit.

»Ich freue mich, den König aus Uruk und sein Gefolge bei mir zu Gast zu haben. Lang ist es her, dass unsere Vorfahren sich gegenseitig besuchten ...«

»Dann ist jetzt eine gute Gelegenheit, diesen Bund zu erneuern«, sagte Gilgamesch, »ich habe beim Gang durch die Stadt bemerkt, dass uns noch mehr als nur die Geschichte verbindet.«

»Du meinst die Tatsache, dass wir der Ischtar und dem Anu huldigen?«, fragte Lamgi lächelnd. »Nun ja, wenn du länger hier wärst, würdest du erkennen, dass es bestimmt noch viele andere Dinge gibt, die sind wie in Uruk, von dem ich gehört habe, dass sich dort unter deiner

Regierung Erstaunliches entwickelt. Eine Mauer zum Beispiel ...«

Dergleichen Fragen und Antworten gingen hin und her, Lamgi und Gilgamesch tauschten Artigkeiten aus, und das Einvernehmen beiderseits wuchs. Schließlich versprach Gilgamesch, den Handel mit Mari aufzunehmen – er blickte bei diesen Worten auf Abu el Dschardscha, und da der safranhäutige Kapitän listig lächelte – fuhr er fort, die weiteren Möglichkeiten einer Zusammenarbeit beim Namen zu nennen: Einen Baumeister würde er mit der ersten Warenladung auf die Reise schicken, der Lamgi beraten könne, wie man eine perfekte Ummauerung baut, Karawanen entsenden, um Güter zu tauschen und so weiter. Höflich hörte sich der König von Mari alles an, dachte sich selbst seinen Teil, denn er wähnte sich an der Kreuzung mehrerer Karawanenwege vom Schicksal begünstigt und daher auf besondere Weise zur Neutralität gegenüber allen Seiten verpflichtet. Aber eine Mauer zum Schutz um die Stadt wäre sicher nicht schlecht. Ein wilder, draufgängerischer Kerl war dieser Gilgamesch. Ob er zudem auch gebildet war? Er versuchte, den Verlauf des Gesprächs mehr in diese Richtung zu lenken. Lamgis größter Stolz war nämlich seine Bibliothek, die aus über fünfundzwanzigtausend Schrifttafeln bestand.

Gilgamesch zeigte sich interessiert und stand auf, um Lamgi zu folgen. Enkidu und der Kapitän gingen mehr aus Gefälligkeit mit.

Nach dem Audienzsaal folgten die Privatgemächer des Königs, äußerst schlichte Räume, denen deutlich eine weibliche Hand fehlte. König Lamgi war bereits in jungen Jahren Witwer geworden und hatte sich seitdem beharrlich geweigert, eine andere Frau an seine Seite zu nehmen, und da er auch keine Kinder hatte, war es merkwürdig still im Palast. Lamgi war ein in sich gekehrter Denker, ein Träumer und ein zutiefst gläubiger Mensch. Ein Flügel seines Palastes diente allein religiösen Zeremonien. In ihm war auch der Thronsaal gelegen, zu dem eine herrliche Treppe führte. Durch mehrere Säle mit reich geschmückten Wänden, Verzierungen und Gemälden aus früherer Zeit erreichten sie endlich den Tempel des Palastes, wo ein menschengroßes Kultbild der lebensspendenden Göttin Ischtar stand. Verwundert blieb Gilgamesch stehen, denn mit dieser Figur, deren Gesicht übrigens herzlich wenig dem Ilunas ähnelte, hatte es eine besondere Bewandtnis, die den Betrachter in Erstaunen versetzte – dem Gefäß in ihren Händen entquoll unaufhörlich das ewige Lebenswasser.

»Wie ist das möglich?«, wagte er Lamgi zu fragen. Doch dieser lächelte nur und zuckte vieldeutig die Schultern. Die Statue war eines der Rätsel von Mari, und ein Rätsel blieb sie nur, wenn man darüber nicht sprach.

Sie gelangten in die Bibliothek, wo ein gutes Dutzend Gelehrter und Beamter damit beschäftigt war, die Tafeln von einer Ecke in die andere zu tragen.

»Es wird gerade neu registriert«, sagte Lamgi ergeben, »eine mühselige Arbeit, die wohl Jahre in Anspruch nehmen wird.«

Die Gelehrten waren so in ihre Tätigkeit vertieft, dass sie regelrecht aufschraken, als sie angesprochen wurden. Vom Zedernwald hatten auch sie gehört, sie kannten in etwa den Weg dorthin, wenn auch nicht so gut wie die sieben Weisen von Uruk.

Lamgi drängte sich wieder in den Vordergrund und zog seine Gäste sanft nach draußen, auf das Dach der Bibliothek, von dem aus man einen guten Blick über Stadt, Gärten, Äcker und den Euphrat hatte.

»Es gibt nur eine einzige Angelegenheit, die wichtiger
ist als das Sortieren von Büchern – jedenfalls was welt-
liche Belange angeht«, seufzte er, »und das ist die Ver-
besserung des Bewässerungssystems.« Er wies mit der
ausgestreckten Hand über das Land. »Seht ihr den großen
Strom? Jetzt schlummert er und liegt ruhig in seinem Bett.
Aber versucht euch vorzustellen, wie es nach der Regenzeit im Frühjahr ist! Meine Vorfahren haben ein Leben
lang dagegen angekämpft, um die Stadt zu erhalten und
die Felder zu sichern. Stück für Stück haben sie das Ufer
befestigt und Kanäle und Rinnen gezogen, um das Wasser
in Gebiete zu führen, wo es bei Überschwemmungen
keinen Schaden für Mensch und Tier anrichten kann.«

Und noch immer habt ihr es nicht geschafft, einen
richtigen Hafen anzulegen, wollte Gilgamesch sagen,
aber er verkniff sich seine voreilige Äußerung. Er wollte
es sich mit dem freundlichen Herrn von Mari nicht ver-
scherzen. So lobte er das Werk der fleißigen Leute der
Stadt und strich dem König Honig ums Maul. Bis spät in
die Nacht hinein unterhielten sie sich über Ernte und
Staatsgeschäfte, über Fragen der Religion, der Kunst und
über sportliche Ereignisse, über die zu diskutieren es
auch in Mari äußerst beliebt war. Nachher begaben sich
Gilgamesch und Enkidu im Gästehaus des Palastes zur
Ruhe, während Abu el Dschardscha zurück aufs Schiff
ging, um dort die Nacht zu verbringen. Das Schiff würde
hierbleiben, und er wollte Handel betreiben. Für das
Silber, das er für die Fahrt erhalten hatte, würde er Güter
einkaufen, die es in Mari gab, und dann zurück nach Uruk
bringen oder weiter noch, jedenfalls so weit, dass ein
Tausch oder Verkauf gewinnversprechend für ihn war.

Zwei Tage gab Gilgamesch seinen Soldaten Zeit, Abschied von den schönen Mädchen des Ischtartempels zu

nehmen, dann ließ er das Signal zum Aufbruch geben. Auf Maultieren und Eseln, die Lamgi großzügig zur Verfügung gestellt hatte, zogen sie westwärts in die Wüste. Es war staubig und unerträglich heiß, die Luft flimmerte vor den Augen und Schamachs Sonnenatem lag sengend über dem Land.

Nach vielen mühseligen Tagereisen erreichten sie die Oase Palmyra. Dieser Ort trug seinen Namen zu recht. Viele hundert Dattelpalmen standen hier, zu schattenspendenden Hainen vereint, um die Wasserstelle herum und boten vorbeiziehenden Karawanen ein erfrischendes Lager. Mehrere Tage rastete der Zug, um sich auszuruhen, denn nun lag der längere Abschnitt ihres Weges erst vor ihnen: eine endlos erscheinende Wüste, gänzlich ohne Vegetation, und öder von einer Doppelstunde zur anderen. Unterwegs wollten die Soldaten wissen: »Wo liegt eigentlich das Purpur-Land, was ist das für ein Stoff, der von dort kommt und so kostbar ist, dass man ihn gegen Silber und Gold eintauschen kann?«

»Kommt erst nach Kadesch«, antwortete Gilgamesch, »so werdet ihr mehr erfahren. Das rote Pulver aber, das man Purpur nennt, stammt von der Küste des fernen Meeres, wo man Schnecken einsammelt, sie kocht und zerstampft, bis nur noch der rote Staub von ihnen übrig ist. Tausend Schnecken sind nötig, um eine winzige Prise Farbstoff zu gewinnen, und viele tausend fleißige Hände, um die Schnecken zu sammeln – daher rührt sein erstaunlicher Wert.«

Die Soldaten dachten daran, dass einem jeden von ihnen ein ganzer Beutel des kostbaren Pulvers versprochen war, und trieben ihre Reittiere an. Nach einer langen, entbehrungsreichen Woche sahen sie in der Feme eine Bergkette aus der Wüste ragen.

»Sind wir am Ziel? Ist das das Hermon-Gebirge?«, riefen sie aufgeregt durcheinander.

Enkidu schüttelte den Kopf, und Gilgamesch klärte sie auf: »Ein Ausläufer ist es, die wirklichen Berge sind noch weit, so weit, dass wir sie von hier aus noch nicht sehen können. Zuerst müssen wir unseren Weg durch jene Hügel da finden und den See suchen, der tief grün ist, um in ihm unsere Füße zu waschen.«

So, wie er es beschrieben hatte, geschah es auch: Sie fanden in einem zerklüfteten, felsigen Tal den Weg durch die Hügel, die von nahem gesehen schon richtige Berge waren, und fanden danach im Tal des Orontes die fruchtbare Ebene von Bukea. Mit Blick auf die sinkende Sonne gruben sie einen Brunnen und spendeten Schamach Wasser. Als sie die Gebete beendet und eine ausgiebige Abendrast eingelegt hatten, ritten sie in der Kühle des Abends den Orontes entlang, bis sie an einen tiefgrünen See kamen. Das war der Höms-See, und so tief und schweigend lag er da, dass die Männer befangen anhielten und seine Farbe bestaunten. Schnell kam die Nacht, und sie mussten ein Feuer entfachen, denn es war kühl hier in der Fremde.

Am nächsten Morgen band Gilgamesch seine Sandalen ab und ging barfuß zum Rand des Wassers. Eiskalt war die Flut und ließ ihn nicht lange darin verweilen. Seine Leute aber weigerten sich, es ihm gleich zu tun. Da wurde Gilgamesch zornig: »Habt ihr vergessen, dass die Weisen von Uruk uns auftrugen, uns hier zu reinigen, bevor wir das Reich des Unbekannten betreten? Stellt euch nicht so an, seht: Auch ich war mit den Füßen darin, und nehmt euch ein Beispiel an Enkidu, der sogar darin badet!«

In der Tat hatte sich der Barbar ausgezogen und war ins eiskalte Wasser gesprungen, um mit kräftigen Armbewegungen ein paar Runden zu drehen. Murrend folgten die Soldaten der Anweisung, streiften ihre Sandalen ab und plätscherten ein bisschen am Rand. Aber sie waren froh, als sie am folgenden Tag den wenig anheimelnden See hinter sich ließen und einen Pfad hoch ins Gebirge ritten. Wie eine Feste lag Kadesch in den Bergen versteckt, eine Bastion, die jeder passieren musste, der weiter in den Libanon ziehen wollte. Hier, in einer einfachen Herberge, erfuhren sie von anderen rastenden Wanderern tatsächlich mehr über das Purpur-Land. Sie mochten es nicht glauben, dass sie schon so dicht am gewaltigen Meer waren, das seine Gabe, die Schnecken und Muscheln, tagaus, tagein an die Gestade der Küste trug, wo die Menschen warteten, um sie in Körben einzusammeln und daraus das kostbare rote Pulver zu machen. Niemand der Reisenden hatte Purpur dabei, aber jeder hatte es schon einmal gesehen. Gelegentlich sollten Händler vorbeikommen, die Geschäfte damit machten und hier abstiegen, bevor sie weiter auf den Karawanenwegen nach Osten zogen. Gilgamesch versprach, auf dem Rückweg an die Entlohnung zu denken und bestellte beim Fürsten von Kadesch eine gewisse Menge des roten Pulvers. Bei ihm erkundigte er sich auch genau, wie der Weg weiter bis zum Berg Hermon verlief.

Die Gesichtszüge des Fürsten verfinsterten sich. »Wie … ihr wollt gar nicht über die normale Straße durchs Gebirge zur Küste?«, fragte er. »Zum Berg Hermon, das ist die falsche Richtung.«

»Ich will hin zum Zedernwald, um den Chumbawa zu erschlagen«, sagte Gilgamesch leichthin, so als sei dies das Selbstverständlichste der Welt.

»Die Götter stehen mir bei!«, rief der Fürst bestürzt. »Weißt du, wovon du da redest?«

»Ich weiß es genau, es ist alles wohl durchdacht und geplant.«

»Niemand, der je dorthin zog, ist wiedergekommen!«, rief der Fürst.

»Auch die Holzfäller aus Nippur nicht?«, fragte Gilgamesch schnell.

»Das sind einige, wenige Ausnahmen. Sie wagen sich nur bis zum Rand des Zedernwaldes, aber nie bis zum Hermon vor.«

»Ich bin noch eine größere Ausnahme und gehe weiter als alle bisher«, sagte Gilgamesch kühn. »Was ist: Willst du mir nun den Weg dorthin beschreiben, oder soll ich dich erst im Zweikampf bezwingen, damit zu merkst, wie ernst es mir ist?«

Der Fürst erbleichte. Er dachte an Gilgameschs Schwert und an den Barbaren und daran, dass unten im Hof fünfzig schwerbewaffnete Männer standen, die entschlossen wirkten und wohl nicht zögern würden, auf Befehl ihres Anführers die Festung in Schutt und Asche zu legen. Warum hatte er sie nur so hereingelassen, ohne sie aufzufordern, am Tor die Waffen abzulegen? Er biss sich auf die Lippen und ärgerte sich über seine Unachtsamkeit. Sonst war er doch immer so vorsichtig und schlau. Warum hatte sein Spürsinn diesmal versagt? Der Fürst war ein hagerer, dunkler Mann von der Art der Bergbewohner des Landes, dem seine tiefliegenden Augen etwas Verschlagenes verliehen. Unstet war sein Blick, beim Sprechen wanderten seine Augen unruhig dahin, schienen nicht einen Moment lang am selben Fleck bleiben zu können. Seine Bewegungen wirkten fahrig. Das harte Leben in den Bergen hatte ihn Vorsicht gelehrt. Er war kein Herrscher, der souverän regierte, mehr ein Marder, der sich in seinem Bau verschanzt und umherhuscht, um jederzeit einen Fluchtweg finden zu können. Es war ein krasser Fehler gewesen, die fremden in Waffen und Rüstung in seine Festung zu lassen. So besann er sich aufs Taktieren.

»Ein beschwerlicher Weg ist es, steinig und voller Gefahren, die mancher nicht ahnt«, begann er. »Er führt östlich am Gebirge entlang nach Süden. Er ist nicht befestigt, kein Dorf liegt daran, auch keine Herberge mehr, die euch für die Nacht Unterkunft bieten könnte. Vielleicht ist es besser, ihr lasst einen Teil eurer Leute hier auf euch warten, bis ihr zurück seid. Sie könnten dann selbst mit den eintreffenden Händlern sprechen, die Purpur mit sich führen …«

Gilgamesch schüttelte den Kopf.

»Nein, das ist nicht in meinem Sinne und ich glaube kaum, dass du unser Heer durch listiges Reden aufspalten kannst.«

Der Fürst protestierte heftig, daran habe er nicht gedacht, sondern nur einen guten Rat geben wollen.

Doch Gilgamesch fuhr unbeirrt fort: »Ich danke für deinen Rat, Fürst, doch ich denke, es wird besser sein, wir ziehen zusammen weiter wie bisher und trennen uns nicht. Ich danke dir auch dafür, dass du mir den Weg beschrieben hast. Hoffentlich stimmt alles, was du sagst, dann sollst du es nicht bereuen.«

Diese Art Gilgameschs, zu reden und mit seinen Worten keine Rücksicht zu nehmen, beleidigte den Fürsten von Kadesch schwer, aber er ließ sich nichts anmerken. Stattdessen gestikulierte er wild und beteuerte abermals seine guten Absichten. Schließlich versprach er, um seiner Rede Nachdruck zu verleihen, einen erfahrenen Führer mitzugeben, der den Weg kannte und sie sicher bis zum Beginn der schneebedeckten Berge bringen würde.

»Am Rande des großen Waldes aber wird er umkehren und euch allein weitergehen lassen, denn du wirst niemanden finden, der freiwillig sein Leben riskiert und sich mit Chumbawa, dem Furchtbaren im Gehölz, anlegt.«

Gilgamesch nahm das Angebot dankend an und verließ nachdenklich die Gemächer des Fürsten. Wie kam es, dass ihm nicht zu trauen war, warum hatte sein Blick bei der Nennung von Chumbawas Namen geflackert? Stand er bereits unter dem Banne des Bösen? Gilgamesch schritt die Wehrmauer entlang und spähte über das Tal zu den jenseitigen Bergen, die sich wie die zackigen Rückenflossen eines Drachen in den Himmel erhoben. Er sog die kühle, klare Luft ein und stellte fest, dass ein leichter, undefinierbarer Geruch in ihr lag. Es war der Hauch der Grenze zum unheimlichen Land. Er spürte deutlich: Drüben lag bereits Chumbawas Schatten über den Tälern. Und deutlich wahrnehmbar für jeden, der Sinne dafür besaß, stiegen Nebel aus dem Grund herauf, die nicht natürlichen Ursprungs waren.

»Enkidu«, zog er den Freund zu Rate, »was hast du für ein Gefühl, wenn du den Fürsten reden hörst?«

»Dass er nicht sagt, was er denkt«, antwortete Enkidu prompt, »dass er den Vipern gleich eine gespaltene Zunge besitzt, deren eine Hälfte ja sagt und die andere nein. Ich glaube ihm nicht und traue ihm nicht über den Weg.«

»Sag mir alles, Enkidu, was du über den Zedernwald weißt. Du hast einmal gesagt, du wärst bei deinen Wanderungen durch die Steppe bis dicht an den Rand gekommen.«

»Ich war nie dort, wo Menschen leben, in befestigten Plätzen …« wich Enkidu aus.

»Aber du musst doch durch die Wüste gekommen sein.«

»Das ist lange her, ich kann mich nicht mehr gut daran erinnern.«

»Versuch es, Enkidu, versuch es bitte, es ist wichtig für uns. Also zuerst war da der Strom, der Euphrat, du musst ihn überquert haben.«

»Ich bin geschwommen«, brummte der Barbar.

»Und dann … die endlose Wüste …«

»Ja, sie mag endlos sein, nun kam es mir auch so vor. Damals aber … damals war immer ein Tag und dann der nächste … Mit den Gazellen bin ich gezogen …«

»Und du hast den Rand erreicht, die Berge gesehen, den Wald?«

»Ja, mit der Sonne kam ich und ruhte, wenn sie unterging.«

»Du hast den Wald Chumbawas gesehen?«

»Ja, aber nur von fern, ich wagte mich nicht näher heran.«

»Weil du Angst hattest, Enkidu?«

»Die Adler … sie hatten Angst und steckten mich an damit. Stets flogen sie nur bis zum Waldsaum und kehrten dann um. Sie riefen sich in den Lüften zu, dass dort kein Durchkommen sei. Eine unsichtbare Kraft würde wie eine Wand in den Himmel ragen. Und einer, der ihr zu nahe gekommen war, war dagegen geprallt und lahmte am Flügel. Kurze Zeit darauf starb er … er fiel einfach tot vom Himmel.«

»Findest du es richtig, dass wir einem Wegführer vertrauen, den der Fürst für uns ausgesucht hat?«

»Es kommt auf sein Gesicht an«, sagte Enkidu, »auf seine Stimme, seine Augen und vor allem auf seinen Geruch. Wenn er nicht stärker riecht als dieser Ort hier, dann ist es gut.«

»So nimmst du es also auch wahr, was ich die ganze Zeit über spüre – dass etwas in der Luft weht, etwas, das nicht von Bäumen, Blumen und anderen Pflanzen stammt?«

»Ja«, sagte Enkidu zu Gilgameschs Überraschung, »der Nebel trägt es mit sich, es ist eine Kostprobe von dem, woraus Chumbawas Atem besteht. Der Wind hat es von den Bergen da drüben herübergeweht.«

Und dann sagte Enkidu noch etwas, dass ungewöhnlich für ihn war und Gilgamesch staunen ließ: »Von nun an solltest du sorgsam auf deine Träume achten, Bruder. Versprich mir, jeden einzelnen zu erzählen, damit ich ihn deuten kann«, sagte Enkidu.

Seit wann konnte der Barbar Träume deuten? Verlegen nestelte er an dem goldenen Band, das er am Hals trug und von Ninsum empfangen hatte. Sollte die weise Mutter ihre Gabe auf ihn übertragen haben? Gilgamesch nahm sich vor, es bei nächster Gelegenheit zu erproben. Zuvor aber ließen sie sich den Wegführer zeigen. Es war ein Mann undefinierbaren Alters, mit wettergegerbtem Gesicht, der am Rand der Wehrmauer in einer Hütte hauste. Der Geruch von Ziegen und frischem Mist haftete an seiner Kleidung. Enkidu schnupperte und machte ein zufriedenes Gesicht.

»Es riecht nach Stall«, sagte er knapp, »er ist in der Lage, uns sicher zu führen.«

Der Mann, der Anweisung vom Fürsten erhalten hatte, die Fremden entlang des Gebirges zu führen, blickte aufmerksam vom einen zum anderen. Statt zu sprechen, grunzte er nur. Wenigstens ist er nicht geschwätzig, dachte Gilgamesch. Er wunderte sich, dass auch er plötzlich auf kleine Einzelheiten achtete, die er früher gar nicht wahrgenommen oder zumindest nicht wichtig genommen hätte. Zum Beispiel die Gesichter seiner Soldaten: Wieviel unterdrückte Spannung lag darin. Das waren keineswegs mehr die Mienen von tatendurstigen Helden. Irgendwie wirkten sie ermattet und von Sorge belastet. Das konnte keinesfalls allein von der anstrengenden Reise kommen. In Mari, am Tempel Ischtars, hatten sie noch gelacht und gejubelt. Hier wirkten sie, als seien inzwischen Jahre vergangen und das Alter begänne, ihre Schultern zu beugen. Spürten auch sie Chumbawas Atem im Nebel? Was würde sein, wenn sie noch dichter an den Wald herangelangten?

Bier verlangte Gilgamesch vom Wirt der Herberge. Nicht allzuviel, nur soviel, dass es die Zungen löste und die Kehlen zum Singen brachte. So saß er am Abend inmitten der Männer und stimmte die alten Lieder aus Uruk an. Die Erinnerung an die Heimat beflügelte die Leute mächtig. Glanz kehrte in ihre trüben Augen zurück. Ihre Kehlen wurden rau, laut grölten sie Uruks Lieder und machten in der Herberge so gewaltigen Lärm, dass der Wirt ängstlich die Schultern einzog und sich im Schankraum hinter den Tonkrügen und Amphoren verschanzte. Besonders der blonde Riese flößte ihm Unbehagen ein. Gar zu schrecklich sang der und schlug den Takt dazu mit den gewaltigen Fäusten gegen den Balken des Hauses, dass das Dach zu beben begann.

»Drauf und dran«, sang er mit Gilgamesch um die Wette, »drauf und dran, furchtlos voran mit *Elluri* und Kriegsgeschrei … Drauf und dran, vor uns bricht jeder Feind entzwei, als ob er ein frischer Brotlaib sei …«

Am nächsten Morgen brachen sie in aller Frühe auf. Eine bedrückende Stille lastete über Kadesch, als der Reiterzug durch das Tor die Festung verließ. Kein Hahn krähte, nirgends brüllten Kühe zum Melken, denn es gab wenig Vieh in den Bergen. Der Wohlstand des Fürsten rührte einzig und allein aus seinem verschlagenen Handel und daher, dass er eine Herberge an günstiger Stelle besaß, in der viel reisendes Volk absteigen musste.

Der stand auf der Zinne und blickte den fremden Kriegern nach, die nun in südlicher Richtung weiterzogen – fünfzig Lanzenreiter auf Maultieren und Eseln, von zwei schwerbewaffneten Hünen angeführt, und vor ihnen ritt der Fährtensucher auf einem zahmen, mähnigen Ziegenbock. Langsam ritten sie den sich windenden Pfad ins Tal hinab, bald würden sie aus dem Blickfeld verschwunden sein und niemals wiederkehren. Schade um all die schönen Lanzen, Schilde, Äxte und Messer. Besonders leid tat es ihm um die beiden Schwerter mit den goldenen Knäufen, um den Bogen und die wuchtigen Äxte natürlich auch. Das waren keine Leute aus Nippur, keine Holzfäller, wie sie hin und wieder erschienen, nein, diese da wollten weiter als alle anderen bisher den Weg ohne Wiederkehr gehen. Schade um ihre Maultiere und Esel, das viele Gepäck … Alles würde verlorengehen in Chumbawas Wald. Sollte er nicht lieber doch ein paar Leute nachsenden, um wenigstens etwas zu retten, wenn es so weit war? Er rief seinen Mundschenk, der sich am besten in solchen Dingen auskannte, und der nannte die

Namen von fünf verwegenen Kerlen, die gottlos genug waren, so etwas zu wagen.

»Hört ihr«, sagte der Fürst von Kadesch, »haltet euch stets schön zurück, niemand darf euch bemerken und keinesfalls sollt ihr euch mit den Fremden anlegen. Ihr habt gesehen, wie gut bewaffnet sie sind, einen Kampf würdet ihr nicht überleben … Aber wenn sie die Angst und der Wahnsinn packt oder sonst etwas geschieht, dass sie alles stehen und liegen lassen, um ihr Leben zu retten, dann sammelt blitzschnell ihre Waffen ein und alles, was sie in ihrer Not fallenlassen, und bringt es zu mir. Ich will es euch gut lohnen.«

Die Kerle nickten grimmig und fletschten grinsend die Zähne. Wie Spürhunde, eine wölfische Schattenmeute, glitten sie aus der Festung und schlichen den Reitern nach. Inzwischen hatte der Trupp die Talsohle erreicht und befand sich nun am äußersten Rand des Gebirges. Ein Saumpfad führte östlich entlang, in gebührendem Abstand zum Wald. Ja, der Wald! Was von Kadesch aus noch wie die grünmoosigen Buckel von Bergrücken ausgesehen hatte, erwies sich nun aus der Nähe als ein schier unendlicher Forst. Dicht an dicht standen die Bäume, Zedern und anderes Nadelgehölz. Nie hatten die Männer eine solche Menge von Bäumen gesehen, nie ein Grün, das dichter und unergründlicher war als dieses hier. Dagegen war der Höms-See lediglich eine Pfütze gewesen – der Wald war viel mehr: eine kaum zu begreifende Unendlichkeit, ein Ozean aus Stämmen, Ästen und Nadelgrün. Und dann diese Stille, diese seltsam unnatürliche Stille! Kein Tier regte sich seitlich des Weges, keine Vogelstimme erklang aus der Wildnis. Warum schwieg alles nur? Warum wagten auch die Männer kaum noch zu atmen? Und wie dunkel der Forst war …

So sehr sich Schamachs Licht auch bemühte, die Sonne schien abzuprallen an der Grünschwärze des Waldes, die wie eine Wand aus Finsternis zu ihrer Rechten lag. Gut, dass die Herzen der Menschen und auch die von Esel, Maultier und Ziege links schlagen, also auf der dem Wald abgewandten Seite – wahrscheinlich hätte die Finsternis sie gepackt und ebenfalls zum Schweigen gebracht. Den ganzen Tag über ritt der Kerl auf dem Ziegenbock schweigsam voraus. Gegen Mittag wurden die Berge höher und rückten mit scharfen, nackten Felsrücken aus dem Grün empor zu bizarren Gebilden, zu einer Grenze, die in den Himmel griff und ihn teilte.

Als die Sonne endgültig diese Grenze überschritten hatte und jenseits mit ihrer Wärme verschwand, begannen die Männer zu frieren. Der stumme Reiter auf dem Ziegenbock hielt inne und wies sie an, an einer geschützten Stelle ein Feuer zu entfachen. Sie sammelten Holz dafür, aber vermieden es, nach rechts hinüber zum Wald zu gehen, sondern schwärmten lieber in der geböschten, steinigen Ödnis aus, wo hin und wieder morsches Holz und vom Sturm abgerissenes Astwerk lag. Damit schichteten sie ein Feuer auf und rückten eng aneinander. Auch die Nacht war still, eigentlich noch lautloser als der Tag zuvor. Keine Frösche quakten wie an Uruks Ufern, keine Zikaden, nicht einmal der Wind war zu hören, der sonst immer und allerorts über Steppe und Wüste dahinwehte. Zum ersten Mal spürten sie alle die Nähe des Todes.

Am nächsten Tag aber wurde es noch schlimmer. Zwar kamen sie ein gutes Stück auf der Strecke voran, aber immer höher stiegen die Felsen zu ihrer Rechten empor, bis schließlich die ersten schneebedeckten Flächen auftauchten. Eiseskälte hauchte sie von dort an, obgleich noch immer kein Wind ging und der Wald abwartend, wie lauernd dalag. Keiner der Männer sprach ein Wort, fester fassten sie ihre Waffen und ritten dahin, den Blick immer auf den Boden vor sich gerichtet. Der Pfad war nun so eng geworden, dass sie nicht mehr nebeneinander reiten konnten. In einer Linie, einer hinter dem anderen, zogen sie dahin, und jeder bemühte sich, immer dicht hinter seinem Vordermann zu bleiben.

Enkidu war jetzt vorn, gleich hinter dem Wegführer auf seinem langmähnigen Ziegenbock. Danach folgte Gilgamesch mit den anderen. Es war so still, dass Enkidu das Schnaufen des Bocks und den Atem des Mannes hören konnte. Unhörbar für die anderen fing er ein Gespräch an, ungefähr in der Art, wie er es früher mit den Tieren getan hatte, als er noch deren Sprache verstand.

»He Leithengst«, sprach er zum Bock, »he Führer« zum Manne, »Augen voraus und Nase vorn, was gibt's zu sehen, zu hören, zu riechen?«

»Nicht viel«, knurrte der Fährtensucher zurück, »Steine, Geröll, Schweigen und Unheil.« Er wandte sich kurz um, weil er selbst überrascht war, auf die Ansprache des Fremden eingegangen zu sein. Ein scheeler Blick aus wölfischen Augen traf Enkidu.

»Schweigen, Unheil? Schlechte Zeiten und schlechte Gegend für Fremde ...«

»Nicht nur für Fremde ... Bin auch froh, bald dort zu sein, wo sich unsere Wege trennen.«

»Wo? Seh nur Steine, Geröll und endlosen Wald.«

»Morgen«, knurrte der Wolfsmann, »morgen kommen wir hin, wo alles zu Ende ist.«

»Hah«, knurrte Enkidu zurück, »Wasser fließt, bricht den Stein, lässt Flechten wachsen und Blumen ... Nichts ist zu Ende.«

»Hier schon. Wirst es selber sehen, Freundchen. Ist schneller zu Ende, als du es dir vorstellen kannst.«

Mit dieser düsteren Vorhersage war das Gespräch zwischen den beiden beendet. Nicht einmal mehr drehte sich der Wolfsmann um zu Enkidu, er ritt auf seinem Ziegenbock voran und sah nicht nach rechts und nach links, hatte bloß Augen für seinen Weg, der immer schwerer zu finden war, weil überall Geröll herumlag. Lange wohl mochten hier keine Menschen mehr entlanggezogen sein, kaum dass überhaupt etwas darauf hinzudeuten schien, dass hier ein Weg war.

Wieder verschwand die Sonne schneller als ihnen lieb war hinter den schneebedeckten Bergrücken, wieder sprang Kälte sie an, kroch durch Kleidung und Haut bis in die Herzen hinein. An einer geschützten Stelle, die der Fährtensucher fand, machten sie halt und richteten sich ein Lager für die Nacht ein. Frierend saßen sie um das Feuer und keiner sprach etwas. In dieser Nacht konnte keiner der Männer richtig schlafen. Zerschlagen und müde wachten sie am Morgen auf und klopften mit den Armen ihren Körper warm.

»Ist es noch weit?«, wollte Gilgamesch wissen.

Der Wolfsmann, der bereits wieder aufbruchbereit auf dem Ziegenbock saß, schüttelte den Kopf. Dennoch zog sich der Weg endlos hin.

Dieser Tag war der schlimmste. Immer näher rückte das gewaltige Bergmassiv, das wohl das Hermon-Gebirge sein musste, und kälter und kälter wurde es. Gegen Mittag, als die Sonne fast senkrecht über den Berggipfeln stand und sich anschickte, jenseits hinüberzugleiten, begannen die Männer, in Erwartung einer noch elenderen Nacht als der vorhergehenden, zu murren. Auch Gilgamesch und Enkidu hatten ihre Maultiere angehalten und blickten sorgenvoll zum drohend dunklen Gebirge. Hatte der Wald zu der Tageszeit, in der die Sonne auf ihn schien, bereits ein schwarzgrünes, unheimliches Wesen, so verwandelte er sich mit dem Sinken der Sonne zu etwas kaum noch Erträglichem. Dann krochen langgliedrige, bizarre Schatten herab, verwob sich die Dunkelheit zu drohenden Gebilden, zu wachsenden Inseln des Grauens, die sich auf das Denken legten und alles erstickten.

Der Wolfsmann war vom Bock gestiegen, hielt das Tier am Horn und wandte sich um. Er deutete mit dem Arm unbestimmt zum Gebirge hinüber und schüttelte den Kopf. Zum ersten Mal seit Antritt der Reise sprach er mit für alle verständlicher menschlicher Stimme.

»Bis hierher und keinen Schritt weiter«, sagte er, »wenn ihr anderes vorhabt, dann ohne mich, ich kehre um.«

»Wie weit ist es noch?«, fragte Gilgamesch, der sah, dass der Mensch Anstalten machte, wieder aufzusitzen und umzudrehen.

»Das kommt darauf an, wo ihr hinwollt …«, knurrte der Wolfsmann, »in etwa einer Stunde erreicht ihr das verlassene Lager der Holzfäller. Wenn ihr weiter hinein wollt …« – er deutete zum Wald – »… dann kann es ewig dauern. Der Weg führt direkt in die Unterwelt.«

Mit diesen Worten trat er dem Bock in die Seiten und jagte im Galopp an den Männern vorbei den Weg zurück, den sie gekommen waren. Unschlüssig standen die Soldaten herum. Einige waren abgestiegen und hielten ihre Tiere am Zaumzeug.

»Wenn du denkst, was ich denke«, sagte Gilgamesch zu Enkidu, »dann heißt es aufsitzen, damit wir vor Einbruch der Dunkelheit das Lager der Holzfäller erreichen.«

Enkidu nickte. Da gab Gilgamesch den Befehl zum Aufsitzen und sprengte an der Spitze des Zuges los. Das war eigentlich leichtsinnig, denn der Weg war äußerst schlecht, mit Geröll übersät und schmal. Aber sie mussten von der Stelle kommen, denn die Schatten der Nacht rückten bedenklich näher. Wie der Wegführer beschrieben hatte, erreichten sie nach einer knappen Stunde einen Platz, an dem Reste von geschlagenem Holz herumlagen. Schemenhaft erkannten sie eine notdürftig gezimmerte Hütte und davor einen Ring aus geschwärzten Steinen mit Spuren von Asche darin. Dies musste das Lager der Leute von Nippur sein.

Die Männer trieben die Reittiere zusammen, banden sie fest, begannen hastig, Reisig und Astwerk zu sammeln und schichteten ein Lagerfeuer. Nachdem sie gegessen hatten, übernahm Enkidu mit drei Mutigen die erste Wache, während die anderen versuchten, Schlaf zu finden. Aber das war nicht so leicht. Hatte bisher eine bedrückende Stille über dem Weg gelastet, so gab es nun rings um sie herum Stimmen, die raunten und wisperten.

»Was ist das?«, fragte einer verstört.

»Nichts von Belang«, beruhigte Enkidu, »Wind kommt auf, er streift durch die Wipfel der Bäume und lässt ihre Kronen rauschen.«

»Aber es klingt wie das Stöhnen gequälter Seelen …«

»Das sind die Stämme, die aneinanderreiben, knarrendes Holz, ihr seid in Uruk solche Geräusche nicht gewohnt. Ich habe in vielen Wäldern geschlafen und sage euch: Es ist immer so, dass Bäume Lärm machen. Dies allerdings ist der größte Wald, den ich jemals sah, und entsprechend ist sein Lärm.«

Unruhig schliefen sie am Feuer, unruhig waren auch die Tiere. Ängstlich traten sie auf der Stelle.

Am Morgen erwachte Gilgamesch davon, dass er glaubte, die Welt um sich brennen zu sehen. Er fuhr von seinem Lager hoch und sah, dass vom östlichen Tal her ein rötlicher Schimmer drang, der stärker und stärker wurde. Blutrot ging die Sonne auf und beleuchtete die schaurige Stätte: Das Lager befand sich unmittelbar am Rand des riesigen Waldes, durch den die Windstimmen glitten, die in den Kronen der Bäume wie Vögel zu nisten schienen und herunter zum Lager raunten. Undurchdringlich war der Wald, ein schwarzes Meer aus Zedern und Merubäumen, und dazwischen vielerlei Dorngesträuch und Gestrüpp, das bis zum massigen Boden reichte.

»Was ist dir?«, fragte Enkidu besorgt, als er das verstörte Gesicht des Freundes sah.

»Die Götter haben mir den kostbaren Schlaf geraubt«, sagte Gilgamesch.

»Ich hatte einen Traum, der war schlecht und wirr, ganz elend sind meine Gedanken davon.«

»Und was hast du geträumt?«

»Im Traum stieg ich hinauf durch den Wald zum Berg, um Ausschau über die Lande zu halten. Es ging auch ganz leicht zuerst. Da war ein breiter Weg, wie von Äxten waldeinwärts geschlagen, und kein Hindernis stellte sich mir entgegen. Als ich oben auf dem Felsen war, sah ich die Steppe unter mir liegen. Allerlei Wildgetier graste darin. Als ich es so betrachtete, packte mich ein jäher Windstoß und hob mich hoch in die Luft. Ich breitete die Arme aus, Enkidu, und flog wie ein Vogel weit in die Steppe hinein. Vor den Füßen eines Wildstiers landete ich und stellte mich dem schnaubenden Tier zum Kampf. Ich packte ihn seitlich, umschlang seinen Hals mit den Armen und drückte ihn langsam zu

Boden. Da hörte ich die Stimme Chumbawas dröhnend erschallen, und alles Getier floh in hastigen Sprüngen. Bei seinem Ruf bebte die Erde und eine riesige Staubwolke kam aus dem Berg, die bedeckte den Boden wie Regen.

Zugleich schoss eine Feuersäule gen Himmel. Vor diesem Anblick fiel ich vor Schreck auf die Knie. Da griff ein gewaltiger Schatten aus dem Wald heraus nach mir und packte das Schwert, das ich gezogen hatte. Wie glühende Kohlen im Opferbecken, so heiß war der Griff, der mir den Arm versengte und lähmte hinauf bis zur Schulter. Dann tastete der furchtbare Schatten nach meinem Mund, den ich zum Schrei geöffnet hatte und riss mir die Zunge heraus. Meine Schläfe schwoll an und die Sinne schwanden mir, dass ich wie im Fieber zu Boden fiel. Um Hilfe schrie ich und stöhnte. Da spürte ich, wie mich jemand ergriff und mir Wasser aus seinem Schlauch einflößte. Es wurde gleißend hell, und ich sah, dass es ein Mann war, der Herrlichste im ganzen Lande.«

»Hm«, sagte Enkidu und setzte sich nachdenklich an die Seite des Freundes, »dein Traum ist zwar wirr, aber nicht so schlecht, wie du glaubst. Lass ihn dir deuten. Also: Der Weg lag vor dir, und klar konntest du ihn erkennen und weit ins Land sehen. Du hörtest die Stimme Chumbawas, sahst sein grässliches Wirken und erschrakst. Aber der wilde Stier der Steppe, den du trafst, ist er nicht. Alles an Chumbawa ist fremd und nicht zu vergleichen mit dem, was man kennt. Der Wildstier, den du sahst, ist Schamach, unser Beschützer. In der Not wird er uns helfen, denn du zwingst ihn mit deinem Willen dazu. Der, der dich mit Wasser aus einem Schlauch tränkte, ist dein Ahnherr Lugalbanda, der unsichtbar bei uns und dir wohlgesonnen ist. Auch er bringt Hilfe, wenn es sein muss. Darum lass uns nicht ängstlich zögern vor diesem Omen, sondern fest zusammenstehen und das Werk vollenden, das wir uns vorgenommen haben.«

Von den Worten Enkidus getröstet machte sich Gilgamesch auf und begrüßte die Sonne. Feurig und glutvoll stieg der rote Ball über dem Tal auf und belebte mit seiner Kraft die Männer zu neuen Taten. Als Gilgamesch mit Schamach gesprochen und einen Schluck Wasser geopfert hatte, wandte er sich an die Soldaten.

»Männer«, sagte er, »wir sind am Ziel unserer Reise. Nehmt die Äxte und schlagt soviel von den Zedern, wie ihr nur könnt. Schlagt nur die besten Bäume, schichtet die Stämme und bereitet sie zum Abtransport vor. Enkidu und ich, wir werden weiter in den Wald eindringen und den bösen Geist aus ihm zwingen. Seid ohne Sorge, wenn es auch dauert, wir kommen als Sieger zurück!«

»Und wenn es lange währt, wenn uns abends die schlimmen Schatten bedrängen?«, fragten die Soldaten.

»Schichtet gegen Abend bei Einbruch der Dunkelheit ein Feuer«, sprach Gilgamesch, »stellt doppelte Wachen auf und opfert jeden Morgen, wenn Schamach sich naht, einen Schluck Wasser aus euren Schläuchen. Wenn das Trinkwasser zur Neige geht, so grabt einen Brunnen.«

Als alles vorbereitet war, banden Gilgamesch und Enkidu die beiden schweren Beile, dazu Seile, Netze und Verpflegung auf die Rücken der Maultiere, prüften an einem Haar die Schärfe der Klingen ihrer kostbaren Schwerter und zogen zum Wald. Sie schritten zu Fuß und führten die Tiere am Zaum über den schwierigsten Weg, der voller Geröll und Steine war.

Still standen sie bald am Rand des Waldes und blickten immer wieder staunend zu den Höhen der Zedern empor. Schließlich entdeckten sie einen Eingang: Da war

ein angelegter Pfad über Moos und weich federnde
Flechten zum Berg hinan, der alles andere als unheimlich
wirkte. Im Gegenteil – ein schmaler Sonnenstreifen glitt
für Sekunden über die moosbewachsenen Hänge dahin,
ließ unglaubliches Grün aufflammen. Es sah aus, als
harke ein Kamm aus Licht durch die Matten. In diesem
Licht wirkte selbst das dunkle Gehölz schön, ragten die
weitausladenden Zedern mit ihren hohen Stämmen
mächtig empor, gab es Farnkraut und fremdartige Blumen
zu sehen, die nicht zu dieser Welt zu gehören schienen.
Dieser anmutige Ausblick beschleunigte ihre Schritte.
Leicht kamen sie auf dem Pfad voran, denn er war von
jedem Dickicht und Unterholz befreit. Als sie den Misch-
wuchsgürtel, der den eigentlichen Zedernwald umgab,
durchmessen hatten, bemerkten sie, dass sie sich auf
dem Rücken eines Vorgebirges befanden. Jenseits fiel
der richtige Zedernwald steil ab ins Tal, und dahinter erst
stieg drohend der schnee- und eisbedeckte Gipfel des
Hermon empor.

»Lass uns eine Rast machen und einen Imbiss ein-
nehmen«, sagte Gilgamesch, »mir scheint, dass hier ein
guter Platz ist, um auszuruhen, bevor wir hinab in den
Wald steigen.«

Enkidu nickte. Nachdem sie gegessen und getrunken
hatten, befiel sie eine seltsame Müdigkeit. Gilgamesch
lehnte sich mit dem Rücken an einen Stamm und schlief
kurz darauf ein. Ihm träumte Eigenartiges: Weiter zogen
sie den Pfad ins Tal hinab und erreichten eine tiefe, zer-
klüftete Schlucht, in der ein Wildbach zwischen weißge-
fleckten und moosigen Steinen schnell dahinfloss. An
einigen Stellen aber stand das Wasser auch schweigend
und tief und war mit einem Schleier aus grünlichen Algen
bedeckt. Dort sahen sie Fische unbeweglich im Wasser

stehen, die sie aus glasigen Augen anstarrten. Als aber ihr Schatten sie traf, schossen sie pfeilschnell davon und sprangen durch die Luft über Steine und Felsen hinweg. Vergeblich suchten Gilgamesch und Enkidu einen Übergang über den Bach. Sooft sie es auch versuchten, vorsichtig einen Fuß aufzusetzen, glitten ihre Sohlen vom glitschigen Moos ab, und fast wären sie gestürzt. Immer weiter liefen sie das Ufer ab und fanden keine Furt. Es war warm unten in der Schlucht, die Sonne stand senkrecht über ihnen und malte die Landschaft mit allen erdenklichen Farben aus. Sie hätten immer weiter so wandern können, wäre nicht ihr selbstgestellter Auftrag gewesen, endlich in den Zedernwald zu gelangen. Der Wildbach war wie ein Zaun, der ihnen den Zugang versperrte. Endlich wurde Gilgamesch das Warten zu lang.

»Was haben wir solche Furcht vor etwas kaltem Wasser?«, sagte er zu Enkidu, »unser Leben lang laufen wir nur am Ufer entlang und kommen doch nicht ans Ziel. Und weißt du, woran das liegt?«

»Nein«, sagte der Freund.

»Weil wir den Bach als Grenze empfinden und sie hinnehmen!«

»Was willst du damit sagen?«, fragte Enkidu.

»Ich mach es dir vor«, sagte Gilgamesch und sprang in den Bach, genauer: über ihn hinweg. Behände wie ein Steinbock von einem Felsstück zum nächsten sprang er, kaum dass seine Füße den Boden berührten. Da stand er, ehe er es sich versah, am anderen Ufer und wandte sich um.

»Tu es mir nach«, forderte er den Freund auf.

Und Enkidu nahm Anlauf und stürmte im Fluge über das Bachbett. Gilgamesch sah es genau: Nicht einmal hatte Enkidus Fuß auf den Steinen aufgesetzt, er war einfach geflogen.

»Wenn wir schon fliegen können«, sagte Gilgamesch, »warum tun wir es nicht auch weiterhin, statt auf der Erde herumzukriechen wie Ameisen. Sieh, da oben ist der Gipfel des Hermon. Mir nach, Enkidu, wir fliegen im Sturmflug zu ihm.«

In diesem Augenblick aber, da er zum Berggipfel deutete und noch lachend mit dem Freund sprach, geschah etwas Schreckliches: Von der Spitze des Gipfels hob sich ein Stück, sprang deutlich in die Luft und stieß eine gewaltige Rauchwolke aus. Zugleich stürzte ein großes Stück Felsen auf sie herab, wurde größer und größer, verfinsterte die Sonne und kam rasend schnell auf sie zu. Vor diesem grässlichen Schwarz, das da heranjagte, waren sie winzig klein wie Fliegen im Röhricht. Kurz bevor ihn der Stein traf und sein Bewusstsein auslöschte, wachte Gilgamesch mit einem Schrei auf und schrak hoch.

»Ich weiß nicht, was ist nur mit meinen Schläfen …«, murmelte er verstört und rieb sich den Kopf, »fast ist mir, als hätte ich zu viel Bier getrunken …«

Benommen stand er auf und ging ein paar Schritte.

»Wo willst du hin?«, fragte Enkidu, der auch wach geworden war und seltsam verschlafen aussah.

»Ich weiß es nicht«, antwortete Gilgamesch, »ob es am Duft liegt, den die Bäume aussenden, oder am Geruch fremdartiger Blumen … ich habe am helllichten Tag geschlafen, habe geträumt und bin dennoch müde wie zuvor …«

»Was hast du geträumt?«, fragte Enkidu, gähnte und streckte die starren Glieder.

Gilgamesch kam zurück, setzte sich zu ihm ins Moos und erzählte seinen Traum. Als er geendet hatte, deutete Enkidu das Gesehene so: »Richtig ist, dass wir dicht an der Grenze zu Chumbawas Wohnsitz sind. Vielleicht gibt es dort unten in der Schlucht tatsächlich einen Wildbach, der den Zutritt verhindert oder es ist etwas anderes, ein Zaun vielleicht, den wir überwinden müssen. Und wir werden es ja auch schaffen, wie uns dein Traumgesicht verheißt.

Schön und kostbar ist dieser Traum, denn der Berg, den du sahst, ist Chumbawa. Wir werden Chumbawa packen, ihn töten und seinen Leichnam hinaus ins Tal werfen, wo er vergehen kann. Dass wir klein wie Röhrichtfliegen sind, ist ein Vorteil für uns. So sieht man uns nicht. Wenn du mich fragst, Gilgamesch, so sollten wir vorgehen wie sie, ausschwirren, umherstreifen und zustechen, bevor Chumbawa eigentlich merkt, was geschieht.«

Sie machten sich erneut auf, führten die Tiere am Zügel und stiegen langsam und vorsichtig zum Tal hinab. Tatsächlich schoss unten pfeilschnell ein Wildbach dahin, der an keiner Stelle einen Übergang bot. Auch dämmerte es bereits. So waren sie froh, an einer von Buschwerk geschützten Stelle ein Lager für die Nacht einrichten zu können. Enkidu übernahm die erste Wache.

Bevor er sich zur Ruhe legte, sprach Gilgamesch leise für sich: »Berg, bringe mir heute Nacht einen Traum, eine gute Botschaft!«

Aber zuerst zog nur ein gewaltiger Regensturm über sie hin, der erbarmungslos seine Wasser auf sie herabgoss und sie peitschte, dass sie tiefer ins Dickicht hinein fliehen mussten. Aus Ästen, Zweigen und Buschwerk machte Enkidu notdürftig ein Dach, um sich und

Gilgamesch darunter zu schützen. Unerbittlich trommelte der Regen herab und erschöpfte sich erst nach Stunden. Nass und frierend saß Gilgamesch da, hatte die Knie angezogen und sein Kinn darauf gelegt. Zwar war er nun daran, Wache zu halten, aber nach kurzer Zeit befiel ihn der Schlaf und hüllte ihn ein.

Plötzlich fuhr er auf und fragte Enkidu: »Freund, hast du mich eben gerufen? Warum bin ich so entsetzt und mein Herz klopft wie eine rasende Trommel? Ging hier eben ein Gott vorbei? Schau, Enkidu, mir beben die Glieder, aber es ist mehr als nur Nässe und Kälte. Weißt du, was ich soeben geträumt habe?«

Enkidu richtete sich hellwach auf, denn auch ihm war, als habe er ein Geräusch oder eine Stimme gehört. Strich ein Tier um ihr Gebüsch? Hatte ihn irgendetwas im Schlaf berührt?

»Erzähle deinen Traum, Gilgamesch; schnell, sag ihn, damit ich mich wieder beruhigen kann.«

»Es war ganz entsetzlich, Enkidu, ich zittere noch am ganzen Leib, und kalte Spinnenfinger laufen mir den Rücken hinauf, wenn ich nur daran denke … Der Himmel schrie auf mit einer einzigen Stimme, Enkidu. Das gesamte Erdreich dröhnte und schwankte mir unter den Füßen. Der Tag erstarrte und gebar aus sich heraus die Finsternis. Dann durchbrach ein Blitz das Dunkel, ein Feuer loderte auf. Beißender Rauch quoll auf und wurde immer dichter, es regnete den Tod. Das weißglühende Feuer wurde rot und verlosch. Alles aber, was vom Himmel herabfiel, wurde zu Asche und deckte die Welt mit einem grauen Leichentuch zu. Ausgestreckt lagen wir da, du und ich, Enkidu, so wie alle Menschen und alles Getier, und wurden mit einem einzigen Atemzug zu staubigen Puppen …«

»Hör auf«, flüsterte Enkidu, »das ist zu schlimm, was du da erzählst. Einen solchen Traum kann ich dir nicht zum Guten deuten. Außerdem zittere ich schneller als ich denken kann. Lass uns gehen, Gilgamesch, gleich jetzt, zu dieser Stunde, zurück zum Holzfällerlager und dann davon.«

»Nein«, sagte Gilgamesch, »jetzt sind wir schon so weit vorgedrungen, viel weiter als alle Menschen bisher, wir haben gemeinsam viele Berge überwunden und Strapazen ausgestanden, wir wollen doch jetzt nicht aufgeben, so kurz vor dem Ziel?«

»Was willst du noch mehr erreichen?«, haderte Enkidu. »Deine Männer fällen Zedern, mehr als genug, wahrscheinlich mehr, als wir transportieren können. Was sollen wir also noch im Wald?«

»Das, was wir uns vorgenommen haben: Chumbawa töten.«

In diesem Moment ertönte ein schrecklicher Schrei durch den Wald und ließ die Erde erzittern. Wie in Gilgameschs Traum war es der Berg, der aus seinem Inneren brüllte und dröhnte.

»Das ist er!«, rief Enkidu und sprang auf. »Chumbawas Stimme! Er hat uns entdeckt!«

Gilgamesch hatte es auch gehört, aber zugleich noch etwas anderes. Neben der Stimme des Berges gab es noch eine andere, wie ein Alarmsignal aus dem Himmel drang sie an sein Ohr. Nein, es war ein feines, kaum hörbares Wispern, als stehe jemand direkt hinter ihm und flüsterte ihm ins Ohr.

»Beeil dich, dass er nicht in den Wald hinabsteigt, um sich zu verbergen. Der Zeitpunkt ist günstig, denn er hat noch nicht seine sieben Panzermäntel angelegt, die ihn unverwundbar machen. Nur einen hat er an, die anderen sechs liegen noch beiseite.«

Wer war die Stimme, woher kam sie, waren es Lugalbandas Worte? Gilgameschs Hand griff zum Schwert.

»Fürchte dich nicht, Enkidu, das Schicksal ist uns wohl gesonnen«, sagte er, »schnell, lass uns ihm nachgehen, damit er uns nicht in den Wald entkommt ...«

»Wer?«

»Ich weiß nicht, wer es ist. Ein Wächter des Chumbawa vielleicht. Normalerweise trägt er sieben Panzermäntel, doch diesmal nur einen, die anderen sechs hat er abgelegt ...«

»Woher weißt du das alles?«, wollte Enkidu wissen.

»Rede nicht so viel«, antwortete Gilgamesch barsch, »los, lass uns eilen, jede Sekunde ist kostbar.«

Er zog sein Schwert, nahm das Maultier am Zügel und stürmte in die Dunkelheit.

Enkidu, der bei Nacht besser sehen konnte als Gilgamesch, entdeckte als erster den Zaun. Dort, wo der Bach schmaler wurde und bald kein unüberwindbares Hindernis mehr darstellte, begann er und setzte die Grenze fort. Es war eine mannshohe Mauer aus dichtem, wildrankendem Dorngestrüpp, an dessen Rand ein schmaler Fußweg entlanglief. Zum Glück spendete der Mond reichlich Licht, sonst wären sie mehr als einmal gestolpert und in die messerscharfen Dornen der Hecke gestürzt.

Unterwegs flüsterte Enkidu zwischen zusammengepressten Lippen: »Wenn das nur gutgeht, ich spüre es, ich spüre es, es ist ein Geist, der schreckliche Adad wahrscheinlich.«

»Ruhig«, zischte Gilgamesch, dem selbst der sachte Hufschlag der Maultiere im Moos noch zu laut war. »Ob Geist oder nicht, wo er hinflieht, wird der Eingang zu diesem Gehege sein.«

Und dann sahen sie plötzlich Licht. Ein flackerndes, bläuliches Irrlicht war es, das auf der Stelle tanzte. Als sie näher kamen, bemerkten sie, dass das Licht aus den Ritzen einer Hütte kam, die direkt neben einem gewaltigen Holztor stand. Sechsmal zwölf Ellen hoch war das Tor und zweimal zwölf Ellen in der Breite. Daneben duckte sich die windschiefe Hütte hässlich und dunkel und hüllte sich in den Schein des kalten, bläulichen Lichts.

»Wir lassen die Tiere hier und schleichen uns an. Geh du links vom Eingang, ich nähere mich von rechts«, flüsterte Gilgamesch.

Hastig banden sie die Maultiere an einen Zweig der Hecke und gingen geduckt auf die Hütte zu. Gilgamesch hatte ein Schwert blank gezogen, und Enkidu tat es ihm gleich.

Der drinnen, wer immer es war, musste wohl ein Geräusch gehört haben, denn plötzlich tönte eine hohle, krächzende Stimme: »Kommt ruhig her, damit ich euch fassen und den hungrigen Geiern zum Fraß vorwerfen kann!«

Enkidu blieb wie erstarrt stehen und fasste sein Schwert mit beiden Händen. Gilgamesch aber glitt leichtfüßig zur Hütte hinüber und spähte durch einen Spalt ins Innere. Inmitten der Hütte hing über einer Feuerstelle ein

Topf, aus dem bläuliche Flammen zuckten und tanzten. So stark und blendend war das Licht, dass Gilgamesch fast blind davon wurde. Aber als er mehrmals die Augen zusammengekniffen hatte und sich an das grelle, strahlende Blau zu gewöhnen begann, sah er Adad, das Gespenst, am Feuer hocken, und seine Seele wurde zu Eis.

Adad war ein durch und durch gläsernes Wesen, blauschimmernd und klirrend, obgleich durch das Glas seines Körpers Blut in pulsierenden Bahnen strömte. Blau, rot und violett war dieses Blut, und auch durch das Gesicht des Gespensts zog sich ein Spinnennetz aus Adern, das von unten aufstieg und über der Nasenwurzel wie eine Kaskade zu bersten schien. Von seinem Körper waren lediglich Arme, Hände, Hals und Gesicht zu sehen, und dieser entsetzliche Anblick reichte bereits. Der Rest war in einen nachtschwarzen Mantel gehüllt, der den Geist draußen im Wald hätte unsichtbar werden lassen. Aber dies war nur der erste der Zaubermäntel, die anderen lagen neben der Feuerstelle. Wahrscheinlich war Adad tatsächlich an ihrem Gebüsch vorübergeschlichen, hatte Witterung von ihnen aufgenommen und war zur Hütte geeilt, um die anderen sechs Panzermäntel, die ihn unverwundbar machten, umzulegen. Er hatte den zweiten, einen noch schwärzeren als den ersten, gerade vom Boden aufgehoben und hielt ihn in der Hand, als etwas ganz und gar Sonderbares und Unerklärliches geschah: Ganz von selbst sprang die Tür auf und ging wieder zu, ohne dass dies von Enkidu verursacht sein konnte, der draußen irgendwo in der Dunkelheit lauerte. Adad, der Geist, blickte auf und erkannte – obgleich niemand da war – offenbar eine Gestalt.

»Was willst du von mir?«, schrie er voller Grimm und wollte hastig den zweiten Zaubermantel überstreifen.

Aber es gelang ihm nicht. Irgendeine unsichtbare Macht hielt sein Handgelenk umklammert und hinderte ihn daran, sich weiter zu wappnen. Gilgamesch presste sein Gesicht noch dichter an den Spalt im Holz und strengte seine Augen an, um zu erkennen, was sich da abspielte.

Da erkannte er schemenhaft eine Kontur sich vor Adad aus der Luft heraus bilden, die allerdings noch durchscheinender als dieser blieb, wie zarter Nebel. Mehr ahnend als erkennend sah er, dass dieses zweite, kaum wahrnehmbare Gespenst, das mit Adad Brust an Brust rang, vertraute Gesichtszüge besaß.

Und dann wurde ihm klar, woher er die Gestalt kannte. Es war Lugalbanda, so wie er ihn als Kind gesehen und in Erinnerung behalten hatte: ein schlanker, hochgewachsener Mann mit gerader Stirn und dichtem, grauem Haar, das durch ein Band nach hinten gehalten wurde, Lugalbanda, der frühere König von Uruk. Also war es nicht nur eine einfache Redewendung gewesen, als ihm die Weisen rieten, sich auf der Reise seiner Hilfe anzuvertrauen. Der Geist des alten Königs war mit ihnen gezogen und kämpfte an ihrer Seite.

»Ich komme, Lugalbanda!«, rief Gilgamesch und hieb mit der flachen Klinge des Schwerts gegen das Holz. Da ließ Adad endgültig den zweiten Panzermantel fahren und entschlüpfte zugleich der Umklammerung Lugalbandas in eine Ecke der Hütte. Dort griff er nach einer hölzernen Keule, die ringsum mit daumendicken Dornen und Glassplittern besetzt war. Mit dieser fürchterlichen Waffe in der Hand stürmte er vorwärts und riss die Tür auf. Gilgamesch hörte einen gellenden Schrei, der von Enkidu stammte.

Er rannte um die Ecke der Hütte und sah, dass Adad dort auf den erschrockenen Enkidu gestoßen war. Wie gebannt stand Enkidu da und starrte mit weit aufgerissenen Augen das Ungeheuer an. Adad zögerte nicht so lange. Er wusste, dass er lediglich einen seiner sieben schützenden Mäntel trug, und er musste die Phase der Überraschung nutzen. Weit holte er mit der Keule zum tödlichen Streich gegen Enkidu aus. Da war keine Sekunde Zeit mehr zu verlieren. Gilgamesch schwang sein Schwert und schlug zu.

Hell klirrte die Klinge auf, als sie den gläsernen Hals Adads traf. Bläuliche Funken und Blitze stoben hoch, aber das Gespenst war keineswegs ernsthaft getroffen. Nun wandte es sich blitzschnell dem zweiten Gegner zu und hob erneut die Keule. Aber ehe es zuschlagen konnte, war Gilgarnesch heran, schlitzte mit der Klingenspitze den Zaubermantel der Länge nach auf und riss ihn von der Gestalt. In diesem Moment, als der furchtbare Körper dunkelrot, hellblau und violett aufflammte, sprang Enkidu vor und stieß Adad sein Schwert bis zum Schaft in den Leib. Die Klinge war durch ihn hindurch bis ins Holz der Hütte gefahren und nagelte den Elenden fest. Enkidu packte mit beiden Händen das Schwert, stieß sich mit dem Fuß ab und riss es aus Adads Körper.

Das hätte er nicht tun sollen, denn Adad war kein normaler Gegner, sondern ein Geist. Aufheulend stob der Gläserne davon, presste sich die Hände vor den Bauch und rannte zurück in die Hütte. Gilgamesch setzte ihm nach. Wie er vermutet hatte, versuchte Adad nun, da er einen Zaubermantel bereits verloren hatte und verwundet war, wenigstens die anderen überzuziehen, um seine Kraft zurückzugewinnen. Das wollte Gilgamesch aber auf keinen Fall zulassen. Er hieb mit dem Schwert auf ihn ein und trieb den Gläsernen rund um die Feuerstelle.

Als sie den Herd das dritte Mal umrundet hatten, wagte Adad einen Vorstoß, indem er den Feuertopf aus seiner Aufhängung riss und gegen Gilgamesch schleuderte. Gilgamesch konnte gerade noch mit einem Sprung zur Seite ausweichen. Der Topf rollte über den Boden direkt auf die Zaubermäntel zu. Blau zischten die Flammen empor, als sie den Stoff der Mäntel erfassten. Noch schauriger als zuvor heulte Adad auf, als er sah, wie seine kostbaren Mäntel in der Glut des Feuers zu schmelzen begannen. Rasend vor Wut stürzte er vor, um noch etwas zu retten. Das war Gilgameschs Augenblick.

Mächtig holte er mit dem Schwert aus, schlug zu und traf Adads Schädel, der klirrend in tausend Scherben zerstob, während sein Rumpf zu Boden stürzte, in die blauen Flammen hinein. Da schoss eine Feuersäule empor, verschlang das Gespenst und die Mäntel in einer einzigen Sekunde und schmolz sie. Kurz nur war das Rasen und Tanzen der blauen Zungen, dann fiel das Feuer in sich zusammen und verlosch. Zugleich verlosch auch das Herdfeuer durch einen plötzlichen Windstoß.

So jäh kam die Dunkelheit, dass Gilgamesch nicht wagte, sich von der Stelle zu rühren. Er stand noch immer da, das Schwert in der Hand, und keuchte vor Anstrengung. Als er sich beruhigt hatte, spürte er, dass da noch jemand in der Hütte war. Er hörte ein leises Atmen. Vorsichtig, Schritt für Schritt, zog er sich zur Wand zurück.

»Bist du es, Enkidu?«, fragte er.

»Ja«, kam es zurück.

Gilgamesch war glücklich, die Stimme des Freundes zu vernehmen.

»Ist alles in Ordnung?«, fragte er weiter.

»Ja«, sagte Enkidu, »nur die Nacht draußen erscheint mir schwärzer als zuvor.«

»Dann bleiben wir am besten hier.«

»Was, in dieser verwunschenen Hütte, ist das dein Ernst?«

»Ja, wer weiß, was uns draußen erwartet. Immer noch besser hier drinnen, geschützt in vier Wänden, als draußen im furchtbaren Wald.«

So setzten sich Gilgamesch und Enkidu rechts und links neben die Tür und warteten mit griffbereiten Schwertern auf die Morgendämmerung.

Es war stockfinster in der Hütte und still, kein Luftzug wehte, und kein Geräusch drang von außen herein. Und doch war es Gilgamesch, als wären sie nicht gänzlich allein. Er versuchte, die Dunkelheit mit den Augen zu durchdringen. Glomm nicht dort in der Ecke ein ganz leichter Schimmer? Zeichnete sich dort nicht eine schemenhafte Gestalt vom Hintergrund ab? Wenn es der Geist Lugalbandas war, war es gut, dann waren sie sicher und würden die Nacht überleben.

Unendlich langsam vergingen die Stunden. Gelegentlich fiel Gilgameschs Kopf schwer nach vorn, aber er rappelte sich jedes Mal wieder hoch und versuchte angestrengt, wach zu bleiben. Endlich, endlich fiel ein erster, schwacher Lichtschein durch die Ritzen der Wand. Draußen graute der Morgen.

Gilgamesch stand auf und trat vor die Tür. Der Tag begann sich aus der Nacht herauszuschälen, die Dinge rückten auseinander und gewannen an Bedeutung. Gilgamesch wartete, bis die Sonne ganz aus der Erde gestiegen war und östlich hinter den Bergen erschien, dann sank er auf die Knie.

»Ich danke dir, Lugalbanda«, sagte er, »ich danke dir, dass du uns in dieser Nacht beigestanden hast. Und ich danke auch dir, Schamach, dass du uns den Morgen danach wieder sehen lässt.«

Er ging in die Hütte zurück und fand Enkidu in tiefem Schlaf. In einer Ecke der Hütte lag noch immer der umgestürzte Kessel, den Adad geschleudert hatte, aber es lag kein Stäubchen Asche bei ihm.

Ansonsten war der Raum leer. Gilgamesch hob den Kessel auf, sah, dass er nicht aus Kupfer oder sonst einem bekannten Metall war. Kühl fühlte er sich an. Er rieb ihn sauber und beschloss, ihn mitzunehmen. Vielleicht war er noch zu etwas von Nutzen. Er hängte ihn sich an den Gürtel. Dann weckte er Enkidu.

»Hast du etwas geträumt?«, fragte er.

Enkidu gähnte, rieb sich die Augen und schüttelte verwundert den Kopf, als müsse er dort erst die Bilder zurechtrücken. Er sah sich in der Hütte um und schüttelte erneut seinen Kopf.

»Nein«, sagte er, »wahrscheinlich war es kein Traum, sondern Wirklichkeit, was uns da widerfahren ist. Der …« – er senkte die Stimme – »… Geist ist weg?«

»Ja, die Götter mögen seiner verirrten Seele gnädig sein – wenn er eine solche besaß. Er ist verschwunden, verglüht, zerschmolzen, und mit ihm die Mäntel. Das einzige, was geblieben ist, ist dieser Kessel hier.« Er deutete auf seinen Gürtel. »Ich werde ihn mitnehmen, vielleicht können wir ihn noch auf der Reise gebrauchen.«

»Was heißt das?«, fragte Enkidu, »willst du zurück oder weiter?«

»Weiter natürlich«, lachte Gilgamesch, »nachdem wir den Wächter des Waldes überwunden haben, liegt das Tor offen vor uns.«

»Ach ja, das Tor.« Enkidu dachte erst jetzt wieder daran.

Sie eilten nach draußen und fanden die Maultiere wohlbehalten am Dornengesträuch. Das riesige Tor aber, sechs mal zwölf Ellen hoch und zweimal zwölf Ellen in der Breite und mit einer wuchtigen hölzernen Türfüllung versehen, stand einen Spalt weit offen.

»Warte«, sagte Enkidu, »bevor wir hindurchgehen, will ich noch einmal zurück zur Hütte.«

Er verschwand in Richtung des nächtlichen Kampfplatzes und kam kurze Zeit danach mit Adads Keule zurück, die der Geist, als ihn Enkidus Schwert traf, ins Farnkraut hatte fallen lassen.

»Die nehme ich mit«, entschied er und verstaute die Trophäe auf dem Sattel des Maultiers.

Danach versuchte er, die schwere Türfüllung aufzudrücken. Das Holz gab keinen Millimeter nach. Schließlich stemmte sich Enkidu mit beiden Händen gegen den Rahmen und warf sich mit dem vollen Gewicht seines Körpers gegen die Füllung. Kreischend ruckte das Tor in den Angeln und schwenkte ein Stück auf, weit genug, dass sie mit den Reittieren hindurchkamen.

»Freund, du hast wahrhaftig Kräfte wie ein Barbar«, lachte Gilgamesch, »nichts, das vor dir standhielte, keine Tür, keine Mauer, keine Ordnung.«

Doch Enkidu war nicht zum Scherzen zumute. Mit verzerrter Miene rieb er seine Rechte und stöhnte. Als er damit gar nicht aufhören wollte, fragte Gilgamesch: »Was hast du, bist du verletzt?«

»Die Tür«, brummte Enkidu zwischen zusammengebissenen Zähnen, »Adad muss ihr Holz mit einem Gift bestrichen haben, denn der rechte Arm schmerzt mich bis hinauf in die Schulter.«

Gilgamesch kam näher und betrachtete die Hand. Da war nichts zu entdecken, keine Wunde, kein Splitter, keine Prellung.

»Äußerlich kann ich nichts sehen«, sagte er.

»Aber innen brennt es wie Feuer«, jammerte Enkidu, »meine Hand fühlt sich an wie gelähmt.«

Groß mussten die Schmerzen sein, die er empfand, denn er stöhnte und presste den Arm in die Magengrube, ähnlich wie das Gespenst, als es die schlimme Wunde empfing. Gilgamesch begann sich Sorgen zu machen. Aber er sagte, wohl auch um sich selbst Mut zuzusprechen:

»Eine schlüpfrige Wegstelle gefährdet nicht zwei, die einander helfen und sich aufeinander verlassen können. Ein zweifach geflochtenes Seil wird nicht reißen. Einem, den sein Bruder liebt, kann das Geschick so wenig anhaben, wie es unmöglich ist, einer Löwin das Junge zu rauben, ohne sie selbst zuvor zu töten. Nein, Enkidu, mir ist nicht bang um uns, denn zusammen werden wir es schaffen, Seite an Seite ruhmreich fechten und weder Geister noch Dämonen noch sonst etwas scheuen.«

Enkidu knirschte mit den Zähnen. Wütend trat er gegen die Tür.

»Verdammtes Holz«, knurrte er, »das zahle ich dir heim. Die Schmerzen, die du meinem Arm bereitet hast, sollst auch du empfangen. Mit eigener Hand gebe ich sie dir zurück.«

»Aber doch nicht dem Tor«, sagte Gilgamesch, »eine Tür ist ein lebloser Gegenstand. Spar dir deinen Zorn auf, Freund, für Chumbawa, wenn es zum Kampf kommt.«

»Die Zedern sind es«, schrie Enkidu unbeherrscht, »dieses verdammte Holz mit seinem betörenden Geruch. Die stolzeste Zeder im Wald soll es mir büßen. Ich werde

Hand an sie legen und sie mit eigener Kraft fällen, dass es eine wahre Freude ist!«

Sie befanden sich jetzt im eigentlichen Forst, und der immer grünende Wald war lieblich anzusehen. Zwischen den mächtigen Stämmen gab es Lichtungen, auf deren Matten die Sonnenstrahlen spielten. Farn wuchs hoch, und an vielen Stellen wucherten Dornbüsche verfilzt im Gehölz. An anderen Stellen aber wich das Unterholz zurück und gab den Blick auf moosige Hänge frei, auf denen Myrtensträucher wuchsen, die voll von schwarzblauen, kelchgekrönten Beeren hingen.

»Ischtars heilige Pflanze«, rief Gilgamesch, »die Immergrüne mit dem belebenden Duft!« Schnell ging er hin und pflückte ein paar Beeren, zerdrückte sie und bestrich mit dem Saft Enkidus Hand. Auch ließ er ihn einige der süßlichen schwarzen Perlen kosten und den Duft der zerriebenen Stengel einatmen. Danach ging es Enkidu spürbar besser. Farbe kehrte in seine Wangen zurück und mutig blitzten seine Augen.

»Auf denn!«, rief er. »Wir wollen nicht länger unnütz verweilen, sondern zu Chumbawas Wohnsitz ziehen. Er soll unsere Entschlossenheit zu spüren bekommen!«

In diesem Moment brach ein schrecklicher Donner durch den Wald, der so stark war, dass der Boden erbebte und die Stämme der mächtigen Zedern zu zittern begannen und mit ihren Ästen rauschten wie Vögel im Flug.

Zugleich ertönte eine furchtbare Stimme, die weithin zu hören war: »Wer wagt es, in meinen Wald einzudringen, welch erbärmlicher Wurm? Der Fluch soll ihn treffen und jeden, der mit ihm ist! Ah, ich sehe euch, Gilgamesch und Enkidu, wenn ihr euch auch im Schatten der Bäume heimlich heranschleicht. Ich sehe, ich höre, ich rieche, schmecke und fühle alles. Glaubt ihr, dass ich nicht merke, wenn sich ein Sterblicher heranwagt?«

Die Freunde erbleichten, denn die Stimme hatte zornig und zu allem entschlossen geklungen.

»Was sollen wir tun?«, fragte Gilgamesch. »Er hat uns entdeckt, zu spät ist es, auf den Vorteil der Überraschung zu hoffen. Ich glaubte, wir könnten uns nähern, ohne dass er es merkt. Wenn man nur wüsste, wo er sich versteckt.«

»Ich verstecke mich nicht«, brüllte Chumbawa, »hier bin ich, für alle weithin sichtbar!«

Und sie begriffen, dass es der schneebedeckte Berg war, der brüllte.

»Wir können ihn nicht umgehen, ohne dass er uns sieht«, sagte Enkidu, »nun bleibt nur noch ein Weg offen für uns: direkt auf ihn zu.«

Chumbawa aber sagte höhnisch: »Jetzt beraten sich die beiden, Gilgamesch, der Tölpel, und Enkidu, der Dummkopf. Was weißt du schon, Sohn vom stinkenden Wasser des Euphrat, und du, Wildesel der staubigen Steppe! Tu ruhig gescheit, Enkidu, der seinen Vater nicht kennt, gib deinen Ratschlag den kleinen und großen Schildkröten, die niemals die Milch ihrer Mutter saugen konnten, sprich zu den Fischen und versetze sie mit deinen Weisheiten in Erstaunen. Schon als du klein warst, sah ich dich, einen Zwerg in der Steppe, mit stumpfem Blick und dummen, staunenden Augen. Herüber zu mir hast du gestarrt und erbebt bist du, als ich bloß schnarchte. Keinen Schritt weiter wagtest du dich heran, weil du fühltest, dass in meinem Innern eine Hitze lauert, die dich, erbärmliche Kröte, hätte sieden, verdampfen und schmelzen lassen können. Schwachköpfe seid ihr alle beide, die nicht ahnen, dass ich euch schon längst hätte zermalmen können. Auf der Strecke durch die Schlucht schon hätte ich von den Schlangenvögeln, Adlern und Geiern euer Fleisch fressen lassen sollen!«

Gilgamesch, den die Rede Chumbawas aufs äußerste gereizt hatte, sagte: »Wenn er nicht solche Angst vor uns hätte, würde er nicht sein Maul so weit aufreißen, und sein Gesicht wäre wohl anmutiger. So aber muss es vom vielen Maulaufreißen so verzerrt sein wie das einer Missgeburt.«

Zornig brüllte Chumbawa auf.

Gilgamesch sprach indes weiter: »Auch schneidet er auf, voller Furcht und Schrecken über unseren Mut, so dass nur noch Lügen über seine hasenschartigen Lippen kommen. Hast du gehört, Enkidu? Von Schlangenvögeln, Adlern und Geiern will er uns fressen lassen. Dabei gibt es im ganzen Wald kein solches Getier.«

»Weil sie meine Macht spüren und angstvoll fliehend die Flügel abwenden von meinem Gebiet!«, rief Chumbawa.

»Nein, weil Ekel sie erfüllt vor deinem Gesicht, Chumbawa, und weil sie lieber einen Umweg machen, als den Anblick deiner hässlichen Fratze ertragen zu müssen!«, rief Gilgamesch zurück. »Uns aber schreckst du nicht, und sähest du aus wie ein Kalb mit sieben Köpfen, das der Mond versehentlich gebar und herab auf die Erde warf, weil es ihm nicht des weiteren Lebens wert erschien. Wir kommen, Chumbawa, wir kommen und werden dich von dir selbst erlösen!«

Da heulte der Berg mit solchem Ingrimm auf, dass Felsstücke barsten und Bäume entwurzelt wurden, und der Unhold brüllte ins Tal hinab, dass die Maultiere scheuten, schreckensweit die Augen aufrissen und in wilder Panik davonjagen wollten. Nur mit Mühe gelang es den Freunden, die Tiere zu bändigen.

Danach war es still im Wald, kein Zweig bewegte sich mehr, kein Farnkraut, kein Halm am Boden wagte sich zu rühren.

»Du hast ihn unglaublich herausgefordert«, sagte Enkidu, »nun gibt es wohl kein Zurück mehr. Unausweichlich wird der Kampf, und ich wollte, er wäre bereits vorüber.«

»Ha«, sagte Gilgamesch, dem das stolze Blut wallte, »bring uns nicht um die Vorfreude auf den Sieg. Nichts als große Worte sind das, was Chumbawa da äußert. Wenn er wirklich so mächtig wäre, wie er tut, hätte er uns schon längst zermalmt. Nein, er zögert und hält uns hin, weil er in Wirklichkeit Angst vor uns hat. Als Gegner sind wir ihm ebenbürtig.«

Ein weiterer Donner hallte mit vielen Echos durchs Tal. Aber es klang nicht mehr so siegessicher wie das erste Mal, mehr wie das zornige Grunzen eines unzufrieden Grollenden.

Immer weiter drangen Gilgamesch und Enkidu im Wald vor, stiegen die Hänge hinauf und kamen dem Hermon näher. Nach einer Stunde stießen sie mitten im Forst auf einen Windbruch, der die Bäume wie Reisig geknickt hatte. Aber nicht der Wind allein konnte die so mächtige Rinne geschaffen haben, denn es gab noch etwas anderes, das in den Wald eine Narbe gerissen hatte – ein Flusslauf aus erstarrtem Gestein. Wie andernorts Wasser zu Tale rinnt, musste hier einst flüssiger Stein geflossen sein, er hatte sich eine Bahn gefressen und war im Flusse erstarrt. Graubraun war dieses Gestein, knochenhart und dennoch spröde. Mit seinen Rinnen und Schlieren wirkte es wie ein Brei, den einer den Berg hinabgegossen hatte und der nun fest geworden war.

Nie zuvor auf seinen langen Wanderungen durch die Wildnis hatte Enkidu einen solchen Boden gesehen, und er untersuchte gründlich seine Form und seine Beschaffenheit. Gilgamesch entschied, dieser steinernen Rinne entlang den Berg hinauf zu ziehen, denn sie bot mehr als der Wald Sicht auf das, was da vor ihnen lag. Er war ein Mann der Ebene und liebte weite, übersichtliche Flächen. Zu lange schon hatte ihn die düstere Undurchdringlichkeit des endlosen Waldes eingeengt und sein Denken belastet. Hier, unter freiem Himmel, wenn auch auf steiler und unsicherer Bahn, auf der selbst die Tiere die Hufe vorsichtig setzen mussten, fühlte er sich einfach sicherer.

Plötzlich zögerte Enkidus Schritt. Innehaltend deutete er mit der ausgestreckten Hand zum Gipfel des Berges.

»Sieh nur, sieh nur, Gilgamesch, Chumbawas Haupt! Es schwankt und bewegt sich! Er droht zu uns herüber. Er wird seinen tödlichen Atem senden, uns mit Felssteinen werfen, uns versengen, blenden, verbrennen! Schnell, lass uns aus dieser gefährlichen Rinne fliehen, wo er uns leichter erwischen kann als im Schutz der Bäume!«

Sie hasteten quer über die graubraune Bahn auf die andere Seite zu, wo unberührter Zedernwald lag, und sie spürten schon die Erde unter sich schwanken. Erneut schrie Chumbawa im Zorn und spie eine feurige Wolke hoch in den Himmel.

»Das ist unser Ende«, klagte Enkidu kleinmütig, »er wird den schrecklichen Flutsturm schicken und mit seiner Peitsche den Wald schlagen, in dem wir sitzen. Wahrlich, klein wie Fliegen sind wir, und voll unbeschreiblicher Macht ist seine Wut.«

Auch Gilgamesch war besorgt. Mehr als zuvor spürte er den Boden unter seinen Füßen erbeben. Nun barst an manchen Stellen sogar das Gestein. Risse taten sich auf und stöhnend ächzte der Wald. Die Wolke über dem Berg aber verwandelte sich wie in seinem Traum von rot zu schwarz und wurde schließlich zu einem dicht zusammengeballten weißen Gewölk. Wie Nebel regnete der Tod auf sie herab.

Eng beieinander standen die Freunde und hatten Mühe, die verängstigten Maultiere zu halten. Schließlich banden sie die Tiere mit den Zügeln an einen Stamm und suchten Schutz unter den herabhängenden Zweigen.

»Das ist Wer, der Wettergott und sein Bote, den er uns sendet«, sagte Enkidu und deutete auf den gespenstischen Nebel, der die Welt mit seinem Pesthauch zu ersticken drohte. »Wenn es der ist, der auf der Seite Chumbawas streitet, dann ist er zwar ein schlimmer, nicht zu überwindender Gegner«, antwortete Gilgamesch, »aber zugleich besteht auch Hoffnung für uns. Ist ein Wettergott etwa nicht Schamach, dem Herrn des Himmels, untergeordnet? Lass uns Holz schlagen, Enkidu, und Schamach ein Opferfeuer schichten, damit er sich unser wohlwollend annimmt.«

Und so schlugen die beiden winzigen Menschlein Holz und schichteten ein Feuer, das angesichts des gewaltigen Feuers, das der Berg entsandte, klein und lächerlich wirkte. Darum sah es der Gott zuerst auch nicht. Bitterlich weinte Gilgamesch, als er merkte, dass Schamach sein Opfer nicht annahm und sie aus den Augen verloren hatte. Er warf eine Handvoll Mehl in die Glut; das war das letzte, was er an Nahrung bei sich führte. Aber auch dieses Opfer brachte keinen Erfolg.

»Schamach, Schamach«, rief er unglücklich, »warum hast du deine Söhne verlassen? Siehst du uns nicht mehr hinter der Wolke, die über uns schwebt? Hast du vergessen, dass wir überall, wohin wir auch kamen, Wasser aus unseren Schläuchen für dich gaben und Brunnen gruben, um dich zu tränken und zu erfreuen? Im Traum habe ich mit dir, der du in Stiergestalt mir erschienst, gerungen und dich dazu gebracht, dass du mir den Geist Lugalbandas sandtest. Steh uns nun bei in der Stunde allerhöchster Gefahr!«

Doch Schamach hörte ihn nicht.

In seiner Not wandte Gilgamesch sich nun an Aja, Schamachs himmlische Gattin.

»Aja«, rief er, »Ehrwürdige dort oben! Erinnere Schamach, deinen Geliebten, daran, dass er uns Hilfe versprach!«

Und Aja, die noch Ninsums Worte deutlich im Ohr hatte, erhörte sein Flehen und sprach zu Schamach: »Wie kannst du deine beiden Söhne schutzlos lassen, Gilgamesch aus Uruk und den Barbaren der Steppe, die beide deinem Schutz anempfohlen wurden? Willst du sie in Chumbawas Toben vergehen lassen, als hätten sie niemals gelebt?«

Da erinnerte sich Schamach und erbarmte sich. Er rief Wer, dem Wettergott, zu: »Du hast die Richtung verwechselt, Freund. Nicht Chumbawa ist es, dem du helfen sollst, sondern den beiden Menschenkindern da unten!«

Und Wer erweckte die großen, urgewaltigen Sturmwinde gegen Chumbawa: den Südwind, den Nordwind, den Ostwind und den Westwind, den launischen Böenwind, den Windsturm, der die Macht der Ahnen mit sich trägt, den bösen Wind, der das Meer geißelt und Schiffe zerschlägt, den Simurru-Wind aus den zerklüfteten Bergen, dessen Eigenart es ist, plötzlich und völlig unerwartet von den Graten in die Täler zu fallen, den Asakku-Dämon, den Frostwind, der Schüttelfrost bringt, den Sandsturm aus der Wüste und den Glutwind, dessen heißer Atem daherstürmt, als wolle er alles verbrennen. Dreizehn Winde ließ er aufbrechen und losheulen, die wandten sich gegen Chumbawa, verfinsterten sein Gesicht und bliesen ihm kräftig ins Auge. Chumbawa wurde von allen Seiten zugleich gepackt und geschüttelt. Er konnte weder vorstoßen noch nach hinten ausweichen. Von ihren wilden Attacken umgeben, stand er da, war ihren Grobheiten ausgeliefert und konnte sich nicht rühren. Sein Feuer bliesen sie aus, zerteilten seine staubigen Wolken und erstickten die Kraft in ihm. Wie sie so unerbittlich auf ihn einstürmten, an ihm zerrten und rissen, ihm heiß und kalt in die Flanken bliesen, sich mehr und mehr steigerten im Spiel und sich nicht anschickten, auch nur einen Deut nachzulassen, da merkte Chumbawa, dass er in die Enge getrieben war und diesmal der Verlierer zu sein schien.

Er verlegte sich aufs Betteln und Flehen: »Lass mich los, Gilgamesch, König von Uruk, der du klein geboren wurdest, aber zu einer Größe heranwuchst, die mir übermächtig ist. Sei mein Herr, und ich will dein Knecht sein und dir dienen, so lange du lebst. Bis in alle Ewigkeit will ich mich ruhig hinsetzen und die Bäume bewachen, die unter meinem Schutz keimten und wuchsen. Ich will dir Bäume von meinem Wald schenken, soviel du haben willst, die mächtigsten magst du abschlagen und das Holz davon für den Bau deines Palastes verwenden. Eine würdige Ausstattung deiner Gemächer sei dir das Holz der Zedern. Baue Häuser und Schiffe davon, ich habe ja genug. Alles, alles will ich für dich tun, aber nimm nur diese schrecklichen Stürme von mir.«

Doch Enkidu sprach zu Gilgamesch: »Hör nicht auf das, was er sagt. Listenreich ist Chumbawa. Er will nur Zeit gewinnen, um sich zu erholen. Wenn du erst die Winde von ihm abgezogen hast, vergisst er, was er versprochen hat und bringt uns gnadenlos um. Darum zögere nicht länger, Gilgamesch, gib ihm den tödlichen Streich!«

Chumbawa versuchte, ihn mit Worten zu übertönen: »Du glaubst, dass du dich nun gut auskennst mit mir, Enkidu, und doch, das sage ich dir, irrst du dich. Schon als du an der Tür den Wächter angriffst und das Tor mit Frevel aufstießst, schon da, am Eingang zu meinem Reich, hätte ich dich vom Boden aufheben und töten können. Deinen Kadaver hätte ich den Schlangenvögeln, Adlern und Geiern zum Fraß hinwerfen können. Aber ich tat es nicht. Ich ließ euch herankommen und habe bisher nur gedroht. Jetzt, Enkidu, da ich so leichtsinnig war, euch herankommen zu lassen und dein Freund mich mit den Winden gefesselt hält, liegt die Wahl allein noch bei dir. Gib mich frei, wirke auf Gilgamesch ein, dass er die Winde abzieht, und ich will es auch dir ewiglich danken.«

Enkidu dachte, dass ebenso viel Wahres wie Falsches an der Rede Chumbawas war. Wahr war, was er glaubte im Augenblick, doch im nächsten Moment würde er anders denken, wenn er erst frei und erneut mächtig war. Er log, um seine eigene Haut zu retten. Darum riet er Gilgamesch: »Höre nicht auf Chumbawas Worte, Fliegengesumm seien sie in deinem Ohr. Nutze die Chance, die sich dir bietet: Zermalme und töte ihn, bevor es zu spät dafür ist. Sieh, Chumbawa war schon immer der

Wächter des Zedernwaldes, und er besitzt mächtige Verbündete im Inneren der Erde. Vielleicht ist es Namtar, der Dämon, der Bruder von Adad, dem Gespenst, der die Erde vor uns erzittern ließ. Wenn du Chumbawa freilässt, wird er sich Hilfe aus der Unterwelt holen, ihren Zorn gegen uns aufstacheln und uns vernichten. Darum rate ich dir: Lass nicht dein Herz sprechen, das vielleicht Mitleid mit Chumbawa empfindet, sondern deinen Verstand. Zermalme und töte ihn und verkünde danach überall, dass du Chumbawa, den Schrecklichen, erschlugst.«

Als Chumbawa hörte, wie Enkidu, den er völlig falsch als dummen Sandläufer und Narren aus der Steppe eingeschätzt hatte, so zu Gilgamesch sprach, begann er gegen die beiden zu fluchen: »Du unnützer Barbar, der das Gras mit den Gazellen fraß! Wer hat deinen Kopf dermaßen verändert, dass dir solche Gedanken kommen? Häufe nicht noch mehr Frevel auf dich! Deine Hand, mit der du mein Tor berührtest, soll dir abfaulen bis aufs Mark. Deine Augen, mit denen du mich unverschämt ansiehst, sollen dir erblinden, auf dass du nur noch Wahnbilder wahrnimmst. Dein Gehirn soll in Unordnung geraten und dir Schaden bereiten, so lange du lebst. Du und dein Freund, dieser Emporkömmling aus Uruk, ihr sollt keine Freude mehr am Leben finden und eure Leiber frühzeitig ins Grab versenkt werden. Über seinen Freund Gilgamesch hinaus soll Enkidu niemanden mehr finden, der ihn versteht, und im Jenseits kein Ufer!«

Gilgamesch stand wie gebannt und starrte von einem zum anderen, von Enkidu zum sprechenden Berg. Er zögerte und wusste nicht, wie er all das, was er gehört hatte, verstehen sollte. Da beschwor ihn Enkidu ein letztes Mal: »Mein Freund, ich rede zu dir, aber du hörst mich nicht an und lässt dich von den Worten eines Unholds betäuben. Warte nicht länger ab, handele endlich, nimm dein Schwert und töte Chumbawa!«

Da ging Gilgamesch entschlossen voran und Enkidu schritt neben ihm. Noch hatten die Winde sich nicht gelegt und hielten den Berg mit unsichtbaren Fesseln umfangen. Es stürmte und blies aus allen Richtungen, und sie mussten mit aller Kraft dagegen ankämpfen.

Als sie den Berg fast bis zur Spitze erklommen hatten, trat ihnen der Geist Chumbawas entgegen, verkörpert als schreckgebietender Dämon. Sein Gesicht war eine entsetzlich entstellte Fratze und sein Leib der eines verkrüppelten Riesen. Jeden hätte diese Zerrgestalt vor Schreck gelähmt. Nicht aber die beiden Freunde. Nebeneinander, die Schwerter zum Schlage gezückt, gingen sie auf ihn zu. Da nahm Chumbawa eine Handvoll Felsbrocken und schleuderte sie ihnen entgegen. Eine Lawine kam tosend herab, aber Gilgamesch und Enkidu wichen ihr aus. Chumbawa ergriff nun einen Feuerstrahl, den letzten, der ihm geblieben war und den er hinter seinem Rücken verborgen hatte, und nahm ihn wie eine Waffe zur Hand. Gilgamesch sprang vor und führte mutig sein Schwert. Der erste Hieb, der traf, schlug Chumbawa eine Wunde quer über die Brust. Da wankte der Riese, brüllte auf und wandte sich hilfesuchend um.

Tatsächlich war er nicht allein. Hinter ihm sammelten sich seine Knechte, sieben an der Zahl, die standen mit Keulen bewaffnet da und rückten nun näher.

Einen zweiten Hieb tat Gilgamesch und trennte mit einem gewaltigen Streich dem Riesen den linken Arm an der Schulter ab. Noch gellender schrie Chumbawa und verbrannte mit seinem Feuerstrahl, den er wie ein Schwert führte, die Erde ringsum. Doch in diesem

Moment griff Enkidu zum heiligen Bogen von Anschan, spannte die Sehne bis zum letzten, ließ den Pfeil schwirren und traf Chumbawas Schädel mitten zwischen den Augen. So tötete Enkidu den Wächter des Waldes.

Jetzt schwirrten Chumbawas Knechte keulenschwingend aus und versuchten, die beiden Freunde zu umzingeln. Aber Gilgameschs Schwert wirbelte wie eine Sense umher und metzelte nieder, was in seine Reichweite kam. Auch Enkidu schlug zwei Unholde nieder. Den Rest aber erledigte Gilgamesch, er allein erschlug die übrigen fünf.

Nun standen sie still und sahen sich um. Die Winde hatten sich gelegt und waren fortgezogen. Gilgamesch hörte es genau: Ringsum hub ein Wispern und Rascheln an, als käme überall langsam das Leben zurück. Waren das Tiere, die in den Wald zurückkehrten, nachdem der Bann gebrochen war? Kam es aus den Kronen der Zedern und Merubäume – leises Raunen und Rauschen, als sprächen sie miteinander?

Als Chumbawa gefallen war, war ein unterdrückter Aufschrei durch den Forst gefahren, danach hatte alles den Atem angehalten. Nun aber schien der Wald belebt zu sein mit vielzähligen Stimmen. War das ein gutes Zeichen, oder braute sich ein neuer Schrecken zusammen? Sammelten sich die übriggebliebenen Knechte des Bösen? Alles war so schnell gegangen. Die Freunde konnten es noch immer nicht fassen. Gilgamesch hatte den Chumbawa erschlagen wollen – und durch Enkidus Pfeilschuss war er endgültig gestürzt. Er hatte den Schurken des Waldes getötet, vor dessen Gebrüll einst der Hermon und der Libanon erbebt waren. Enkidu war ein Held. Heißblütig und mit glühendem Gesicht stand er da und hielt noch immer das Schwert griffbereit.

»Komm«, sagte Gilgamesch, »ich höre noch immer die Stimmen und Geräusche, die nicht in diese Gegend passen. Vielleicht hast du recht, und es verbirgt sich immer noch ein böser Geist im Berg. Lass uns ihn jagen und zur Strecke bringen, damit Frieden einkehrt im Land.«

So stiegen sie das restliche Stück zum obersten Grat des Hermon empor und gelangten durch den ewigen Schnee an den Rand eines gewaltigen Kraters, aus dem es dampfte, als glühten noch Reste von Feuer darin. Der Boden, den sie betraten, war heiß und brannte unter den Sohlen. Aller Schnee war an diesen Stellen getaut und gab nacktes, graubraunes Gestein frei, wie in der steinernen Rinne, durch die sie gezogen waren.

Gilgamesch beugte sich vor und blickte in den Kessel hinein. Durch Dampf und Nebel hindurch sah er dort einen Schein aus dem Innern der Erde heraus glimmen.

»Bist du dort unten, Namtar, Dämon des glühenden Berges?«, schrie er, und schaurig heulte sein Echo zurück. Statt einer Antwort aber bemerkte er, dass sich im tiefen Glimmen da unten etwas bewegte, als koche eine gewaltige Suppe.

»Du hast recht gesprochen, Freund, als du meintest, Namtar, der Bruder des Adad, sei noch am Leben und warte auf seine Chance, loszuschlagen und Chumbawa zu rächen«, sagte Gilgamesch.

Er wusste nicht genau, was er da tat, und er tat es, ohne lange darüber nachzudenken: Er nahm etwas von der graubraunen Erde am Rand und füllte sie in den Topf aus dem seltsamen Metall, den er in der Hütte gefunden hatte. Mit Adads Keule, die Enkidu dazugab, stampfte er die Erde zu Staub. Dann bat er die Kräfte des Himmels herbei, lud Schamachs und Lugalbandas Segen dazu und trat an den Rand des Kraters.

»Namtar, ich sende dir alle Gedanken des Guten mit dieser Gabe hinab, mögest du daran ersticken und für alle Ewigkeiten vergehen!«, rief er und warf den Topf mitsamt der Keule ins glimmende Auge des Berges. Weit fiel er, und es dauerte lange, bis er unten auftraf. Aber als er ins Rotglühende tauchte, zischte es auf, wie wenn Eis auf Feuer trifft, und eine schlanke Wolke weißlichen Dampfes stieg empor. Die schraubte sich hinauf, kam bis zum Rand und darüber hinaus, zerfranste in der Luft, trieb auseinander und löste sich schließlich vollends auf. Zugleich aber erlosch das rote Glimmen im Innern des Berges für immer, und ein tiefes Stöhnen drang aus der Erde, das nach und nach abnahm und schließlich verstummte.

Sie gingen zum Kampfplatz zurück und trugen die Körper der erschlagenen Feinde zusammen, schichteten aus Ästen einen Scheiterhaufen, legten die Keulen der Knechte dazu und auch Chumbawas Leichnam und verbrannten alles miteinander. Als nur noch Asche und Knochen übrig waren, legten sie schwere Felssteine über den Ort. Mit dem Messer kerbte Enkidu in den größten Stein: Hier ruhen die Gebeine Chumbawas und seiner Knechte, Hüter des Zedernwaldes, von Gilgamesch und Enkidu aus Uruk im Kampfe erschlagen. Friede dem Hermon, Friede dem Land und allem, was darin lebt.

Chumbawas schreckliches Haupt aber spießte Gilgamesch auf eine hölzerne Lanze und trug es als Siegeszeichen zu Tal.

Als sie in den Wald hinabstiegen, erreichten sie einen Hain von besonders hohen und mächtigen Zedern, über dem ein Strahlenkranz aus Licht gleißte.

»Was ist das, was bedeutet dieses seltsame Leuchten?«, fragte Enkidu.

»Vielleicht ein geheimer Ort der Macht, aus dem Chumbawa seine Kraft bezog«, antwortete Gilgamesch.

»Dann lass uns diese Bäume fällen«, sagte Enkidu, »das Licht blendet meine Augen.«

Da begannen die Zedern zu klagen: »Erst erschlugen sie den Wächter des Waldes und seine Knechte, löschten die Glut im Berg, und nun wollen sie auch uns noch vernichten, die wir seit Urzeiten hier wachen.«

»Schnell, lass uns anfangen, diese Bäume sind mir unheimlich«, riet Enkidu.

Sie holten die schweren Äxte von den Sätteln und näherten sich dem Hain. Noch lauter klagten die Zedern und sandten ihre gefährlichen Strahlen gegen die Freunde.

»Mein Arm wird so schwer«, sagte Gilgamesch, »mir ist, als wenn unsichtbare Kräfte auf mich einwirken und an meinem Mut zehren. Das Denken zerrinnt mir – was tue ich hier, was suche ich nur hier in der Ferne? War ich nicht eben ein Kind erst auf der Suche nach dem Garten Eden? Mutter, wo bist du, Vater, warum verbirgst du dich vor mir?«

»Du redest irre«, sagte Enkidu, »die Strahlen der Zedern blenden deinen Verstand, sie umnebeln dein Denken.

Schnell, handle, Gilgamesch, bevor noch mehr Schaden entsteht.«

Gilgamesch hob das Beil und holte aus. Aber erneut setzte er ab.

»Und wenn wir es nicht tun und diese Bäume hier stehen lassen?«, fragte er zaghaft.

»Dann bleibt ihre böse Wirkung im Wald wie ein Fluch«, sagte Enkidu. »Wollten wir nicht Schluss machen damit und das ganze Land von dieser Herrschaft befreien?«

Weit ausholend schlug er zu und fällte mit mehreren gezielten Schlägen die erste Zeder. Als der Baum stürzte, schrien auch die anderen vor Schmerz. Über zwei Meilen hinweg erklang ihre Klage: »Zum dritten Mal hat Enkidu sich versündigt. Er soll keine Freude mehr haben an seinem Leben. Immer, auch später noch, soll er an diesen Augenblick denken und den Tag seines Aufbruchs verfluchen.«

Wie von Sinnen packte Enkidu daraufhin das Beil und hieb noch kräftiger zu als bisher. Die zweite und dritte der Zedern stürzte, und der Lichtglanz über den Kronen begann unruhig zu flackern. Auch Gilgamesch, dem die Schmerzensschreie der getroffenen Bäume in den Ohren gellten und durch Mark und Bein gingen, schwang nun das Beil und hieb auf die Stämme ein. Einen Baum nach dem anderen fällten sie auf diese Weise, bis der ganze Ring zersplittert dalag. Das ganze Licht des Strahlenkranzes zog sich nun zurück und konzentrierte sich über der größten Zeder, die in der Mitte des Hains stand, hochaufgerichtet wie eine Weltensäule, bis in den Himmel hinauf und mit ihrer Krone und ihren Ästen die Wolken stützend.

»Verschont mich mit eurem Wüten«, sprach sie. »Ich bin ein heiliger Baum und halte mit meiner Kraft den Himmel über der Welt. In meinem Wipfel nistet der Sturmvogel Anzu, der Ausschau nach den Seelen der Menschen hält, um sie zu holen, wenn es Zeit ist, und die Dämonin Kiskililla wohnt in meinem Stamm. Wagt nicht, ihren Schlaf zu stören und sie aus ihrer Wohnstatt zu vertreiben.«

»Unverständliche Dinge redest du da«, sagte Gilgamesch, »vom Sturmvogel Anzu habe ich nie gehört, und eine Dämonin namens Kiskililla ist mir auch nicht bekannt.«

»Doch, du kennst beide«, erwiderte die Zeder, »beide hast du schon einmal gesehen, ohne zu wissen, um wen es sich handelt. Eulengleich ist der Sturmvogel Anzu, mit scharfem Schnabel und krallenbewehrten Fängen. Des Nachts fliegt er aus, um die Seelen der verstorbenen Menschen zu holen. Und auch Kiskililla sahst du, die Dämonin und Göttin aus früherer Zeit, als die Erde noch jung war. Betörend schön ist sie und grausam dazu. Auch sie kann fliegen und besitzt Krallenfüße wie Anzu, ihr Bote.«

Da fiel Gilgamesch die zerbrochene Säule am alten Tempel nahe dem Begräbnisfeld von Uruk ein. Saßen da nicht ein solcher Vogel und ähnliche Eulen zu Füßen der steinernen Lilith?

»Wenn du Lilith meinst«, sagte er, »so ist ihre Zeit in der Tat abgelaufen. Kein Mensch kennt sie mehr, und niemand verehrt sie. Warum sollte ich mich da um sie sorgen?«

»Du bist ein junger, heißblütiger Mensch und glaubst, alles zu wissen«, sagte die Zeder, »und doch bist du noch weit von der Weisheit entfernt. Denkst du denn, dass die Welt nur aus dir und deinesgleichen besteht? Hast du vergessen, dass früher einmal andere Völker lebten, andere Reiche bestanden mit anderen Sitten und Göttern anderen Namens?«

»Mag es auch so sein«, erwiderte Gilgamesch kühn, »dass früher andere Zeiten waren und andere Götter. Doch heute ist heute, und keiner der heutigen Götter, weder Schamach noch Nannar, weder Marduk noch Mach, weder Anu noch Ischtar werden sich darum kümmern und dir zu Hilfe eilen, wenn man dich fällt.«

»Das ist nicht gewiss«, sagte die Zeder, »du magst recht haben darin, dass das Gesicht der Erde sich gewandelt hat und nicht mehr so ist, wie es einst zu Zeiten der Schöpfung war. Aber ich bin ein alter, ein uralter Baum, habe Menschen und ihre Werke kommen sehen und vergehen, und ich sage dir: Nimm nicht alles, was sich dir bietet, frevele nicht und lass einen Rest des alten Zaubers bestehen. Oder willst du Gefahr laufen, dass der Himmel einstürzt und zerbricht, wenn ich falle?«

»Der Baum hat lange genug geredet«, ließ sich nun Enkidu vernehmen, »geredet und gedroht und mich doch nicht im geringsten mit seinen Worten überzeugt. Die Zeit, von der er spricht, ist lange schon vorbei, und vorbei ist daher auch die alte Macht der Zeder. Ob Wohnstatt des Sturmvogels Anzu und der Dämonin Kiskillia oder nicht – ich will, dass sie fällt und bestes Holz abgibt zu unserem Nutzen.«

Mit gezücktem Beil näherte er sich dem Stamm. Noch einmal nahm die Zeder all ihren Zauber zusammen und sandte gleißende Strahlen auf die beiden Freunde herab. Aber so sehr sie sich auch anstrengte, es gelang ihr nicht, die beiden Menschenwesen von ihrem Vorhaben abzubringen. Der erwachende Geist der neuen Zeit war in

Gilgamesch, es rauschte das Blut der Sehnsucht nach Zukunft in seinen Adern und übertönte die leisen Zweifel, die sich noch in ihm regten.

Kraftvoll nahm er das Beil und trieb es in den Stamm der Zeder, und auch Enkidu half dabei. Doch Gilgamesch versetzte den letzten, entscheidenden Schlag, der die Zeder ins Mark traf und sie umbrechen ließ wie einen Halm, der zu lange auf dem Feld gestanden hat. Splitternd brach ihr Stamm und berstend fiel sie mit ihren riesigen Ästen zu Boden, dass die beiden weit zur Seite springen mussten, um nicht zuletzt noch getroffen zu werden. Beim Umsinken aber verlosch der Strahlenglanz, und der Sturmvogel Anzu floh aus den Zweigen. Die Dämonin Kiskililla fuhr aus dem Stamm und stand wie aus dem Erdboden gewachsen vor ihnen. Es war eine Frau, an Ausdruck der Lilith ähnlich, aber von so schwachem Glanz, dass sie durchscheinend wie Nebel wirkte und kaum zu erkennen war.

»Ihr habt meinen Wohnsitz zerstört«, sagte sie, »und ich kann euch nicht einmal böse sein darum. Zu lange schon hauste ich hier im Forst, und fast wie ein Gefängnis war mir der Stamm geworden. Nun, da ihr mich befreit und zugleich vertrieben habt, will ich rastlos durch die Länder streifen und mir einen neuen Sitz suchen, vielleicht bei Menschen, die meiner bedürfen und froh sind, eine neue Göttin zu finden. Lebt wohl und denkt über die Worte des alten Baumes nach. Manches von dem, was er sagte, war gar nicht so falsch, wenn auch die Zeit für ihn um war. Lebt wohl, ich verlasse euch jetzt, und mit mir will ich die Erinnerung an mich aus eurem Denken nehmen.« So sprach sie, entfaltete ihre hauchdünnen Schwingen, stieg auf und verschwand mit dem lautlosen Flügelschlag einer Eule.

Die Freunde vermieden es, sich in die Augen zu blicken. Zu aufgerührt waren sie von dem, was sie erlebt hatten. Nun kappten sie die Äste, hieben den Stamm glatt, holten starke

Seile und schlangen sie um den Baum. Sie spannten die Maultiere davor und ließen die Tiere den Stamm hinab ins Tal schleppen. Nur diese eine Zeder wollten sie, die anderen Stämme ließen sie liegen für später.

Die hohen Hügel ringsum lagen still da, und auch der Gipfel des Hermon schwieg. Als sie eine Weile durch den Forst gezogen waren, merkten sie aber, dass vielerlei Stimmen von Vögeln begannen, ihre Abendlieder zu singen.

»Horch«, sagte Gilgamesch und blieb lauschend stehen, »hast du je zuvor einen so lieblichen Gesang vernommen? Es scheint, dass der Wald Frieden mit den Tieren geschlossen hat.«

Auch Enkidu vernahm es, und es berührte angenehm sein Herz. Laut und wohltönend schallte der Gesang der Vogelstimmen durchs Tal, die Schlucht war von guten Geräuschen erfüllt: Da murmelte der Bach, rauschten die Bäume, strich leichter, milder Wind durchs Geäst, sang und jubilierte es von überall her. Friedlich dämmerte der Abend heran, und ein letzter Schein der untergehenden Sonne verglühte und färbte den Himmel in wärmendem Rot.

Bald mussten sie rasten, denn die hereinbrechende Dunkelheit verwischte den Weg vor ihren Füßen. Sie lagerten dort, wo sie sich gerade befanden, in einem lichten Waldstück, von Merubäumen umgeben, die rings um eine Steinfläche standen, die wie zerbrochenes Mauerwerk wirkte, über das die Zeit ihr Moos gezogen hatte.

»Es sieht fast aus wie der Grundriss eines verlassenen Tempels«, sagte Gilgamesch. »Ob es sich um eine frühe Wohnung der Anunaki-Götter handelt?«

Enkidu wusste nicht so viel von Göttern und Kulten, von alten Tempeln und vergangenen Zeiten. Aber dass es einstmals wohl eine Wohnstatt gewesen war, bemerkte auch er.

»Es ist ein guter Platz zum Ausruhen«, sagte er und fühlte sich wohl bei den Worten. Ins Moos betteten sie ihr Lager für die Nacht und schliefen zum ersten Mal seit langem ein, ohne in Unruhe zu sein, und selbst auf die abwechselnden Wachen verzichteten sie.

Nach langem, traumlosem Schlaf erwachten sie vom Gesang der Vögel. Ein Rudel Rehe graste furchtlos auf einer Lichtung in ihrer Nähe. Grazil beugten sie die Köpfe und zupften das saftige Kraut vom Boden. Gelegentlich hob eines den Kopf und blickte zu ihnen herüber, aber da sie sich nicht rührten, fassten sie Zutrauen und grasten ohne Scheu weiter. Schließlich zogen sie hinunter zum Bach, um zu trinken.

»Hah, das war ein guter Schlaf«, sagte Gilgamesch und streckte sich, »endlich einer, bei dem weder die Erde bebte, noch Feuer und Ascheregen vom Himmel fiel oder sonst ein Unheil geschah. Ich glaube, wir haben das, was wir machten, gründlich getan.«

Enkidu nickte zustimmend. Er war schon dabei, die Maultiere erneut vor den Stamm zu spannen und trieb sie zum Aufbruch an. So zogen sie durch den Wald, den Weg hinab und durchs Tor, an Hütte und Wildbach vorbei und wieder den jenseitigen Hang hinauf, wo sie ohne langes Suchen den Weg fanden, der zurück zum Lager der Soldaten führte. Den ganzen Weg über fühlten sie sich frei und unbekümmert. Der Wald hatte seine Schrecken verloren.

Als sie zum Holzfällerlager zurückkehrten, fanden sie die Soldaten in heller Aufregung vor.

»Gilgamesch und Enkidu!«, riefen sie. »Die Helden von Uruk, elluri, elluri!«

Stolz hob Gilgamesch die hölzerne Lanze mit dem Haupt des Chumbawa.

»Wir haben nicht mehr geglaubt, dass ihr zurückkommt. Als die Erde erzitterte und der Berg brüllte, wähnten wir euch tot«, sagte der Hauptmann.

»Ach was«, antwortete Gilgamesch, »wir waren zwar mehrmals nahe dran, vom Rachen der Unterwelt verschlungen und von Dämonen in Stücke gerissen zu werden, aber wir haben die Schlacht siegreich geschlagen.«

Die Männer schrien wild durcheinander. Ihren Äußerungen war zu entnehmen, dass auch sie eine schreckliche Zeit durchgemacht hatten. Der Hauptmann erstattete Bericht: »Wir sind so vorgegangen, wie du uns befohlen hast, ruhmreicher König. Zuerst suchten wir am Rand die besten Bäume zum Fällen, dann schlugen wir das Astwerk und machten die Stämme glatt. Aber es ging nur sehr langsam und mühsam voran. So sehr wir auch schlugen, so oft gingen unsere Beile daneben. Es war wie ein Bann, der uns gefangenhielt, so dass wir vieles unnütz taten, was ansonsten ein Kinderspiel gewesen wäre. Auch wurden die Männer weit vor der Zeit müde und fühlten sich elend und krank. Viel zu schnell kam die Dunkelheit über uns und wir waren froh, jedes Mal vollzählig am Lagerfeuer versammelt zu sein. Es sind gewiss keine Feiglinge, Herr, aber keiner wollte freiwillig Wache halten, so unheimlich waren die Nächte, voller fremdartiger, böser Stimmen, voller Geraune und unsichtbarer Hände, die nach uns griffen. Dann brach das Brüllen, Donnern und Beben der Erde los. Weithin sahen wir eine Feuersäule hoch aus dem Berggipfel steigen, und ihr folgte ein Ascheregen, den wir nur überlebten, weil wir uns mit den Tieren im Unterholz bargen. Am liebsten wären wir umgekehrt und – ich sage es frei heraus – den Weg zurück zur Festung geflohen. Aber irgendetwas hielt uns zurück, so dass wir wie gelähmt ausharrten, bis das Brüllen und Donnern ein Ende hatte. Dann kamen die schrecklichen Stürme und entwurzelten viele Bäume. Wie die Halme von Kornähren knickten die Stämme um. Schließlich, als auch die Stürme sich gelegt hatten, besannen wir uns wieder auf unsere Aufgabe und machten uns daran, die entwurzelten Bäume transportgerecht zu behauen. Plötzlich war der Bann gebrochen und alles ging wie von selbst, so dass wir nun mehr Holz als genug haben, um es nach Uruk zu bringen.«

Gilgamesch lobte den Fleiß und das Durchhalten der Männer und berichtete nun seinerseits ausführlich, was ihnen an Abenteuern widerfahren war. Als er geendet hatte und erneut Chumbawas scheußlichen Schädel, der auf der Stange steckte, emporhielt, jubelten die Soldaten laut auf und schlugen mit ihren Lanzen an die Schilde, dass es wie Trommeln erdröhnte.

Der Hauptmann hatte noch eine weitere überraschende Neuigkeit zu vermelden: »Übrigens sind wir nicht allein hier in der Wildnis. Kurz bevor die Stürme sich legten und der Berg ein letztes Mal grollte, griffen mehrere

Strolche, aus dem Schutz des halbdunklen Waldsaums kommend, unsere Wachen an und versuchten, ihnen die Waffen zu entwinden. Da es aber nicht viele waren und unsere Männer hellwach und auf der Hut, gelang es uns, sie nach kurzem Kampf zu überwinden.«

»Wie viele waren es?«, fragte Gilgamesch.

»Lediglich fünf.«

»Und was ist mit ihnen geschehen?«

»Wir hätten sie leicht töten können, aber wir wollten sie lieber lebendig, um sie dir vorzuführen.«

»Und wo sind sie nun?«

»Dort drüben«, sagte der Hauptmann und deutete mit der Hand zur Hütte der Holzfäller. »Wir haben sie gebunden, aneinandergefesselt und in der Hütte eingeschlossen. Es sind keine Dämonen, wie wir zuerst dachten, sondern normale Menschen. Aber üble Halunken sind es schon, ein jeder dazu vorbestimmt, mit einer Schlinge am Hals in die Äste des nächstbesten Baumes geknüpft zu werden.«

»Haben sie gestanden, woher sie kommen und warum sie euch angriffen?«

»Nein, sie sind äußerst verstockt, schweigsame Kerle.«

»Führt sie mir vor«, befahl Gilgamesch, »ich will sehen, ob sie von der gleichen Art sind, wie wir sieben von ihnen am Berg oben erschlugen.«

Die Soldaten gingen zur Hütte und zerrten ihre Gefangenen heraus. Es waren in der Tat hässliche Gestalten, wenn auch bei weitem nicht so schlimm wie die Unholde, die Chumbawa zu Hilfe geeilt waren. Gilgamesch betrachtete sie genau, und auch Enkidu kniff die Augen zusammen.

»Sie haben den gleichen Blick wie der, der auf dem Ziegenbock ritt«, sagte er missbilligend, »wölfisch und verschlagen sehen sie aus. Aber nicht wert, dass man seine Klinge mit ihrem Blut besudelt.«

»Man könnte sie mit den Köpfen nach unten in die Zweige hängen«, schlug der Hauptmann vor. »Oder auch mit ein paar wohlgezielten Speerwürfen an die Stämme nageln.«

»Gnade!«, schrien da die Gefangenen und winselten tatsächlich, aber mehr wie Hunde als Wölfe. »Erbarmen, wir haben nur unsere Pflicht getan. Wir taten nur, was uns geheißen wurde.«

»Und wer hat euch geheißen, uns zu umlauern und anzugreifen?«, donnerte Gilgamesch. »War das Chumbawa?«

»Nein, nein, Chumbawa haben wir nie in unserem Leben gesehen. Wir sind nie näher als bis auf Hörweite an den Hermon herangekommen.«

»So seht ihr auch aus, ihr feigen Vogelscheuchen«, sagte Gilgamesch, »wer also gab euch Befehl, uns anzugreifen?«

Die Wolfsmänner schwiegen und senkten die Köpfe. Da kam Gilgamesch ein Verdacht.

»War es der Fürst von Kadesch?«, hakte er weiter nach, »die feige Ratte, die sich in ihrer Festung an der Wegkreuzung verbirgt?«

Als die Kerle immer noch nicht sprachen, trat der Hauptmann vor sie hin und schlug einen von ihnen mit einem Faustschlag zu Boden, dass er röchelnd zusammensackte.

»Los, redet, oder ich werde Mittel und Wege finden, euch die Zungen zu lösen«, sagte er und griff sich grimmig den nächsten. Er packte ihn am Hals und drückte zu. Dem Kerl quollen Augen und Zunge heraus, und sein Kopf wurde blutrot.

»Gnade«, röchelte er, »ich will alles sagen.«

Der Hauptmann lockerte den Griff, aber ließ noch nicht völlig los.

»Es ist so, wie er sagt«, stöhnte der Schurke. »Wir wollten die allgemeine Unruhe beim Unwetter nutzen und euch überrumpeln, um ein paar von euren Waffen zu erbeuten.«

»Und der Fürst von Kadesch gab euch den Befehl dazu?«, wiederholte Gilgamesch noch einmal seine Frage.

Der Angesprochene nickte. Da ließ ihn der Hauptmann fahren und wandte sich um.

»Soll ich ihn vierteilen?«, fragte er.

Gilgamesch schüttelte den Kopf. »Nein, so nützt er uns wenig. Ihr habt es schon gut gemacht, dass ihr die fünf Elenden am Leben ließet. So haben wir Beweismaterial gegen den Fürsten in der Hand.«

»Was willst du tun?«, fragte Enkidu.

»Oh, ich weiß schon, was ich ihm abverlangen werde als Strafe für seine ruchlose Tat. Lasst uns erst in der Festung sein, dann werde ich mit ihm ein paar ernsthafte Worte sprechen.«

Er ließ die Gefangenen wieder fesseln und besah sich Art und Umfang der geschlagenen Bäume. Es stellte sich heraus, dass es sehr große und starke Bäume waren. Aber keiner reichte heran an die mächtige, sprechende Zeder, die sie im Hain gefällt und heruntergeschafft hatten. Gilgamesch gab Anweisung, wie sie die Stämme zu binden und an das Zaumzeug der Tiere zu schnallen hatten. Dann brachen sie auf und zogen den Saumpfad am östlichen Rand des Gebirges zurück, den sie gekommen waren.

Es ging mühsam voran, und sie benötigten wesentlich mehr Zeit als für den Hinweg. Statt drei Tagen brauchten sie sechs und einen halben dazu. Dann endlich kamen sie im Tal an, aus dessen jenseitigem Hang die Bergfeste Kadesch mit ihren Mauern und Söllern emporwuchs. Hier, noch im Schutz der Berge und von Kadesch aus nicht zu sehen, überlegte sich Gilgamesch eine List. Er ließ die Bäume aus den Schleppseilen lösen und die Soldaten wieder aufsitzen. Dann sprach er zu ihnen: »Ich, Enkidu und drei weitere Männer, wir werden unsere Kleidung mit den schäbigen Lumpen der Strolche tauschen, so dass man uns für diese hält. Unsere Waffen werden wir verbergen, und sieht man sie dennoch, so ist es nicht schlimm – wir könnten sie ja, ebenso wie die Maultiere, erbeutet haben. Wir warten, bis die Abenddämmerung einsetzt und reiten in ihrem Schutz hinauf zur Festung. Sind wir erst am Tor und haben die Wachen überlistet, so geben wir ein Signal. Auf dieses Signal hin reitet ihr los und stürmt uns nach. Aber nehmt die Gefangenen mit, wir brauchen sie dort.«

So geschah es. Gilgamesch, Enkidu und drei weitere Männer wechselten mit den Strolchen die Kleidung und sprengten den gewundenen Pfad zur Bergfestung hinauf. Misstrauisch wurde ihr Nahen von dort aus verfolgt. Aber da es nur fünf Gestalten waren und zudem in der Dämmerung den Strolchen ein wenig ähnlich sahen, fassten die Torwächter keinen Verdacht. Bis kurz vor das Tor kamen sie, da rief einer der Wächter, der es an den Satteln der Tiere blinken sah und das Klirren von Waffen vernahm, von oben herab: »Bist du es, Esmalja, und die anderen?«

»Ja«, antwortete Gilgamesch mit verstellter Stimme, »gute Beute, hat sich gelohnt. Mach auf endlich.«

Die Wächter öffneten nichtsahnend das Tor und wurden zur Seite geschleudert, als die Fünf hereingeprescht kamen, absprangen und nach kurzem Gefecht die Torwache überwältigten. Gilgamesch löste die Riegel und öffnete die Torflügel weit, während die drei Soldaten mit gezücktem Messer über den Wächtern standen. Enkidu aber riss einem von ihnen das Horn vom Gürtel, eilte nach draußen und blies das verabredete Signal.

Da stürmte das Heer heran und war schneller in der Festung, als die Besatzung sich sammeln konnte. Jeder Widerstand, der sich regte, wurde im Keime erstickt. In wenigen Augenblicken wurden die Knechte Kadeschs überrumpelt, entwaffnet und im Hof vor der Herberge zusammengetrieben. Die übrigen Bewohner der Siedlung und fremde Kaufleute, die hier abgestiegen waren, kamen erschrocken aus ihren Häusern, um zu sehen, was der Lärm für eine Ursache hatte. Fackeln wurden entzündet und erhellten den ganzen Platz. Auch der Fürst erschien in voller Rüstung und eilte mit seiner Garde die Treppe seines Palastes hinab. Als er aber die Übermacht sah und merkte, dass jeder Widerstand sinnlos erschien, ließ er das Schwert sinken.

»Was soll das alles bedeuten?«, schrie er zornig, »Kommt man so als Gast in die Stadt, um Unterkunft und Bewirtung zu erbitten?«

»Nein, normalerweise nicht«, gab Gilgamesch zur Antwort, »aber diesmal kommen wir auch nicht als Gäste und wollen keineswegs um etwas bitten. Diesmal kommen wir zornig und mit Grimm, um Gericht zu halten über deine Untaten.«

»Was soll das heißen?«, wollte der Fürst wissen, der verwundert genug war, Gilgamesch und all die anderen wohlbehalten wiederzusehen. Nie zuvor war jemand, der zum Hermon aufgebrochen war und den Zedernwald betreten hatte, lebend zurückgekommen. Nun entdeckte er die fünf Gefangenen und erschrak noch heftiger.

»Wir haben dir deine Leute zurückgebracht, die du uns hinterhältig und feige hast nachschleichen lassen«, sagte Gilgamesch. »Es hat keinen Zweck, dein Vorhaben zu leugnen, denn sie haben bereits gestanden, dass du sie beauftragt hast, uns zu überfallen und auszurauben. Magst du das jetzt auch abstreiten und deine Unschuld beteuern – es wird dir wenig nutzen, denn das Urteil über dich wurde bereits gesprochen.«

»Was verlangst du von mir?«, fragte der Fürst von Kadesch schwach.

»Es gibt ein altes Sprichwort in Uruk, das lautet: Vertrauen gegen Vertrauen; und wer es einmal bricht, soll hundertfach dafür bezahlen. Du hast das Vertrauen, das wir in dich als Gastgeber setzten, mit Vorsatz gebrochen. Also gibt es nur eine Antwort darauf: Purpur. Für jeden meiner Männer einen Beutel des roten Pulvers.«

»Das kannst du nicht im Ernst von mir verlangen«, kreischte der Fürst, »du kannst nicht von mir etwas einfordern, das ich nicht besitze. Ich habe kein Purpur.«

»Das glaube ich nicht. Aber es lässt sich ja leicht überprüfen. Wir werden uns gründlich in deinen Schatzkammern umsehen. Meine Männer sind nun einmal begierig auf das rote Pulver, und ich schwöre dir: Wenn du welches versteckt hast – sie werden es finden. Nicht wahr, Männer?«

»Und ob«, brüllten die Soldaten, »und wenn wir ganz Kadesch auf den Kopf stellen dabei!«

»Halt!«, rief Gilgamesch, »das ist aber noch nicht alles, was ich von dir verlange, Fürst. Hundertfach sollst du bezahlen, hatte ich angekündigt, und so soll es auch sein. Du kannst noch etwas tun, um deine Schuld abzutragen, nämlich eine Karawane aus Zugtieren und Treibern zusammenstellen, die unser Holz wohlbehalten durch die Wüste bringt.«

»Welches Holz?«

»Oh«, lachte Gilgamesch, »wir haben genug geschlagen. Jenseits des Tales liegt es bereit. Du brauchst es nur abzuholen und für uns an den Euphrat zu schaffen.«

Der Fürst merkte, dass er Gilgamesch ausgeliefert war. So verlegte er sich aufs Taktieren.

»Eine solche Forderung kannst du unmöglich stellen«, lamentierte er, »die Regenzeit steht unmittelbar bevor. Morgen oder übermorgen schon können sich die Schleusen des Himmels öffnen, und viele Mondwechsel lang wird dann der Regen nicht mehr aufhören. Keine Karawane reist mehr, niemand, der freiwillig in einer solchen Zeit Waren, zumal schwere Holzstämme, durch die Wüste befördern würde.«

»Du sollst es ja auch nicht freiwillig tun, sondern auf meinen ausdrücklichen Befehl hin«, entgegnete Gilgamesch kalt. »Und umso mehr jetzt. Meinst du, wir sind gewillt, die ganze Zeit über, viele Mondwechsel lang, hier untätig herumzusitzen und in deinem elenden Rattenloch auf das Ende des großen Regens zu warten? Nein, lieber holen wir uns draußen in der Wüste nasse Köpfe, als in deinen muffigen Mauern zu vermodern.«

Mit dieser letzten, endgültigen Äußerung wandte er sich an den Hauptmann: »Genug ist nun geredet. Lass den Fürsten und seine engsten Berater abführen. In Ketten sollt ihr sie legen wie Räuber und Diebe, denn Räuber und Diebe sind sie und verdienen keine bessere Behandlung. Schafft sie in ein sicheres Verlies und bewacht sie gut, damit sie kein Unheil mehr anrichten können.«

Als der Befehl ausgeführt und die Leibgarde des Fürsten bis auf den letzten Mann entwaffnet worden war, ließ Gilgamesch das Tor schließen und überall Wachen aufstellen, die übrigen Soldaten aber schwärmten aus und begannen, die Schatzkammern von Kadesch näher in Augenschein zu nehmen. Schon nach kurzer Zeit wurden sie fündig, und einer kam auf den Marktplatz geeilt mit dem Ruf: »Wir haben Säcke mit rotem Pulver gefunden! Purpur, Purpur, genug für uns alle!«

Gilgamesch lächelte zufrieden vor sich hin.

»Woher wusstest du, dass der alte Halunke das, was wir suchten, in seiner Schatzkammer verwahrte?«, fragte Enkidu.

»Ach, es war nicht schwer, sich das auszurechnen«, entgegnete Gilgamesch. »Kadesch liegt an einer Karawanenstraße, die, von den Küsten des Purpurlandes kommend, weiter nach Süden führt. Da liegt es nahe, dass er sich von den Händlern für seine Gastfreundschaft mit diesem Material bezahlen lässt, und vielleicht hat er auch den einen oder anderen Beutel auf unehrliche Weise an sich gebracht. Was mich aber ganz sicher machte, war die Tatsache, dass ich in seinem Gefolge Frauen sah, die frisch eingefärbte Stoffe trugen.«

Enkidu saß mit Gilgamesch und ein paar Soldaten in der Schankstube und labte sich am Bier. Er hatte die Schwäche in seiner Hand, die nach der Behandlung mit den Myrtenbeeren zwar weniger geworden war, aber noch nicht gänzlich nachgelassen hatte, beinahe vergessen. Er erzählte noch einmal ausführlich vom bestandenen Abenteuer im Forst, und die Männer bekamen runde Augen vor Staunen. Besonders die Beschreibung Chumbawas und des gespenstischen Adad hatte es ihnen angetan. Wieder und wieder wollten sie hören, wie der

Kampf verlaufen war, wie Adads gläserner Schädel unter Gilgameschs Schwerthieb in Stücke zersprang und wie Chumbawa oben am Berg mit seinen Knechten getobt hatte.

Gilgamesch hatte die Lanze mit Chumbawas schrecklichem Haupt in eine Ecke der Schankstube gelehnt, und der Wirt machte jedes Mal zitternd einen großen Bogen darum, wenn er neue Krüge mit Bier heranschleppte. Schließlich bat er, ein Tuch über den Kopf legen zu dürfen, zu entsetzlich sei ihm der Anblick von Chumbawas Gesicht. Gilgamesch gestattete es.

Die Soldaten begannen, Lieder aus ihrer Heimat zu singen, denn sie waren lange unterwegs gewesen und sehnten sich danach, endlich wieder nach Uruk zu kommen. Auch Gilgamesch und Enkidu fühlten eine leise Wehmut in sich aufsteigen, wenn sie an den Eanna, die stolze Mauer mit ihren schmucken Bastionen, die herrlichen Gärten und Palmhaine und vor allem an das milde Klima in Uruk dachten. Aber vor ihrer Heimkehr hatten sie noch einen beachtlichen Weg zurückzulegen, zudem in der Regenzeit und zusätzlich dadurch erschwert, dass der Zug nur langsam vorankommen würde, wegen der Baumstämme, die es zu schleppen galt.

Gegen Mitternacht suchten sich die Freunde ein Lager in den Gemächern des Fürsten, die behaglich und wohl ausgestattet waren. Ganz aber trauten sie der verschlafenen Ruhe in Kadesch nicht. Sie legten ihre Waffen griffbereit neben sich und schraken – ganz anders als es in der letzten Nacht im Wald gewesen war – beim kleinsten Geräusch hoch.

Gegen den frühen Morgen hin begann draußen ein feines, gleichmäßiges Trommeln, das stärker und stärker wurde. Die Regenzeit hatte begonnen.

Unaufhörlich strömte der Regen nieder. Grau in Grau war die Welt. Es regnete, als sie die Stämme aus dem Tal herauf nach Kadesch schleppten, und es regnete an jenem Morgen, als die Karawane, bestehend aus Eseln, Maultieren und hundertfünfzig Männern, die Bergfestung verließ. Auch ein paar der Kaufleute, die spät im Jahr dran waren und in der Herberge festgesessen hatten, schlossen sich dem Zug an. In Kadesch selbst blieben außer dem Fürsten und einer Handvoll Getreuer nur die Frauen, Kinder und Greise zurück.

Sie zogen durch die Berge und erreichten den Höms-See, an dessen Ufer sie eine längere Rast einlegten. Danach ging es durch die Ebene von Bukea zum Orontes, dessen Lauf sie folgten, bis sie zum Durchbruch im Vorgebirge gelangten. Bis hierher war der Weg noch einigermaßen passierbar und das Wetter bis auf den ständigen Regen und einige plötzlich auftretende Fallwinde erträglich gewesen. In der Wüste aber erwartete sie die harte Phase der Regenzeit. Schutzlos waren sie dem peitschenden Regen ausgeliefert und hatten Mühe, überhaupt noch einen Weg zu erkennen. Der Boden hatte sich in ein einziges Schlammfeld verwandelt. Knöcheltief sanken die Tiere ein, rutschten weg, fanden kaum Halt für die Hufe und mussten immer wieder mit Zureden und Stockschlägen über schwierige Stellen hinweggeführt werden. Den Leuten aus Kadesch machte der Regen kaum etwas aus, sie waren härteres Wetter in den Bergen gewohnt, und bis auf die Tatsache, dass sie ihren Dienst unter Zwang ausführten, ging es ihnen leidlich gut. Gilgameschs Soldaten aber litten furchtbar unter der ständigen Nässe und den kalten Windböen, die gegen Abend kamen und neue Wolkenberge über die Ebene trieben. Eine Krankheit ging um, die Darmgrimmen und Durchfall brachte, und ihre Stimmung näherte sich zusehends dem Nullpunkt. Jeden Tag aufs Neue musste sie Gilgamesch ermuntern, durchzuhalten und weiterzuziehen, sonst hätten sie aufgegeben und sich apathisch in ihr Schicksal fallengelassen.

Unendlich langsam kam die Karawane voran, und die Oase Palmyra war immer noch nicht in Sicht. Die Wüste ringsum begann, ihre Gestalt von Tag zu Tag zu verändern. Wie ein durstiger Schwamm saugte der Boden den Regen auf und brachte den in seinem Schoss verborgenen Samen zum Aufquellen und Wachsen. Überall brach Grün durch, wucherten Sprösslinge nie gesehener Pflanzenarten empor. Die Geschwindigkeit, in der sich das Ödland mit einem grünen Teppich bedeckte, war atemberaubend. Die Wüste wurde zum Garten und Gilgamesch staunte, wie sehr sich ihr Aussehen veränderte. Ein fruchtbares Land musste das sein, wenn es gelänge, es auch in langen, heißen Sommern zu bewässern und den Boden mit Flussschlamm anzureichern. So aber würde der heftige, unerwartete Frühling nur von kurzer Dauer sein und danach der Wüstenstaub wieder die Oberhand gewinnen. Die Pflanzen schienen das zu ahnen und beeilten sich, in kürzester Zeit aus dem Boden zu schießen und sich zur Blüte zu entfalten. Auch die trockenen, steinigen Wadis waren plötzlich keine Geröllpisten mehr, sondern reißende Bäche, in denen sich die Wassermassen ihren Weg bahnten und mehr als einmal den Zug der Karawane zum Halten brachten. Dann musste mühsam eine Furt gesucht werden, die es zuließ, dass die Tiere mit ihrer Fracht unbeschadet hinüberkamen.

Endlich erreichten sie die Oase Palmyra – auch sie war kaum noch wiederzuerkennen. Dreimal so groß war die Wasserstelle geworden, ein Teil der Palmenhaine stand mit den Stämmen im See, und ringsum wucherte das Gestrüpp so üppig, dass es den Anschein hatte, es werde sich ewig so nach allen Seiten hin ausbreiten und das ganze Land in einen einzigen Garten verwandeln.

Vielleicht gehörte dies hier alles einmal zum Paradies, dachte Gilgamesch. Vielleicht hatte sich der Garten Eden von Euphrat und Tigris bis hin zum Libanon erstreckt, bevor Schamach das Land mit seinem sengenden Sonnenwagen in Besitz genommen hatte.

Gilgamesch dachte viel nach und sprach wenig auf der Reise. Auch die übrigen Männer waren meist stumm, höchstens, dass sie vor sich hin fluchten und die Wolken mit ihrem unaufhörlichen Regen verdammten.

Volle drei Tage blieben sie in Palmyra. Am vierten aber drängten die Soldaten von selbst zum Aufbruch. Langsam und schwerfällig setzte sich der Zug in Bewegung. Selbst ohne das Gewicht der kostbaren Zedernstämme war es schwierig voranzukommen, denn der Steppenboden war vom Regen aufgeweicht und hatte sich in eine Schlammwüste verwandelt. Niemand war um diese Zeit unterwegs, nirgends trafen sie auf Menschen, sie begegneten keiner anderen Karawane, und selbst die Sandläufer, die herumstreifenden Nomaden, hatten es vorgezogen, ihre Herden in geschütztere Gebiete zu treiben und in ihren Zeltlagern zu überwintern. Von Tag zu Tag wurde der Weg beschwerlicher, der unaufhörliche Regen drückte die Stimmung, und hinzukam, dass sich im Zug eine unbekannte, schleichende Krankheit ausbreitete:

Viele der Männer begannen in der Nacht erbärmlich zu frieren, manche von ihnen selbst noch am Tage. Sie fühlten sich matt, klagten über Kopfschmerzen, Gliederreißen und Durchfall, gegen die auch die mitgeführten Heilkräuter nicht halfen. Es ließ sich nicht länger leugnen: Gilgameschs einst so stolzes Heer verwandelte sich mehr und mehr in ein Abbild des Jammers. Die meisten Leute hielten sich nur noch mühsam auf den Beinen, einige von ihnen waren so krank, dass sie nicht mehr neben den Tieren herlaufen konnten, sondern zusammengekauert in den Sätteln hockten, im Fieber phantasierten und jedem Angst einflößten, der sich ihre wirren, von Schreien unterbrochenen Alpträume anhören musste.

»Ein Fluch lastet auf uns, wir werden hier in der Fremde elendig umkommen, sterben, verwesen, als habe es uns niemals gegeben«, jammerten sie.

»Unsinn«, widersprach Gilgamesch, »Helden sind wir, die ruhmreich mit kostbarer Beute beladen in die Heimat zurückkehren.«

»Nie mehr werden wir Uruks herrliche Gärten sehen, nie mehr Ischtars schöne Mädchen im Tempel zu Gesicht bekommen«, klagten seine Leute weiter.

»Mit jedem Schritt nähern wir uns dem Ufer des Euphrat«, versuchte Gilgamesch sie aufzumuntern. »Ich kann schon das Rauschen des Wassers hören, das Rascheln des Windes im Schilf, das Quaken der Frösche. Auch ihr könntet es hören, wenn ihr nicht so sehr in Selbstmitleid versinken würdet. Hört auf zu jammern, Männer! Denkt an Mari – auch dort sind die Mädchen schön! Wollt ihr wie Klageweiber vor ihnen erscheinen?«

Und um sie bei Stimmung zu halten, begann er mit fester Stimme ein Lied zu singen, ein derbes Trinklied, wie es die Handwerker in Uruk sangen. Nur zögernd fielen die Männer ein, und nach der letzten Strophe verstummten sie ganz. Aber es ging weiter, wenn auch mühsam und schleppend.

Eines Morgens schrie der, der dem Zug als Fährtensucher vorauseilte, laut auf. Er kam zurück und verkündete, er habe am Horizont eine Hügelkette und die Türme einer Stadt entdeckt. Das konnte nur Mari sein. Noch einmal spornte Gilgamesch die Männer an, ihr Bestes zu geben, und tatsächlich erreichten sie noch am selben Abend die ersten Hütten. Völlig erschöpft, aber glücklich, endlich nach so langer, anstrengender Wanderung den stolzen, wohlhabenden Ort erreicht zu haben, schleppten sie sich zum Markt.

Wieder empfing sie König Lamgi mit Freundschaft. Gilgamesch und Enkidu zogen sich mit ihm in die Gemächer seines Palastes zurück, um ausführlich über alles zu berichten. Lamgi war begierig, alle Einzelheiten ihres Abenteuers zu erfahren, und diesmal saßen auch die Gelehrten und hohen Beamten von Mari mit an der Tafel, denn Gilgamesch war nicht irgendein Besucher, der zufällig vorbeikam, sondern ein bewundernswürdiger Held, dessen Namen es sich zu merken galt.

Gilgamesch gab die Maultiere dem König zurück, und als Zeichen des Dankes und als Symbol der Verbundenheit zwischen Uruk und Mari schenkte er Lamgi einen großen Lederbeutel voller Purpur aus der Schatzkammer des räuberischen Fürsten von Kadesch, dazu einen besonders gerade und schön gewachsenen Zedernstamm. Einen hölzernen Thron wollte sich Lamgi daraus schnitzen lassen, sagte er und bedankte sich überschwänglich.

Die Soldaten waren unterdessen zum Teil zu den Ärzten in der Stadt gegangen, die sich ihrer Krankheiten annahmen, zum Teil erholten sie sich in warmen, gemütlichen Herbergen, wo sie sich endlich säubern konnten, ihre Kleidung wechseln und im Trockenen schlafen. Ein paar waren aber auch bereits zu Ischtars Tempel gezogen, um zu opfern, in der Nähe schöner Mädchen zu sein und ihre Berichte voller Übertreibung und blumenreicher Ausschmückung loszuwerden.

Die Leute aus Kadesch lagerten in einem eigens für sie hergerichteten Quartier. Einigen von ihnen war schon jetzt klar, dass sie für immer hierbleiben würden. Die saubere, prächtig aussehende Stadt hatte es ihnen angetan, und zudem waren sie der Schreckensherrschaft ihres Fürsten mehr als überdrüssig. Die meisten wollten das Ende der Regenzeit abwarten und erst wieder aufbrechen, wenn die ersten Karawanen vom Euphrat zum Libanon gingen.

»In diesem Jahr hat uns der Strom erneut seine ungezügelte Kraft bewiesen«, sagte König Lamgi zu Gilgamesch. »An einigen Stellen ist die Uferbefestigung abgebröckelt und hat Land überflutet, das wir fest in unserer Hand glaubten. Wir werden uns noch mehr anstrengen müssen, um ihn sicher in sein Bett zu zwingen und so mit ihm zu leben, dass er uns mehr Nutzen als Schaden bringt. Wie lange gedenkt ihr, bei uns in Mari zu bleiben?«

»Nicht lange«, antwortete Gilgamesch, »deine Stadt ist gastlich, und wir fühlen uns wohl und als Freunde hier, aber es drängt uns unaufhaltsam in die Heimat zurück. Wir werden Flöße bauen und sobald es geht zurückfahren.«

»Unterschätzt den Euphrat nicht«, gab Lamgi zu bedenken, »sein Wasser ist mächtig angeschwollen, die Flut treibt schnell und seine Strudel sind tückisch. Wollt ihr nicht doch lieber abwarten, bis der Winter endgültig vorbei ist und der Himmel seine Schleusen geschlossen hat?«

»Nein«, lachte Gilgamesch, »der Mond wechselt, nah ist schon der Frühlingspunkt. Wenn das neue Jahr beginnt, wollen wir bereits zurück in Uruks Mauern sein.«

»Ich kann es verstehen. Und was das Angebot anbelangt, mir einen Baumeister zur Beratung zu schicken, so soll er mir sehr willkommen sein. Ich habe darüber nachgedacht und bin zu dem Schluss gekommen, dass du die Zeichen der Zeit richtig zu deuten wusstest. Eine schützende, wehrhafte Mauer ist von großem Nutzen für eine Stadt und bietet ihren Bewohnern Sicherheit in der Gegenwart und Vertrauen in die Zukunft. Ich selbst will gern einmal nach Uruk reisen und mir das große Werk aus der Nähe betrachten.«

»Wann immer du kommst, wirst du offene Tore und herzliche Aufnahme finden«, sagte Gilgamesch, und er sagte es so ehrlich, wie er es empfand; es war weitaus mehr als eine reine Höflichkeitsfloskel.

Am nächsten Tag begannen sie mit dem Bau der Flöße. Das schlechte Wetter hatte spürbar nachgelassen, es regnete nur noch zu bestimmten Stunden, und auch dann schon weniger als sonst. Als alles fertig war, nahmen sie Abschied von Mari und König Lamgi und verteilten sich auf die Flöße. Auf das vorderste stiegen Enkidu mit sechs Leuten, die lange Stangen zum Abstoßen hielten, und Gilgamesch mit der hölzernen Lanze, auf der das schreckliche Haupt Chumbawas steckte.

Mehr als zur doppelten Breite war der Euphrat an manchen Stellen angeschwollen und strömte schnell dahin. Die Flöße wurden rasch erfasst und in die Mitte des Stromes gezogen. Dort jagten sie dahin, eilten mit der Flut nach Süden. Rechts und links sahen sie weithin nur überschwemmtes Land und gelegentlich einige Dörfer, die wie Inseln aus dem Wasser ragten. Schneller als sie erwartet hatten, gelangten sie den Euphrat hinab. Laut jubelten die Männer auf, als eines Morgens der Eanna mit der Zikkurat und seinen weißen Tempeln aus dem Frühnebel stieg. Auch die Mauer rings um Uruk sahen sie schon von weitem. Jetzt galt es, ans Ufer zu kommen, was wegen der Strömung gar nicht so einfach war. Tief war das Wasser, die Stangen reichten nicht bis an den Grund. Aber es gelang ihnen, sie als Ruder zu benutzen und so die Geschwindigkeit zu verringern, während andere gleichzeitig die Flöße zum Ufer hin lenkten. Dennoch hatten sie große Mühe, das Land zu erreichen.

Endlich stieß das erste Floss gegen die Kaimauer des Hafens und die nachfolgenden prallten, sich ineinander verkeilend, aufeinander. Wie ein Lauffeuer verbreitete sich die Nachricht von der Rückkehr der Helden in Uruk. Menschen strömten im Hafen zusammen, und Gilgamesch reckte das Siegeszeichen, die Lanze mit Chumbawas Schädel. Immer mehr Leute kamen zum Hafen geeilt, um den gewaltigen Reichtum an Zedernholz zu bewundern, das dort angelandet wurde. »Elluri, elluri!«, gellte immer wieder ihr Ruf, und die Soldaten schlugen mit ihren Waffen an die Schilde. Der Zug in die Stadt aber wurde für die fünfzig zum wahren Triumph. Ganz vorn schritten Gilgamesch und Enkidu. Sie waren wieder zu Hause und genossen jeden Schritt auf festem, heimatlichen Boden mit Freude und Stolz. Über den Markt, zum Eanna hinauf und in Gilgameschs Palast führte der Zug. Auf halbem Weg kamen ihnen Erenda, Sinnunni und Urnigingar entgegen, den heimkehrenden König zu begrüßen.

Drei Tage und Nächte währte das Fest und ging unmittelbar in die Feiern zum Neujahrsbeginn über, die das Ende der Regenzeit besiegelten. In diesen Tagen und Nächten verloschen die Feuer in Uruk nicht mehr, und Wohlgerüche zogen über die Stadt, die Menschen und Götter gleichermaßen in Entzücken versetzten.

Eine Vorschau auf das, was noch folgen wird:

Gilgamesch, der ruhmreiche Held und Liebling der Götter, erfährt einen Schicksalsschlag, der sein bisheriges Denken und Handeln von Grund auf verändert. Er lässt sein Amt als König von Uruk ruhen, vergisst alle Pläne und begibt sich, wie ein Bettler gekleidet, auf Wanderschaft. Verzweifelt bittet er unterwegs Menschen, Geister und Fabelwesen um Rat. Er muss gefährliche Abenteuer überstehen, bis er endlich zur Insel der Unsterblichen gelangt. Dort angekommen, erfährt er von Überlebenden der Sintflut erstaunliche Dinge. Ihm werden Aufgaben gestellt, die kein Mensch zu lösen vermag. Auch Gilgamesch scheitert, bekommt aber von der gnädig gestimmten Ahnfrau eine letzte Chance. Sie erzählt von einem geheimnisvollen Kräutlein, das auf dem Meeresboden wächst und ewiges Leben schenkt.

Sofort macht er sich auf, um nach der richtigen Stelle zu suchen. Er findet sie auch, aber was ihm dann widerfährt, zerschlägt alle Hoffnung und stürzt ihn noch tiefer in einen Abgrund der Gefühle. Vom Menschen zum Halbgott geworden, fällt er zurück ins einfache Leben. Aber das gestaltet sich völlig anders als alles, was er bisher kannte. Auf seiner magischen Reise zum Licht hat er sehr viel erfahren und gelernt. Er versucht, das gesammelte Wissen auf bestmögliche Weise umzusetzen. Wird es ihm gelingen?

Gilgamesch – Band 2 – Reise zum Licht
ISBN: 978-3-946751-91-5

Die abenteuerlichen Reisen des Juan G.
ISBN: 978-3-946751-88-5

Die Wälder meiner Kindheit
ISBN: 978-3-946751-92-2